LES CONFESSIONS

Tome I

*Paru dans Le Livre de Poche :*

DISCOURS SUR L'ORIGINE ET LES FONDEMENTS
DE L'INÉGALITÉ PARMI LES HOMMES

DISCOURS SUR LES SCIENCES ET LES ARTS

DU CONTRAT SOCIAL

ÉCRITS POLITIQUES

LETTRES À MALESHERBES

LETTRES PHILOSOPHIQUES

LA NOUVELLE HÉLOÏSE

RÊVERIES DU PROMENEUR SOLITAIRE

*Collection dirigée par Michel Zink et Michel Jarrety*

JEAN-JACQUES ROUSSEAU

# *Les Confessions*

Tome I

ÉDITION ÉTABLIE, PRÉFACÉE ET ANNOTÉE PAR FRANÇOIS RAVIEZ

LE LIVRE DE POCHE
*Classiques*

Spécialiste de la littérature du XVIIIe siècle et en particulier des *Mémoires* de Saint-Simon dont il a procuré une anthologie dans la collection « La Pochothèque », François Raviez est maître de conférences habilité à l'université d'Artois.

Couverture : Maurice Quentin de La Tour,
*Jean-Jacques Rousseau* (détail). © Gérard Blot/RMN.

ISBN : 978-2-253-08883-7 – 1re publication LGF

INTRODUCTION

# Rousseau ou le philosophe effervescent

Un dessin de J. Houel représente Rousseau, en 1759, à Montmorency, assis sur une chaise devant la cheminée. Il est en robe longue et bonnet d'Arménien, et tient sur ses genoux sa chatte Doyenne ; son chien Turc s'apprête à se coucher à ses pieds. Une chandelle, à sa gauche, brûle dans un haut bougeoir ; derrière lui, une cruche, des ustensiles de cuisine ; à sa droite, des livres.

L'écrivain semble songeur, comme quelqu'un qui regarde un feu. Le chat se penche vers le chien, peut-être pour descendre des genoux de son maître. Le chien regarde le spectateur – vous, moi, les lecteurs de *La Nouvelle Héloïse*, roman auquel Rousseau est en train de mettre la dernière main, tout en travaillant à l'*Émile* et au *Contrat social* : vit-on jamais autant de chefs-d'œuvre sur une même table ? Ils paraîtront en un peu plus d'une année[1], et vaudront à leur auteur gloire et condamnation. Le succès du roman sera tel qu'il sera loué à l'heure dans les cabinets de lecture ; les deux autres livres auront les honneurs du bûcher.

1. *Julie ou la Nouvelle Héloïse* en janvier 1761 ; *Émile ou De l'éducation* et *Du contrat social* en avril-mai 1762.

L'itinéraire de Rousseau, depuis sa naissance, le 28 juin 1712 à Genève, jusqu'à cette scène paisible, est riche, pour reprendre un titre de Michaux, de « chemins cherchés, chemins perdus, transgressions ». Orphelin de mère dès le berceau, tout le poussait à être horloger comme son père et à mener une vie anonyme dans l'austère et riche cité de la Réforme. Mais le destin en décide autrement le 14 mars 1728, lorsque l'adolescent voit se fermer devant lui les portes de la ville. Au lieu de dormir à la belle étoile en imaginant la punition que son absence ne manquera pas de lui attirer le matin suivant, il s'en va courir le monde, mais pas plus loin qu'Annecy, où il trouve en M$^{me}$ de Warens une mère adoptive, une amie, une maîtresse. Converti, pour survivre, au catholicisme, il devient l'artisan de sa propre vie, à la fois libre et soumise aux caprices de « Maman » et pleine de rencontres enrichissantes mais parfois suspectes. Ce Candide est à la fois bouillonnant et naïf, enthousiaste et égrotant, autodidacte et boulimique de lectures. Ce héros d'un picaresque sans brigands ne trouvera un fragile apaisement qu'aux Charmettes, îlot de bonheur près de Chambéry qu'il fera entrer dans l'éternité au livre VI des *Confessions*. Les années de formation que nous content les cinq livres précédents révèlent une expérience brouillonne mais passionnée du monde comme il va, des êtres tels qu'ils sont et du Moi tel qu'il se devine.

Pour donner à lire sa nature véritable, Rousseau a choisi des scènes, quelques épisodes révélateurs. La fessée de M$^{lle}$ Lambercier (p. 61), le ruban volé (p. 154), la rencontre avec M$^{me}$ de Warens (p. 105), moments intimes, appartiennent désormais à la mémoire collective. D'aveu en aveu, de découverte en découverte, il se peint comme il se voit et comme il veut que nous le voyions. « *Intus, et in cute* », note-t-il en épigraphe du livre I : « Intérieurement, et sous la peau ». Toute anecdote est alors censée révéler les profondeurs de la psyché. Souvent drôle, parfois assez crue, toujours narrée avec une élégante économie de moyens, elle prend sens dans le commentaire qui la sertit. Une image de Jean-Jacques s'en dégage peu à peu, celle du meilleur des hommes en quête de la saveur de vivre, et dont les déconvenues n'ont pas entamé l'innocence native. Car il lui faut aussi composer avec les circonstances, trouver un emploi, se faire une condition, jouer le jeu social. Les six premiers livres constituent un récit de formation. Ils se terminent par une expérience pédagogique désastreuse qui conclut une série de désillusions et d'échecs. La musique, que le jeune homme pratique avec de plus en plus d'assiduité, jusqu'à prétendre réformer le solfège en inventant une notation chiffrée, y tient une grande place. À la fin du livre VI, n'imaginons pas un futur homme de lettres montant à l'assaut de Paris pour s'y faire un nom, plutôt un musicien quelque peu emprunté qui vient frapper à la porte de l'Académie des sciences[1].

Rousseau a pour lui son intelligence, qui tient du prodige, mais il lui manque l'usage du monde. L'Académie s'est contentée de l'écouter avec politesse. Il vivote, tombe amoureux de M$^{me}$ Dupin, épouse d'un fermier général, sans comprendre l'inconvenance d'un tel sentiment. Après un séjour à Venise peu fructueux, l'amitié de Diderot le console de ses déboires ; celui-ci, en pleine préparation de l'*Encyclopédie*, lui confie les articles musicaux, ce qui prouve en quelle estime on le tenait dans ce domaine. À cette époque, Jean-Jacques se met en ménage avec Thérèse Levasseur, une lingère. Cinq enfants naîtront, tous abandonnés « pour leur bien » aux Enfants-Trouvés, selon un usage alors répandu[2].

---

1. Voir Élisabeth Badinter, *Les Passions intellectuelles*, Le Livre de Poche, « Références », 2010, tome I, p. 273-277. 2. Sur ce sujet, voir, dans les *Œuvres complètes*, sous la direction de Bernard Gagne-

Leur père – s'il est leur père – peine à se faire un nom, à vivre en accord avec lui-même, à être heureux.

Tout commence en fait pour lui au cours de l'automne 1749, sur le chemin du donjon de Vincennes où est enfermé Diderot, qui s'est rendu coupable de la très matérialiste *Lettre sur les aveugles*. Rousseau est foudroyé par une intuition : notre civilisation se trompe. Les sciences et les arts corrompent les hommes et les détournent de la vertu. Avec le livre VIII, qui voit naître ce premier discours, puis celui sur l'inégalité, commence un autre Rousseau : celui de la « réforme ». Quand il triomphe à Fontainebleau, devant le Roi, en 1752, avec son opéra *Le Devin du village*, il est à dessein mal rasé, ne porte ni la perruque ni les habits d'apparat. Ce n'est pas de la provocation, ou à peine, mais de la sincérité. Le mensonge du monde lui est devenu insupportable. Il aurait pu devenir un compositeur à la mode, un philosophe à paradoxes, un pensionné. C'est un passionné : tirant toutes les conséquences de son nouveau mode de vie, il quitte la ville et devient, à l'Ermitage, l'hôte d'une amie et admiratrice, M^me^ d'Épinay, qui l'appelle son « ours ».

L'ours tombe amoureux : de sa passion impossible pour Sophie d'Houdetot, qui en aime un autre, naîtra *La Nouvelle Héloïse*, dont le succès fait de lui un des écrivains les plus lus d'Europe. On s'arrache son roman, on s'exalte, on pleure. Un an plus tard, en 1762, l'*Émile*, traité d'éducation à rebours de la pédagogie d'alors, puis le *Contrat social*, traité de démocratie, sont condamnés

---

bin et Marcel Raymond, Gallimard, « Bibliothèque de la Pléiade », 1959, tome I, la longue note 1 à p. 345 (p. 1416-1423) ; ainsi que l'enquête menée par Françoise Bocquentin dans *Jean-Jacques Rousseau, femme sans enfants ? Essai sur l'analyse des textes autobiographiques de J.-J. Rousseau à travers sa « langue des signes »*, L'Harmattan, 2003.

et brûlés à Paris et à Genève. Rousseau doit fuir. Les derniers livres content les péripéties des départs, des expulsions, des crises ; on y sent se développer un sentiment de persécution qui l'isole peu à peu de ses semblables. L'ouvrage s'achève par le récit d'une lecture intégrale des *Confessions* chez la comtesse d'Egmont, et le silence de « toute la compagnie ». Nous-mêmes, qu'aurions-nous dit ?

La scène au chat et au chien est ainsi grosse de catastrophes : la fuite, l'errance, l'angoisse, les affres du complot universel dont l'écrivain se persuade d'être la victime. Lui qui ne rêvait que d'une retraite solitaire à l'ombre de hautes futaies, entouré de rares amis, deviendra l'hôte des grands chemins, ne trouvant le repos que pour le perdre à nouveau quelques mois ou quelques années plus tard : un homme traqué, persécuté par les autorités, mais aussi poursuivi par ses fantômes.

*Les Confessions* sont rédigées dans une longue inquiétude qui n'interdit pas les moments de paix, de communion avec la beauté de la nature. Le manuscrit a voyagé, et la fenêtre de l'écrivain s'est ouverte d'abord sur Môtiers, dans le Val-de-Travers, de juillet 1762 au 6 septembre 1765, date à laquelle on jette des pierres sur sa maison. Cette « lapidation », qui cause quelques carreaux brisés et terrorise le chien, fait fuir Rousseau jusqu'à l'île de Saint-Pierre, sur le lac de Bienne, lieu enchanteur dont il est expulsé le 27 octobre. C'est ensuite la campagne anglaise que l'écrivain découvre, à Wooton, dans le Staffordshire, jusqu'au 21 mai 1767 et à son embarquement pour la France, où il trouve refuge chez le prince de Conti, au château de Trye, sous le nom de Jean-Joseph Renou : au moins conserve-t-il ses initiales. Il reprendra la rédaction, interrompue pendant deux ans, sur les hauteurs de Monquin, dans le Dauphiné, en 1769, pour l'achever devant les façades de

Paris, en 1770, rue Plâtrière, aujourd'hui rue Jean-Jacques Rousseau.

C'est un malade[1] qui, chaque fois, doit faire ses malles, arriver en terre inconnue, reprendre racine, survivre. Le manuscrit change de table et de lumière : l'humeur des six premiers livres, consacrés à l'enfance et à la jeunesse, n'est plus celle des six derniers, qui oscillent entre mises au point et règlements de comptes. *Les Confessions* présentent un itinéraire humain : celui d'une intelligence, mais aussi d'une sensibilité tournant en susceptibilité. On voit s'y former une conscience, on voit s'y forger une œuvre dont chaque livre tire les leçons du précédent et les prolonge, du *Discours sur les sciences et les arts* aux *Rêveries du promeneur solitaire*. On les rebaptiserait volontiers *Mémoires d'un iconoclaste*, *Souvenirs inavouables*, *Livre des amours ratées*, *Manifeste pour une innocence*, *Journal d'un faiseur d'histoires*, *De l'art de tisser des lacets*[2], *Vie de Jean-Jacques et ce qui s'ensuivit pour Rousseau*, ou plus simplement : *Le Bilboquet du philosophe*[3]. Comment, à l'aube du XXI^e^ siècle, les lire, à l'heure où la brocante de l'intime s'étale dans les librairies ? Comment comprendre leur quête de cette chose fuyante : le Moi ?

« C'est l'histoire de mon âme que j'ai promise », lit-on dans le livre VII (tome II, p. 15), exhibitionnisme

1. Rousseau souffre de rétention urinaire chronique. Il doit être « sondé » et porte l'habit arménien par commodité. 2. Rousseau, qui ne supporte pas le « babillage », décide « pour ne pas vivre en sauvage d'apprendre à faire des lacets » (tome II, livre XII, p. 447-448). Et de revendiquer cette activité minimale, au siècle de la conversation : « Je portais mon coussin dans mes visites, ou j'allais comme les femmes travailler à ma porte et causer avec les passants. » 3. « Si je retournais dans le monde, écrit-il au livre V, p. 315, j'aurais toujours dans ma poche un bilboquet, et j'en jouerais toute la journée pour me dispenser de parler quand je n'aurais rien à dire. »

qui conduit Rousseau à « rentrer au-dedans de [s]oi ». Prenons cette « âme » dans son sens étymologique : *Les Confessions* sont l'histoire d'un souffle vital, d'une énergie. On y verra le héros, à l'âge de dix-neuf ans, gagner Paris à pied. Aux Charmettes, il pratique en même temps la chimie, les mathématiques, la métaphysique. En trois mois, en 1749, il rédige trois cent soixante articles de musique pour l'*Encyclopédie*. S'adonnant à la botanique, à partir des années 1760, il réunira des centaines de plantes dans ses herbiers. Écrire lui coûte, mais il ne renonce pas : « Mes manuscrits raturés, barbouillés, mêlés, indéchiffrables attestent la peine qu'ils m'ont coûtée. Il n'y en a pas un qu'il ne m'ait fallu transcrire quatre ou cinq fois avant de le donner à la presse » (p. 194). Les visiteurs qui viennent le voir en son grand âge sont frappés par l'intensité de sa présence : « Ses yeux étaient comme deux astres, note le prince de Ligne. Son génie rayonnait dans ses regards, et m'électrisait[1]. »

Si le Moi a cette vibration qui donne du relief à tout événement, il y impose aussi sa marque. Il y a, dans *Les Confessions*, des pages extraordinaires, d'autres prosaïques, voire triviales. L'auteur se montre buvant des petits coups de vin en dégustant de la brioche[2] ; mais il explore aussi, dans le livre IX, son amour fou pour Sophie d'Houdetot. Parfois, il chicane : il a payé trop cher le port de son « ballot » au retour de Venise (tome II, livre VII, p. 77). Parfois, il se laisse porter par l'enthousiasme, comme dans les pages heureuses qui ouvrent le livre VI[3].

1. *Mes deux conversations avec J.-J. Rousseau.* 2. « Mais aussi quand j'avais une fois ma chère petite brioche et que bien enfermé dans ma chambre j'allais trouver ma bouteille au fond d'une armoire, quelles bonnes petites buvettes je faisais là tout seul en lisant quelques pages de roman » (livre VI, p. 405). 3. Comment visiter les Charmettes sans en avoir dans l'oreille les premiers paragraphes : « Ici commence le court bonheur de ma vie » (p. 347) ?

Il mêle à son encre du sperme[1] et de l'urine[2], mais aussi des larmes[3]. Une confession n'élude rien. L'Occident n'a-t-il pas fait de l'aveu une condition de l'amour, de la justice, du salut ? Face à l'être aimé, face au juge ou au bourreau, face au prêtre, il faut parler. Confesser – *cum-fateri* – c'est partager ; encore faut-il trouver quelqu'un qui vous écoute et qui vous croie.

Si le titre évoque saint Augustin, dont Rousseau n'eut sans doute qu'une connaissance indirecte, il évoque aussi Duclos, et ses *Confessions du comte de* ***, que Mme de Broglie lui donne à lire à son arrivée à Paris « pour guider [s]on inexpérience (tome II, livre VII, p. 32) ». L'autobiographie de Jean-Jacques fait ainsi le grand écart entre le récit de conversion[4] et l'éducation sentimentale d'un jeune homme plus occupé de ses plaisirs que de son salut. Peut-on, au demeurant, parler sans anachronisme d'autobiographie[5] ? *Les Confessions* s'inventent un territoire entre l'anamnèse dirigée du croyant, la fantaisie du romancier, mais aussi les témoignages aristocratiques et historiques que sont les Mémoires, sans oublier le goût du siècle pour les romans-mémoires, tel le *Gil Blas* de Lesage, cité au livre IV (p. 272). Rousseau défriche ainsi, après Montaigne, un genre promis à un

---

**1.** « Je ne sais quoi de gluant et de blanchâtre qui me fit soulever le cœur », dans le livre II, p. 131. **2.** Au tome II, livre XI, p. 409, il conte comment le frère Côme le « sonde » et découvre que « la prostate était squirreuse et d'une grosseur surnaturelle ». **3.** Au tome II, livre XI, p. 423, le maréchal de Luxembourg, grand guerrier, « ne [peut] retenir ses larmes » de voir Jean-Jacques et Thérèse tomber dans les bras l'un de l'autre. **4.** On distinguera cependant la *metanoïa* d'Augustin, récit d'une révélation qui le conduit à changer radicalement de façon de vivre pour se consacrer à Dieu, de la conversion intéressée d'un jeune protestant au catholicisme, quarante-trois ans après la révocation de l'Édit de Nantes. **5.** Sur la modernité de cette notion, voir Philippe Lejeune, *L'Autobiographie en France*, Armand Colin, « Cursus », 2010 ; ainsi que *Le Pacte autobiographique*, Seuil, « Points Essais », 1996.

avenir fécond, qui permet à chaque individu de devenir le narrateur de sa propre vie et de donner un sens à son parcours terrestre.

Rousseau nous guide dès les premières pages dans le « labyrinthe obscur et fangeux de [s]es confessions » (tome II, livre XII, p. 458), un dédale sans Minotaure et sans Icare. De livre en livre, le vocable devient titre, de « la résolution que j'ai prise d'écrire mes confessions » (p. 156) au « recueil » de lettres « qui doit accompagner mes confessions » (p. 253) pour en confirmer la véracité. Il entre en concurrence avec le mot « mémoires[1] », et Rousseau, comme tout mémorialiste, ne manque pas de se demander si ceux-ci vont « voir le jour[2] ». « Je ne sais, écrit-il au livre X tome II), par quelle fantaisie Rey[3] me pressait depuis longtemps d'écrire les Mémoires de ma vie[4]. » Du livre VIII au livre XII, confessions et mémoires se croisent : « je n'ai pas entrepris mes confessions pour taire mes sottises » (tome II, livre X, p. 370), dit Jean-Jacques ; « j'avais résolu d'écrire un jour mes mémoires » (tome II, livre XI, p. 422), écrit Rousseau. Le narrateur y fait l'expérience de ses limites : « je n'ai pas peur, affirme-t-il au livre VII (tome II), que le lecteur oublie jamais que je fais mes confessions pour croire que je fais mon apologie » (p. 15). Son exigence de sincérité est telle qu'aucun scrupule de bienséance ne la tempère. Mettons-nous un instant à la place de M^me^ d'Épinay et de quelques autres connaissances particulières du philosophe, et craignons le pire en lisant, au livre VIII (tome II) : « Mes

1. « M^me^ d'Épinay, dont le nom reviendra souvent dans ces mémoires » (tome II, livre VII, p. 105). 2. Tome II, livre VIII, p. 180. Autre topos de l'écriture mémorialiste au livre XII (tome II) : « mes Mémoires ne pouvant paraître de mon vivant » (p. 476). 3. Son éditeur, qui flaire un succès de librairie. 4. P. 334. L'expression revient au livre XII (tome II) : « J'y joignis l'engagement de lui [Du Peyrou] remettre les Mémoires de ma vie » (p. 497).

confessions sont nécessairement liées avec celles de beaucoup de gens : je fais les unes et les autres avec la même franchise en tout ce qui se rapporte à moi, ne croyant devoir à qui que ce soit plus de ménagements que je n'en ai pour moi-même et voulant toutefois en avoir beaucoup plus[1]. » Du « labyrinthe » des premières pages à la résolution de Rousseau de « travailler à [s]es confessions » (tome II, livre XII, p. 458), l'œuvre se donne à lire dans la mouvance des écritures à la première personne qui l'ont précédée et qui l'accompagnent, qu'elles soient religieuses, historiques ou romanesques, mais son auteur veut d'emblée se situer au-delà, ailleurs. Il cherche à donner de lui une image dépouillée de tout artifice, de toute rhétorique de séduction, de toute contrainte de bienséance. Dès la première ligne il nous assène un *Ecce homo* catégorique : « Voici le seul portrait d'homme, peint exactement d'après nature et dans toute sa vérité, qui existe et qui probablement existera jamais[2]. »

On peut risquer, dans *Les Confessions*, les parcours les plus variés ; on peut accentuer leurs résonances dramatiques, et montrer comment leur héros ne cesse de tomber de Charybde en Scylla ; on peut également suivre le fil d'une morale en gestation qui devient revendication d'une singularité ; on peut lire ces douze livres comme la traversée du siècle, comme une galerie de portraits, comme un roman de formation, mais aussi, dans les derniers livres, comme un manuel de survie, le carnet de bord d'un accusé plus ou moins imaginaire, voire, pour parler le langage d'aujourd'hui, comme une autoanalyse. *Les Confessions* sont tout cela et plus encore : une composition par péripéties, élégie des bonheurs

1. P. 180. En mai 1771, le lieutenant de police de Paris interdit les lectures publiques des *Confessions* à la demande de M^me^ d'Épinay.
2. P. 43. Cet *incipit* appartient au manuscrit de Genève. Voir la « Note sur la présente édition », p. 39.

interrompus et plaidoyer d'un exilé chronique, tout cela dans la tradition teintée d'obsession du regard sur soi, de l'examen de minuit, dirait Baudelaire. Livre à strates, on en conviendra, qui dès le premier paragraphe se donne pour objet l'impossible : montrer « *un* homme dans toute la vérité de *la* nature » (p. 47 ; nous soulignons). Les déterminants vont ici du singulier à l'universel, de l'anecdote à l'essence. La vérité est celle d'un corps, que l'on verra souffrir ou jouir, elle est vérité d'une conscience, apaisée ou dans les tourments, mais aussi vérité des sentiments, par conséquent certitude et ambivalence, chronique d'une catastrophe sociale annoncée.

*Les Confessions* sont l'histoire, l'exploration d'une vie, mais on leur ajouterait volontiers en sous-titre : *Comment j'ai écrit certains de mes livres*[1]. Un récit de genèse s'associe progressivement au récit des amours et des humeurs. Loin de s'en distinguer, il s'y fond, il s'y confond, et la nécessité des œuvres apparaît avec autant d'évidence que celle des faits, comme si l'homme et l'homme de lettres malgré lui ne faisaient qu'un, quoi qu'il en dise : « Je me suis trouvé, je ne sais comment, enrôlé parmi les gens de lettres », écrit Rousseau au livre VI (p. 366), et plus loin : « Je ne me sentais pas assez savant et ne me croyais pas assez d'esprit pour briller dans la république des lettres et faire une fortune par cette voie » (p. 408). Il reviendra au livre VII (tome II) sur « les académiciens et autres gens de lettres avec lesquels [il] étai[t] déjà faufilé » (p. 28). Cette posture de l'intrus, Rousseau en fera parade jusqu'à la fin des *Confessions*. Elle le conduit à dénigrer subtilement sa protectrice, M$^{me}$ Dupin, qui « aimait à voir tous les gens qui jetaient de l'éclat : les grands, les gens de lettres,

1. Pour reprendre le titre de Raymond Roussel.

les belles femmes » (tome II, livre VII, p. 33). Nous sommes dans le monde des apparences, celui de l'ostentation de la naissance, du livre et du décolleté. Quand il décidera de vivre de copies de musique, Rousseau se décrira comme « un copiste de quelque célébrité dans les lettres » (tome II, livre VIII, p. 130-131), mettant ainsi sur le même plan deux pratiques d'écriture antagonistes, comme si Flaubert se flattait de devenir Bouvard ou Pécuchet. Mais le copiste, au moins, ne craint pas l'incompréhension, la malveillance, la cabale, qui sont le pain quotidien des littérateurs. Un seul, parmi eux, sauve sa peau : Duclos, l'auteur des *Confessions du comte de* *** mentionnées plus haut (p. 14) ; Duclos est en effet le seul littérateur à montrer que « la droiture et la probité peuvent s'allier quelquefois avec la culture des lettres » (tome II, livre VIII, p. 141). Les autres deviennent, peu à peu, des ennemis. Rousseau écrit ainsi en solitaire, après avoir rompu à peu près tout commerce avec les représentants du Paris intellectuel, et stigmatisé « leurs honteuses querelles, leur peu de bonne foi dans leurs livres, leurs airs tranchants dans le monde » (*ibid.*, p. 166), auxquels il ajoutera, au livre X (tome II), leur « très irritable amour-propre » (p. 314). Ce portrait de l'homme de lettres qu'il esquisse par touches successives, c'est son antiportrait, et les défauts des uns s'affichent en qualités chez l'autre. S'il écrit, s'il publie, il n'est pas des leurs. Il est seul.

Bateleur de son propre drame, Jean-Jacques multiplie donc les adresses au lecteur, jusqu'à lui souffler à l'oreille : « Je voudrais pouvoir en quelque façon rendre mon âme transparente aux yeux du lecteur, et pour cela je cherche à la lui montrer sous tous les points de vue, à l'éclairer par tous les jours, à faire en sorte qu'il ne s'y passe pas un mouvement qu'il n'aperçoive, afin qu'il puisse juger par lui-même du principe qui les produit[1]. » Le précepteur, dans l'*Émile*, saura tout de son disciple, et M. de Wolmar, dans *La Nouvelle Héloïse*, sera surnommé « l'œil vivant[2] ». « Le temps peut lever bien des voiles », lit-on à la fin du livre VI (p. 410) ; l'écriture, dans la seconde partie des *Confessions*, a en partie ce pouvoir.

L'homme qui rédige les livres VII à XII est toujours en quête du Moi, mais il livre un autre combat : comme les éditions pirates accompagnent, au XVIII$^{e}$ siècle, la parution de tout livre à succès, un faux Rousseau, dit-il, est apparu, imposture que ses ennemis entretiennent *mezza voce*, et que le vrai Rousseau va s'employer à pourfendre en une auto-réhabilitation qui, au-delà de l'anecdote, semble une tentative désespérée pour corriger et imposer une image véritable, comme si la pire catastrophe était, pour le solitaire détaché du monde, l'erreur de l'opinion. Face à ses ennemis opaques, obscurs, il se met à nu pour ne pas jouer leur jeu, il se montre pour leur échapper et pratique, si l'on ose dire, une transparence de défense qui rend, par exemple, pénible le récit de sa brouille avec M$^{me}$ d'Épinay : chicaneries d'amitié, de dépit, de déception ; le paradis s'envenime. Le sentiment exacerbé d'être observé, prisonnier dans son quotidien, s'exprime crûment : « les planchers sous lesquels je suis ont des yeux, les murs qui m'entourent ont des oreilles, environné d'espions et de surveillants malveillants et vigilants, inquiet et distrait je jette à la hâte sur le papier quelques mots interrompus qu'à peine j'ai le temps de relire, encore moins de corriger » (tome II,

1. Livre IV, p. 277. Sur ce thème fondamental, voir l'ouvrage de Jean Starobinski, *Jean-Jacques Rousseau : La transparence et l'obstacle*, Gallimard, « Tel », 1976.

2. *La Nouvelle Héloïse*, quatrième partie, lettre XII. « J'aime à lire dans les cœurs des hommes », dit Wolmar.

livre VII, p. 16). Le symptôme tourne au procédé, et *Les Confessions* deviennent une bouteille à la mer dans le « naufrage » (tome II, livre X, p. 371), une parole d'urgence et de salut.

Une des grandes nouveautés des *Confessions* est de nous convier à participer à leur élaboration. L'adresse au lecteur y est en effet très fréquente. Dès le livre I, après l'épisode du peigne cassé, Rousseau conclut une description du cabinet de M. Lambercier, chez qui il est en pension, par un *a parte* significatif : « Je sais bien que le lecteur n'a pas grand besoin de savoir tout cela ; mais j'ai besoin, moi, de le lui dire. Que n'osé-je lui raconter de même toutes les petites anecdotes de cet heureux âge, qui me font encore tressaillir d'aise quand je me les rappelle. Cinq ou six surtout… composons. Je vous fais grâce des cinq, mais j'en veux une, une seule ; pourvu qu'on me la laisse conter le plus longuement qu'il me sera possible, pour prolonger mon plaisir » (p. 70). Composer est ici négocier. Quelqu'un nous parle en se parlant. Voyeur, témoin, interlocuteur, juge, le lecteur est tout cela, et il devient l'un des personnages des *Confessions*. Qu'il sympathise ou qu'il réprouve, qu'il s'indigne ou reste perplexe, c'est à lui qu'est destinée la sinueuse remémoration.

Au livre I, qui donne le *la*, il peut être pris à partie sur le mode burlesque : « Ô vous, lecteurs curieux de la grande histoire du noyer de la terrasse, écoutez-en l'horrible tragédie, et vous abstenez de frémir, si vous pouvez » (p. 71). L'auteur peut aussi susciter une identification qui le disculpe, comme pendant l'épisode de la pomme que l'enfant ne parvient pas à voler : « Lecteur pitoyable, partagez mon affliction » (p. 87). En souriant de ce pathos où entre une bonne part d'ironie, nous jouons le jeu de ces *captationes* récurrentes qui nous préparent, plus subtilement, non plus à observer Jean-Jacques, mais à le deviner : « À mesure qu'avançant dans ma vie le lecteur prendra connaissance de mon humeur, il sentira tout cela sans que je m'appesantisse à le lui dire » (p. 91-92). Aussi est-il difficile de rester indifférent aux *Confessions* : leur auteur a besoin de nous, il nous appelle, nous interpelle[1], et nous confie l'avenir de son image, l'avenir de sa vérité.

L'entreprise est périlleuse. Elle suppose notre intérêt, notre bienveillance, notre participation. C'est un lecteur idéal que Rousseau suscite par multiples touches, c'est un ami, c'est un frère. Peut-être aimerions-nous, parfois, que l'auteur relâche la tension qui se crée au fil des pages. Nous regimbons d'être « forcé[s] de faire attention » (p. 118). Nous nous agaçons de certaine taquinerie qui conclut l'épisode des cerises. Le jeune homme, qui a passé la journée avec deux charmantes demoiselles, se flatte d'avoir baisé la main de l'une des deux, et rien de plus. « Ceux qui liront ceci, écrit-il, ne manqueront pas de rire de mes aventures galantes, en remarquant qu'après beaucoup de préliminaires, les plus avancées finissent par baiser la main. Ô mes lecteurs, ne vous y trompez pas. J'ai peut-être eu plus de plaisir dans mes amours en finissant par cette main baisée, que vous n'en aurez jamais dans les vôtres, en commençant tout au moins par là » (p. 228). Qu'en sait-il ?

Plus encore : l'auteur nous prête des sentiments, anticipe sur nos réactions. Ainsi, lorsque M$^{me}$ de Warens décide d'initier son pupille à l'amour physique, bien qu'elle soit la maîtresse de Claude Anet, Rousseau justifie sa bienfaitrice, à laquelle il prête un « tempérament de glace », en faisant de cette initiation un acte pédagogique et du ménage à trois la preuve de l'innocence des cœurs : « Le lecteur déjà révolté juge qu'étant possédée par un autre homme elle se dégradait à mes yeux en se

1. On notera que ce procédé de complicité est très fréquent dans le roman au XVIII$^{e}$ siècle.

partageant, et qu'un sentiment de mésestime attiédissait ceux qu'elle m'avait inspirés : il se trompe » (p. 306). Telle est la limite de l'adresse : en anticipant notre réaction, Rousseau, avec la sincérité calculée qui est la sienne, nous dicte le sens. Le recours au lecteur cesse d'être un faux dialogue et devient un monologue à deux personnages, comme, plus tard, dans le vertigineux *Rousseau juge de Jean-Jacques.* Livre après livre, l'énonciation devient de plus en plus complexe ; elle fabrique un lecteur protéiforme, apte à changer de nature, de statut et de fonction selon les circonstances narratives.

« Pour moi, je me tais », lance Rousseau dans le livre XI (tome II, p. 396), mais il reprend aussitôt la parole pour nous livrer de nouveaux éléments de sa vie. Une figure particulière du lecteur s'impose peu à peu dans les derniers livres des *Confessions* : celle de l'enquêteur. On se souvient que l'ouvrage fut composé dans un sentiment de persécution qui confina, parfois, au délire. L'enjeu apparaît, au livre XII, bien différent de celui des premiers livres où il s'agissait de comprendre un être humain à l'aide d'une série de scènes emblématiques, de symboles. Dans le dernier livre (tome II), après avoir évoqué « l'opprobre et les malheurs » qui « tombent sur [lui] comme d'eux-mêmes et sans qu'il y paraisse » (p. 431), Rousseau nous transmet le relais de sa paranoïa : « Si parmi mes lecteurs il s'en trouve d'assez généreux pour vouloir approfondir ces mystères et découvrir la vérité, qu'ils relisent avec soin les trois précédents livres, qu'ensuite à chaque fait qu'ils liront dans les suivants ils prennent les informations qui seront à leur portée, qu'ils remontent d'intrigue en intrigue et d'agent en agent jusqu'aux premiers moteurs de tout, je sais certainement à quel terme aboutiront leurs recherches, mais je me perds dans la route obscure et tortueuse des souterrains qui les y conduiront » (*ibid.*, p. 431-432).

Qui sont ces « premiers moteurs » ? Les premiers amis, devenus sous sa plume le « clan holbachique » : autour du baron d'Holbach, Grimm, Diderot, d'Alembert, mais aussi le ministre Choiseul, Tronchin (le médecin de Voltaire), Voltaire lui-même, et même les protectrices, M^me^ d'Épinay, M^me^ de Luxembourg… Les *Dialogues* seront consacrés à évoquer leurs efforts pour rendre Rousseau fou. Susceptible, suspicieux, celui-ci en viendra à soupçonner tout Paris. Les instigateurs du complot sont à ses yeux des ennemis acharnés à le perdre aux yeux de l'opinion et à défigurer ses œuvres. Ils font de lui un monstre. Au lecteur est confiée la tâche de les nommer ; à lui de démonter les rouages du mal : Rousseau doit se contenter des faits et de quelques allusions. Il nous communique, peu à peu, le sentiment de menace qui grandit en lui et transforme la lecture de son autobiographie en déchiffrement d'un rébus. Nous quittons le « labyrinthe obscur et fangeux » de la vie intérieure pour emprunter, en miroir, « la route obscure et tortueuse des souterrains » du monde réel.

On comprend le silence des invités de la comtesse d'Egmont au terme de la lecture intégrale du texte : qui voudrait s'avancer d'un pas, d'une parole, dans ce dédale ? Notre sympathie découvre sa limite, une limite que l'auteur lui-même a fixée entre lui et nous : celle de la solitude. Face à des lecteurs « obstinés à juger toujours de [lui] par eux-mêmes, quoiqu'ils aient été forcés de voir dans tout le cours de [s]a vie mille affections internes qui ne ressemblaient point aux leurs », l'auteur des *Confessions* devient par avance le promeneur solipsiste des *Rêveries* : « Mais quoi qu'ils en puissent croire ou dire, écrit-il, je n'en continuerai pas moins d'exposer fidèlement ce que fut, fit et pensa J.-J. Rousseau, sans expliquer ni justifier les singularités de ses sentiments et de ses idées, ni rechercher si d'autres ont pensé comme lui » (tome II, livre XII, p. 505-506). Ce qui revient, après avoir tant sollicité son lecteur, à lui claquer la porte au nez.

Rousseau, avec toute sa finesse, son immense savoir, sa complexe simplicité, est un provocateur-né. Une violence latente hante *Les Confessions*, qui sont faites d'accidents, de ruptures, de transgressions, de scandales. L'enfant, l'adolescent, l'homme de lettres malgré lui font l'expérience de la vie comme d'une substance fulminante : « Je voulus […] faire de l'encre de sympathie. Pour cet effet après avoir rempli une bouteille plus qu'à demi de chaux vive, d'orpiment et d'eau je la bouchai bien. L'effervescence commença presque à l'instant très violemment. Je courus à la bouteille pour la déboucher mais je n'y fus pas à temps ; elle me sauta au visage comme une bombe » (p. 336). Empoisonné, aveuglé, choqué, l'apprenti chimiste survit. Tels sont les risques, lira-t-on entre les lignes, de la *sympathie* : quel accord, quelle entente, quel amour ne finissent par vous éclater au nez ?

Cet éclat d'un moment, l'écriture le retrouve intact, comme si, pour l'affect, le temps ne passait pas. L'irrémédiable entre dans le texte avec, à la fin du livre I, ces portes qui se ferment, un soir, à Genève, un peu trop tôt : « À vingt pas de l'avancée, je vois lever le premier pont. Je frémis en voyant en l'air ces cornes terribles, sinistre et fatal augure du sort inévitable que ce moment commençait pour moi » (p. 98). Que d'adjectifs ! « Dans le premier transport de ma douleur je me jetai sur le glacis et mordis la terre », continue Jean-Jacques. Le langage du corps remplace le discours, comme à l'arrivée sur le territoire de Berne, à la fin du livre XI (tome II) : « je fis arrêter ; je descendis, je me prosternai, j'embrassai, je baisai la terre » (p. 429). Une réaction aussi théâtrale que symbolique, codifiée dans son outrance. Le corps en dit trop, comme au spectacle de M^me^ Basile en train de broder devant sa fenêtre : « Il régnait dans toute sa figure un charme que j'eus le temps de considérer, et qui me mit hors de moi. Je me jetai à genoux à l'entrée de la chambre en tendant les bras vers elle d'un mouvement passionné » (p. 142). Le scandale est dans ce manque de maintien, dans cette incapacité à maîtriser l'émotion. Au début du livre III, M^lle^ de Breil en fait les frais : « En approchant [pour lui donner à boire] je fus saisi d'un tel tremblement qu'ayant trop rempli le verre je répandis une partie de l'eau sur l'assiette et même sur elle » (p. 169-170).

Ces manifestations intempestives de ce qui se passe « sous la peau », le récit ne se contente pas d'en rendre compte ; il donne à voir les réactions de l'entourage face à un énergumène qui s'abandonne aux forces irrépressibles du dedans : les petits camarades de Genève, enfermés à l'extérieur avec Jean-Jacques, se contentent de rire ; le cocher qui a conduit le fuyard à la frontière bernoise « [le] crut fou » ; quant au frère de M^lle^ de Breil, laquelle « rougit jusqu'au blanc des yeux » de se voir ainsi arrosée par un valet, il « me demanda étourdiment, se souvient Rousseau, pourquoi je tremblais si fort ». Le lecteur, quant à lui, accompagne le héros dans son trouble et partage ses émotions, mais il peut aussi choisir de se ranger parmi les spectateurs.

Cette émotivité que Jean-Jacques met en scène est dans le goût du temps[1] ; elle se veut aussi la preuve d'une irrépressible sincérité, elle va de pair avec une véritable propension à l'extase : en témoigne, en 1749, sur le chemin de Paris à Vincennes, par une « chaleur excessive », la scène fondatrice de l'« illumination ». Rousseau, qui va rendre visite à Diderot, mis à l'ombre, on l'a vu, pour sa *Lettre sur les aveugles*, lit en marchant

1. On songe aux tableaux de Greuze, mais aussi à l'accentuation des gestes et des postures dans les gravures de *La Nouvelle Héloïse*.

(comment fait-il ?) *Le Mercure de France*. « Je tombai, dit-il, sur cette question proposée par l'Académie de Dijon pour le prix de l'année suivante : *Si le progrès des sciences et des arts a contribué à corrompre ou à épurer les mœurs ?* À l'instant de cette lecture je vis un autre univers et je devins un autre homme (tome II, livre VIII, p. 113). »

Dans « une agitation qui tenait du délire », il compose « en crayon sous un chêne » la prosopopée de Fabricius, morceau d'éloquence à l'antique où le plus austère des Romains fait entendre sa voix d'outre-tombe à ses contemporains efféminés, impurs. Brûlez tout, leur intime-t-il : vos œuvres d'art, vos belles toges, vos palais. Alors la civilisation, nettoyée de ses mensonges, retrouvera son austère et originelle authenticité. La rhétorique dénonce au passage la rhétorique, dont elle exploite superbement les effets : il ne s'agit que d'un concours académique, dont Rousseau gagnera le premier prix, mais nous sommes en même temps au cœur des *Confessions*, dans la déflagration de l'homme nouveau. Le livre VII, où l'on voit Jean-Jacques vivoter de musique et de compilations à Paris, avant le fiasco de Venise[1], est bien dans la trajectoire des essais et des échecs des six premiers livres. Mais dès les premières pages du livre VIII, nous assistons à une métamorphose : « Tout le reste de ma vie et de mes malheurs, constate l'auteur du *Discours sur les sciences et les arts*, fut l'effet inévitable de cet instant d'égarement ». Un tel jugement peut paraître bien amer, mais c'est un jugement *a posteriori*. Dans d'autres passages, Rousseau présente l'« illumination » de Vincennes comme une révélation quasi divine, ayant entraîné une véritable conversion : « Toutes mes petites passions furent étouffées, écrit-il, par l'enthousiasme de la vérité,

1. Voir l'épisode célèbre et impudique de la Zulietta dans le livre VII (tome II), p. 70-73.

de la liberté, de la vertu, et ce qu'il y a de plus étonnant est que cette effervescence se soutint dans mon cœur durant plus de quatre ou cinq ans à un aussi haut degré peut-être qu'elle ait jamais été dans le cœur d'aucun autre homme » (*ibid.*, p. 114-115). L'« enthousiasme » est à lire en son sens originel[1] : une exaltation qui porte l'être au-delà de lui-même ; il nous rappelle aussi une autre scène, où l'on voyait un chimiste amateur tenter dans une bouteille une réaction hasardeuse : « L'effervescence, avait-on lu, commença presque à l'instant très violemment. » Cette fois, il est la bouteille.

Comme les Romains étaient censés abandonner leurs beaux habits, Rousseau renonce à ces signes extérieurs de pouvoir et de richesse qui, sous l'Ancien Régime, permettent en un regard une lecture du statut : « je quittai la dorure et les bas blancs, je pris une perruque ronde[2], je posai l'épée, je vendis ma montre, en me disant avec une joie incroyable : Grâce au Ciel, je n'aurai plus besoin de savoir l'heure qu'il est » (tome II, livre VIII, p. 131). L'auteur du *Devin du village*, fils d'un horloger genevois, a la chance inouïe de pouvoir approcher un roi de France, mais son principal souci est d'ordre physiologique : « Ma première idée, après celle de cette représentation se porta sur un fréquent besoin de sortir qui m'avait fait beaucoup souffrir le soir même au spectacle, et qui pouvait me tourmenter le lendemain quand je serais dans la galerie ou dans les appartements du Roi parmi tous ces grands, attendant le passage de Sa Majesté » (*ibid.*, p. 152). Et c'est le corps, à nouveau, qui l'emporte. Par système et par cystite, il quitte la cour avant de recevoir les compliments de Louis XV, ne

---

1. « Fureur divine, état physique désordonné comme celui des sibylles qui rendaient des oracles en poussant des cris, écumant, roulant les yeux » (Littré). 2. On notera qu'il n'adopte pas la solution radicale de ne plus porter de perruque, qui l'eût désigné comme un homme du peuple.

devient pas l'homme du jour, mais un objet de curiosité, bientôt un errant de la suspicion, puis l'expulsé perpétuel, future légende[1].

Le 9 juin 1762, l'auteur de l'*Émile*, décrété de prise de corps[2], doit quitter précipitamment Montmorency ; il croise « quatre hommes en noir qui, dit-il, me saluèrent en me souriant » (tome II, livre XI, p. 425) : ils l'ont reconnu, ils le laissent filer. Essayons d'imaginer qu'ils l'aient attrapé, arrêté, qu'ils aient conduit à Vincennes ou à la Bastille cet encombrant prisonnier qui « ne voulait ni mentir ni changer son nom » (*ibid.*, p. 426). Combien de temps y serait-il resté ? Comment aurait-il concilié stoïcisme et paranoïa ? Aurait-il pu contenir « la colère, la fureur même » (*ibid.*, p. 427) de ses premières réactions ? Autant de questions qui doivent rester sans réponse. À cinquante ans, Rousseau n'explose plus : nouvel Antée, il embrassera bientôt, en franchissant la frontière du royaume de France, la terre qu'il avait mordue trente-quatre ans auparavant devant les portes fermées de Genève[3]. De l'énergie fulminante des années d'apprentissage au renouveau forcé des années de déménagements, l'itinéraire de l'auteur des *Confessions* est celui d'une force qui va, non vers la mort et le chaos, mais vers l'adéquation d'une haute et constante image de soi avec les misères d'un destin.

Rares, en effet, sont les moments de grâce où règne entre le Moi et le monde l'accord parfait de la sensation et du cœur. Éphémères sont les paradis. Comme les

---

1. L'Album Rousseau, dans la « Bibliothèque de la Pléiade » (Gallimard, 1976), propose une série de gravures qui figent dans l'imaginaire, et de manière imaginaire, de nombreuses scènes de la vie de Rousseau. 2. C'est-à-dire passible d'un mandat d'arrêt. 3. Juste avant l'« illumination », on peut lire : « Les arbres de la route toujours élagués à la mode du pays ne donnaient presque aucune ombre, et souvent rendu de chaleur et de fatigue, *je m'étendais par terre* n'en pouvant plus » (tome II, livre VIII, p. 113 ; nous soulignons).

romans-mémoires dont raffolait le XVIIIe siècle, où le héros ne se bâtit une tranquillité que pour la perdre aussitôt, *Les Confessions* sont faites d'alternances. Elles commencent mal : « Je naquis infirme et malade ; je coûtai la vie à ma mère, et ma naissance fut le premier de mes malheurs[1]. » Elles se poursuivent sur un mode moins lugubre : le bonheur à Bossey fait entendre une « petite phrase » qui, comme celle de Vinteuil dans la *Recherche*, parcourt toute l'œuvre : « Tout nourrissait dans mon cœur les dispositions qu'il reçut *de la nature* » (p. 60 ; nous soulignons). Cette quiétude originelle est la seule authentique. Elle est le gage d'une « sympathie des âmes » (p. 111), d'un accord parfait dont les incidents de la vie viendront rompre la fluidité. « Je ne connaissais rien d'aussi charmant, se souvient Rousseau, que de voir tout le monde content de moi et de toute chose » (p. 60). L'imparfait de l'indicatif a ce pouvoir de gommer les bords d'une époque, d'en réitérer les plaisirs. Nous sommes déjà à Clarens, dans l'unisson des cœurs de *La Nouvelle Héloïse*.

Mais l'enfant reçoit une fessée : « Après l'exécution, je la trouvai moins terrible à l'épreuve que l'attente ne l'avait été, et ce qu'il y a de plus bizarre est que ce châtiment m'affectionna davantage encore à celle qui me l'avait imposé » (p. 61). Nous quittons la douce durée de l'Éden affectif ; l'incident en a arrêté le cours ; les conséquences vont maintenant s'enchaîner jusqu'à la chute : « J'avais trouvé dans la douleur, dans la honte même, un mélange de sensualité qui m'avait laissé plus de désir que de crainte de l'éprouver derechef par la même main. » Dans l'euphorie de l'amour universel,

---

1. Livre I, p. 50. Plus loin Rousseau ajoute : « J'étais né presque mourant ». Chateaubriand s'en souviendra dans les *Mémoires d'outre-tombe* : « J'étais presque mort quand je vins au jour » (première partie, livre premier, chap. 3).

dans la « simplicité » de la « vie champêtre », on ne veut rien. Mais dans le temps humain, rien n'est donné de ce que l'on désire. À une existence étale succède la vie décevante, empoisonnée, d'une volonté qui cherche la volupté. Il faut désormais se mettre en quête d'une paume complaisante, capable de renouveler les délices de « ce goût bizarre » dont Rousseau parle si bien en étant si peu explicite : la « punition des enfants », la « correction », le désir, devant les « belles personnes », de les « mettre en œuvre ». Un voile de périphrases rend la scène d'autant plus intense qu'inavouable. On entend ici le silence des premiers auditeurs des *Confessions* lorsque leur auteur déclare qu'« être aux genoux d'une maîtresse impérieuse, obéir à ses ordres, avoir des pardons à lui demander, étaient pour [lui] de très douces jouissances » (p. 64-65). La scène est galante, un rien chevaleresque, mais aussi naïvement, naturellement perverse. Voilà le lecteur promu confesseur, voilà fondée l'auto-sexographie, l'intime promu à la première personne, le Moi occidental déballé en librairie avec le succès que l'on connaît. En levant la main sur Rousseau, M^lle^ Lambercier fait se lever les légions de l'Ego.

Bossey aboli, le souvenir ne s'évapore pas, car l'écriture a ce pouvoir de rendre au passé sa vibration. Suivent l'histoire de M^lle^ de Vulson, puis celle de M^lle^ Goton, que clôt l'énigmatique « *Goton tic tac Rousseau* », d'autant plus voluptueux qu'aux deux bouts de l'onomatopée se regardent le diminutif hypocoristique et l'illustre patronyme. *Les Confessions* sont une anthologie de l'affect, des morceaux choisis de la jouissance, emblématiques dans leur banalité. Les catastrophes y sont d'abord celles de la vie : se disputer, ne plus être aimé, devoir quitter un lieu où l'on est bien.

Il est, certes, dans les six premiers livres, des moments quasi divins, comme le bonheur aux Charmettes auprès de « Maman »[1]. Moments hors du temps, moments volés aux malheurs à venir, mais l'autre plateau de la balance bientôt s'enfonce sous le poids des remords : épisode du « ruban volé[2] », crise d'épilepsie de M. Le Maître[3], mais aussi Wintzenried roi des Charmettes[4], désastre pédagogique de Lyon[5], effondrement physique et psychique que quelques heures dans le lit de M^me^ de Larnage[6] ne suffisent pas à réparer. Dès la fin du livre I, l'annonce récurrente du pire accompagne en contrepoint les exultations du héros. Après avoir imaginé que sa vie aurait pu être autre s'il était resté modeste artisan genevois, Rousseau s'exclame, en *captatio* conclusive : « Au lieu de cela...... quel tableau vais-je faire ? Ah ! n'anticipons point sur les misères de ma vie ! Je n'occuperai que trop mes lecteurs de ce triste sujet » (p. 100). Il lui reste en effet beaucoup de « malheurs » (p. 157) pour alimenter notre compassion voyeuriste, et nous avons encore à lire « les plus grandes extravagances » (p. 216). L'ours Rousseau, l'ermite de l'Ermitage, l'homme traqué ne trouve la paix que parmi les fleurs des champs, et c'est nous qui sommes des monstres, souillés de civilisation, inextricables à force de duplicités, de compromis, de mensonges. Des *Confessions* comme acte d'accusation : vous ne savez pas vivre, nous dit Jean-Jacques, vous ne savez pas ressentir. Mon chant d'amour est plus pur que le vôtre :

> Voici encore une autre folie romanesque[7] dont *jamais* je n'ai pu me guérir, et qui, jointe à ma timidité naturelle,

---

**1.** Dans les premières pages du livre VI. **2.** Livre II, p. 154. Rousseau est le coupable ; il accuse Marion, la servante, qui est chassée. Que devient-elle ? **3.** Livre III, p. 215. Qu'il abandonne inconscient en pleine rue. Que devient-il ? **4.** Livre VI, p. 395. Un rude gaillard, qui prend « Maman » et le domaine en main. **5.** Livre VI, p. 403. « Tout ce que je faisais était précisément ce qu'il ne fallait pas faire » (p. 404). **6.** Livre VI, p. 381 *sq.* « Des amours de voyage ne sont pas faits pour durer » (p. 387). **7.** L'amour pour M^me^ Basile, dans le livre II, p. 144-145. Nous soulignons.

a *beaucoup* démenti les prédictions du commis. J'aimais *trop* sincèrement, *trop* parfaitement, j'ose dire, pour pouvoir aisément être heureux. *Jamais* passions ne furent en même temps *plus* vives et *plus* pures que les miennes ; *jamais* amour ne fut *plus* tendre, *plus* vrai, *plus* désintéressé. J'aurais *mille fois* sacrifié mon bonheur à celui de la personne que j'aimais ; sa réputation m'était *plus* chère que ma vie, et *jamais* pour *tous* les plaisirs de la jouissance je n'aurais voulu compromettre un moment son repos. Cela m'a fait apporter *tant* de soins, *tant* de secret, *tant* de précaution dans mes entreprises que *jamais* aucune n'a pu réussir. Mon peu de succès près des femmes est *toujours* venu de les *trop* aimer.

Une telle rafale d'hyperboles peut faire sourire, mais elle rappelle d'abord la passion du jeune Jean-Jacques pour les romans précieux. L'écriture démultiplie tout autant les émois sentimentaux que les accès de persécution. En son outrance, Rousseau reste sincère. Son monde intérieur se nourrit d'une violence passionnelle qui mêle ennemis et amours, fantômes d'espions et ombres de femmes. Qu'il raisonne ou déraisonne, il reste l'enfant d'un siècle où le sentiment et l'analyse n'étaient pas contradictoires. Comme l'écrit Claire à sa cousine dans *La Nouvelle Héloïse*, les Genevois « dissertent au lieu de causer ; on les croirait toujours prêts à soutenir thèse ». En même temps, « avec ce ton dogmatique et froid ils sont vifs, impétueux, et ont les passions très ardentes[1] ».

Donner à l'éruption une structure, un ordre, un sens, telle est la gageure, dictée par le caractère même de ce dichotomique Genevois :

Deux choses presque inalliables s'unissent en moi sans que j'en puisse concevoir la manière : un tempérament très ardent, des passions vives, impétueuses, et des idées lentes

1. *La Nouvelle Héloïse*, sixième partie, lettre V.

> à naître, embarrassées, et qui ne se présentent jamais qu'après coup. On dirait que mon cœur et mon esprit n'appartiennent pas au même individu. Le sentiment plus prompt que l'éclair vient remplir mon âme, mais au lieu de m'éclairer il me brûle et m'éblouit. Je sens tout et je ne vois rien. Je suis emporté mais stupide ; il faut que je sois de sang-froid pour penser (p. 193).

L'énergie est là, mais vaine, elle « éblouit » : elle rend aveugle, comme la bouteille qui explose et dont l'invisible, l'illisible encre « de sympathie » devient poison. En proie à l'émotion, écrit Jean-Jacques, « je ne sais rien voir de ce que je vois » (p. 195). La déflagration intérieure l'emporte ; elle fait de lui un intempérant du sentiment, dévasté par une sensibilité certes sublime, mais obscène, malédiction de l'homme social, mais condition de l'écriture[1], comme dans ce bref autoportrait du Citoyen après les *Discours* et la grande « réforme » :

> Je ne jouai rien ; je devins en effet tel que je parus, et pendant quatre ans au moins *que dura cette effervescence dans toute sa force*, rien de grand et de beau ne peut entrer dans un cœur d'homme, dont je ne fusse capable entre le Ciel et moi. Voilà d'où naquit ma subite éloquence ; voilà d'où se répandit dans mes premiers livres ce feu vraiment céleste qui m'embrasait, et dont pendant quarante ans il ne s'était pas échappé la moindre étincelle, parce qu'il n'était pas encore allumé (tome II, livre IX, p. 203, nous soulignons).

Rousseau se peint ici en *vates*, devin des lettres, rhéteur illuminé, possédé des Lumières… On songe irrésistiblement à ce que le libertin Saint-Fond dira à Juliette dans *Les Prospérités du vice* après avoir évoqué son « effervescence de tête » : « Ce sont de ces choses nécessaires dont le projet émeut nos passions, mais qui,

1. « Quand je me passionne, je sais trouver quelquefois ce que j'ai à dire », a prévenu Rousseau au livre I, p. 90.

quoique conçues dans le moment de leur délire, n'en doivent pas moins être exécutées dans le calme[1]. »

Rousseau est à l'Ermitage, en 1756, avec Thérèse et sa mère. Il se décrit « dévoré du besoin d'aimer » (tome II, livre IX, p. 215) et, pour tromper le désir, arpente, songeur, la forêt de Montmorency : « Je faisais ces méditations dans la plus belle saison de l'année, au mois de juin, sous des bocages frais, au chant du rossignol, au gazouillement des ruisseaux. Tout concourut à me replonger dans cette mollesse trop séduisante pour laquelle j'étais né mais dont le ton dur et sévère où venait de me monter *une longue effervescence* m'aurait dû délivrer pour toujours » (*ibid.*, p. 216 ; nous soulignons). Il a trop pensé, trop écrit : la *Lettre sur la musique française* en 1753, le *Discours sur l'inégalité* en 1754, l'article « Économie politique » de l'*Encyclopédie* en 1755, enfin la *Lettre sur la Providence*, en réponse à Voltaire et à son *Désastre de Lisbonne*, en 1756. Après cette « longue effervescence » intellectuelle, la déflagration est libidinale : « Je me vis entouré d'un sérail de houris de mes anciennes connaissances, pour qui le goût le plus vif ne m'était pas un sentiment nouveau. Mon sang s'allume et pétille, la tête me tourne malgré mes cheveux déjà grisonnants, et voilà le grave citoyen de Genève, voilà l'austère Jean-Jacques à près de quarante-cinq ans redevenu tout à coup le berger extravagant[2]. » Le mélange détonant de sa jeunesse l'avait aveuglé ; en 1756, le philosophe en proie à un « feu dévorant » devient visionnaire, comme le content les lignes célèbres sur la genèse de *La Nouvelle Héloïse* :

1. Sade, *Histoire de Juliette*, deuxième partie, Gallimard, « Bibliothèque de la Pléiade », éd. de Michel Delon, 1998, p. 371.
2. *Ibid. Le Berger extravagant* (1627) est un roman de Charles Sorel, parodie de la littérature précieuse.

L'impossibilité d'atteindre aux êtres réels me jeta dans le pays des chimères, et ne voyant rien d'existant qui fût digne de mon délire, je le nourris dans un monde idéal que mon imagination créatrice eut bientôt peuplé d'êtres selon mon cœur. Jamais cette ressource ne vint plus à propos et ne se trouva si féconde. Dans mes continuelles extases je m'enivrais à torrents des plus délicieux sentiments qui jamais soient entrés dans un cœur d'homme. Oubliant tout à fait la race humaine, je me fis des sociétés de créatures parfaites aussi célestes par leurs vertus que par leurs beautés, d'amis sûrs, tendres, fidèles, tels que je n'en trouvai jamais ici-bas. Je pris un tel goût à planer ainsi dans l'empyrée au milieu des objets charmants dont je m'étais entouré que j'y passais les heures, les jours sans compter, et perdant le souvenir de toute autre chose, à peine avais-je mangé un morceau à la hâte que je brûlais de m'échapper pour courir retrouver mes bosquets (tome II, livre IX, p. 217).

Après l'« illumination de Vincennes », faut-il parler d'une « illumination de Montmorency » ? Le « délire » est présent dans les deux évocations[1], de même que le sentiment de vivre une expérience unique « dans un cœur d'homme ». Après l'extase intellectuelle, qui avait suscité Fabricius, l'extase amoureuse donne la parole à des personnages de roman, à une prosopopée de « chimères ». L'écriture, dans les deux cas, exclut toute autre activité : « Je lui consacrais les insomnies de mes nuits », écrit Rousseau de son premier *Discours* ; il passe ici « les heures, les jours sans compter ». Fabricius rejoint ainsi Julie, Saint-Preux et les autres vertueux personnages de *La Nouvelle Héloïse*.

Que sont les deux *Discours* ? Des fables argumentées. Le Fabricius de Rousseau n'a qu'une assiette historique bien ténue. La diatribe sur la corruption qu'engendrent les sciences et les arts crée un contre-monde, une

1. « Arrivant à Vincennes, j'étais dans une agitation qui tenait du délire » (tome II, livre VIII, p. 114).

antimodernité où l'humanité reviendrait à un passé qui n'a jamais existé, regagnerait une Antiquité en aval de l'histoire, comme, plus loin encore dans un temps immémorial, le sauvage frugivore et somnolent du *Discours sur l'inégalité*. Quant à la République du *Contrat*, elle suppose des hommes un accord, au moins une entente, qui n'y fut jamais.

À Clarens, dans *La Nouvelle Héloïse*, tout est calculé pour être naturel. Les rapports entre les personnages principaux, mais aussi entre les maîtres et les paysans, reposent sur une estime et une bienveillance réciproques. Dans cette petite société, tout est vertu et le temps ne passe plus : chacun reste dans son rôle, et les seuls changements sont ceux des saisons. La passion couve encore dans le cœur de Julie, mais elle n'éclatera qu'après sa mort, dans les dernières pages. Le bonheur et ses apparences auront été imperturbables jusqu'à son dernier souffle.

Dans l'*Émile*, Rousseau imagine une éducation parfaite : un précepteur avisé, un élève malléable, un environnement au service de la meilleure fabrication possible d'un être humain. La vie d'Émile suit un cours régulier, toutes ses expériences servent au développement harmonieux de son corps et de sa conscience, et même ses humeurs d'adolescent sont régulées et raisonnées. Émile serait, à Clarens, parmi les siens.

À mesure que Rousseau s'éloigne vers des solitudes verdoyantes, où ne l'entourent que quelques êtres selon son cœur, une chatte, un chien et les oiseaux des bois, sa plume est une invitation au voyage vers des mondes improbables. Les espions dans les planchers en auront été pour leurs frais : leur proie leur a échappé. Logique dans l'extravagance, méthodique en ses « chimères », l'utopie selon Rousseau est un rêve de la raison.

Dans la pièce qu'éclaire une seule bougie, tout est tranquille. Le chat, le chien et l'écrivain se réchauffent devant la cheminée. « Finir [s]es jours dans le calme » (tome II, livre X, p. 316), tel est le souhait de Rousseau à Montmorency, après les orages non désirés de l'Ermitage. La scène dessinée par Houel n'est pas sans évoquer les veillées de Clarens, dans la cinquième partie (lettre VII) de *La Nouvelle Héloïse*, que le romancier achève auprès des Luxembourg. Pendant ces veillées, auxquelles participent maîtres et serviteurs, on chante de vieilles chansons en teillant le chanvre : « Le lieu de l'assemblée est une salle à l'antique avec une grande cheminée où l'on fait bon feu. » Saint-Preux, qui a couru le monde et dont le cœur n'est pas aussi paisible qu'il le prétend, écrit à milord Édouard : « Cependant je trouve à ces veillées une sorte de charme que je ne puis vous expliquer, et qui m'est pourtant fort sensible. Cette réunion des différents états, la simplicité de cette occupation, l'idée de délassement, d'accord, de tranquillité, le sentiment de paix qu'elle porte à l'âme, a quelque chose d'attendrissant qui dispose à trouver ces chansons plus intéressantes. » Saint-Preux, comme le Jean-Jacques entre chien et chat, ignore la violence de l'avenir. Même si tous deux peuvent la pressentir, ils cultivent l'utopie d'une existence apaisée, de mondes selon la nature des êtres, de sociétés selon leur vérité.

Rousseau a déjà décrit cette plénitude euphorique qui, parfois, ouvre une parenthèse dans le chaos des jours. « La paix du cœur, le calme, la sérénité, la sécurité, l'assurance » (p. 111), il les a vécus auprès de M^me^ de Warens. Quand il est mourant à ses côtés, dans le livre VI, il évoque « un état habituel très calme, et sensuel même, en ce qu'amortissant toutes les passions qui portent au loin nos craintes et nos espérances il me laissait jouir sans inquiétude et sans trouble du peu de jours qui m'étaient laissés » (p. 355). *Les Confessions* content cette quête d'un cocon sentimental, la quête d'éternelles Charmettes. Pleines de bruit et de tumulte, elles exaltent les jours sans histoire où s'écrit notre vraie histoire : on y cueille des cerises avec de jolies demoiselles, on s'y promène dans une belle campagne, on y court les bois de l'Île-de-France, on y dérive au fil de l'onde. Ces refuges de la mémoire dissimulent imparfaitement le bouillonnement du sage et du savant que fut Rousseau. Qui mieux que lui a plus richement pensé, éprouvé ces Lumières dont les derniers rayons arrivent encore jusqu'à nous ? « Le "repos", dit Roland Barthes, n'est pas une nostalgie, mais plutôt une utopie dynamique. Voyez, par exemple, la fin des *Confessions* de Rousseau et les *Rêveries* du même auteur : quelle vie active, intense, dans son vœu d'oisiveté, les occupations, les désirs qu'il se donne[1] ! » Ainsi, lecteur, accepte l'invitation, monte dans la barque d'une vie et laisse-toi guider vers le meilleur de toi-même.

François RAVIEZ.

1. Roland Barthes, « Lectures de l'enfance », in *Œuvres complètes*, V, Seuil, 2002, p. 948.

## Note sur la présente édition

Le texte de référence choisi pour cette édition est celui du manuscrit de Genève, préparé par Rousseau pour une publication posthume et confié à son exécuteur testamentaire, Moultou, quelques semaines avant sa mort. Il existe un autre manuscrit complet, dit « de Paris », ainsi qu'un troisième, dit « de Neuchâtel », qui s'interrompt au cours du livre IV.

Dans une lettre de 1759 à Rey, son éditeur, à propos de *La Nouvelle Héloïse*, Rousseau écrit : « On suivra exactement mon manuscrit, l'orthographe, la ponctuation, même les fautes, sans se mêler d'y rien corriger. » Une telle préoccupation est remarquable parmi les auteurs d'Ancien Régime, et nombre d'auteurs du XIXe siècle n'ont pas de telles exigences.

Il serait cependant difficile de suivre aujourd'hui les volontés de Rousseau et de proposer, dans le cadre d'une collection destinée au grand public, une édition strictement diplomatique des *Confessions*. Par souci de clarté et d'unité, l'orthographe et la typographie ont donc été modernisées.

En revanche, il nous a semblé nécessaire de garder la ponctuation originelle, ou de ne la modifier que sur quelques points minimes pour éviter obscurités et ambiguïtés. La ponctuation actuelle est grammaticale : en segmentant et découpant intérieurement les propositions, elle perd le souffle, l'influx, le tempo de la syntaxe. La phrase de Rousseau est fluide, musicale, aérienne. En compositeur qu'il est, il a le sens du rythme. Lues à voix haute, *Les Confessions* font entendre une respiration. C'est ce fragile et déroutant miracle que l'on a voulu préserver.

N.B. : Les notes de Rousseau sont appelées par des astérisques, les nôtres par des chiffres.

On trouvera dans le tome II des *Confessions*, en fin de volume, un dossier complémentaire ainsi qu'une chronologie de la vie de Rousseau et une bibliographie sélective.

# Les Confessions

Voici le seul portrait d'homme, peint exactement d'après nature et dans toute sa vérité, qui existe et qui probablement existera jamais. Qui que vous soyez que ma destinée ou ma confiance ont fait l'arbitre du sort de ce cahier, je vous conjure par mes malheurs, par vos entrailles, et au nom de toute l'espèce humaine de ne pas anéantir un ouvrage unique et utile, lequel peut servir de première pièce de comparaison pour l'étude des hommes, qui certainement est encore à commencer, et de ne pas ôter à l'honneur de ma mémoire le seul monument[1] sûr de mon caractère qui n'ait pas été défiguré par mes ennemis. Enfin fussiez-vous vous-même un de ces ennemis implacables, cessez de l'être envers ma cendre, et ne portez pas votre cruelle injustice jusqu'au temps où ni vous ni moi ne vivrons plus ; afin que vous puissiez vous rendre au moins une fois le noble témoignage d'avoir été généreux et bon quand vous pouviez être malfaisant et vindicatif : si tant est que le mal qui s'adresse à un homme qui n'en a jamais fait, ou voulu faire, puisse porter le nom de vengeance.

1. Du latin *monumentum* : tombeau ; ici au sens de témoignage durable.

# PREMIÈRE PARTIE

# Livre I

*Intus, et in cute*[1].

*1.* Je forme une entreprise qui n'eut jamais d'exemple, et dont l'exécution n'aura point d'imitateur. Je veux montrer à mes semblables un homme dans toute la vérité de la nature ; et cet homme, ce sera moi.

*2.* Moi seul. Je sens mon cœur et je connais les hommes. Je ne suis fait comme aucun de ceux que j'ai vus ; j'ose croire n'être fait comme aucun de ceux qui existent. Si je ne vaux pas mieux, au moins je suis autre. Si la nature a bien ou mal fait de briser le moule dans lequel elle m'a jeté, c'est ce dont on ne peut juger qu'après m'avoir lu.

*3.* Que la trompette du jugement dernier sonne quand elle voudra ; je viendrai ce livre à la main me présenter devant le souverain juge[2]. Je dirai hautement : voilà ce

---

1. Mot à mot : « Intérieurement, et sous la peau ». L'expression provient du poète latin Perse (34-62), Satire III, « De la paresse » : *Ego te intus et in cute novi*, dit le précepteur à son élève en le tirant du lit pour le mettre au travail (v. 30) ; nous dirions : « Je te connais comme si je t'avais fait. » Rousseau numérote les paragraphes pendant quelques pages ; il y renonce p. 66. 2. Souvenir de l'Apocalypse, 20, 11-12 : « Puis je vis un grand trône blanc, et celui qui était assis dessus. La terre et le ciel s'enfuirent devant sa face, et il ne fut plus trouvé de place pour eux. Et je vis les morts, les grands et les petits, qui se tenaient devant le trône. Des livres furent ouverts. Et un autre livre fut ouvert, celui qui est le livre de vie. Et les morts furent jugés selon leurs œuvres, d'après ce qui était écrit dans ces livres » (trad. Segond).

que j'ai fait, ce que j'ai pensé, ce que je fus. J'ai dit le bien et le mal avec la même franchise. Je n'ai rien tu de mauvais, rien ajouté de bon, et s'il m'est arrivé d'employer quelque ornement indifférent, ce n'a jamais été que pour remplir un vide occasionné par mon défaut de mémoire ; j'ai pu supposer vrai ce que je savais avoir pu l'être, jamais ce que je savais être faux. Je me suis montré tel que je fus, méprisable et vil quand je l'ai été, bon, généreux, sublime, quand je l'ai été : j'ai dévoilé mon intérieur tel que tu l'as vu toi-même. Être éternel, rassemble autour de moi l'innombrable foule de mes semblables : qu'ils écoutent mes confessions, qu'ils gémissent de mes indignités, qu'ils rougissent de mes misères. Que chacun d'eux découvre à son tour son cœur au pied de ton trône avec la même sincérité ; et puis qu'un seul te dise, s'il l'ose : *je fus meilleur que cet homme-là.*

*1.* Je suis né à Genève en 1712 d'Isaac Rousseau Citoyen et de Suzanne Bernard Citoyenne[1]. Un bien fort médiocre à partager entre quinze enfants ayant réduit presque à rien la portion de mon père, il n'avait pour subsister que son métier d'horloger, dans lequel il était, à la vérité, fort habile. Ma mère, fille du ministre Bernard[2], était plus riche ; elle avait de la sagesse et de la beauté : ce n'était pas sans peine que mon père l'avait obtenue. Leurs amours avaient commencé presque avec leur vie : dès l'âge de huit à neuf ans ils se promenaient ensemble tous les soirs sur la Treille[3] ; à dix ans ils ne pouvaient plus se quitter. La sympathie, l'accord des âmes affermit en eux le sentiment qu'avait produit

**1.** Il faut être né dans la ville d'un père lui-même citoyen pour avoir le titre de « citoyen de Genève ». **2.** En réalité, la nièce du pasteur Bernard. **3.** Poste d'observation transformé au début du XVIIIe siècle en promenade publique.

l'habitude. Tous deux, nés tendres et sensibles, n'attendaient que le moment de trouver dans un autre la même disposition, ou plutôt ce moment les attendait eux-mêmes, et chacun d'eux jeta son cœur dans le premier qui s'ouvrit pour le recevoir. Le sort qui semblait contrarier leur passion ne fit que l'animer. Le jeune amant ne pouvant obtenir sa maîtresse[1] se consumait de douleur ; elle lui conseilla de voyager pour l'oublier. Il voyagea sans fruit et revint plus amoureux que jamais. Il retrouva celle qu'il aimait tendre et fidèle. Après cette épreuve il ne restait qu'à s'aimer toute la vie ; ils le jurèrent, et le Ciel bénit leur serment.

*2.* Gabriel Bernard frère de ma mère devint amoureux d'une des sœurs de mon père ; mais elle ne consentit à épouser le frère qu'à condition que son frère épouserait la sœur. L'amour arrangea tout, et les deux mariages se firent le même jour. Ainsi mon oncle était le mari de ma tante, et leurs enfants furent doublement mes cousins germains. Il en naquit un de part et d'autre au bout d'une année ; ensuite il fallut encore se séparer.

*3.* Mon oncle Bernard était ingénieur : il alla servir dans l'Empire et en Hongrie sous le prince Eugène. Il se distingua au siège et à la bataille de Belgrade[2]. Mon père, après la naissance de mon frère unique partit pour Constantinople où il était appelé, et devint horloger du sérail. Durant son absence, la beauté de ma mère, son esprit, ses talents*, lui attirèrent des hommages. M. de

* Elle en avait de trop brillants pour son état, le ministre son père qui l'adorait ayant pris grand soin de son éducation. Elle dessinait, elle chantait, elle s'accompagnait du théorbe, elle avait de la lecture et

1. « Amant » et « maîtresse » ont ici le sens classique : celui qui aime, celle qu'il courtise. 2. En 1717. Or, l'oncle Bernard était rentré à Genève depuis 1715 : exemple de ce « défaut de mémoire » que Jean-Jacques vient de reconnaître.

la Closure Résident de France fut un des plus empressés à lui en offrir. Il fallait que sa passion fût vive ; puisque au bout de trente ans je l'ai vu s'attendrir en me parlant d'elle[1]. Ma mère avait plus que de la vertu pour s'en défendre, elle aimait tendrement son mari ; elle le pressa de revenir : il quitta tout et revint. Je fus le triste fruit de ce retour. Dix mois après, je naquis infirme et malade ; je coûtai la vie à ma mère, et ma naissance fut le premier de mes malheurs[2].

*4.* Je n'ai pas su comment mon père supporta cette perte ; mais je sais qu'il ne s'en consola jamais. Il croyait la revoir en moi, sans pouvoir oublier que je la lui avais ôtée ; jamais il ne m'embrassa que je ne sentisse à ses soupirs, à ses convulsives étreintes, qu'un regret amer se mêlait à ses caresses ; elles n'en étaient que plus tendres. Quand il me disait : Jean-Jacques, parlons de ta mère ; je lui disais : Hé bien, mon père, nous allons donc pleurer ; et ce mot seul lui tirait déjà des larmes. Ah ! disait-il en gémissant ; rends-la-moi, console-moi d'elle ; remplis le vide qu'elle a laissé dans mon âme. T'aimerais-je ainsi si tu n'étais que mon fils ? Quarante ans après l'avoir perdue, il est mort dans les bras d'une

---

faisait des vers passables. En voici qu'elle fit impromptu dans l'absence de son frère et de son mari, se promenant avec sa belle-sœur et leurs deux enfants, sur un propos que quelqu'un lui tint à leur sujet.

*Ces deux Messieurs qui sont absents*
*Nous sont chers de bien des manières ;*
*Ce sont nos amis, nos amants ;*
*Ce sont nos maris et nos frères,*
*Et les pères de ces enfants.*

---

1. Voir le livre V, p. 332 et le livre VII (tome II), p. 76, note 3.
2. Rousseau est né le 28 juin 1712. Sa mère mourut de « fièvre continue » le 7 juillet.

seconde femme[1], mais le nom de la première à la bouche, et son image au fond du cœur.

*5.* Tels furent les auteurs de mes jours. De tous les dons que le Ciel leur avait départis, un cœur sensible est le seul qu'ils me laissèrent ; mais il avait fait leur bonheur, et fit tous les malheurs de ma vie.

*1.* J'étais né presque mourant ; on espérait peu de me conserver. J'apportai le germe d'une incommodité que les ans ont renforcée[2], et qui maintenant ne me donne quelquefois des relâches que pour me laisser souffrir plus cruellement d'une autre façon. Une sœur de mon père[3], fille aimable et sage, prit si grand soin de moi qu'elle me sauva. Au moment où j'écris ceci elle est encore en vie, soignant à l'âge de quatre-vingts ans un mari plus jeune qu'elle, mais usé par la boisson. Chère tante, je vous pardonne de m'avoir fait vivre, et je m'afflige de ne pouvoir vous rendre à la fin de vos jours les tendres soins que vous m'avez prodigués au commencement des miens. J'ai aussi ma mie[4] Jacqueline encore vivante, saine et robuste. Les mains qui m'ouvrirent les yeux à ma naissance pourront me les fermer à ma mort.

*2.* Je sentis avant de penser ; c'est le sort commun de l'humanité. Je l'éprouvai plus qu'un autre. J'ignore ce que je fis jusqu'à cinq ou six ans : je ne sais comment j'appris à lire ; je ne me souviens que de mes premières lectures et de leur effet sur moi : c'est le temps d'où je date sans interruption la conscience de moi-même. Ma mère avait laissé des romans. Nous nous mîmes à les lire après souper mon père et moi. Il n'était question d'abord que de m'exercer à la lecture par des livres

---

1. Jeanne François, épousée en 1726. Isaac Rousseau mourut en 1747. 2. Rousseau a souffert toute sa vie de rétention d'urine. 3. Suzanne Rousseau, qui mourra en 1774, quatre ans avant Jean-Jacques, à l'âge de quatre-vingt-douze ans. 4. Ma nourrice.

amusants ; mais bientôt l'intérêt devint si vif que nous lisions tour à tour sans relâche, et passions les nuits à cette occupation. Nous ne pouvions jamais quitter qu'à la fin du volume. Quelquefois mon père, entendant le matin les hirondelles, disait tout honteux : Allons nous coucher ; je suis plus enfant que toi.

*3.* En peu de temps j'acquis par cette dangereuse méthode, non seulement une extrême facilité à lire et à m'entendre, mais une intelligence unique à mon âge sur les passions. Je n'avais aucune idée des choses, que tous les sentiments m'étaient déjà connus. Je n'avais rien conçu ; j'avais tout senti. Ces émotions confuses que j'éprouvai coup sur coup n'altéraient point la raison que je n'avais pas encore : mais elles m'en formèrent une d'une autre trempe, et me donnèrent de la vie humaine des notions bizarres et romanesques, dont l'expérience et la réflexion n'ont jamais bien pu me guérir.

*4.* Les romans finirent avec l'été de 1719. L'hiver suivant ce fut autre chose. La bibliothèque de ma mère épuisée, on eut recours à la portion de celle de son père qui nous était échue. Heureusement il s'y trouva de bons livres ; et cela ne pouvait guère être autrement ; cette bibliothèque ayant été formée par un ministre[1], à la vérité, et savant même ; car c'était la mode alors, mais homme de goût et d'esprit. L'*Histoire de l'Église et de l'Empire* par Le Sueur[2], le *Discours* de Bossuet *sur l'histoire universelle*[3], les *Hommes illustres* de Plutarque[4], l'*Histoire de Venise* par Nani[5], les *Métamorphoses* d'Ovide, La Bruyère, les *Mondes* de Fontenelle, ses

1. Un pasteur. 2. Le pasteur Le Sueur en achève la publication à Genève en 1677. 3. Publié en 1681, ce *Discours* avait été composé à l'intention du Dauphin, fils de Louis XIV. 4. Les *Vies parallèles des hommes illustres*, de Plutarque, dont se nourrissent l'humanisme et l'âge classique, dans la traduction d'Amyot, parue en 1559. 5. Parue en 1662.

*Dialogues des morts*[1], et quelques tomes de Molière, furent transportés dans le cabinet de mon père, et je les lui lisais tous les jours durant son travail[2]. J'y pris un goût rare et peut-être unique à cet âge. Plutarque, surtout, devint ma lecture favorite. Le plaisir que je prenais à le relire sans cesse me guérit un peu des romans, et je préférai bientôt Agésilas, Brutus, Aristide à Orondate, Artamène et Juba[3]. De ces intéressantes lectures, des entretiens qu'elles occasionnaient entre mon père et moi, se forma cet esprit libre et républicain, ce caractère indomptable et fier, impatient de joug et de servitude[4] qui m'a tourmenté tout le temps de ma vie dans les situations les moins propres à lui donner l'essor. Sans cesse occupé de Rome et d'Athènes ; vivant, pour ainsi dire, avec leurs grands hommes, né moi-même Citoyen d'une République, et fils d'un père dont l'amour de la patrie était la plus forte passion, je m'en enflammais à son exemple ; je me croyais Grec ou Romain ; je devenais le personnage dont je lisais la vie : le récit des traits de constance et d'intrépidité qui m'avaient frappé me rendait les yeux étincelants et la voix forte. Un jour que

1. *Entretiens sur la pluralité des mondes* (1686) ; *Dialogues des morts* (1683). 2. Religion, histoire, littérature quasi contemporaine, mais aussi antique : Jean-Jacques est d'une précocité que l'héritage grand-paternel et les circonstances familiales n'expliquent que partiellement ; en ces pages fondatrices se joue, sincère et reconstitué, le destin moral d'un Citoyen à l'âme noble, d'un vertueux de cœur et de lectures, d'un héros en herbe. 3. Agésilas, roi de Sparte au IVe siècle av. J.-C., réputé pour son austérité et son courage ; Lucius Junius Brutus, qui instaura la république à Rome et fit condamner ses deux fils à mort pour avoir tenté de le trahir ; Aristide, surnommé le Juste, banni d'Athènes par Thémistocle : ces trois grandes figures antiques succèdent à trois personnages des romans précieux hérités de la mère : Orondate, que l'on trouve dans la *Cassandre* de La Calprenède (1645), Juba, dans sa *Cléopâtre* (1658), et Artamène, héros du *Grand Cyrus* de Georges et Madeleine de Scudéry (1653). 4. Qui ne supporte pas le joug et la servitude.

je racontais à table l'aventure de Scevola, on fut effrayé de me voir avancer et tenir la main sur un réchaud pour représenter son action[1].

*5.* J'avais un frère plus âgé que moi de sept ans. Il apprenait la profession de mon père. L'extrême affection qu'on avait pour moi le faisait un peu négliger, et ce n'est pas cela que j'approuve. Son éducation se sentit de cette négligence. Il prit le train du libertinage, même avant l'âge d'être un vrai libertin. On le mit chez un autre maître, d'où il faisait des escapades, comme il en avait fait de la maison paternelle. Je ne le voyais presque point : à peine puis-je dire avoir fait connaissance avec lui : mais je ne laissais pas de l'aimer tendrement, et il m'aimait, autant qu'un polisson peut aimer quelque chose. Je me souviens qu'une fois que mon père le châtiait rudement et avec colère, je me jetai impétueusement entre eux deux l'embrassant étroitement. Je le couvris ainsi de mon corps recevant les coups qui lui étaient portés, et je m'obstinai si bien dans cette attitude qu'il fallut enfin que mon père lui fît grâce, soit désarmé par mes cris et mes larmes, soit pour ne pas me maltraiter plus que lui. Enfin mon frère tourna si mal qu'il s'enfuit et disparut tout à fait. Quelque temps après on sut qu'il était en Allemagne. Il n'écrivit pas une seule fois. On n'a plus eu de ses nouvelles depuis ce temps-là[2], et voilà comment je suis demeuré fils unique.

*6.* Si ce pauvre garçon fut élevé négligemment, il n'en

---

1. Caïus Mucius, jeune patricien romain, pénétra dans le camp ennemi pendant le siège de Rome (507 av. J.-C.) et tua un officier du roi Porsenna en croyant tuer celui-ci. Amené devant lui, il avança sa main droite sur un brasier ardent pour la punir de son erreur. Le chef étrusque, au vu d'une telle détermination, se hâta de conclure la paix, et C. Mucius fut surnommé *Scævola*, le « gaucher ». 2. François Rousseau disparaît des *Confessions* aussi vite qu'il y est entré. En 1739, Jean-Jacques arguera de son silence pour réclamer sa part de l'héritage maternel.

fut pas ainsi de son frère, et les enfants des rois ne sauraient être soignés avec plus de zèle que je le fus durant mes premiers ans, idolâtré de tout ce qui m'environnait, et toujours, ce qui est bien plus rare, traité en enfant chéri, jamais en enfant gâté. Jamais une seule fois, jusqu'à ma sortie de la maison paternelle on ne m'a laissé courir seul dans la rue avec les autres enfants : jamais on n'eut à réprimer en moi ni à satisfaire aucune de ces fantasques humeurs qu'on impute à la nature, et qui naissent toutes de la seule éducation. J'avais les défauts de mon âge ; j'étais babillard, gourmand, quelquefois menteur. J'aurais volé des fruits, des bonbons, de la mangeaille ; mais jamais je n'ai pris plaisir à faire du mal, du dégât, à charger les autres, à tourmenter de pauvres animaux. Je me souviens pourtant d'avoir une fois pissé dans la marmite d'une de nos voisines appelée M^me^ Clot, tandis qu'elle était au prêche. J'avoue même que ce souvenir me fait encore rire, parce que M^me^ Clot, bonne femme au demeurant, était bien la vieille la plus grognon que je connus de ma vie. Voilà la courte et véridique histoire de tous mes méfaits enfantins.

7. Comment serais-je devenu méchant, quand je n'avais sous les yeux que des exemples de douceur, et autour de moi que les meilleures gens du monde ? Mon père, ma tante, ma mie, mes parents, nos amis, nos voisins, tout ce qui m'environnait ne m'obéissait pas à la vérité, mais m'aimait ; et moi je les aimais de même. Mes volontés étaient si peu excitées et si peu contrariées qu'il ne me venait pas dans l'esprit d'en avoir. Je puis jurer que, jusqu'à mon asservissement sous un maître, je n'ai pas su ce que c'était qu'une fantaisie[1]. Hors le temps que je passais à lire ou écrire auprès de mon père, et celui où ma mie me menait promener, j'étais toujours

1. Un caprice.

avec ma tante, à la voir broder, à l'entendre chanter, assis ou debout à côté d'elle, et j'étais content[1]. Son enjouement, sa douceur, sa figure agréable, m'ont laissé de si fortes impressions, que je vois encore son air, son regard, son attitude ; je me souviens de ses petits propos caressants : je dirais comment elle était vêtue et coiffée, sans oublier les deux crochets que ses cheveux noirs faisaient sur ses tempes, selon la mode de ce temps-là.

*8.* Je suis persuadé que je lui dois le goût ou plutôt la passion pour la musique qui ne s'est bien développée en moi que longtemps après[2]. Elle savait une quantité prodigieuse d'airs et de chansons qu'elle chantait avec un filet de voix fort douce. La sérénité d'âme de cette excellente fille éloignait d'elle et de tout ce qui l'environnait la rêverie et la tristesse. L'attrait que son chant avait pour moi fut tel que non seulement plusieurs de ses chansons me sont toujours restées dans la mémoire ; mais qu'il m'en revient même, aujourd'hui que je l'ai perdue, qui, totalement oubliées depuis mon enfance, se retracent à mesure que je vieillis, avec un charme que je ne puis exprimer. Dirait-on que moi, vieux radoteur, rongé de soucis et de peines, je me surprends quelquefois à pleurer comme un enfant en marmottant ces petits airs d'une voix déjà cassée et tremblante ? Il y en a un surtout qui m'est bien revenu tout entier, quant à l'air ; mais la seconde moitié des paroles s'est constamment refusée à tous mes efforts pour me la rappeler, quoiqu'il m'en revienne confusément les rimes. Voici le commencement, et ce que j'ai pu me rappeler du reste.

---

**1.** On rapprochera ce passage du début du livre VI, où Jean-Jacques évoque sa vie auprès de Mme de Warens : « Je voyais Maman et j'étais heureux » (p. 348). **2.** Rousseau est l'auteur d'un intermède qui connut un grand succès, *Le Devin du village*, représenté à Fontainebleau devant le roi le 18 octobre 1752 (voir tome II, livre VIII, p. 148-152), mais aussi d'un *Dictionnaire de musique* (1767).

*Tircis, je n'ose*
*Écouter ton chalumeau*
*Sous l'ormeau ;*
*Car on en cause*
*Déjà dans notre hameau.*
...................
.......... *un berger*
.......... *s'engager*
........ *sans danger ;*
*Et toujours l'épine est sous la rose.*

Je cherche où est le charme attendrissant que mon cœur trouve à cette chanson[1] : c'est un caprice auquel je ne comprends rien ; mais il m'est de toute impossibilité de la chanter jusqu'à la fin sans être arrêté par mes larmes. J'ai cent fois projeté d'écrire à Paris pour faire chercher le reste des paroles, si tant est que quelqu'un les connaisse encore. Mais je suis presque sûr que le plaisir que je prends à me rappeler cet air s'évanouirait en partie, si j'avais la preuve que d'autres que ma pauvre tante Suzon l'ont chanté.

*9.* Telles furent les premières affections[2] de mon entrée à la vie ; ainsi commençait à se former ou à se montrer en moi ce cœur à la fois si fier et si tendre, ce caractère efféminé[3] mais pourtant indomptable, qui, flottant toujours entre la faiblesse et le courage, entre la mollesse et la vertu, m'a jusqu'au bout mis en contradiction avec moi-même, et a fait que l'abstinence et la jouissance, le plaisir et la sagesse, m'ont également échappé.

*10.* Ce train d'éducation fut interrompu par un accident dont les suites ont influé sur le reste de ma vie.

1. Chanson digne d'une idylle, ou d'une bergerie, c'est-à-dire d'un monde heureux et qui semble éternel, comme plus tard les Charmettes, auprès de Mme de Warens. 2. Au sens d'attachements, mais aussi d'émotions, d'affects. 3. Cette sensibilité féminine, sans connotations péjoratives.

Mon père eut un démêlé avec un M. Gautier, capitaine en France, et apparenté dans le Conseil[1]. Ce Gautier, homme insolent et lâche, saigna du nez, et pour se venger accusa mon père d'avoir mis l'épée à la main dans la Ville. Mon père, qu'on voulut envoyer en prison, s'obstinait à vouloir que, selon la loi, l'accusateur y entrât aussi bien que lui. N'ayant pu l'obtenir, il aima mieux sortir de Genève et s'expatrier pour le reste de sa vie, que de céder sur un point où l'honneur et la liberté lui paraissaient compromis.

*11.* Je restai sous la tutelle de mon oncle Bernard alors employé aux fortifications de Genève. Sa fille aînée était morte, mais il avait un fils de même âge que moi. Nous fûmes mis ensemble à Bossey[2] en pension chez le ministre Lambercier, pour y apprendre, avec le latin, tout le menu fatras dont on l'accompagne sous le nom d'éducation.

*1.* Deux ans passés au village adoucirent un peu mon âpreté romaine, et me ramenèrent à l'état d'enfant. À Genève où l'on ne m'imposait rien, j'aimais l'application, la lecture ; c'était presque mon seul amusement. À Bossey le travail me fit aimer les jeux qui lui servaient de relâche. La campagne était pour moi si nouvelle que je ne pouvais me lasser d'en jouir. Je pris pour elle un goût si vif qu'il n'a jamais pu s'éteindre. Le souvenir des jours heureux que j'y ai passés m'a fait regretter son séjour, et ses plaisirs dans tous les âges, jusqu'à celui qui m'y a ramené. M. Lambercier était un homme fort raisonnable, qui sans négliger notre instruction, ne nous chargeait point de devoirs extrêmes. La preuve qu'il s'y prenait bien est que, malgré mon aversion pour

1. En octobre 1722. 2. À quelques kilomètres de Genève.

la gêne, je ne me suis jamais rappelé avec dégoût mes heures d'étude, et que, si je n'appris pas de lui beaucoup de choses, ce que j'appris je l'appris sans peine, et n'en ai rien oublié.

*2.* La simplicité de cette vie champêtre me fit un bien d'un prix inestimable en ouvrant mon cœur à l'amitié. Jusqu'alors je n'avais connu que des sentiments élevés, mais imaginaires. L'habitude de vivre ensemble dans un état paisible m'unit tendrement à mon cousin Bernard. En peu de temps j'eus pour lui des sentiments plus affectueux que ceux que j'avais eus pour mon frère, et qui ne se sont jamais effacés. C'était un grand garçon fort efflanqué, fort fluet, aussi doux d'esprit que faible de corps, et qui n'abusait pas trop de la prédilection qu'on avait pour lui dans la maison, comme fils de mon tuteur. Nos travaux, nos amusements, nos goûts étaient les mêmes ; nous étions seuls ; nous étions de même âge ; chacun des deux avait besoin d'un camarade : nous séparer était en quelque sorte nous anéantir. Quoique nous eussions peu d'occasions de faire preuve de notre attachement l'un pour l'autre, il était extrême, et non seulement nous ne pouvions vivre un instant séparés, mais nous n'imaginions pas que nous pussions jamais l'être. Tous deux d'un esprit facile à céder aux caresses, complaisants quand on ne voulait pas nous contraindre, nous étions toujours d'accord sur tout. Si, par la faveur de ceux qui nous gouvernaient, il avait sur moi quelque ascendant sous leurs yeux ; quand nous étions seuls, j'en avais un sur lui qui rétablissait l'équilibre. Dans nos études, je lui soufflais sa leçon quand il hésitait ; quand mon thème était fait je lui aidais[1] à faire le sien, et dans nos amusements mon goût plus actif lui servait toujours de guide. Enfin nos deux caractères s'accordaient si bien,

1. Construction fréquente dans la langue classique.

et l'amitié qui nous unissait était si vraie, que dans plus de cinq ans que nous fûmes presque inséparables tant à Bossey qu'à Genève, nous nous battîmes souvent, je l'avoue ; mais jamais on n'eut besoin de nous séparer, jamais une de nos querelles ne dura plus d'un quart d'heure, et jamais nous ne portâmes l'un contre l'autre aucune accusation. Ces remarques sont, si l'on veut, puériles, mais il en résulte pourtant un exemple peut-être unique, depuis qu'il existe des enfants.

*3.* La manière dont je vivais à Bossey me convenait si bien, qu'il ne lui a manqué que de durer plus longtemps pour fixer absolument mon caractère. Les sentiments tendres, affectueux, paisibles en faisaient le fond. Je crois que jamais individu de notre espèce n'eut naturellement moins de vanité que moi. Je m'élevais par élans à des mouvements sublimes, mais je retombais aussitôt dans ma langueur. Être aimé de tout ce qui m'approchait était le plus vif de mes désirs. J'étais doux, mon cousin l'était ; ceux qui nous gouvernaient l'étaient eux-mêmes. Pendant deux ans entiers je ne fus ni témoin ni victime d'un sentiment violent. Tout nourrissait dans mon cœur les dispositions qu'il reçut de la nature. Je ne connaissais rien d'aussi charmant que de voir tout le monde content de moi et de toute chose. Je me souviendrai toujours qu'au temple répondant au catéchisme, rien ne me troublait plus quand il m'arrivait d'hésiter, que de voir sur le visage de M^lle^ Lambercier des marques d'inquiétude et de peine. Cela seul m'affligeait plus que la honte de manquer[1] en public, qui m'affectait pourtant extrêmement : car quoique peu sensible aux louanges je le fus toujours beaucoup à la honte, et je puis dire ici que l'attente des réprimandes de M^lle^ Lambercier me donnait moins d'alarmes que la crainte de la chagriner.

1. De me tromper.

*4*. Cependant elle ne manquait pas au besoin de sévérité, non plus que son frère : mais comme cette sévérité, presque toujours juste, n'était jamais emportée, je m'en affligeais et ne m'en mutinais point. J'étais plus fâché de déplaire que d'être puni, et le signe du mécontentement m'était plus cruel que la peine afflictive. Il est embarrassant de m'expliquer mieux, mais cependant il le faut. Qu'on changerait de méthode avec la jeunesse si l'on voyait mieux les effets éloignés de celle qu'on emploie toujours indistinctement et souvent indiscrètement[1] ! La grande leçon qu'on peut tirer d'un exemple aussi commun que funeste, me fait résoudre à le donner.

*1*. Comme Mlle Lambercier avait pour nous l'affection d'une mère, elle en avait aussi l'autorité, et la portait quelquefois jusqu'à nous infliger la punition des enfants, quand nous l'avions méritée. Assez longtemps elle s'en tint à la menace, et cette menace d'un châtiment tout nouveau pour moi me semblait très effrayante ; mais après l'exécution, je la trouvai moins terrible à l'épreuve que l'attente ne l'avait été, et ce qu'il y a de plus bizarre est que ce châtiment m'affectionna davantage encore à celle qui me l'avait imposé. Il fallait même toute la vérité de cette affection et toute ma douceur naturelle pour m'empêcher de chercher le retour du même traitement en le méritant : car j'avais trouvé dans la douleur, dans la honte même, un mélange de sensualité qui m'avait laissé plus de désir que de crainte de l'éprouver derechef par la même main. Il est vrai que, comme il se mêlait sans doute à cela quelque instinct précoce du sexe le même châtiment reçu de son frère ne m'eût point du tout paru plaisant. Mais de l'humeur dont il était, cette substitution n'était guère à craindre, et si je m'abstenais

1. De manière inappropriée.

de mériter la correction, c'était uniquement de peur de fâcher M^lle^ Lambercier ; car tel est en moi l'empire de la bienveillance, et même de celle que les sens ont fait naître, qu'elle leur donna toujours la loi dans mon cœur.

*2.* Cette récidive que j'éloignais sans la craindre arriva sans qu'il y eût de ma faute, c'est-à-dire, de ma volonté, et j'en profitai, je puis dire, en sûreté de conscience. Mais cette seconde fois fut aussi la dernière : car M^lle^ Lambercier s'étant sans doute aperçue à quelque signe que ce châtiment n'allait pas à son but, déclara qu'elle y renonçait et qu'il la fatiguait trop. Nous avions jusque-là couché dans sa chambre, et même en hiver quelquefois dans son lit. Deux jours après on nous fit coucher dans une autre chambre, et j'eus désormais l'honneur dont je me serais bien passé d'être traité par elle en grand garçon.

*3.* Qui croirait que ce châtiment d'enfant reçu à huit ans par la main d'une fille de trente[1] a décidé de mes goûts, de mes désirs, de mes passions, de moi pour le reste de ma vie, et cela, précisément dans le sens contraire à ce qui devait s'ensuivre naturellement ? En même temps que mes sens furent allumés, mes désirs prirent si bien le change, que, bornés à ce que j'avais éprouvé ils ne s'avisèrent point de chercher autre chose. Avec un sang brûlant de sensualité presque dès ma naissance je me conservai pur de toute souillure jusqu'à l'âge où les tempéraments les plus froids et les plus tardifs se développent. Tourmenté longtemps, sans savoir de quoi, je dévorais d'un œil ardent les belles personnes ; mon imagination me les rappelait sans cesse ; uniquement pour les mettre en œuvre à ma mode, et en faire autant de demoiselles Lambercier.

---

1. En réalité, la quarantaine pour l'une, et onze ans pour l'autre.

*4*. Même après l'âge nubile, ce goût bizarre toujours persistant, et porté jusqu'à la dépravation, jusqu'à la folie, m'a conservé les mœurs honnêtes qu'il semblerait avoir dû m'ôter. Si jamais éducation fut modeste et chaste, c'est assurément celle que j'ai reçue. Mes trois tantes n'étaient pas seulement des personnes d'une sagesse exemplaire, mais d'une réserve que depuis longtemps les femmes ne connaissent plus. Mon père, homme de plaisir, mais galant à la vieille mode[1], n'a jamais tenu près des femmes qu'il aimait le plus des propos dont une vierge eût pu rougir, et jamais on n'a poussé plus loin que dans ma famille et devant moi le respect qu'on doit aux enfants. Je ne trouvai pas moins d'attention chez M. Lambercier sur le même article, et une fort bonne servante y fut mise à la porte, pour un mot un peu gaillard qu'elle avait prononcé devant nous. Non seulement je n'eus jusqu'à mon adolescence aucune idée distincte de l'union des sexes ; mais jamais cette idée confuse ne s'offrit à moi que sous une image odieuse et dégoûtante. J'avais pour les filles publiques une horreur qui ne s'est jamais effacée ; je ne pouvais voir un débauché sans dédain, sans effroi même : car mon aversion pour la débauche allait jusque-là, depuis qu'allant un jour au petit Sacconex[2] par un chemin creux, je vis des deux côtés des cavités dans la terre où l'on me dit que ces gens-là faisaient leurs accouplements. Ce que j'avais vu de ceux des chiennes me revenait aussi toujours à l'esprit en pensant aux autres, et le cœur me soulevait à ce seul souvenir.

*5*. Ces préjugés de l'éducation, propres par eux-mêmes à retarder les premières explosions d'un tempérament combustible, furent aidés, comme j'ai dit, par la diversion que firent sur moi les premières pointes de la

---

1. C'est-à-dire d'une politesse aimable et pudique. 2. Village proche de Genève.

sensualité. N'imaginant que ce que j'avais senti ; malgré des effervescences de sang très incommodes, je ne savais porter mes désirs que vers l'espèce de volupté qui m'était connue, sans aller jamais jusqu'à celle qu'on m'avait rendue haïssable, et qui tenait de si près à l'autre, sans que j'en eusse le moindre soupçon. Dans mes sottes fantaisies, dans mes érotiques fureurs[1], dans les actes extravagants auxquels elles me portaient quelquefois, j'empruntais imaginairement le secours de l'autre sexe, sans penser jamais qu'il fût propre à nul autre usage qu'à celui que je brûlais d'en tirer.

*6.* Non seulement donc c'est ainsi qu'avec un tempérament très ardent, très lascif, très précoce, je passai toutefois l'âgc de puberté sans désirer, sans connaître d'autres plaisirs des sens que ceux dont M^lle^ Lambercier m'avait très innocemment donné l'idée ; mais quand enfin le progrès des ans m'eut fait homme, c'est encore ainsi que ce qui devait me perdre me conserva. Mon ancien goût d'enfant, au lieu de s'évanouir s'associa tellement à l'autre que je ne pus jamais l'écarter des désirs allumés par mes sens ; et cette folie, jointe à ma timidité naturelle m'a toujours rendu très peu entreprenant près des femmes, faute d'oser tout dire ou de pouvoir tout faire ; l'espèce de jouissance dont l'autre n'était pour moi que le dernier terme ne pouvant être usurpée par celui qui la désire, ni devinée par celle qui peut l'accorder. J'ai ainsi passé ma vie à convoiter et me taire auprès des personnes que j'aimais le plus. N'osant jamais déclarer mon goût, je l'amusais[2] du moins par des rapports qui m'en conservaient l'idée. Être aux genoux d'une maîtresse impérieuse, obéir à ses ordres,

---

1. Les néoplatoniciens parlent de *furor eroticus* pour qualifier le mouvement qui élève l'âme loin du monde charnel. Ce n'est pas sans ironie que Rousseau emploie ici la formule. 2. Je l'entretenais indirectement en le détournant.

avoir des pardons à lui demander, étaient pour moi de très douces jouissances, et plus ma vive imagination m'enflammait le sang, plus j'avais l'air d'un amant transi. On conçoit que cette manière de faire l'amour[1] n'amène pas des progrès bien rapides, et n'est pas fort dangereuse à la vertu de celles qui en sont l'objet. J'ai donc fort peu possédé, mais je n'ai pas laissé de jouir beaucoup à ma manière ; c'est-à-dire, par l'imagination. Voilà comment mes sens, d'accord avec mon humeur timide et mon esprit romanesque, m'ont conservé des sentiments purs et des mœurs honnêtes, par les mêmes goûts qui, peut-être avec un peu plus d'effronterie, m'auraient plongé dans les plus brutales voluptés.

*7.* J'ai fait le premier pas et le plus pénible dans le labyrinthe obscur et fangeux de mes confessions. Ce n'est pas ce qui est criminel qui coûte le plus à dire, c'est ce qui est ridicule et honteux. Dès à présent je suis sûr de moi, après ce que je viens d'oser dire, rien ne peut plus m'arrêter. On peut juger de ce qu'ont pu me coûter de semblables aveux, sur ce que dans tout le cours de ma vie, emporté quelquefois près de celles que j'aimais par les fureurs d'une passion qui m'ôtait la faculté de voir, d'entendre, hors de sens, et saisi d'un tremblement convulsif dans tout mon corps, jamais je n'ai pu prendre sur moi de leur déclarer ma folie, et d'implorer d'elles dans la plus intime familiarité la seule faveur qui manquait aux autres. Cela ne m'est jamais arrivé qu'une fois, dans l'enfance, avec une enfant de mon âge ; encore fut-ce elle qui en fit la première proposition[2].

1. Au sens classique de faire la cour. 2. On admirera comment, dans ces pages, le jeu des allusions, des périphrases et autres synonymes, qui « amusent » le lecteur sans aller jusqu'à l'aveu explicite, rend la vérité de ce « goût » plus intense, plus obsédante.

*1.* En remontant de cette sorte aux premières traces de mon être sensible, je trouve des éléments qui, semblant quelquefois incompatibles, n'ont pas laissé de s'unir pour produire avec force un effet uniforme et simple, et j'en trouve d'autres qui, les mêmes en apparence, ont formé par le concours de certaines circonstances de si différentes combinaisons, qu'on n'imaginerait jamais qu'ils eussent entre eux aucun rapport. Qui croirait, par exemple, qu'un des ressorts les plus vigoureux de mon âme fut trempé dans la même source d'où la luxure et la mollesse ont coulé dans mon sang ? Sans quitter le sujet dont je viens de parler, on en va voir sortir une impression bien différente.

J'étudiais un jour seul ma leçon dans la chambre contiguë à la cuisine. La servante avait mis sécher à la plaque[1] les peignes de M^lle^ Lambercier. Quand elle revint les prendre, il s'en trouva un dont tout un côté de dents était brisé. À qui s'en prendre de ce dégât ? Personne autre que moi n'était entré dans la chambre. On m'interroge ; je nie d'avoir touché le peigne. M. et M^lle^ Lambercier se réunissent ; m'exhortent, me pressent, me menacent ; je persiste avec opiniâtreté ; mais la conviction était trop forte, elle l'emporta sur toutes mes protestations, quoique ce fût la première fois qu'on m'eût trouvé tant d'audace à mentir. La chose fut prise au sérieux ; elle méritait de l'être. La méchanceté, le mensonge, l'obstination parurent également dignes de punition : mais pour le coup ce ne fut pas par M^lle^ Lambercier qu'elle me fut infligée. On écrivit à mon oncle Bernard ; il vint. Mon pauvre cousin était chargé d'un autre délit non moins grave : nous fûmes enveloppés dans la même exécution. Elle fut terrible. Quand, cherchant le remède dans le mal même, on eût voulu pour jamais amortir

1. Une niche pratiquée dans la cheminée de la cuisine.

mes sens dépravés, on n'aurait pu mieux s'y prendre. Aussi me laissèrent-ils en repos pour longtemps.

On ne put m'arracher l'aveu qu'on exigeait. Repris à plusieurs fois, et mis dans l'état le plus affreux, je fus inébranlable. J'aurais souffert la mort et j'y étais résolu[1]. Il fallut que la force même cédât au diabolique entêtement d'un enfant ; car on n'appela pas autrement ma constance. Enfin je sortis de cette cruelle épreuve en pièces, mais triomphant.

Il y a maintenant près de cinquante ans de cette aventure, et je n'ai pas peur d'être puni derechef pour le même fait[2]. Hé bien, je déclare à la face du Ciel que j'en étais innocent, que je n'avais ni cassé ni touché le peigne, que je n'avais pas approché de la plaque, et que je n'y avais pas même songé. Qu'on ne me demande pas comment le dégât se fit ; je l'ignore, et ne puis le comprendre ; ce que je sais très certainement, c'est que j'en étais innocent.

Qu'on se figure un caractère timide et docile dans la vie ordinaire, mais ardent, fier, indomptable dans les passions ; un enfant toujours gouverné par la voix de la raison, toujours traité avec douceur, équité, complaisance ; qui n'avait pas même l'idée de l'injustice, et qui pour la première fois en éprouve une si terrible, de la part précisément des gens qu'il chérit et qu'il respecte le plus. Quel renversement d'idées ! quel désordre de sentiments ! quel bouleversement dans son cœur, dans sa cervelle, dans tout son petit être intelligent et moral ! Je dis, qu'on s'imagine tout cela, s'il est possible ; car

1. Attitude digne du jeune Scævola évoqué plus haut. 2. « Quarante ans » serait plus juste, mais l'émotion du souvenir amplifie jusqu'à la durée. Ira-t-on jusqu'à imaginer que – stoïcisme et volupté mêlés – Jean-Jacques souhaite encore, en son grand âge, recevoir une bonne correction ?

pour moi, je ne me sens pas capable de démêler, de suivre la moindre trace de ce qui se passait alors en moi.

Je n'avais pas encore assez de raison pour sentir combien les apparences me condamnaient, et pour me mettre à la place des autres. Je me tenais à la mienne, et tout ce que je sentais, c'était la rigueur d'un châtiment effroyable pour un crime que je n'avais pas commis. La douleur du corps, quoique vive, m'était peu sensible, je ne sentais que l'indignation, la rage, le désespoir. Mon cousin dans un cas à peu près semblable, et qu'on avait puni d'une faute involontaire comme d'un acte prémédité, se mettait en fureur à mon exemple, et se montait, pour ainsi dire, à mon unisson. Tous deux dans le même lit nous nous embrassions avec des transports convulsifs, nous étouffions ; et quand nos jeunes cœurs un peu soulagés, pouvaient exhaler leur colère, nous nous levions sur notre séant, et nous nous mettions tous deux à crier cent fois de toute notre force : *Carnifex, Carnifex, Carnifex*[1].

Je sens en écrivant ceci que mon pouls s'élève encore ; ces moments me seront toujours présents quand je vivrais cent mille ans. Ce premier sentiment de la violence et de l'injustice est resté si profondément gravé dans mon âme, que toutes les idées qui s'y rapportent me rendent ma première émotion ; et ce sentiment, relatif à moi dans son origine, a pris une telle consistance en lui-même, et s'est tellement détaché de tout intérêt personnel, que mon cœur s'enflamme au spectacle ou au récit de toute action injuste, quel qu'en soit l'objet et en quelque lieu qu'elle se commette, comme si l'effet en retombait sur moi. Quand je lis les cruautés d'un tyran féroce, les subtiles noirceurs d'un fourbe de prêtre, je partirais volontiers pour aller poignarder ces misérables,

1. En latin, « Bourreau ».

dussé-je cent fois y périr. Je me suis souvent mis en nage, à poursuivre à la course ou à coups de pierre un coq, une vache, un chien, un animal que je voyais en tourmenter un autre, uniquement parce qu'il se sentait le plus fort. Ce mouvement peut m'être naturel, et je crois qu'il l'est ; mais le souvenir profond de la première injustice que j'ai soufferte y fut trop longtemps et trop fortement lié, pour ne l'avoir pas beaucoup renforcé.

Là fut le terme de la sérénité de ma vie enfantine. Dès ce moment je cessai de jouir d'un bonheur pur, et je sens aujourd'hui même que le souvenir des charmes de mon enfance s'arrête là. Nous restâmes encore à Bossey quelques mois. Nous y fûmes comme on nous représente le premier homme encore dans le paradis terrestre, mais ayant cessé d'en jouir. C'était en apparence la même situation, et en effet[1] une tout autre manière d'être. L'attachement, le respect, l'intimité, la confiance, ne liaient plus les élèves à leurs guides ; nous ne les regardions plus comme des dieux qui lisaient dans nos cœurs : nous étions moins honteux de mal faire, et plus craintifs d'être accusés : nous commencions à nous cacher, à nous mutiner, à mentir. Tous les vices de notre âge corrompaient notre innocence et enlaidissaient nos jeux. La campagne même perdit à nos yeux cet attrait de douceur et de simplicité qui va au cœur. Elle nous semblait déserte et sombre ; elle s'était comme couverte d'un voile qui nous en cachait les beautés. Nous cessâmes de cultiver nos petits jardins, nos herbes, nos fleurs. Nous n'allions plus gratter légèrement la terre et crier de joie en découvrant le germe du grain que nous avions semé. Nous nous dégoûtâmes de cette vie ; on se dégoûta de nous ; mon oncle nous retira, et nous nous séparâmes

---

1. En réalité.

de M. et Mlle Lambercier rassasiés les uns des autres, et regrettant peu de nous quitter.

Près de trente ans se sont passés depuis ma sortie de Bossey[1] sans que je m'en sois rappelé le séjour d'une manière agréable par des souvenirs un peu liés : mais depuis qu'ayant passé l'âge mûr je décline vers la vieillesse, je sens que ces mêmes souvenirs renaissent tandis que les autres s'effacent, et se gravent dans ma mémoire avec des traits dont le charme et la force augmentent de jour en jour ; comme si, sentant déjà la vie qui s'échappe, je cherchais à la ressaisir par ses commencements. Les moindres faits de ce temps-là me plaisent par cela seul qu'ils sont de ce temps-là. Je me rappelle toutes les circonstances des lieux, des personnes, des heures. Je vois la servante ou le valet agissant dans la chambre, une hirondelle entrant par la fenêtre, une mouche se poser sur ma main, tandis que je récitais ma leçon : je vois tout l'arrangement de la chambre où nous étions ; le cabinet de M. Lambercier à main droite, une estampe représentant tous les papes[2], un baromètre, un grand calendrier ; des framboisiers qui, d'un jardin fort élevé dans lequel la maison s'enfonçait sur le derrière, venaient ombrager la fenêtre, et passaient quelquefois jusqu'en dedans. Je sais bien que le lecteur n'a pas grand besoin de savoir tout cela ; mais j'ai besoin, moi, de le lui dire. Que n'osé-je lui raconter de même toutes les petites anecdotes de cet heureux âge, qui me font encore tressaillir d'aise quand je me les rappelle. Cinq ou six surtout...... composons[3]. Je vous fais grâce des cinq, mais j'en veux une, une seule ; pourvu qu'on me la laisse conter le plus longuement qu'il me sera possible, pour prolonger mon plaisir.

---

1. Rousseau quitte Bossey à l'automne 1724, à l'âge de douze ans.
2. Estampe surprenante dans le cabinet d'un pasteur. 3. Composer : « s'accorder en faisant des concessions » (Littré).

Si je ne cherchais que le vôtre, je pourrais choisir celle du derrière de Mlle Lambercier, qui, par une malheureuse culbute au bas du pré, fut étalé tout en plein devant le roi de Sardaigne[1] à son passage : mais celle du noyer de la terrasse est plus amusante pour moi qui fus acteur, au lieu que je ne fus que spectateur de la culbute, et j'avoue que je ne trouvai pas le moindre mot pour rire à un accident qui, bien que comique en lui-même, m'alarmait pour une personne que j'aimais comme une mère, et peut-être plus.

Ô vous, lecteurs curieux de la grande histoire du noyer de la terrasse, écoutez-en l'horrible tragédie, et vous abstenez de frémir, si vous pouvez.

Il y avait hors la porte de la cour une terrasse à gauche en entrant, sur laquelle on allait souvent s'asseoir l'après-midi, mais qui n'avait point d'ombre. Pour lui en donner, M. Lambercier y fit planter un noyer. La plantation de cet arbre se fit avec solennité. Les deux pensionnaires en furent les parrains, et tandis qu'on comblait le creux, nous tenions l'arbre chacun d'une main avec des chants de triomphe. On fit pour l'arroser une espèce de bassin tout autour du pied. Chaque jour, ardents spectateurs de cet arrosement, nous nous confirmions mon cousin et moi, dans l'idée très naturelle qu'il était plus beau de planter un arbre sur la terrasse qu'un drapeau sur la brèche ; et nous résolûmes de nous procurer cette gloire, sans la partager avec qui que ce fût.

Pour cela, nous allâmes couper une bouture d'un jeune saule, et nous la plantâmes sur la terrasse, à huit ou dix pieds[2] de l'auguste noyer. Nous n'oubliâmes pas de faire aussi un creux autour de notre arbre : la difficulté était d'avoir de quoi le remplir ; car l'eau venait d'assez loin, et on ne nous laissait pas courir pour en

---

1. Victor-Amédée II, roi de Sardaigne, qui traversa Bossey en août 1724. 2. À environ trois mètres.

aller prendre. Cependant il en fallait absolument pour notre saule. Nous employâmes toutes sortes de ruses pour lui en fournir durant quelques jours, et cela nous réussit si bien que nous le vîmes bourgeonner et pousser de petites feuilles dont nous mesurions l'accroissement d'heure en heure ; persuadés, quoiqu'il ne fût pas à un pied de terre, qu'il ne tarderait pas à nous ombrager.

Comme notre arbre, nous occupant tout entiers, nous rendait incapables de toute application, de toute étude, que nous étions comme en délire, et que, ne sachant à qui nous en avions, on nous tenait de plus court qu'auparavant ; nous vîmes l'instant fatal où l'eau nous allait manquer, et nous nous désolions dans l'attente de voir notre arbre périr de sécheresse. Enfin la nécessité, mère de l'industrie[1], nous suggéra une invention pour garantir l'arbre et nous d'une mort certaine : ce fut de faire pardessous terre une rigole qui conduisît secrètement au saule une partie de l'eau dont on arrosait le noyer. Cette entreprise, exécutée avec ardeur, ne réussit pourtant pas d'abord. Nous avions si mal pris la pente que l'eau ne coulait point. La terre s'éboulait et bouchait la rigole ; l'entrée se remplissait d'ordures ; tout allait de travers. Rien ne nous rebuta. *Omnia vincit labor improbus*[2]. Nous creusâmes davantage la terre et notre bassin pour donner à l'eau son écoulement ; nous coupâmes des fonds de boîtes en petites planches étroites, dont les unes mises de plat à la file, et d'autres posées en angle des deux côtés sur celles-là nous firent un canal triangulaire pour notre conduit. Nous plantâmes à l'entrée de petits bouts de bois minces et à claire-voie qui, faisant une espèce de grillage ou de crapaudine[3] retenaient le limon

1. Mère de l'ingéniosité. 2. « Un travail acharné vient à bout de tout » (Virgile, *Géorgiques*, I, v. 145-146). 3. « Plaque de plomb posée à l'entrée d'un tuyau de bassin ou de réservoir, pour empêcher les crapauds et les ordures d'y entrer » (Littré).

et les pierres, sans boucher le passage à l'eau. Nous recouvrîmes soigneusement notre ouvrage de terre bien foulée, et le jour où tout fut fait, nous attendîmes dans des transes d'espérance et de crainte l'heure de l'arrosement. Après des siècles d'attente cette heure vint enfin : M. Lambercier vint aussi à son ordinaire assister à l'opération, durant laquelle nous nous tenions tous deux derrière lui pour cacher notre arbre, auquel très heureusement il tournait le dos.

À peine achevait-on de verser le premier seau d'eau que nous commençâmes d'en voir couler dans notre bassin. À cet aspect la prudence nous abandonna ; nous nous mîmes à pousser des cris de joie qui firent retourner M. Lambercier, et ce fut dommage : car il prenait grand plaisir à voir comment la terre du noyer était bonne et buvait avidement son eau. Frappé de la voir se partager en deux bassins, il s'écrie à son tour, regarde, aperçoit la friponnerie, se fait brusquement apporter une pioche, donne un coup, fait voler deux ou trois éclats de nos planches, et criant à pleine tête : *Un aqueduc, un aqueduc,* il frappe de toutes parts des coups impitoyables, dont chacun portait au milieu de nos cœurs. En un moment les planches, le conduit, le bassin, le saule, tout fut détruit, tout fut labouré ; sans qu'il y eût durant cette expédition terrible nul autre mot prononcé, sinon l'exclamation qu'il répétait sans cesse. *Un aqueduc,* s'écriait-il en brisant tout, *un aqueduc, un aqueduc !*

On croira que l'aventure finit mal pour les petits architectes. On se trompera : tout fut fini. M. Lambercier ne nous dit pas un mot de reproche, ne nous fit pas plus mauvais visage, et ne nous en parla plus ; nous l'entendîmes même un peu après rire auprès de sa sœur à gorge déployée, car le rire de M. Lambercier s'entendait de loin ; et ce qu'il y eut de plus étonnant encore, c'est que, passé le premier saisissement, nous ne fûmes pas nous-mêmes fort affligés. Nous plantâmes ailleurs un autre arbre, et nous nous rappelions souvent la catastrophe du premier, en répétant entre nous avec emphase : *Un aqueduc, un aqueduc !* Jusque-là j'avais eu des accès d'orgueil par intervalles quand j'étais Aristide ou Brutus[1]. Ce fut ici mon premier mouvement de vanité bien marquée. Avoir pu construire un aqueduc de nos mains, avoir mis une bouture en concurrence avec un grand arbre me paraissait le suprême degré de la gloire. À dix ans j'en jugeais mieux que César à trente[2].

L'idée de ce noyer et la petite histoire qui s'y rapporte m'est si bien restée ou revenue, qu'un de mes plus agréables projets dans mon voyage de Genève en 1754 était d'aller à Bossey revoir les monuments des jeux de mon enfance, et surtout le cher noyer qui devait alors avoir déjà le tiers d'un siècle. Je fus si continuellement obsédé[3], si peu maître de moi-même, que je ne pus trouver le moment de me satisfaire. Il y a peu d'apparence que cette occasion renaisse jamais pour moi. Cependant je n'en ai pas perdu le désir avec l'espérance ; et je suis presque sûr, que si jamais, retournant dans ces lieux chéris j'y retrouvais mon cher noyer encore en être[4], je l'arroserais de mes pleurs.

De retour à Genève je passai deux ou trois ans[5] chez mon oncle en attendant qu'on résolût ce que l'on ferait de moi. Comme il destinait son fils au génie[6], il lui fit apprendre un peu de dessin et lui enseignait les éléments

---

1. Voir, dans ce livre I, p. 53, note 3. 2. En Espagne, pendant sa questure, César avait vu, près d'un temple, une statue d'Alexandre. « Il se mit alors à gémir et, comme écœuré de son inaction, en pensant qu'il n'avait encore rien fait de mémorable à l'âge où Alexandre avait déjà soumis toute la terre, il demanda tout de suite un congé, pour saisir le plus tôt possible, à Rome, les occasions de se signaler » (Suétone, *Vie des douze Césars*, VII, *Jules César*, trad. H. Ailloud). 3. Importuné, harcelé. 4. Encore en vie. 5. En réalité, moins d'un an. 6. Au génie militaire : « art de l'attaque et de la défense des places, des postes, etc. » (Littré).

d'Euclide[1]. J'apprenais tout cela par compagnie, et j'y pris goût, surtout au dessin. Cependant on délibérait si l'on me ferait horloger, procureur, ou ministre. J'aimais mieux être ministre, car je trouvais bien beau de prêcher. Mais le petit revenu du bien de ma mère à partager entre mon frère et moi ne suffisait pas pour pousser mes études. Comme l'âge où j'étais ne rendait pas ce choix bien pressant encore, je restais en attendant chez mon oncle, perdant à peu près mon temps, et ne laissant pas de payer, comme il était juste, une assez forte pension.

Mon oncle, homme de plaisir, ainsi que mon père, ne savait pas, comme lui se captiver par ses devoirs[2], et prenait assez peu de soin de nous. Ma tante était une dévote un peu piétiste[3], qui aimait mieux chanter les psaumes que veiller à notre éducation. On nous laissait presque une liberté entière dont nous n'abusâmes jamais. Toujours inséparables, nous nous suffisions l'un à l'autre, et n'étant point tentés de fréquenter les polissons de notre âge, nous ne prîmes aucune des habitudes libertines que l'oisiveté nous pouvait inspirer. J'ai même tort de nous supposer oisifs, car de la vie nous ne le fûmes moins, et ce qu'il y avait d'heureux était que tous les amusements dont nous nous passionnions successivement nous tenaient ensemble occupés dans la maison, sans que nous fussions même tentés de descendre à la rue. Nous faisions des cages, des flûtes, des volants, des tambours, des maisons, des *équiffles*[4], des arbalètes. Nous gâtions les outils de mon bon vieux grand-père, pour faire des montres à son imitation. Nous avions surtout un goût de préférence pour barbouiller du papier,

---

**1.** Bases de la géométrie, démontrées par le mathématicien grec Euclide au IIIe siècle av. J.-C. **2.** Se contraindre à ses devoirs. **3.** Le courant piétiste, d'origine luthérienne, privilégie une lecture plus sentimentale que doctrinale de l'Évangile. **4.** Ou *écliffes* : des sarbacanes, en genevois dans le texte.

dessiner, laver[1], enluminer, faire un dégât de couleurs. Il vint à Genève un charlatan[2] italien appelé *Gamba-Corta* ; nous allâmes le voir une fois, et puis nous n'y voulûmes plus aller : mais il avait des marionnettes, et nous nous mîmes à faire des marionnettes ; ses marionnettes jouaient des manières de comédies, et nous fîmes des comédies pour les nôtres. Faute de pratique nous contrefaisions du gosier la voix de Polichinelle, pour jouer ces charmantes comédies que nos pauvres bons parents avaient la patience de voir et d'entendre. Mais mon oncle Bernard ayant un jour lu dans la famille un très beau sermon de sa façon, nous quittâmes les comédies, et nous nous mîmes à composer des sermons. Ces détails ne sont pas fort intéressants, je l'avoue ; mais ils montrent à quel point il fallait que notre première éducation eût été bien dirigée pour que, maîtres presque de notre temps et de nous dans un âge si tendre, nous fussions si peu tentés d'en abuser. Nous avions si peu besoin de nous faire des camarades, que nous en négligions même l'occasion. Quand nous allions nous promener nous regardions en passant leurs jeux sans convoitise, sans songer même à y prendre part. L'amitié remplissait si bien nos cœurs, qu'il nous suffisait d'être ensemble, pour que les plus simples goûts fissent nos délices.

À force de nous voir inséparables on y prit garde ; d'autant plus que mon cousin étant très grand et moi très petit, cela faisait un couple assez plaisamment assorti. Sa longue figure effilée, son petit visage de pomme cuite, son air mou, sa démarche nonchalante

1. « Laver, en termes de peinture, se dit en parlant des couleurs qu'on étend et qu'on couche sur un dessin avec le pinceau, à la différence de celles qu'on applique en pointillant, comme on fait en miniature » (Furetière). 2. Vendeur ambulant de drogues et autres remèdes empiriques.

excitaient les enfants à se moquer de lui. Dans le patois du pays on lui donna le surnom de *Barnâ Bredanna*[1], et sitôt que nous sortions nous n'entendions que *Barnâ Bredanna* tout autour de nous. Il endurait cela plus tranquillement que moi. Je me fâchai, je voulus me battre ; c'était ce que les petits coquins demandaient. Je battis, je fus battu. Mon pauvre cousin me soutenait de son mieux ; mais il était faible, d'un coup de poing on le renversait. Alors je devenais furieux. Cependant quoique j'attrapasse force horions, ce n'était pas à moi qu'on en voulait, c'était à *Barnâ Bredanna* : mais j'augmentai tellement le mal par ma mutine colère, que nous n'osions plus sortir qu'aux heures où l'on était en classe, de peur d'être hués et suivis par les écoliers.

Me voilà déjà redresseur des torts. Pour être un paladin[2] dans les formes il ne me manquait que d'avoir une dame ; j'en eus deux. J'allais de temps en temps voir mon père à Nyon, petite ville du pays de Vaud où il s'était établi. Mon père était fort aimé, et son fils se sentait de cette bienveillance. Pendant le peu de séjour que je faisais près de lui, c'était à qui me fêterait. Une M^me^ de Vulson surtout me faisait mille caresses, et pour y mettre le comble, sa fille me prit pour son galant. On sent ce que c'est qu'un galant d'onze ans, pour une fille de vingt-deux. Mais toutes ces friponnes sont si aises de mettre ainsi de petites poupées en avant pour cacher les grandes, ou pour les tenter par l'image d'un jeu qu'elles savent rendre attirant. Pour moi qui ne voyais point entre elle et moi de disconvenance, je pris la chose au sérieux ; je me livrai de tout mon cœur, ou plutôt de toute ma tête ; car je n'étais guère amoureux que par là, quoique

---

1. *Âne Bâté*, association de l'âne Bernard du *Roman de Renart*, et du patois savoyard *bredâ*, bridé. 2. Du nom des chevaliers qui guerroyaient avec Charlemagne.

je le fusse à la folie, et que mes transports, mes agitations, mes fureurs donnassent des scènes à pâmer de rire.

Je connais deux sortes d'amour très distincts, très réels, et qui n'ont presque rien de commun, quoique très vifs l'un et l'autre, et tous deux différents de la tendre amitié. Tout le cours de ma vie s'est partagé entre ces deux amours de si diverses natures, et je les ai même éprouvés tous deux à la fois ; car par exemple, au moment dont je parle, tandis que je m'emparais de M^lle^ de Vulson si publiquement et si tyranniquement que je ne pouvais souffrir qu'aucun homme approchât d'elle, j'avais avec une petite M^lle^ Goton des tête-à-tête assez courts mais assez vifs, dans lesquels elle daignait faire la maîtresse d'école, et c'était tout ; mais ce tout, qui en effet était tout pour moi, me paraissait le bonheur suprême, et sentant déjà le prix du mystère, quoique je n'en susse user qu'en enfant, je rendais à M^lle^ de Vulson, qui ne s'en doutait guère, le soin qu'elle prenait de m'employer à cacher d'autres amours. Mais à mon grand regret mon secret fut découvert ou moins bien gardé de la part de ma petite maîtresse d'école que de la mienne ; car on ne tarda pas à nous séparer, et quelque temps après, de retour à Genève j'entendis en passant à Coutance de petites filles me crier à demi-voix : *Goton tic tac Rousseau*[1].

C'était en vérité une singulière personne que cette petite M^lle^ Goton. Sans être belle elle avait une figure difficile à oublier, et que je me rappelle encore, souvent beaucoup trop pour un vieux fou. Ses yeux surtout n'étaient pas de son âge, ni sa taille, ni son maintien. Elle avait un petit air imposant et fier, très propre à son rôle, et qui en avait occasionné la première idée entre

---

1. Ce *tic tac* désignerait-il le mouvement d'horlogerie du geste de M^lle^ Goton infligeant à Jean-Jacques, pour sa délectation, la « punition des enfants » ?

nous. Mais ce qu'elle avait de plus bizarre était un mélange d'audace et de réserve difficile à concevoir. Elle se permettait avec moi les plus grandes privautés sans jamais m'en permettre aucune avec elle ; elle me traitait exactement en enfant. Ce qui me fait croire ou qu'elle avait déjà cessé de l'être, ou qu'au contraire elle l'était encore assez elle-même pour ne voir qu'un jeu dans le péril auquel elle s'exposait.

J'étais tout entier pour ainsi dire à chacune de ces deux personnes, et si parfaitement qu'avec aucune des deux il ne m'arrivait jamais de songer à l'autre. Mais du reste, rien de semblable en ce qu'elles me faisaient éprouver. J'aurais passé ma vie entière avec M^lle^ de Vulson sans songer à la quitter ; mais en l'abordant ma joie était tranquille et n'allait pas à l'émotion. Je l'aimais surtout en grande compagnie ; les plaisanteries, les agaceries, les jalousies même m'attachaient, m'intéressaient ; je triomphais avec orgueil de ses préférences, près des grands rivaux qu'elle paraissait maltraiter. J'étais tourmenté, mais j'aimais ce tourment. Les applaudissements, les encouragements, les ris m'échauffaient, m'animaient. J'avais des emportements, des saillies : j'étais transporté d'amour dans un cercle. Tête à tête j'aurais été contraint, froid, peut-être ennuyé. Cependant je m'intéressais tendrement à elle, je souffrais quand elle était malade : j'aurais donné ma santé pour rétablir la sienne, et notez que je savais très bien par expérience ce que c'était que maladie, et ce que c'était que santé. Absent d'elle j'y pensais, elle me manquait ; présent, ses caresses m'étaient douces au cœur, non aux sens. J'étais impunément familier avec elle ; mon imagination ne me demandait que ce qu'elle m'accordait : cependant je n'aurais pu supporter de lui en voir faire autant à d'autres. Je l'aimais en frère ; mais j'en étais jaloux en amant.

Je l'eusse été de M^lle^ Goton en Turc, en furieux, en tigre, si j'avais seulement imaginé qu'elle pût faire à un autre le même traitement qu'elle m'accordait ; car cela même était une grâce qu'il fallait demander à genoux. J'abordais M^lle^ de Vulson avec un plaisir très vif, mais sans trouble ; au lieu qu'en voyant M^lle^ Goton je ne voyais plus rien ; tous mes sens étaient bouleversés. J'étais familier avec la première, sans avoir de familiarité ; au contraire, j'étais aussi tremblant qu'agité devant la seconde, même au fort des plus grandes familiarités. Je crois que si j'avais resté[1] trop longtemps avec elle je n'aurais pu vivre ; les palpitations m'auraient étouffé. Je craignais également de leur déplaire ; mais j'étais plus complaisant pour l'une et plus obéissant pour l'autre. Pour rien au monde je n'aurais voulu fâcher M^lle^ de Vulson, mais si M^lle^ Goton m'eût ordonné de me jeter dans les flammes, je crois qu'à l'instant j'aurais obéi.

Mes amours ou plutôt mes rendez-vous avec celle-ci durèrent peu, très heureusement pour elle et pour moi. Quoique mes liaisons avec M^lle^ de Vulson n'eussent pas le même danger, elles ne laissèrent pas d'avoir aussi leur catastrophe, après avoir un peu plus longtemps duré. Les fins de tout cela devaient toujours avoir l'air un peu romanesque et donner prise aux exclamations. Quoique mon commerce[2] avec M^lle^ de Vulson fût moins vif, il était plus attachant peut-être. Nos séparations ne se faisaient jamais sans larmes, et il est singulier dans quel vide accablant je me sentais plongé après l'avoir quittée. Je ne pouvais parler que d'elle ni penser qu'à elle ; mes regrets étaient vrais et vifs : mais je crois qu'au fond ces héroïques regrets n'étaient pas tous pour elle, et que, sans que je m'en aperçusse, les amusements dont elle était le centre y avaient leur bonne part. Pour tempérer les douleurs de l'absence, nous nous écrivions des lettres d'un pathétique à faire fendre les rochers. Enfin j'eus la

---

1. Littré donne comme exemple d'emploi incorrect de l'auxiliaire cette phrase de Rousseau, qui est coutumier du fait. 2. Ma liaison.

gloire qu'elle n'y put plus tenir et qu'elle vint me voir à Genève. Pour le coup la tête acheva de me tourner ; je fus ivre et fou les deux jours qu'elle y resta. Quand elle partit, je voulais me jeter dans l'eau après elle, et je fis longtemps retentir l'air de mes cris. Huit jours après, elle m'envoya des bonbons et des gants ; ce qui m'eût paru fort galant, si je n'eusse appris en même temps qu'elle était mariée, et que ce voyage dont il lui avait plu de me faire honneur, était pour acheter ses habits de noces. Je ne décrirai pas ma fureur ; elle se conçoit. Je jurai dans mon noble courroux de ne plus revoir la perfide, n'imaginant pas pour elle de plus terrible punition. Elle n'en mourut pas, cependant ; car vingt ans après, étant allé voir mon père, et me promenant avec lui sur le lac, je demandai qui étaient des dames que je voyais dans un bateau peu loin du nôtre. Comment, me dit mon père en souriant, le cœur ne te le dit pas ? Ce sont tes anciennes amours ; c'est M^me^ Cristin, c'est M^lle^ de Vulson[1]. Je tressaillis à ce nom presque oublié : mais je dis aux bateliers de changer de route ; ne jugeant pas, quoique j'eusse assez beau jeu pour prendre alors ma revanche, que ce fût la peine d'être parjure, et de renouveler une querelle de vingt ans avec une femme de quarante.

Ainsi se perdait en niaiseries le plus précieux temps de mon enfance, avant qu'on eût décidé de ma destination. Après de longues délibérations pour suivre mes dispositions naturelles, on prit enfin le parti pour lequel j'en avais le moins, et l'on me mit chez M. Masseron greffier de la ville, pour apprendre sous lui, comme disait M. Bernard, l'utile métier de grapignan[2]. Ce surnom me déplaisait souverainement ; l'espoir de gagner

---

1. Deux noms pour la même personne : la femme mariée, et la jeune fille du passé. 2. « Mot de dénigrement pour dire procureur » (Littré).

force écus par une voie ignoble[1] flattait peu mon humeur hautaine ; l'occupation me paraissait ennuyeuse, insupportable ; l'assiduité, l'assujettissement achevèrent de m'en rebuter, et je n'entrais jamais au greffe qu'avec une horreur qui croissait de jour en jour. M. Masseron, de son côté, peu content de moi, me traitait avec mépris, me reprochant sans cesse mon engourdissement, ma bêtise ; me répétant tous les jours que mon oncle l'avait assuré, *que je savais, que je savais*, tandis que dans le vrai je ne savais rien ; qu'il lui avait promis un joli garçon, et qu'il ne lui avait donné qu'un âne. Enfin je fus renvoyé du greffe ignominieusement pour mon ineptie[2], et il fut prononcé par les clercs de M. Masseron que je n'étais bon qu'à mener la lime.

Ma vocation ainsi déterminée, je fus mis en apprentissage ; non toutefois chez un horloger, mais chez un graveur. Les dédains du greffier m'avaient extrêmement humilié, et j'obéis sans murmure. Mon maître appelé M. Ducommun était un jeune homme rustre et violent, qui vint à bout en très peu de temps de ternir tout l'éclat de mon enfance, d'abrutir mon caractère aimant et vif, et de me réduire par l'esprit ainsi que par la fortune à mon véritable état d'apprenti. Mon latin, mes antiquités, mon histoire, tout fut pour longtemps oublié : je ne me souvenais pas même qu'il y eût eu des Romains au monde. Mon père, quand je l'allais voir, ne trouvait plus en moi son idole ; je n'étais plus pour les dames le galant Jean-Jacques, et je sentais si bien moi-même que M. et M^lle^ Lambercier n'auraient plus reconnu en moi leur élève, que j'eus honte de me représenter à eux, et ne les ai plus revus depuis lors. Les goûts les plus vils, la plus basse polissonnerie succédèrent à mes aimables amusements, sans m'en laisser même la moindre idée. Il faut

1. C'est-à-dire sans noblesse. 2. Mon incapacité.

que, malgré l'éducation la plus honnête, j'eusse un grand penchant à dégénérer ; car cela se fit très rapidement, sans la moindre peine, et jamais César si précoce ne devint si promptement Laridon[1].

Le métier ne me déplaisait pas en lui-même ; j'avais un goût vif pour le dessin ; le jeu du burin m'amusait assez, et comme le talent du graveur pour l'horlogerie est très borné, j'avais l'espoir d'en atteindre la perfection. J'y serais parvenu peut-être si la brutalité de mon maître et la gêne excessive ne m'avaient rebuté du travail. Je lui dérobais mon temps, pour l'employer en occupations du même genre, mais qui avaient pour moi l'attrait de la liberté. Je gravais des espèces de médailles pour nous servir à moi et à mes camarades d'ordre de chevalerie. Mon maître me surprit à ce travail de contrebande, et me roua de coups, disant que je m'exerçais à faire de la fausse monnaie, parce que nos médailles avaient les armes de la République. Je puis bien jurer que je n'avais nulle idée de la fausse monnaie, et très peu de la véritable. Je savais mieux comment se faisaient les as romains[2] que nos pièces de trois sous.

La tyrannie de mon maître finit par me rendre insupportable le travail que j'aurais aimé, et par me donner des vices que j'aurais haïs, tels que le mensonge, la fainéantise, le vol. Rien ne m'a mieux appris la différence qu'il y a de la dépendance filiale à l'esclavage servile, que le souvenir des changements que produisit en moi cette époque. Naturellement timide et honteux,

---

**1.** Allusion à « L'Éducation » (livre VIII, 24), fable où La Fontaine met en scène César et Laridon, « frères dont l'origine / Venait de chiens fameux, beaux, bien faits, et hardis ». César honore sa race en devenant un célèbre chien de chasse, cependant que Laridon paresse et engraisse en cuisine. Moralité : « Faute de cultiver la nature et ses dons, / Oh ! combien de Césars deviendront Laridons ! » **2.** Monnaie de cuivre, de peu de valeur.

je n'eus jamais plus d'éloignement pour aucun défaut que pour l'effronterie. Mais j'avais joui d'une liberté honnête qui seulement s'était restreinte jusque-là par degrés, et s'évanouit enfin tout à fait. J'étais hardi chez mon père, libre chez M. Lambercier, discret[1] chez mon oncle ; je devins craintif chez mon maître, et dès lors je fus un enfant perdu. Accoutumé à une égalité parfaite avec mes supérieurs dans la manière de vivre, à ne pas connaître un plaisir qui ne fût à ma portée, à ne pas voir un mets dont je n'eusse ma part, à n'avoir pas un désir que je ne témoignasse, à mettre enfin tous les mouvements de mon cœur sur mes lèvres, qu'on juge de ce que je dus devenir dans une maison où je n'osais pas ouvrir la bouche, où il fallait sortir de table au tiers du repas[2], et de la chambre aussitôt que je n'y avais rien à faire, où sans cesse enchaîné à mon travail, je ne voyais qu'objets de jouissances pour d'autres et de privations pour moi seul, où l'image de la liberté du maître et des compagnons augmentait le poids de mon assujettissement, où, dans les disputes sur ce que je savais le mieux je n'osais ouvrir la bouche, où tout enfin ce que je voyais devenait pour mon cœur un objet de convoitise, uniquement parce que j'étais privé de tout. Adieu, l'aisance, la gaieté, les mots heureux qui jadis souvent dans mes fautes m'avaient fait échapper au châtiment. Je ne puis me rappeler sans rire qu'un soir chez mon père, étant condamné pour quelque espièglerie à m'aller coucher sans souper, et passant par la cuisine avec mon triste morceau de pain, je vis et flairai le rôti tournant à la broche. On était autour du feu ; il fallut en passant saluer tout le monde. Quand la ronde fut faite, lorgnant du coin de l'œil ce rôti qui avait si bonne mine et qui sentait si bon, je ne pus m'abstenir de lui faire aussi la révérence

1. Réservé. 2. Tel était l'usage pour les apprentis.

et de lui dire d'un ton piteux, *Adieu rôti*. Cette saillie de naïveté parut si plaisante qu'on me fit rester à souper. Peut-être eût-elle eu le même bonheur chez mon maître, mais il est sûr qu'elle ne m'y serait pas venue, ou que je n'aurais osé m'y livrer.

Voilà comment j'appris à convoiter en silence, à me cacher, à dissimuler, à mentir, et à dérober, enfin : fantaisie qui jusqu'alors ne m'était pas venue, et dont je n'ai pu depuis lors bien me guérir. La convoitise et l'impuissance mènent toujours là. Voilà pourquoi tous les laquais sont fripons, et pourquoi tous les apprentis doivent l'être : mais dans un état égal et tranquille, où tout ce qu'ils voient est à leur portée, ces derniers perdent en grandissant ce honteux penchant. N'ayant pas eu le même avantage, je n'en ai pu tirer le même profit.

Ce sont presque toujours de bons sentiments mal dirigés qui font faire aux enfants le premier pas vers le mal. Malgré les privations et les tentations continuelles, j'avais demeuré plus d'un an chez mon maître sans pouvoir me résoudre à rien prendre, pas même des choses à manger. Mon premier vol fut une affaire de complaisance ; mais il ouvrit la porte à d'autres, qui n'avaient pas une si louable fin.

Il y avait chez mon maître un compagnon appelé M. Verrat, dont la maison, dans le voisinage, avait un jardin assez éloigné qui produisait de très belles asperges. Il prit envie à M. Verrat, qui n'avait pas beaucoup d'argent, de voler à sa mère des asperges dans leur primeur, et de les vendre pour faire quelques bons déjeuners. Comme il ne voulait pas s'exposer lui-même et qu'il n'était pas fort ingambe, il me choisit pour cette expédition. Après quelques cajoleries préliminaires qui me gagnèrent d'autant mieux que je n'en voyais pas le but, il me la proposa comme une idée qui lui venait sur-le-champ. Je disputai beaucoup ; il insista. Je n'ai jamais pu résister aux caresses[1] ; je me rendis. J'allais tous les matins moissonner les plus belles asperges ; je les portais au Molard[2], où quelque bonne femme qui voyait que je venais de les voler, me le disait pour les avoir à meilleur compte. Dans ma frayeur je prenais ce qu'elle voulait bien me donner ; je le portais à M. Verrat. Cela se changeait promptement en un déjeuner dont j'étais le pourvoyeur, et qu'il partageait avec un autre camarade ; car pour moi très content d'en avoir quelques bribes, je ne touchais pas même à leur vin.

Ce petit manège dura plusieurs jours, sans qu'il me vînt même à l'esprit de voler le voleur, et de dîmer[3] sur M. Verrat le produit de ses asperges. J'exécutais ma friponnerie avec la plus grande fidélité ; mon seul motif était de complaire à celui qui me la faisait faire. Cependant si j'eusse été surpris, que de coups, que d'injures, quels traitements cruels n'eussé-je point essuyés ; tandis que le misérable en me démentant[4] eût été cru sur sa parole, et moi doublement puni pour avoir osé le charger ; attendu qu'il était compagnon, et que je n'étais qu'apprenti. Voilà comment en tout état le fort coupable se sauve aux dépens du faible innocent.

J'appris ainsi qu'il n'était pas si terrible de voler que je l'avais cru, et je tirai bientôt si bon parti de ma science que rien de ce que je convoitais n'était à ma portée en sûreté. Je n'étais pas absolument mal nourri chez mon maître, et la sobriété ne m'était pénible qu'en la lui voyant si mal garder. L'usage de faire sortir de table les jeunes gens quand on y sert ce qui les tente le plus me paraît très bien entendu pour les rendre aussi friands[5] que fripons. Je devins en peu de temps l'un et l'autre,

---

1. Aux témoignages d'affection. 2. La place du marché. 3. Prélever la dîme, c'est-à-dire dix pour cent du butin. 4. En disant que j'avais menti. 5. Un peu plus que gourmands, un peu moins que gourmets.

et je m'en trouvais fort bien pour l'ordinaire, quelquefois fort mal, quand j'étais surpris.

Un souvenir qui me fait frémir encore et rire tout à la fois, est celui d'une chasse aux pommes qui me coûta cher. Ces pommes étaient au fond d'une dépense[1], qui par une jalousie[2] élevée recevait du jour de la cuisine. Un jour que j'étais seul dans la maison, je montai sur la may[3] pour regarder dans le jardin des Hespérides[4] ce précieux fruit dont je ne pouvais approcher. J'allai chercher la broche pour voir si elle y pourrait atteindre : elle était trop courte. Je l'allongeai par une autre petite broche qui servait pour le menu gibier ; car mon maître aimait la chasse. Je piquai plusieurs fois sans succès ; enfin je sentis avec transport que j'amenais une pomme. Je tirai très doucement ; déjà la pomme touchait à la jalousie ; j'étais prêt à la saisir. Qui dira ma douleur ? La pomme était trop grosse ; elle ne put passer par le trou. Que d'inventions ne mis-je point en usage pour la tirer ? Il fallut trouver des supports pour tenir la broche en état, un couteau assez long pour fendre la pomme, une latte pour la soutenir. À force d'adresse et de temps je parvins à la partager, espérant tirer ensuite les pièces l'une après l'autre. Mais à peine furent-elles séparées qu'elles tombèrent toutes deux dans la dépense. Lecteur pitoyable[5], partagez mon affliction.

Je ne perdis point courage ; mais j'avais perdu beaucoup de temps. Je craignais d'être surpris ; je renvoie au lendemain une tentative plus heureuse, et je me remets à l'ouvrage tout aussi tranquillement que si je n'avais

---

**1.** « Dans les maisons particulières, lieu où l'on serre les provisions et différents objets destinés à la table » (Littré). **2.** « Treillis de bois et de fer qui permet de voir à travers, sans que l'on soit vu » (Littré). **3.** La huche où l'on pétrit le pain. **4.** Dans la mythologie, jardin où poussaient des pommes d'or ; il était gardé par trois nymphes – les Hespérides – et par un dragon. **5.** C'est-à-dire enclin à la pitié.

rien fait, sans songer aux deux témoins indiscrets qui déposaient contre moi dans la dépense.

Le lendemain retrouvant l'occasion belle, je tente un nouvel essai. Je monte sur mes tréteaux, j'allonge la broche, je l'ajuste, j'étais prêt à piquer...... malheureusement le dragon ne dormait pas. Tout à coup la porte de la dépense s'ouvre ; mon maître en sort, croise les bras, me regarde, et me dit : Courage...... la plume me tombe des mains.

Bientôt à force d'essuyer de mauvais traitements, j'y devins moins sensible ; ils me parurent enfin une sorte de compensation du vol, qui me mettait en droit de le continuer. Au lieu de retourner les yeux en arrière et de regarder la punition, je les portais en avant et je regardais la vengeance. Je jugeais que me battre comme fripon, c'était m'autoriser à l'être. Je trouvais que voler et être battu allaient ensemble, et constituaient en quelque sorte un état, et qu'en remplissant la partie de cet état qui dépendait de moi, je pouvais laisser le soin de l'autre à mon maître. Sur cette idée, je me mis à voler plus tranquillement qu'auparavant. Je me disais : Qu'en arrivera-t-il, enfin ? Je serai battu. Soit : je suis fait pour l'être.

J'aime à manger sans être avide ; je suis sensuel et non pas gourmand. Trop d'autres goûts me distraient de celui-là. Je ne me suis jamais occupé de ma bouche que quand mon cœur était oisif, et cela m'est si rarement arrivé dans ma vie que je n'ai guère eu le temps de songer aux bons morceaux. Voilà pourquoi je ne bornai pas longtemps ma friponnerie au comestible, je l'étendis bientôt à tout ce qui me tentait, et si je ne devins pas un voleur en forme, c'est que je n'ai jamais été beaucoup tenté d'argent. Dans le cabinet commun mon maître avait un autre cabinet à part, qui fermait à clef ; je trouvai le moyen d'en ouvrir la porte et de la refermer sans qu'il y parût. Là je mettais à contribution ses bons outils, ses meilleurs dessins, ses empreintes[1], tout ce qui me faisait envie et qu'il affectait d'éloigner de moi. Dans le fond ces vols étaient bien innocents, puisqu'ils n'étaient faits que pour être employés à son service : mais j'étais transporté de joie d'avoir ces bagatelles en mon pouvoir ; je croyais voler le talent avec ses productions. Du reste, il y avait dans des boîtes des recoupes d'or et d'argent[2], de petits bijoux, des pièces de prix, de la monnaie. Quand j'avais quatre ou cinq sous dans ma poche, c'était beaucoup : cependant loin de toucher à rien de tout cela, je ne me souviens pas même d'y avoir jeté de ma vie un regard de convoitise. Je le voyais avec plus d'effroi que de plaisir. Je crois bien que cette horreur du vol de l'argent et de ce qui en produit me venait en grande partie de l'éducation. Il se mêlait à cela des idées secrètes d'infamie, de prison, de châtiment, de potence, qui m'auraient fait frémir si j'avais été tenté ; au lieu que mes tours ne me semblaient que des espiègleries, et n'étaient pas autre chose en effet. Tout cela ne pouvait valoir que d'être bien étrillé par mon maître, et d'avance je m'arrangeais là-dessus.

Mais encore une fois, je ne convoitais pas même assez pour avoir à m'abstenir ; je ne sentais rien à combattre. Une seule feuille de beau papier à dessiner me tentait plus que l'argent pour en payer une rame. Cette bizarrerie tient à une des singularités de mon caractère ; elle a eu tant d'influence sur ma conduite qu'il importe de l'expliquer.

J'ai des passions très ardentes, et tandis qu'elles m'agitent rien n'égale mon impétuosité ; je ne connais plus ni ménagements, ni respect, ni crainte, ni bienséance ; je suis cynique, effronté, violent, intrépide : il n'y a ni honte qui m'arrête ni danger qui m'effraye. Hors

1. « Figure marquée par impression » (Littré), c'est-à-dire les modèles du maître graveur. 2. Des rognures, des fragments.

le seul objet qui m'occupe l'univers n'est plus rien pour moi : mais tout cela ne dure qu'un moment et le moment qui suit me jette dans l'anéantissement. Prenez-moi dans le calme je suis l'indolence et la timidité même : tout m'effarouche, tout me rebute, une mouche en volant me fait peur ; un mot à dire, un geste à faire épouvante ma paresse, la crainte et la honte me subjuguent à tel point que je voudrais m'éclipser aux yeux de tous les mortels. S'il faut agir je ne sais que faire ; s'il faut parler je ne sais que dire ; si l'on me regarde je suis décontenancé. Quand je me passionne, je sais trouver quelquefois ce que j'ai à dire ; mais dans les entretiens ordinaires je ne trouve rien, rien du tout ; ils me sont insupportables par cela seul que je suis obligé de parler.

Ajoutez qu'aucun de mes goûts dominants ne consiste en choses qui s'achètent. Il ne me faut que des plaisirs purs, et l'argent les empoisonne tous. J'aime, par exemple, ceux de la table ; mais ne pouvant souffrir ni la gêne de la bonne compagnie ni la crapule[1] du cabaret, je ne puis les goûter qu'avec un ami, car seul, cela ne m'est pas possible : mon imagination s'occupe alors d'autre chose, et je n'ai pas le plaisir de manger. Si mon sang allumé me demande des femmes, mon cœur ému me demande encore plus de l'amour. Des femmes à prix d'argent perdraient pour moi tous leurs charmes ; je doute même s'il serait en moi d'en profiter. Il en est ainsi de tous les plaisirs à ma portée : s'ils ne sont gratuits je les trouve insipides. J'aime les seuls biens qui ne sont à personne qu'au premier qui sait les goûter.

Jamais l'argent ne me parut une chose aussi précieuse qu'on la trouve. Bien plus ; il ne m'a même jamais paru fort commode ; il n'est bon à rien par lui-même ; il faut le transformer pour en jouir ; il faut acheter, marchander,

1. La débauche grossière, en très mauvaise compagnie.

souvent être dupe, bien payer, être mal servi. Je voudrais une chose bonne dans sa qualité ; avec mon argent je suis sûr de l'avoir mauvaise. J'achète cher un œuf frais, il est vieux ; un beau fruit, il est vert ; une fille, elle est gâtée[1]. J'aime le bon vin ; mais où en prendre ? Chez un marchand de vin ? Comme que je fasse[2] il m'empoisonnera. Veux-je absolument être bien servi ? Que de soins, que d'embarras ! avoir des amis, des correspondants, donner des commissions, écrire, aller, venir, attendre, et souvent au bout être encore trompé. Que de peine avec mon argent ! Je la crains plus que je n'aime le bon vin.

Mille fois, durant mon apprentissage et depuis, je suis sorti dans le dessein d'acheter quelque friandise. J'approche de la boutique d'un pâtissier : j'aperçois des femmes au comptoir ; je crois déjà les voir rire et se moquer entre elles du petit gourmand. Je passe devant une fruitière ; je lorgne du coin de l'œil de belles poires, leur parfum me tente ; deux ou trois jeunes gens tout près de là me regardent ; un homme qui me connaît est devant sa boutique ; je vois de loin venir une fille ; n'est-ce point la servante de la maison ? Ma vue courte me fait mille illusions. Je prends tous ceux qui passent pour des gens de ma connaissance : partout je suis intimidé, retenu par quelque obstacle : mon désir croît avec ma honte, et je rentre enfin comme un sot, dévoré de convoitise, ayant dans ma poche de quoi la satisfaire, et n'ayant osé rien acheter.

J'entrerais dans les plus insipides détails, si je suivais dans l'emploi de mon argent, soit par moi soit par d'autres, l'embarras, la honte, la répugnance, les inconvénients, les dégoûts de toute espèce que j'ai toujours éprouvés. À mesure qu'avançant dans ma vie le lecteur

---

1. Elle a la vérole, ou quelque maladie vénérienne. 2. De quelque façon que j'agisse.

prendra connaissance de mon humeur, il sentira tout cela sans que je m'appesantisse à le lui dire.

Cela compris, on comprendra sans peine une de mes prétendues contradictions ; celle d'allier une avarice presque sordide avec le plus grand mépris pour l'argent. C'est un meuble[1] pour moi si peu commode, que je ne m'avise pas même de désirer celui que je n'ai pas, et que quand j'en ai je le garde longtemps sans le dépenser, faute de savoir l'employer à ma fantaisie : mais l'occasion commode et agréable se présente-t-elle ? J'en profite si bien que ma bourse se vide avant que je m'en sois aperçu. Du reste, ne cherchez pas en moi le tic des avares, celui de dépenser pour l'ostentation ; tout au contraire, je dépense en secret et pour le plaisir : loin de me faire gloire de dépenser je m'en cache. Je sens si bien que l'argent n'est pas à mon usage, que je suis presque honteux d'en avoir, encore plus de m'en servir.

Si j'avais eu jamais un revenu suffisant pour vivre commodément, je n'aurais point été tenté d'être avare, j'en suis très sûr. Je dépenserais tout mon revenu sans chercher à l'augmenter ; mais ma situation précaire me tient en crainte. J'adore la liberté : j'abhorre la gêne, la peine, l'assujettissement. Tant que dure l'argent que j'ai dans ma bourse, il assure mon indépendance, il me dispense de m'intriguer[2] pour en trouver d'autre ; nécessité que j'eus toujours en horreur : mais de peur de le voir finir je le choie : l'argent qu'on possède est l'instrument de la liberté ; celui qu'on pourchasse est celui de la servitude. Voilà pourquoi je serre bien[3] et ne convoite rien.

Mon désintéressement n'est donc que paresse ; le plaisir d'avoir ne vaut pas la peine d'acquérir : et ma

---

**1.** Un bien que l'on peut emporter. **2.** « Combiner divers moyens pour faire réussir quelque chose » (Littré). Nous dirions « se décarcasser ». **3.** Je mets de l'argent de côté.

dissipation n'est encore que paresse ; quand l'occasion de dépenser agréablement se présente, on ne peut trop la mettre à profit. Je suis moins tenté de l'argent que des choses, parce que entre l'argent et la possession désirée il y a toujours un intermédiaire, au lieu qu'entre la chose même et sa jouissance il n'y en a point. Je vois la chose, elle me tente ; si je ne vois que le moyen de l'acquérir, il ne me tente pas. J'ai donc été fripon, et quelquefois je le suis encore de bagatelles qui me tentent et que j'aime mieux prendre que demander. Mais, petit ou grand, je ne me souviens pas d'avoir pris de ma vie un liard[1] à personne ; hors une seule fois, il n'y a pas quinze ans, que je volai sept livres dix sous. L'aventure vaut la peine d'être contée ; car il s'y trouve un concours impayable d'effronterie et de bêtise, que j'aurais peine moi-même à croire s'il regardait un autre que moi.

C'était à Paris. Je me promenais avec M. de Francueil[2] au Palais-Royal sur les cinq heures. Il tire sa montre, la regarde, et me dit : Allons à l'Opéra. Je le veux bien. Nous allons. Il prend deux billets d'amphithéâtre, m'en donne un, et passe le premier avec l'autre ; je le suis, il entre. En entrant après lui, je trouve la porte embarrassée. Je regarde ; je vois tout le monde debout. Je juge que je pourrais bien me perdre dans cette foule, ou du moins laisser supposer à M. de Francueil que j'y suis perdu. Je sors, je reprends ma contremarque, puis mon argent, et je m'en vais, sans songer qu'à peine avais-je atteint la porte que tout le monde était assis, et qu'alors M. de Francueil voyait clairement que je n'y étais plus.

Comme jamais rien ne fut plus éloigné de mon humeur que ce trait-là, je le note, pour montrer qu'il y

---

**1.** La moindre somme d'argent. **2.** Fils du fermier général Dupin. Rousseau s'occupera avec lui de musique et de chimie, comme on le verra au livre VII.

a des moments d'une espèce de délire, où il ne faut point juger des hommes par leurs actions. Ce n'était pas précisément voler cet argent ; c'était en voler l'emploi : moins c'était un vol, plus c'était une infamie.

Je ne finirais pas ces détails si je voulais suivre toutes les routes par lesquelles durant mon apprentissage je passai de la sublimité de l'héroïsme à la bassesse d'un vaurien. Cependant en prenant les vices de mon état il me fut impossible d'en prendre tout à fait les goûts. Je m'ennuyais des amusements de mes camarades, et quand la trop grande gêne m'eut aussi rebuté du travail je m'ennuyai de tout. Cela me rendit le goût de la lecture que j'avais perdu depuis longtemps. Ces lectures, prises sur mon travail devinrent un nouveau crime, qui m'attira de nouveaux châtiments. Ce goût irrité par la contrainte devint passion, bientôt fureur. La Tribu, fameuse loueuse de livres m'en fournissait de toute espèce. Bons et mauvais tout passait, je ne choisissais point ; je lisais tout avec une égale avidité. Je lisais à l'établi, je lisais en allant faire mes messages, je lisais à la garde-robe[1] et m'y oubliais des heures entières, la tête me tournait de la lecture, je ne faisais plus que lire. Mon maître m'épiait, me surprenait, me battait, me prenait mes livres. Que de volumes furent déchirés, brûlés, jetés par les fenêtres ! Que d'ouvrages restèrent dépareillés chez la Tribu ! Quand je n'avais plus de quoi la payer je lui donnais mes chemises, mes cravates, mes hardes[2] ; mes trois sous d'étrennes[3] tous les dimanches lui étaient régulièrement portés.

Voilà donc, me dira-t-on, l'argent devenu nécessaire. Il est vrai ; mais ce fut quand la lecture m'eut ôté toute activité. Livré tout entier à mon nouveau goût je ne

---

**1.** C'est-à-dire aux toilettes. **2.** « Tout ce qui est d'un usage ordinaire pour l'habillement » (Littré), sans nuance péjorative. **3.** De pourboire, d'argent de poche.

faisais plus que lire, je ne volais plus. C'est encore ici une de mes différences caractéristiques. Au fort d'une certaine habitude d'être, un rien me distrait, me change, m'attache, enfin me passionne, et alors tout est oublié. Je ne songe plus qu'au nouvel objet qui m'occupe. Le cœur me battait d'impatience de feuilleter le nouveau livre que j'avais dans la poche ; je le tirais aussitôt que j'étais seul et ne songeais plus à fouiller le cabinet de mon maître. J'ai même peine à croire que j'eusse volé quand même j'aurais eu des passions plus coûteuses. Borné au moment présent, il n'était pas dans mon tour d'esprit de m'arranger ainsi pour l'avenir. La Tribu me faisait crédit, les avances étaient petites, et quand j'avais empoché mon livre, je ne songeais plus à rien. L'argent qui me venait naturellement passait de même à cette femme, et quand elle devenait pressante, rien n'était plus tôt sous ma main que mes propres effets. Voler par avance était trop de prévoyance, et voler pour payer n'était pas même une tentation.

À force de querelles, de coups, de lectures dérobées et mal choisies, mon humeur devint taciturne, sauvage, ma tête commençait à s'altérer, et je vivais en vrai loup-garou[1]. Cependant si mon goût ne me préserva pas des livres plats et fades, mon bonheur me préserva des livres obscènes et licencieux ; non que la Tribu, femme à tous égards très accommodante, se fît un scrupule de m'en prêter. Mais pour les faire valoir elle me les nommait avec un air de mystère qui me forçait précisément à les refuser, tant par dégoût que par honte, et le hasard seconda si bien mon humeur pudique, que j'avais plus de trente ans avant que j'eusse jeté les yeux sur aucun de ces dangereux livres qu'une belle dame de par le

1. « Se dit figurément d'un homme bourru et fantasque, qui vit seul et éloigné de toute compagnie » (Furetière).

monde trouve incommodes, en ce qu'on ne peut, dit-elle, les lire que d'une main.

En moins d'un an j'épuisai la mince boutique de la Tribu, et alors je me trouvai dans mes loisirs cruellement désœuvré. Guéri de mes goûts d'enfant et de polisson par celui de la lecture, et même par mes lectures, qui, bien que sans choix et souvent mauvaises, ramenaient pourtant mon cœur à des sentiments plus nobles que ceux que m'avait donnés mon état. Dégoûté de tout ce qui était à ma portée, et sentant trop loin de moi tout ce qui m'aurait tenté, je ne voyais rien de possible qui pût flatter mon cœur. Mes sens émus depuis longtemps me demandaient une jouissance dont je ne savais pas même imaginer l'objet. J'étais aussi loin du véritable que si je n'avais point eu de sexe, et déjà pubère et sensible, je pensais quelquefois à mes folies, mais je ne voyais rien au-delà. Dans cette étrange situation mon inquiète imagination prit un parti qui me sauva de moi-même et calma ma naissante sensualité. Ce fut de se nourrir des situations qui m'avaient intéressé dans mes lectures, de les rappeler, de les varier, de les combiner, de me les approprier tellement que je devinsse un des personnages que j'imaginais, que je me visse toujours dans les positions les plus agréables selon mon goût, enfin que l'état fictif où je venais à bout de me mettre me fît oublier mon état réel dont j'étais si mécontent. Cet amour des objets imaginaires et cette facilité de m'en occuper achevèrent de me dégoûter de tout ce qui m'entourait, et déterminèrent ce goût pour la solitude qui m'est toujours resté depuis ce temps-là. On verra plus d'une fois dans la suite les bizarres effets de cette disposition si misanthrope et si sombre en apparence, mais qui vient en effet d'un cœur trop affectueux, trop aimant, trop tendre, qui, faute d'en trouver d'existants qui lui ressemblent est forcé de s'alimenter de fictions. Il me suffit, quant à présent, d'avoir marqué l'origine et la première cause d'un penchant qui a modifié toutes mes passions, et qui, les contenant par elles-mêmes, m'a toujours rendu paresseux à faire, par trop d'ardeur à désirer.

J'atteignis ainsi ma seizième année, inquiet, mécontent de tout et de moi, sans goût de mon état, sans plaisir de mon âge, dévoré de désirs dont j'ignorais l'objet, pleurant sans sujet de larmes, soupirant sans savoir de quoi ; enfin caressant tendrement mes chimères, faute de rien voir autour de moi qui les valût. Les dimanches mes camarades venaient me chercher après le prêche pour aller m'ébattre avec eux. Je leur aurais volontiers échappé si j'avais pu : mais une fois en train dans leurs jeux, j'étais plus ardent et j'allais plus loin qu'aucun autre ; difficile à ébranler et à retenir. Ce fut là de tout temps ma disposition constante. Dans nos promenades hors de la ville j'allais toujours en avant sans songer au retour, à moins que d'autres n'y songeassent pour moi. J'y fus pris deux fois ; les portes furent fermées avant que je pusse arriver. Le lendemain je fus traité comme on s'imagine, et la seconde fois il me fut promis un tel accueil pour la troisième, que je résolus de ne m'y pas exposer. Cette troisième fois si redoutée arriva pourtant[1]. Ma vigilance fut mise en défaut par un maudit capitaine appelé M. Minutoli, qui fermait toujours la porte où il était de garde une demi-heure avant les autres. Je revenais avec deux camarades. À demi-lieue de la ville j'entends sonner la retraite[2] ; je double le pas ; j'entends battre la caisse, je cours à toutes jambes : j'arrive essoufflé, tout en nage : le cœur me bat ; je vois de loin les soldats à leur poste ; j'accours, je crie d'une voix

1. Le dimanche 14 mars 1728. Genève était alors une ville fortifiée.
2. « Signal qu'on donne dans les villes de guerre et bien policées, pour ordonner aux soldats et aux bourgeois de se retirer dans leurs logis » (Furetière).

étouffée. Il était trop tard. À vingt pas de l'avancée[1], je vois lever le premier pont. Je frémis en voyant en l'air ces cornes terribles, sinistre et fatal augure du sort inévitable que ce moment commençait pour moi.

Dans le premier transport de ma douleur je me jetai sur le glacis[2], et mordis la terre. Mes camarades riant de leur malheur prirent à l'instant leur parti. Je pris aussi le mien, mais ce fut d'une autre manière. Sur ce lieu même je jurai de ne retourner jamais chez mon maître ; et le lendemain, quand, à l'heure de la découverte[3] ils rentrèrent en ville, je leur dis adieu pour jamais, les priant seulement d'avertir en secret mon cousin Bernard de la résolution que j'avais prise, et du lieu où il pourrait me voir encore une fois.

À mon entrée en apprentissage, étant plus séparé de lui, je le vis moins. Toutefois durant quelque temps nous nous rassemblions les dimanches : mais insensiblement chacun prit d'autres habitudes, et nous nous vîmes plus rarement. Je suis persuadé que sa mère contribua beaucoup à ce changement. Il était, lui, un garçon du haut : moi, chétif apprenti, je n'étais plus qu'un enfant de Saint-Gervais. Il n'y avait plus entre nous d'égalité malgré la naissance ; c'était déroger que de me fréquenter. Cependant les liaisons ne cessèrent point tout à fait entre nous, et comme c'était un garçon d'un bon naturel, il suivait quelquefois son cœur malgré les leçons de sa mère. Instruit de ma résolution, il accourut, non pour m'en dissuader ou la partager, mais pour jeter par de petits présents quelque agrément dans ma fuite ; car mes propres ressources ne pouvaient me mener fort loin. Il me donna entre autres une petite épée dont j'étais fort épris, et que j'ai portée jusqu'à Turin, où le besoin m'en

1. « Corps de garde, petit poste en avant de la porte d'une place forte » (Littré). 2. Sur le talus qui descend des fortifications vers la campagne. 3. À l'heure de l'ouverture des portes.

fit défaire, et où je me la passai, comme on dit, au travers du corps[1]. Plus j'ai réfléchi depuis à la manière dont il se conduisit avec moi dans ce moment critique, plus je me suis persuadé qu'il suivit les instructions de sa mère et peut-être de son père ; car il n'est pas possible que de lui-même il n'eût fait quelque effort pour me retenir, ou qu'il n'eût tenté de me suivre : mais point. Il m'encouragea dans mon dessein plutôt qu'il ne m'en détourna : puis quand il me vit bien résolu, il me quitta sans beaucoup de larmes. Nous ne nous sommes jamais écrit ni revus ; c'est dommage. Il était d'un caractère essentiellement bon : nous étions faits pour nous aimer.

Avant de m'abandonner à la fatalité de ma destinée, qu'on me permette de tourner un moment les yeux sur celle qui m'attendait naturellement, si j'étais tombé dans les mains d'un meilleur maître. Rien n'était plus convenable à mon humeur ni plus propre à me rendre heureux, que l'état tranquille et obscur d'un bon artisan, dans certaines classes surtout, telle qu'est à Genève celle des graveurs. Cet état, assez lucratif pour donner une subsistance aisée, et pas assez pour mener à la fortune, eût borné mon ambition pour le reste de mes jours, et me laissant un loisir honnête pour cultiver des goûts modérés, il m'eût contenu dans ma sphère sans m'offrir aucun moyen d'en sortir. Ayant une imagination assez riche pour orner de ses chimères tous les états, assez puissante pour me transporter, pour ainsi dire, à mon gré de l'un à l'autre, il m'importait peu dans lequel je fusse en effet. Il ne pouvait y avoir si loin du lieu où j'étais au premier château en Espagne, qu'il ne me fût aisé de m'y établir. De cela seul il suivait que l'état le plus simple, celui qui donnait le moins de tracas et de soins, celui qui laissait l'esprit le plus libre, était celui qui me convenait

1. Un soldat « se passe son épée au travers du corps » quand il la vend pour pouvoir manger.

le mieux, et c'était précisément le mien. J'aurais passé dans le sein de ma religion, de ma patrie, de ma famille et de mes amis, une vie paisible et douce, telle qu'il la fallait à mon caractère, dans l'uniformité d'un travail de mon goût, et d'une société selon mon cœur. J'aurais été bon chrétien, bon citoyen, bon père de famille, bon ami, bon ouvrier, bon homme en toute chose. J'aurais aimé mon état ; je l'aurais honoré peut-être, et après avoir passé une vie obscure et simple, mais égale et douce, je serais mort paisiblement dans le sein des miens. Bientôt oublié, sans doute, j'aurais été regretté du moins aussi longtemps qu'on se serait souvenu de moi.

Au lieu de cela...... quel tableau vais-je faire ? Ah ! n'anticipons point sur les misères de ma vie ! Je n'occuperai que trop mes lecteurs de ce triste sujet.

# Livre II

Autant le moment où l'effroi me suggéra le projet de fuir m'avait paru triste, autant celui où je l'exécutai me parut charmant. Encore enfant quitter mon pays, mes parents, mes appuis, mes ressources, laisser un apprentissage à moitié fait sans savoir mon métier assez pour en vivre ; me livrer aux horreurs de la misère sans avoir aucun moyen d'en sortir ; dans l'âge de la faiblesse et de l'innocence m'exposer à toutes les tentations du vice et du désespoir ; chercher au loin les maux, les erreurs, les pièges, l'esclavage et la mort, sous un joug bien plus inflexible que celui que je n'avais pu souffrir ; c'était là ce que j'allais faire, c'était la perspective que j'aurais dû envisager. Que celle que je me peignais était différente ! L'indépendance que je croyais avoir acquise était le seul sentiment qui m'affectait. Libre et maître de moi-même, je croyais pouvoir tout faire, atteindre à tout : je n'avais qu'à m'élancer pour m'élever et voler dans les airs. J'entrais avec sécurité dans le vaste espace du monde ; mon mérite allait le remplir : à chaque pas j'allais trouver des festins, des trésors, des aventures, des amis prêts à me servir, des maîtresses empressées à me plaire : en me montrant j'allais occuper de moi l'univers : non pas pourtant l'univers tout entier ; je l'en dispensais en quelque sorte, il ne m'en fallait pas tant. Une société charmante me suffisait sans m'embarrasser du reste. Ma modération m'inscrivait dans une sphère étroite mais délicieusement choisie, où j'étais assuré de régner. Un seul château bornait mon ambition. Favori du seigneur et de la dame, amant de la demoiselle, ami du frère et protecteur des voisins, j'étais content ; il ne m'en fallait pas davantage.

En attendant ce modeste avenir, j'errai quelques jours autour de la ville, logeant chez des paysans de ma connaissance, qui tous me reçurent avec plus de bonté que n'auraient fait des urbains[1]. Ils m'accueillaient, me logeaient, me nourrissaient trop bonnement pour en avoir le mérite. Cela ne pouvait pas s'appeler faire l'aumône ; ils n'y mettaient pas assez l'air de la supériorité.

À force de voyager et de parcourir le monde, j'allai jusqu'à Confignon, terres de Savoie à deux lieues de Genève. Le curé s'appelait M. de Pontverre[2]. Ce nom fameux dans l'histoire de la République me frappa beaucoup. J'étais curieux de voir comment étaient faits les descendants des gentilshommes de la Cuiller[3]. J'allai voir M. de Pontverre. Il me reçut bien, me parla de l'hérésie de Genève, de l'autorité de la sainte mère Église, et me donna à dîner. Je trouvai peu de choses à répondre à des arguments qui finissaient ainsi, et je jugeai que des curés chez qui l'on dînait si bien valaient tout au moins nos ministres. J'étais certainement plus

**1.** Des habitants de la ville. **2.** Il est possible que Rousseau ait entendu parler de M. de Pontverre, auteur de pamphlets anticalvinistes et convertisseur notoire, chez le ministre Lambercier, et probable qu'il ne se rendit pas par hasard à Confignon, à quelques kilomètres de Genève. Jean-Jacques aura bientôt seize ans : il ne connaît que sa ville natale et ses environs. Sans argent et sans recommandations, où aller, où trouver refuge ? **3.** Cette confrérie de gentilshommes catholiques, fondée en 1527, avait pour ambition métaphorique de manger les Genevois à la cuillère, ustensile qu'ils se pendaient autour du cou en signe de reconnaissance. Le capitaine Pontverre, un des meneurs, tenta, avec d'autres porteurs de cuillère, de prendre Genève d'assaut en 1529, et y perdit la vie. Mais le curé de Confignon ne descendait de ce capitaine que dans l'imagination du jeune Rousseau.

savant que M. de Pontverre, tout gentilhomme qu'il était ; mais j'étais trop bon convive pour être si bon théologien, et son vin de Frangy[1] qui me parut excellent, argumentait si victorieusement pour lui, que j'aurais rougi de fermer la bouche à un si bon hôte. Je cédais donc, ou du moins je ne résistais pas en face. À voir les ménagements dont j'usais on m'aurait cru faux ; on se fût trompé. Je n'étais qu'honnête[2], cela est certain. La flatterie, ou plutôt la condescendance[3] n'est pas toujours un vice, elle est plus souvent une vertu, surtout dans les jeunes gens. La bonté avec laquelle un homme nous traite nous attache à lui ; ce n'est pas pour l'abuser qu'on lui cède, c'est pour ne pas l'attrister, pour ne pas lui rendre le mal pour le bien. Quel intérêt avait M. de Pontverre à m'accueillir, à me bien traiter, à vouloir me convaincre ? Nul autre que le mien propre. Mon jeune cœur se disait cela. J'étais touché de reconnaissance et de respect pour le bon prêtre. Je sentais ma supériorité ; je ne voulais pas l'en accabler pour prix de son hospitalité. Il n'y avait point de motif hypocrite à cette conduite : je ne songeais point à changer de religion ; et bien loin de me familiariser si vite avec cette idée, je ne l'envisageais qu'avec une horreur qui devait l'écarter de moi pour longtemps ; je voulais seulement ne point fâcher ceux qui me caressaient dans cette vue ; je voulais cultiver leur bienveillance et leur laisser l'espoir du succès en paraissant moins armé que je ne l'étais en effet. Ma faute en cela ressemblait à la coquetterie des honnêtes femmes, qui quelquefois pour parvenir à leurs fins, savent, sans rien permettre ni rien promettre, faire espérer plus qu'elles ne veulent tenir.

La raison, la pitié, l'amour de l'ordre exigeaient assurément que loin de se prêter à ma folie on m'éloignât

---

1. Un vin de Savoie, renommé encore aujourd'hui. 2. Au sens de poli, bien élevé. 3. La complaisance.

de ma perte où je courais, en me renvoyant dans ma famille. C'est là ce qu'aurait fait ou tâché de faire tout homme vraiment vertueux. Mais quoique M. de Pontverre fût un bon homme, ce n'était assurément pas un homme vertueux. Au contraire c'était un dévot qui ne connaissait d'autre vertu que d'adorer les images et de dire le rosaire[1] ; une espèce de missionnaire qui n'imaginait rien de mieux, pour le bien de la foi, que de faire des libelles contre les ministres de Genève. Loin de penser à me renvoyer chez moi il profita du désir que j'avais de m'en éloigner, pour me mettre hors d'état d'y retourner quand même il m'en prendrait envie. Il y avait tout à parier qu'il m'envoyait périr de misère ou devenir un vaurien. Ce n'était point là ce qu'il voyait. Il voyait une âme ôtée à l'hérésie et rendue à l'Église. Honnête homme ou vaurien, qu'importait cela pourvu que j'allasse à la messe ? Il ne faut pas croire, au reste, que cette façon de penser soit particulière aux catholiques ; elle est celle de toute religion dogmatique où l'on fait l'essentiel, non de faire, mais de croire.

Dieu vous appelle, me dit M. de Pontverre. Allez à Annecy ; vous y trouverez une bonne dame bien charitable, que les bienfaits du Roi mettent en état de retirer d'autres âmes de l'erreur dont elle est sortie elle-même. Il s'agissait de Mme de Warens, nouvelle convertie, que les prêtres forçaient en effet de partager avec la canaille qui venait vendre sa foi, une pension de deux mille francs que lui donnait le roi de Sardaigne. Je me sentais fort humilié d'avoir besoin d'une bonne dame bien charitable. J'aimais fort qu'on me donnât mon nécessaire, mais non pas qu'on me fît la charité, et une dévote n'était pas pour moi fort attirante. Toutefois pressé par M. de Pontverre, par la faim qui me talonnait ; bien aise

---

1. Autant de pratiques de dévotion qui n'existent pas dans le protestantisme.

aussi de faire un voyage et d'avoir un but, je prends mon parti, quoique avec peine, et je pars pour Annecy. J'y pouvais être aisément en un jour ; mais je ne me pressais pas, j'en mis trois. Je ne voyais pas un château à droite ou à gauche sans aller chercher l'aventure que j'étais sûr qui m'y attendait. Je n'osais entrer dans le château ni heurter ; car j'étais fort timide. Mais je chantais sous la fenêtre qui avait le plus d'apparence, fort surpris, après m'être longtemps époumoné, de ne voir paraître ni dames ni demoiselles qu'attirât la beauté de ma voix ou le sel de mes chansons ; vu que j'en savais d'admirables que mes camarades m'avaient apprises, et que je chantais admirablement.

J'arrive enfin ; je vois M$^{me}$ de Warens. Cette époque de ma vie a décidé de mon caractère ; je ne puis me résoudre à la passer légèrement. J'étais au milieu de ma seizième année. Sans être ce qu'on appelle un beau garçon, j'étais bien pris dans ma petite taille ; j'avais un joli pied, une jambe fine, l'air dégagé, la physionomie animée, la bouche mignonne, les sourcils et les cheveux noirs, les yeux petits et même enfoncés, mais qui lançaient avec force le feu dont mon sang était embrasé. Malheureusement je ne savais rien de tout cela, et de ma vie il ne m'est arrivé de songer à ma figure, que lorsqu'il n'était plus temps d'en tirer parti. Ainsi j'avais avec la timidité de mon âge celle d'un naturel très aimant, toujours troublé par la crainte de déplaire. D'ailleurs quoique j'eusse l'esprit assez orné, n'ayant jamais vu le monde je manquais totalement de manières, et mes connaissances, loin d'y suppléer, ne servaient qu'à m'intimider davantage en me faisant sentir combien j'en manquais.

Craignant donc que mon abord ne prévînt pas en ma faveur, je pris autrement mes avantages, et je fis une belle lettre en style d'orateur, où, cousant des phrases de livres avec des locutions d'apprenti, je déployais toute mon éloquence pour capter la bienveillance[1] de M^me^ de Warens. J'enfermai la lettre de M. de Pontverre dans la mienne, et je partis pour cette terrible audience. Je ne trouvai point M^me^ de Warens ; on me dit qu'elle venait de sortir pour aller à l'église. C'était le jour des Rameaux de l'année 1728[2]. Je cours pour la suivre : je la vois, je l'atteins, je lui parle..... je dois me souvenir du lieu ; je l'ai souvent depuis mouillé de mes larmes et couvert de mes baisers. Que ne puis-je entourer d'un balustre d'or cette heureuse place[3] ! que n'y puis-je attirer les hommages de toute la terre ! Quiconque aime à honorer les monuments du salut des hommes n'en devrait approcher qu'à genoux.

C'était un passage derrière sa maison, entre un ruisseau à main droite qui la séparait du jardin, et le mur de la cour à gauche, conduisant par une fausse porte à l'église des Cordeliers. Prête à entrer dans cette porte, M^me^ de Warens se retourne à ma voix. Que devins-je à cette vue ! Je m'étais figuré une vieille dévote bien rechignée : la bonne dame de M. de Pontverre ne pouvait être autre chose à mon avis. Je vois un visage pétri de grâces, de beaux yeux bleus pleins de douceur, un teint éblouissant, le contour d'une gorge enchanteresse. Rien n'échappa au rapide coup d'œil du jeune prosélyte ; car je devins à l'instant le sien ; sûr qu'une religion prêchée par de tels missionnaires ne pouvait manquer de mener en paradis. Elle prend en souriant la lettre que je lui

---

**1.** Traduction de la *captatio benevolentiæ*, procédé par lequel l'orateur, au début de son discours, cherche à s'attirer l'intérêt du public et à le disposer favorablement. **2.** Le dimanche 21 mars 1728, une semaine après qu'il a vu les portes de Genève se refermer. **3.** Dans la cour intérieure du 10, rue Jean-Jacques Rousseau, à Annecy, on peut aujourd'hui admirer un balustre de métal doré où s'entrelacent cœurs et pervenches devant une fontaine surmontée d'un buste de l'écrivain. Ce « monument du salut des hommes » y fut élevé en 1928 pour le bicentenaire de cette rencontre mémorable.

présente d'une main tremblante, l'ouvre, jette un coup d'œil sur celle de M. de Pontverre, revient à la mienne qu'elle lit tout entière, et qu'elle eût relue encore, si son laquais ne l'eût avertie qu'il était temps d'entrer. Eh ! mon enfant, me dit-elle d'un ton qui me fit tressaillir, vous voilà courant le pays bien jeune ; c'est dommage, en vérité. Puis sans attendre ma réponse, elle ajouta : Allez chez moi m'attendre ; dites qu'on vous donne à déjeuner : après la messe j'irai causer avec vous.

Louise-Éléonore de Warens était une demoiselle de la Tour de Pil, noble et ancienne famille de Vevey, ville du pays de Vaud. Elle avait épousé fort jeune M. de Warens de la maison de Loys, fils aîné de M. de Villardin de Lausanne[1]. Ce mariage, qui ne produisit point d'enfants, n'ayant pas trop réussi ; M^me^ de Warens poussée par quelque chagrin domestique, prit le temps que le roi Victor-Amédée était à Évian[2] pour passer le lac et venir se jeter aux pieds de ce prince ; abandonnant ainsi son mari, sa famille et son pays, par une étourderie assez semblable à la mienne[3], et qu'elle a eu tout le temps de pleurer aussi. Le Roi, qui aimait à faire le zélé catholique, la prit sous sa protection, lui donna une pension de quinze cents livres de Piémont, ce qui était beaucoup pour un prince aussi peu prodigue, et voyant que sur cet accueil on l'en croyait amoureux, il l'envoya à Annecy, escortée par un détachement de ses gardes, où, sous la direction de Michel-Gabriel de Bernex évêque

1. M^me^ de Warens est née en 1699. Elle avait été mariée à l'âge de quatorze ans à M. de Villardin qui en avait vingt-cinq. 2. Victor-Amédée II, roi de Sardaigne, séjournait à Évian dans sa résidence d'été. 3. À la différence que, le 14 juillet 1726, M^me^ de Warens s'enfuit avec les biens du ménage et la caisse d'un établissement de bas qu'elle avait fondé. Honteux et confus, le mari obtiendra le divorce en février 1727.

titulaire de Genève, elle fit abjuration au couvent de la Visitation[1].

Il y avait six ans qu'elle y était quand j'y vins, et elle en avait alors vingt-huit, étant née avec le siècle. Elle avait de ces beautés qui se conservent, parce qu'elles sont plus dans la physionomie que dans les traits ; aussi la sienne était-elle encore dans tout son premier éclat. Elle avait un air caressant et tendre, un regard très doux, un sourire angélique, une bouche à la mesure de la mienne, des cheveux cendrés d'une beauté peu commune, et auxquels elle donnait un tour négligé qui la rendait très piquante. Elle était petite de stature, courte même, et ramassée un peu dans sa taille, quoique sans difformité. Mais il était impossible de voir une plus belle tête, un plus beau sein, de plus belles mains et de plus beaux bras.

Son éducation avait été fort mêlée. Elle avait ainsi que moi perdu sa mère dès sa naissance, et recevant indifféremment des instructions comme elles s'étaient présentées, elle avait appris un peu de sa gouvernante, un peu de son père, un peu de ses maîtres, et beaucoup de ses amants ; surtout d'un M. de Tavel, qui, ayant du goût et des connaissances en orna la personne qu'il aimait. Mais tant de genres différents se nuisirent les uns aux autres, et le peu d'ordre qu'elle y mit empêcha que ses diverses études n'étendissent la justesse naturelle de son esprit. Ainsi, quoiqu'elle eût quelques principes de philosophie et de physique, elle ne laissa pas de prendre le goût que son père avait pour la médecine empirique[2] et pour l'alchimie ; elle faisait des élixirs,

---

**1.** M^me^ de Warens a abjuré le protestantisme le 8 septembre 1726 ; elle n'est donc catholique que depuis un an et demi, quand elle voit surgir le bel et jeune inconnu qui devait l'immortaliser. **2.** Une médecine plus expérimentale que doctrinale. Un « empirique » est « un homme qui traite les maladies par des remèdes secrets, et sans aucune

des teintures, des baumes, des magistères[1], elle prétendait avoir des secrets. Les charlatans profitant de sa faiblesse s'emparèrent d'elle, l'obsédèrent, la ruinèrent et consumèrent au milieu des fourneaux et des drogues son esprit, ses talents et ses charmes, dont elle eût pu faire les délices des meilleures sociétés.

Mais si de vils fripons abusèrent de son éducation mal dirigée pour obscurcir les lumières de sa raison, son excellent cœur fut à l'épreuve et demeura toujours le même : son caractère aimant et doux, sa sensibilité pour les malheureux, son inépuisable bonté, son humeur gaie, ouverte et franche ne s'altérèrent jamais ; et même aux approches de la vieillesse, dans le sein de l'indigence, des maux, des calamités diverses, la sérénité de sa belle âme lui conserva jusqu'à la fin de sa vie toute la gaieté de ses plus beaux jours.

Ses erreurs lui vinrent d'un fonds d'activité inépuisable qui voulait sans cesse de l'occupation. Ce n'étaient pas des intrigues de femmes qu'il lui fallait, c'étaient des entreprises à faire et à diriger. Elle était née pour les grandes affaires. À sa place M^me^ de Longueville[2] n'eût été qu'une tracassière[3] ; à la place de M^me^ de Longueville elle eût gouverné l'État. Ses talents ont été déplacés, et ce qui eût fait sa gloire dans une situation plus élevée a fait sa perte dans celle où elle a vécu. Dans les choses qui étaient à sa portée elle étendait toujours son plan dans sa tête et voyait toujours son objet en grand. Cela faisait qu'employant des moyens

---

notion scientifique du corps et de ses maladies » (Littré), à la manière du « charlatan italien appelé Gamba-Corta » du livre I, p. 76.

1. Autant de préparations pharmaceutiques approximatives. Le magistère est une poudre médicinale. 2. Grande figure de la Fronde, la duchesse de Longueville, sœur du Grand Condé, est connue à la fois pour ses amours et ses intrigues. 3. Un « tracassier », selon Furetière, « ne sait ce qu'il veut », tout en étant « sujet à faire de mauvaises difficultés dans les affaires dont il se mêle ».

proportionnés à ses vues plus qu'à ses forces, elle échouait par la faute des autres, et son projet venant à manquer elle était ruinée où d'autres n'auraient presque rien perdu. Ce goût des affaires qui lui fit tant de maux, lui fit du moins un grand bien dans son asile monastique, en l'empêchant de s'y fixer pour le reste de ses jours comme elle en était tentée. La vie uniforme et simple des religieuses, leur petit cailletage[1] de parloir, tout cela ne pouvait flatter un esprit toujours en mouvement, qui, formant chaque jour de nouveaux systèmes, avait besoin de liberté pour s'y livrer. Le bon évêque de Bernex[2], avec moins d'esprit que François de Sales[3], lui ressemblait sur bien des points, et M^me^ de Warens qu'il appelait sa fille, et qui ressemblait à M^me^ de Chantal sur beaucoup d'autres, eût pu lui ressembler encore dans sa retraite, si son goût ne l'eût détournée de l'oisiveté d'un couvent. Ce ne fut point manque de zèle si cette aimable femme ne se livra pas aux menues pratiques de dévotion qui semblaient convenir à une nouvelle convertie vivant sous la direction d'un prélat. Quel qu'eût été le motif de son changement de religion, elle fut sincère dans celle qu'elle avait embrassée. Elle a pu se repentir d'avoir commis la faute, mais non pas désirer d'en revenir. Elle n'est pas seulement morte bonne catholique, elle a vécu telle de bonne foi, et j'ose affirmer, moi qui pense avoir lu dans le fond de son âme, que c'était uniquement par aversion pour les simagrées qu'elle ne faisait point en public la dévote. Elle avait une piété trop solide pour

1. Une « caillette » est une personne « qui a du babil et point de consistance » (Littré) ; le cailletage n'est pas loin du caquetage. 2. Mgr de Bernex, évêque d'Annecy, avait été l'artisan de sa conversion. 3. Évêque de Genève, puis d'Annecy, où l'évêché fut transféré, François de Sales est le fondateur, avec Jeanne de Chantal, de l'ordre de la Visitation, en 1610. Son *Introduction à la vie dévote* (1608) est un des plus grands succès de la littérature d'édification.

affecter de la dévotion. Mais ce n'est pas ici le lieu de m'étendre sur ses principes ; j'aurai d'autres occasions d'en parler.

Que ceux qui nient la sympathie des âmes[1] expliquent, s'ils peuvent, comment de la première entrevue, du premier mot, du premier regard, M^me^ de Warens m'inspira, non seulement le plus vif attachement, mais une confiance parfaite, et qui ne s'est jamais démentie. Supposons que ce que j'ai senti pour elle fût véritablement de l'amour ; ce qui paraîtra tout au moins douteux à qui suivra l'histoire de nos liaisons ; comment cette passion fut-elle accompagnée dès sa naissance des sentiments qu'elle inspire le moins ; la paix du cœur, le calme, la sérénité, la sécurité, l'assurance ? Comment en approchant pour la première fois d'une femme aimable, polie, éblouissante ; d'une dame d'un état supérieur au mien, dont je n'avais jamais abordé la pareille, de celle dont dépendait mon sort en quelque sorte par l'intérêt plus ou moins grand qu'elle y prendrait ; comment, dis-je, avec tout cela me trouvai-je à l'instant aussi libre, aussi à mon aise, que si j'eusse été parfaitement sûr de lui plaire ? Comment n'eus-je pas un moment d'embarras, de timidité, de gêne ? Naturellement honteux, décontenancé, n'ayant jamais vu le monde, comment pris-je avec elle du premier jour, du premier instant les manières faciles, le langage tendre, le ton familier que j'avais dix ans après, lorsque la plus grande intimité l'eut rendu naturel ? A-t-on de l'amour, je ne dis pas sans désirs, j'en avais ; mais sans inquiétude, sans jalousie ? Ne veut-on pas au moins apprendre de l'objet qu'on aime si l'on est aimé ? C'est une question qu'il ne m'est pas plus venu dans l'esprit de lui faire une fois en ma vie, que de me demander à moi-même si je m'aimais, et

1. Dans le livre I, Rousseau a évoqué « la sympathie, l'accord des âmes » entre Isaac et Suzanne Rousseau, ses parents (p. 48)

jamais elle n'a été plus curieuse avec moi. Il y eut certainement quelque chose de singulier dans mes sentiments pour cette charmante femme, et l'on y trouvera dans la suite des bizarreries auxquelles on ne s'attend pas.

Il fut question de ce que je deviendrais, et pour en causer plus à loisir elle me retint à dîner. Ce fut le premier repas de ma vie où j'eusse manqué d'appétit, et sa femme de chambre, qui nous servait, dit aussi que j'étais le premier voyageur de mon âge et de mon étoffe qu'elle en eût vu manquer. Cette remarque, qui ne me nuisit pas dans l'esprit de sa maîtresse, tombait un peu à plomb[1] sur un gros manant[2] qui dînait avec nous, et qui dévora lui tout seul un repas honnête pour six personnes. Pour moi j'étais dans un ravissement qui ne me permettait pas de manger. Mon cœur se nourrissait d'un sentiment tout nouveau dont il occupait tout mon être : il ne me laissait des esprits[3] pour nulle autre fonction.

M^me^ de Warens voulut savoir les détails de ma petite histoire ; je retrouvai pour la lui conter tout le feu que j'avais perdu chez mon maître. Plus j'intéressais cette excellente âme en ma faveur, plus elle plaignait le sort auquel j'allais m'exposer. Sa tendre compassion se marquait dans son air, dans son regard, dans ses gestes. Elle n'osait m'exhorter à retourner à Genève. Dans sa position c'eût été un crime de lèse-catholicité, et elle n'ignorait pas combien elle était surveillée et combien ses discours étaient pesés. Mais elle me parlait d'un ton si touchant de l'affliction de mon père, qu'on voyait bien qu'elle eût approuvé que j'allasse le consoler. Elle ne savait pas combien sans y songer elle plaidait contre

1. Visait plus ou moins directement. 2. Le mot désigne à l'origine un paysan, mais ici un personnage mal élevé et sans finesse. 3. Terme emprunté à Descartes : les « esprits animaux » font circuler la vie, l'énergie dans l'organisme.

elle-même. Outre que ma résolution était prise, comme je crois l'avoir dit ; plus je la trouvais éloquente, persuasive, plus ses discours m'allaient au cœur, et moins je pouvais me résoudre à me détacher d'elle. Je sentais que retourner à Genève était mettre entre elle et moi une barrière presque insurmontable, à moins de revenir à la démarche que j'avais faite[1], et à laquelle mieux valait me tenir tout d'un coup. Je m'y tins donc. M^me^ de Warens voyant ses efforts inutiles ne les poussa pas jusqu'à se compromettre, mais elle me dit avec un regard de commisération : Pauvre petit, tu dois aller où Dieu t'appelle ; mais quand tu seras grand tu te souviendras de moi. Je crois qu'elle ne pensait pas elle-même que cette prédiction s'accomplirait si cruellement.

La difficulté restait tout entière. Comment subsister si jeune hors de mon pays ? À peine à la moitié de mon apprentissage j'étais bien loin de savoir mon métier. Quand je l'aurais su, je n'en aurais pu vivre en Savoie, pays trop pauvre pour avoir des arts. Le manant qui dînait pour nous, forcé de faire une pause pour reposer sa mâchoire, ouvrit un avis[2] qu'il disait venir du Ciel, et qui, à juger par les suites, venait bien plutôt du côté contraire. C'était que j'allasse à Turin, où, dans un hospice établi pour l'instruction des catéchumènes, j'aurais, dit-il, la vie temporelle et spirituelle, jusqu'à ce qu'entré dans le sein de l'Église je trouvasse par la charité des bonnes âmes une place qui me convînt. À l'égard des frais du voyage, continua mon homme, Sa Grandeur Monseigneur l'Évêque ne manquera pas, si madame lui propose cette sainte œuvre, de vouloir charitablement y pourvoir, et madame la Baronne qui est si charitable, dit-il en s'inclinant sur son assiette, s'empressera sûrement d'y contribuer aussi.

1. De revenir en arrière, de changer d'avis. 2. Donna le premier un avis.

Je trouvais toutes ces charités bien dures ; j'avais le cœur serré, je ne disais rien, et M^me^ de Warens, sans saisir ce projet avec autant d'ardeur qu'il était offert, se contenta de répondre que chacun devait contribuer au bien selon son pouvoir et qu'elle en parlerait à Monseigneur : mais mon diable d'homme, qui craignit qu'elle n'en parlât pas à son gré, et qui avait son petit intérêt dans cette affaire, courut prévenir les aumôniers, et emboucha[1] si bien les bons prêtres, que quand M^me^ de Warens, qui craignait pour moi ce voyage en voulut parler à l'évêque, elle trouva que c'était une affaire arrangée, et il lui remit à l'instant l'argent destiné pour mon petit viatique[2]. Elle n'osa insister pour me faire rester : j'approchais d'un âge où une femme du sien ne pouvait décemment vouloir retenir un jeune homme auprès d'elle.

Mon voyage étant ainsi réglé par ceux qui prenaient soin de moi, il fallut bien me soumettre, et c'est même ce que je fis sans beaucoup de répugnance. Quoique Turin fût plus loin que Genève, je jugeai qu'étant la capitale, elle avait avec Annecy des relations plus étroites qu'une ville étrangère d'État et de Religion, et puis, partant pour obéir à M^me^ de Warens, je me regardais comme vivant toujours sous sa direction ; c'était plus que de vivre à son voisinage. Enfin l'idée d'un grand voyage flattait ma manie ambulante qui déjà commençait à se déclarer. Il me paraissait beau de passer les monts à mon âge ; et de m'élever au-dessus de mes camarades de toute la hauteur des Alpes. Voir du pays est un appât auquel un Genevois ne résiste guère : je donnai donc mon consentement. Mon manant devait partir dans deux jours avec sa femme. Je leur fus confié et recommandé.

1. « Instruire quelqu'un qu'on envoie de tout ce qu'il doit dire, ou ne pas dire » (Furetière). 2. « Ce qu'on donne à des religieux pour faire les frais d'un voyage, d'une mission » (Furetière).

Ma bourse leur fut remise renforcée par M$^{me}$ de Warens qui de plus me donna secrètement un petit pécule auquel elle joignit d'amples instructions, et nous partîmes le mercredi saint.

Le lendemain de mon départ d'Annecy, mon père y arriva courant à ma piste avec un M. Rival son ami, horloger comme lui, homme d'esprit, bel esprit même, qui faisait des vers mieux que La Motte[1] et parlait presque aussi bien que lui, de plus parfaitement honnête homme, mais dont la littérature déplacée n'aboutit qu'à faire un de ses fils comédien.

Ces messieurs virent M$^{me}$ de Warens, et se contentèrent de pleurer mon sort avec elle, au lieu de me suivre et de m'atteindre, comme ils l'auraient pu facilement, étant à cheval et moi à pied. La même chose était arrivée à mon oncle Bernard. Il était venu à Confignon, et de là, sachant que j'étais à Annecy, il s'en retourna à Genève. Il semblait que mes proches conspirassent avec mon étoile pour me livrer au destin qui m'attendait. Mon frère s'était perdu par une semblable négligence, et si bien perdu qu'on n'a jamais su ce qu'il était devenu.

Mon père n'était pas seulement un homme d'honneur ; c'était un homme d'une probité sûre et il avait une de ces âmes fortes qui font les grandes vertus. De plus, il était bon père, surtout pour moi. Il m'aimait très tendrement mais il aimait aussi ses plaisirs, et d'autres goûts avaient un peu attiédi l'affection paternelle depuis que je vivais loin de lui. Il s'était remarié à Nyon, et quoique sa femme ne fût plus en âge de me donner des frères, elle avait des parents : cela faisait une autre famille, d'autres objets, un nouveau ménage, qui ne rappelait plus si souvent mon souvenir. Mon père vieillissait

---

1. Antoine Houdar de La Motte (1672-1731), dramaturge et poète célèbre, défenseur des Modernes et académicien ; la comparaison est plus qu'élogieuse.

et n'avait aucun bien pour soutenir sa vieillesse. Nous avions mon frère et moi quelque bien de ma mère dont le revenu devait appartenir à mon père durant notre éloignement[1]. Cette idée ne s'offrait pas à lui directement et ne l'empêchait pas de faire son devoir, mais elle agissait sourdement sans qu'il s'en aperçût lui-même, et ralentissait quelquefois son zèle qu'il eût poussé plus loin sans cela. Voilà, je crois, pourquoi, venu d'abord à Annecy sur mes traces, il ne me suivit pas jusqu'à Chambéry où il était moralement sûr de m'atteindre. Voilà pourquoi encore l'étant allé voir souvent depuis ma fuite, je reçus toujours de lui des caresses de père, mais sans grands efforts pour me retenir.

Cette conduite d'un père dont j'ai si bien connu la tendresse et la vertu m'a fait faire des réflexions sur moi-même, qui n'ont pas peu contribué à me maintenir le cœur sain. J'en ai tiré cette grande maxime de morale, la seule peut-être d'usage dans la pratique, d'éviter les situations qui mettent nos devoirs en opposition avec nos intérêts, et qui nous montrent notre bien dans le mal d'autrui : sûr que dans de telles situations, quelque sincère amour de la vertu qu'on y porte, on faiblit tôt ou tard sans s'en apercevoir, et l'on devient injuste et méchant dans le fait, sans avoir cessé d'être juste et bon dans l'âme.

Cette maxime fortement imprimée au fond de mon cœur et mise en pratique, quoiqu'un peu tard, dans toute ma conduite, est une de celles qui m'ont donné l'air le plus bizarre et le plus fou dans le public et surtout parmi mes connaissances. On m'a imputé de vouloir être original et faire autrement que les autres. En vérité je ne

---

**1.** En 1737, à sa majorité, c'est-à-dire, selon la loi genevoise, à vingt-cinq ans, Rousseau réclamera sa part d'héritage ; il ne touchera l'autre moitié, qui aurait dû revenir à son frère François, disparu on ne sait où, qu'à la mort d'Isaac Rousseau, en 1747.

songeais guère à faire ni comme les autres ni autrement qu'eux. Je désirais sincèrement de faire ce qui était bien. Je me dérobais de toute ma force à des situations qui me donnassent un intérêt contraire à l'intérêt d'un autre homme, et par conséquent un désir secret quoique involontaire du mal de cet homme-là.

Il y a deux ans[1] que Mylord Maréchal[2] me voulut mettre dans son testament. Je m'y opposai de toute ma force. Je lui marquai que je ne voudrais pour rien au monde me savoir dans le testament de qui que ce fût, et beaucoup moins dans le sien. Il se rendit ; maintenant il veut me faire une pension viagère, et je ne m'y oppose pas[3]. On dira que je trouve mon compte à ce changement : cela peut être. Mais ô mon bienfaiteur et mon père, si j'ai le malheur de vous survivre je sais qu'en vous perdant j'ai tout à perdre, et que je n'ai rien à gagner.

C'est là, selon moi, la bonne philosophie, la seule vraiment assortie au cœur humain. Je me pénètre chaque jour davantage de sa profonde solidité, et je l'ai retournée de différentes manières dans tous mes derniers écrits ; mais le public qui est frivole ne l'y a pas su remarquer. Si je survis assez à cette entreprise consommée pour en reprendre une autre, je me propose de donner dans la suite de l'*Émile*[4] un exemple si charmant

---

**1.** En 1763. **2.** George Keith, comte-maréchal d'Écosse, est gouverneur de la principauté de Neuchâtel, en territoire prussien, où Rousseau se réfugie en 1762, après la condamnation de l'*Émile* et du *Contrat social* à Genève, où les deux livres sont brûlés et leur auteur menacé d'arrestation : on lira le récit de ses pérégrinations au livre XII. Protecteur, puis ami du philosophe, avec qui il échange une riche correspondance, Mylord Maréchal lui restera fidèle, malgré l'humeur de plus en plus difficile de Jean-Jacques. **3.** En 1767, Rousseau finira par accepter cette pension, mais uniquement dans l'intérêt de Thérèse, sa compagne. **4.** *Émile ou De l'éducation* (1762), traité de pédagogie qui devait être suivi d'*Émile et Sophie ou les Solitaires*, que Rousseau n'a pas mené à son terme.

et si frappant de cette même maxime, que mon lecteur soit forcé d'y faire attention. Mais c'est assez de réflexions pour un voyageur ; il est temps de reprendre ma route.

Je la fis plus agréablement que je n'aurais dû m'y attendre, et mon manant ne fut pas si bourru qu'il en avait l'air. C'était un homme entre deux âges, portant en queue ses cheveux noirs grisonnants ; l'air grenadier, la voix forte, assez gai, marchant bien, mangeant mieux, et qui faisait toutes sortes de métiers faute d'en savoir aucun. Il avait proposé, je crois, d'établir à Annecy je ne sais quelle manufacture. M^me^ de Warens n'avait pas manqué de donner dans le projet, et c'était pour tâcher de le faire agréer au ministre, qu'il faisait, bien défrayé, le voyage de Turin. Notre homme avait le talent d'intriguer en se fourrant toujours avec les prêtres, et, faisant l'empressé pour les servir, il avait pris à leur école un certain jargon dévot dont il usait sans cesse, se piquant d'être un grand prédicateur. Il savait même un passage latin de la Bible, et c'était comme s'il en avait su mille, parce qu'il le répétait mille fois le jour. Du reste, manquant rarement d'argent quand il en savait dans la bourse des autres. Plus adroit pourtant que fripon, et qui débitant d'un ton de racoleur ses capucinades[1], ressemblait à l'ermite Pierre[2], prêchant la croisade le sabre au côté.

Pour M^me^ Sabran son épouse, c'était une assez bonne femme, plus tranquille le jour que la nuit. Comme je couchais toujours dans leur chambre, ses bruyantes insomnies m'éveillaient souvent, et m'auraient éveillé bien davantage si j'en avais compris le sujet. Mais je ne m'en doutais pas même, et j'étais sur ce chapitre d'une

---

**1.** « Plate tirade de morale ou de dévotion » (Littré). **2.** Prédicateur dont les sermons furent à l'origine de la première croisade en 1096.

bêtise qui a laissé à la seule nature tout le soin de mon instruction.

Je m'acheminais gaiement avec mon dévot guide et sa sémillante compagne. Nul accident ne troubla mon voyage ; j'étais dans la plus heureuse situation de corps et d'esprit où j'aie été de mes jours. Jeune, vigoureux, plein de santé, de sécurité, de confiance en moi et aux autres, j'étais dans ce court mais précieux moment de la vie où sa plénitude expansive étend pour ainsi dire notre être par toutes nos sensations, et embellit à nos yeux la nature entière du charme de notre existence. Ma douce inquiétude avait un objet qui la rendait moins errante et fixait mon imagination. Je me regardais comme l'ouvrage, l'élève, l'ami, presque l'amant de M^me^ de Warens. Les choses obligeantes qu'elle m'avait dites, les petites caresses qu'elle m'avait faites, l'intérêt si tendre qu'elle avait paru prendre à moi, ses regards charmants qui me semblaient pleins d'amour parce qu'ils m'en inspiraient ; tout cela nourrissait mes idées durant la marche, et me faisait rêver délicieusement. Nulle crainte, nul doute sur mon sort ne troublait ces rêveries. M'envoyer à Turin c'était, selon moi, s'engager à m'y faire vivre, à m'y placer convenablement. Je n'avais plus de souci sur moi-même ; d'autres s'étaient chargés de ce soin. Ainsi je marchais légèrement, allégé de ce poids ; les jeunes désirs, l'espoir enchanteur, les brillants projets remplissaient mon âme. Tous les objets que je voyais me semblaient les garants de ma prochaine félicité. Dans les maisons j'imaginais des festins rustiques, dans les prés de folâtres jeux, le long des eaux, les bains, des promenades, la pêche, sur les arbres des fruits délicieux, sous leurs ombres de voluptueux tête-à-tête, sur les montagnes des cuves de lait et de crème, une oisiveté charmante, la paix, la simplicité, le plaisir d'aller sans savoir où. Enfin rien ne frappait mes yeux sans porter à mon cœur quelque attrait de jouissance. La grandeur, la variété, la beauté réelle du spectacle rendaient cet attrait digne de la raison ; la vanité même y mêlait sa pointe. Si jeune, aller en Italie, avoir déjà vu tant de pays, suivre Annibal[1] à travers les monts me paraissait une gloire au-dessus de mon âge. Joignez à tout cela des stations[2] fréquentes et bonnes, un grand appétit et de quoi le contenter : car en vérité ce n'était pas la peine de m'en faire faute[3], et sur le dîner de M. Sabran le mien ne paraissait pas.

Je ne me souviens pas d'avoir eu dans tout le cours de ma vie d'intervalle plus parfaitement exempt de soucis et de peine, que celui des sept ou huit jours que nous mîmes à ce voyage[4] ; car le pas de M^me^ Sabran sur lequel il fallait régler le nôtre n'en fit qu'une longue promenade. Ce souvenir m'a laissé le goût le plus vif pour tout ce qui s'y rapporte, surtout pour les montagnes et pour les voyages pédestres. Je n'ai voyagé à pied que dans mes beaux jours, et toujours avec délices. Bientôt les devoirs, les affaires, un bagage à porter m'ont forcé de faire le monsieur et de prendre des voitures, les soucis rongeants, les embarras, la gêne y sont montés avec moi, et dès lors, au lieu qu'auparavant dans mes voyages je ne sentais que le plaisir d'aller, je n'ai plus senti que le besoin d'arriver. J'ai cherché longtemps à Paris deux camarades du même goût que moi, qui voulussent consacrer chacun cinquante louis de sa bourse et un an de son temps à faire ensemble à pied le tour de l'Italie, sans autre équipage qu'un garçon qui portât avec nous un sac de nuit. Beaucoup de gens se sont présentés, enchantés de ce projet en apparence : mais au fond le prenant tous pour un pur château en Espagne dont on cause en conversation sans vouloir

---

1. Le général carthaginois, en route pour Rome, franchit les Alpes avec ses éléphants en 219 av. J.-C. 2. Des arrêts. 3. De m'en priver. 4. Près de trois cents kilomètres à pied en huit jours ? Il y fallait au moins le double.

l'exécuter en effet. Je me souviens que parlant avec passion de ce projet avec Diderot et Grimm[1], je leur en donnai enfin la fantaisie. Je crus une fois l'affaire faite ; le tout se réduisit à vouloir faire un voyage par écrit, dans lequel Grimm ne trouvait rien de si plaisant que de faire faire à Diderot beaucoup d'impiétés, et de me faire fourrer à l'Inquisition à sa place.

Mon regret d'arriver si vite à Turin fut tempéré par le plaisir de voir une grande ville, et par l'espoir d'y faire bientôt une figure digne de moi : car déjà les fumées de l'ambition me montaient à la tête ; déjà je me regardais comme infiniment au-dessus de mon ancien état d'apprenti ; j'étais bien loin de prévoir que dans peu j'allais être fort au-dessous.

Avant que d'aller plus loin je dois au lecteur mon excuse ou ma justification tant sur les menus détails où je viens d'entrer que sur ceux où j'entrerai dans la suite, et qui n'ont rien d'intéressant à ses yeux. Dans l'entreprise que j'ai faite de me montrer tout entier au public, il faut que rien de moi ne lui reste obscur ou caché ; il faut que je me tienne incessamment sous ses yeux, qu'il me suive dans tous les égarements de mon cœur, dans tous les recoins de ma vie ; qu'il ne me perde pas de vue un seul instant, de peur que, trouvant dans mon récit la moindre lacune, le moindre vide, et se demandant, qu'a-t-il fait durant ce temps-là, il ne m'accuse de n'avoir pas voulu tout dire. Je donne assez de prise à la malignité des hommes par mes récits sans lui en donner encore par mon silence.

Mon petit pécule était parti ; j'avais jasé, et mon indiscrétion[2] ne fut pas pour mes conducteurs à pure

---

1. Futur collaborateur de l'*Encyclopédie* et rédacteur de la *Correspondance littéraire* (1753-1773), feuille manuscrite par laquelle il tenait au courant quelques princes allemands de l'actualité parisienne.
2. « Imprudence, action d'étourdi » (Furetière).

perte. M$^{me}$ Sabran trouva le moyen de m'arracher jusqu'à un petit ruban glacé d'argent que M$^{me}$ de Warens m'avait donné pour ma petite épée, et que je regrettai plus que tout le reste : l'épée même eût resté dans leurs mains si je m'étais moins obstiné. Ils m'avaient fidèlement défrayé dans la route, mais ils ne m'avaient rien laissé. J'arrive à Turin sans habits, sans argent, sans linge, et laissant très exactement à mon seul mérite tout l'honneur de la fortune que j'allais faire[1].

J'avais des lettres, je les portai, et tout de suite je fus mené à l'Hospice des catéchumènes[2], pour y être instruit dans la religion pour laquelle on me vendait ma subsistance. En entrant je vis une grosse porte à barreaux de fer, qui dès que je fus passé, fut fermée à double tour sur mes talons. Ce début me parut plus imposant qu'agréable et commençait à me donner à penser, quand on me fit entrer dans une assez grande pièce. J'y vis pour tout meuble un autel de bois surmonté d'un grand crucifix au fond de la chambre, et autour, quatre ou cinq chaises aussi de bois qui paraissaient avoir été cirées, mais qui seulement étaient luisantes à force de s'en servir et de les frotter. Dans cette salle d'assemblée étaient quatre ou cinq affreux bandits, mes camarades d'instruction, et qui semblaient plutôt des archers du diable que des aspirants à se faire enfants de Dieu. Deux de ces coquins étaient des Esclavons[3] qui se disaient Juifs et Maures, et qui comme ils me l'avouèrent, passaient leur vie à courir l'Espagne et l'Italie, embrassant le christianisme et se faisant baptiser, partout où le produit en valait la peine. On ouvrit une autre porte de fer, qui

---

**1.** Thème picaresque du jeune homme grugé dès son entrée dans le vaste monde ; voir par exemple les premiers chapitres de *Gil Blas*.
**2.** L'Hospice des catéchumènes du Spirito Santo, institution religieuse qui accueillait les futurs nouveaux convertis ; Rousseau y entre le 12 avril 1728. **3.** Des Slaves.

partageait en deux un grand balcon régnant sur la cour. Par cette porte entrèrent nos sœurs les catéchumènes, qui comme moi s'allaient régénérer, non par le baptême, mais par une solennelle abjuration[1]. C'étaient bien les plus grandes salopes et les plus vilaines coureuses qui jamais aient empuanti le bercail du Seigneur. Une seule me parut jolie et assez intéressante. Elle était à peu près de mon âge, peut-être un an ou deux de plus. Elle avait des yeux fripons qui rencontraient quelquefois les miens. Cela m'inspira quelque désir de faire connaissance avec elle ; mais pendant près de deux mois qu'elle demeura encore dans cette maison où elle était depuis trois, il me fut absolument impossible de l'accoster ; tant elle était recommandée à notre vieille geôlière et obsédée par le saint missionnaire qui travaillait à sa conversion avec plus de zèle que de diligence. Il fallait qu'elle fût extrêmement stupide, quoiqu'elle n'en eût pas l'air ; car jamais instruction ne fut plus longue. Le saint homme ne la trouvait toujours point en état d'abjurer ; mais elle s'ennuya de sa clôture, et dit qu'elle voulait sortir, chrétienne ou non. Il fallut la prendre au mot tandis qu'elle consentait encore à l'être, de peur qu'elle ne se mutinât et qu'elle ne le voulût plus.

La petite communauté fut assemblée en l'honneur du nouveau venu. On nous fit une courte exhortation, à moi pour m'engager à répondre à la grâce que Dieu me faisait, aux autres pour les inviter à m'accorder leurs prières et à m'édifier par leurs exemples. Après quoi, nos vierges étant rentrées dans leur clôture, j'eus le temps de m'étonner[2] tout à mon aise de celle où je me trouvais.

Le lendemain matin on nous assembla de nouveau

---

1. Abjurer, c'est renoncer dans les formes à une religion pour en embrasser une autre. 2. Étonnement qui est, au sens fort, stupéfaction.

pour l'instruction, et ce fut alors que je commençai à réfléchir pour la première fois sur le pas que j'allais faire, et sur les démarches qui m'y avaient entraîné.

J'ai dit, je répète, et je répéterai peut-être encore une chose dont je suis tous les jours plus pénétré ; c'est que si jamais enfant reçut une éducation raisonnable et saine, ç'a été moi. Né dans une famille que ses mœurs distinguaient du peuple, je n'avais reçu que des leçons de sagesse et des exemples d'honneur de tous mes parents. Mon père quoique homme de plaisir avait non seulement une probité sûre, mais beaucoup de religion. Galant homme dans le monde et chrétien dans l'intérieur, il m'avait inspiré de bonne heure les sentiments dont il était pénétré. De mes trois tantes, toutes sages et vertueuses, les deux aînées étaient dévotes, et la troisième, fille à la fois pleine de grâce, d'esprit et de sens, l'était peut-être encore plus qu'elles, quoique avec moins d'ostentation. Du sein de cette estimable famille je passai chez M. Lambercier, qui, bien qu'homme d'Église et prédicateur, était croyant en dedans, et faisait presque aussi bien qu'il disait. Sa sœur et lui cultivèrent par des instructions douces et judicieuses les principes de piété qu'ils trouvèrent dans mon cœur. Ces dignes gens employèrent pour cela des moyens si vrais, si discrets, si raisonnables, que, loin de m'ennuyer au sermon, je n'en sortais jamais sans être intérieurement touché et sans faire des résolutions de bien vivre auxquelles je manquais rarement en y pensant. Chez ma tante Bernard la dévotion m'ennuyait un peu plus parce qu'elle en faisait un métier. Chez mon maître je n'y pensais plus guère, sans pourtant penser différemment. Je ne trouvai point de jeunes gens qui me pervertissent. Je devins polisson, mais non libertin.

J'avais donc de la religion tout ce qu'un enfant à l'âge où j'étais en pouvait avoir. J'en avais même davantage, car pourquoi déguiser ici ma pensée ? Mon enfance ne fut point d'un enfant. Je sentis, je pensai toujours en homme. Ce n'est qu'en grandissant que je suis rentré dans la classe ordinaire, en naissant j'en étais sorti. L'on rira de me voir me donner modestement pour un prodige. Soit ; mais quand on aura bien ri, qu'on trouve un enfant qu'à six ans les romans attachent, intéressent, transportent au point d'en pleurer à chaudes larmes ; alors je sentirai ma vanité ridicule, et je conviendrai que j'ai tort.

Ainsi quand j'ai dit qu'il ne fallait point parler aux enfants de religion si l'on voulait qu'un jour ils en eussent, et qu'ils étaient incapables de connaître Dieu, même à notre manière, j'ai tiré mon sentiment de mes observations, non de ma propre expérience : je savais qu'elle ne concluait rien pour les autres. Trouvez des J.-J. Rousseau à six ans, et parlez-leur de Dieu à sept, je vous réponds que vous ne courez aucun risque.

On sent, je crois, qu'avoir de la religion, pour un enfant, et même pour un homme, c'est suivre celle où il est né. Quelquefois on en ôte ; rarement on y ajoute ; la foi dogmatique est un fruit de l'éducation. Outre ce principe commun qui m'attachait au culte de mes pères, j'avais l'aversion particulière à notre ville pour le catholicisme, qu'on nous donnait pour une affreuse idolâtrie, et dont on nous peignait le clergé sous les plus noires couleurs. Ce sentiment allait si loin chez moi qu'au commencement je n'entrevoyais jamais le dedans d'une église, je ne rencontrais jamais un prêtre en surplis, je n'entendais jamais la sonnette d'une procession sans un frémissement de terreur et d'effroi qui me quitta bientôt dans les villes, mais qui souvent m'a repris dans les paroisses de campagne, plus semblables à celles où je l'avais d'abord éprouvé. Il est vrai que cette impression était singulièrement contrastée par le souvenir des caresses que les curés des environs de Genève font volontiers aux enfants de la ville. En même temps que la sonnette du viatique[1] me faisait peur, la cloche de la messe et de vêpres me rappelait un déjeuner, un goûter, du beurre frais, des fruits, du laitage. Le bon dîner de M. de Pontverre avait produit encore un grand effet. Ainsi je m'étais aisément étourdi sur tout cela. N'envisageant le papisme[2] que par ses liaisons avec les amusements et la gourmandise, je m'étais apprivoisé sans peine avec l'idée d'y vivre ; mais celle d'y entrer solennellement ne s'était présentée à moi qu'en fuyant et dans un avenir éloigné. Dans ce moment il n'y eut plus moyen de prendre le change : je vis avec l'horreur la plus vive l'espèce d'engagement que j'avais pris et sa suite inévitable. Les futurs néophytes que j'avais autour de moi n'étaient pas propres à soutenir mon courage par leur exemple, et je ne pus me dissimuler que la sainte œuvre que j'allais faire n'était au fond que l'action d'un bandit. Tout jeune encore je sentis que quelque religion qui fût la vraie j'allais vendre la mienne, et que, quand même je choisirais bien, j'allais au fond de mon cœur mentir au Saint-Esprit, et mériter le mépris des hommes. Plus j'y pensais, plus je m'indignais contre moi-même, et je gémissais du sort qui m'avait amené là, comme si ce sort n'eût pas été mon ouvrage. Il y eut des moments où ces réflexions devinrent si fortes que si j'avais un instant trouvé la porte ouverte, je me serais certainement évadé ; mais il ne me fut pas possible, et cette résolution ne tint pas non plus bien fortement.

Trop de désirs secrets la combattaient pour ne la pas vaincre. D'ailleurs l'obstination du dessein formé de ne

---

1. « Sacrement de l'eucharistie administré aux malades en danger de mort, afin de les disposer à passer de cette vie à l'autre » (Littré). Le prêtre circule par les rues accompagné d'un servant qui agite une clochette pour que chacun adopte à son passage une attitude respectueuse. 2. Terme très péjoratif par lequel les protestants désignent le catholicisme.

pas retourner à Genève ; la honte, la difficulté même de repasser les monts ; l'embarras de me voir loin de mon pays sans amis, sans ressources ; tout cela concourait à me faire regarder comme un repentir tardif les remords de ma conscience ; j'affectais de me reprocher ce que j'avais fait, pour excuser ce que j'allais faire. En aggravant les torts du passé, j'en regardais l'avenir comme une suite nécessaire. Je ne me disais pas : rien n'est fait encore et tu peux être innocent si tu veux ; mais je me disais : gémis du crime dont tu t'es rendu coupable, et que tu t'es mis dans la nécessité d'achever.

En effet, quelle rare force d'âme ne me fallait-il point à mon âge pour révoquer tout ce que jusque-là j'avais pu promettre ou laisser espérer, pour rompre les chaînes que je m'étais données, pour déclarer avec intrépidité que je voulais rester dans la religion de mes pères, au risque de tout ce qui en pouvait arriver ? Cette vigueur n'était pas de mon âge, et il est peu probable qu'elle eût eu un heureux succès. Les choses étaient trop avancées pour qu'on voulût en avoir le démenti, et plus ma résistance eût été grande, plus de manière ou d'autre on se fût fait une loi de la surmonter.

Le sophisme qui me perdit est celui de la plupart des hommes, qui se plaignent de manquer de force quand il est déjà trop tard pour en user. La vertu ne nous coûte que par notre faute, et si nous voulions être toujours sages, rarement aurions-nous besoin d'être vertueux. Mais des penchants faciles à surmonter nous entraînent sans résistance : nous cédons à des tentations légères dont nous méprisons le danger. Insensiblement nous tombons dans des situations périlleuses dont nous pouvions aisément nous garantir, mais dont nous ne pouvons plus nous tirer sans des efforts héroïques qui nous effrayent, et nous tombons enfin dans l'abîme, en disant à Dieu, pourquoi m'as-tu fait si faible ? Mais malgré nous il répond à nos consciences : je t'ai fait trop faible pour sortir du gouffre, parce que je t'ai fait assez fort pour n'y pas tomber.

Je ne pris pas précisément la résolution de me faire catholique ; mais voyant le terme encore éloigné, je pris le temps de m'apprivoiser à cette idée, et en attendant je me figurais quelque événement imprévu qui me tirerait d'embarras. Je résolus pour gagner du temps de faire la plus belle défense qu'il me serait possible. Bientôt ma vanité me dispensa de songer à ma résolution, et dès que je m'aperçus que j'embarrassais quelquefois ceux qui voulaient m'instruire, il ne m'en fallut pas davantage pour chercher à les terrasser tout à fait. Je mis même à cette entreprise un zèle bien ridicule : car tandis qu'ils travaillaient sur moi je voulus travailler sur eux. Je croyais bonnement qu'il ne fallait que les convaincre, pour les engager à se faire protestants[1].

Ils ne trouvèrent donc pas en moi tout à fait autant de facilité qu'ils en attendaient, ni du côté des lumières ni du côté de la volonté. Les protestants sont généralement mieux instruits que les catholiques. Cela doit être : la doctrine des uns exige la discussion, celle des autres la soumission. Le catholique doit adopter la décision qu'on lui donne, le protestant doit apprendre à se décider. On savait cela ; mais on n'attendait ni de mon état ni de mon âge de grandes difficultés pour des gens exercés. D'ailleurs, je n'avais point fait encore ma première communion, ni reçu les instructions qui s'y rapportent : on le savait encore ; mais on ne savait pas qu'en revanche j'avais été bien instruit chez M. Lambercier, et que de plus j'avais par-devers moi un petit magasin fort incommode à ces messieurs dans l'*Histoire de l'Église*

1. En 1754, Rousseau abjurera le catholicisme et réintégrera le protestantisme, ce qui lui vaudra de vives critiques de la part des Philosophes.

*et de l'Empire*[1] que j'avais apprise presque par cœur chez mon père, et depuis à peu près oubliée, mais qui me revint à mesure que la dispute s'échauffait.

Un vieux prêtre, petit, mais assez vénérable, nous fit en commun la première conférence. Cette conférence était pour mes camarades un catéchisme plutôt qu'une controverse, et il avait plus à faire à les instruire qu'à résoudre leurs objections. Il n'en fut pas de même avec moi. Quand mon tour vint, je l'arrêtai sur tout, je ne lui sauvai[2] pas une des difficultés que je pus lui faire. Cela rendit la conférence fort longue, et fort ennuyeuse pour les assistants. Mon vieux prêtre parlait beaucoup, s'échauffait, battait la campagne, et se tirait d'affaire en disant qu'il n'entendait pas bien le français. Le lendemain, de peur que mes indiscrètes objections ne scandalisassent mes camarades, on me mit à part dans une autre chambre avec un autre prêtre plus jeune, beau parleur, c'est-à-dire faiseur de longues phrases, et content de lui si jamais docteur le fut. Je ne me laissai pourtant pas trop subjuguer à sa mine imposante, et sentant qu'après tout je faisais ma tâche, je me mis à lui répondre avec assez d'assurance et à le bourrer[3] par-ci par-là du mieux que je pus. Il croyait m'assommer avec saint Augustin, saint Grégoire et les autres Pères[4], et il trouvait avec une surprise incroyable que je maniais tous ces Pères-là presque aussi légèrement que lui ; ce n'était pas que je les eusse jamais lus, ni lui peut-être ; mais j'en avais retenu beaucoup de passages tirés de mon Le Sueur ; et sitôt qu'il m'en citait un, sans disputer sur la citation je lui ripostais par un autre du même Père, et qui souvent l'embarrassait beaucoup. Il l'emportait pourtant à la fin, par deux raisons. L'une qu'il était le plus fort, et que

---

1. De Jean Le Sueur. L'ouvrage appartenait à la bibliothèque paternelle (voir livre I, p. 52). 2. Épargnai. 3. À le titiller, voire à le harceler. 4. Pères de l'Église, autorités en matière de foi.

me sentant pour ainsi dire à sa merci, je jugeais très bien, quelque jeune que je fusse, qu'il ne fallait pas le pousser à bout ; car je voyais assez que le vieux petit prêtre n'avait pris en amitié ni mon érudition ni moi. L'autre raison était que le jeune avait de l'étude et que je n'en avais point. Cela faisait qu'il mettait dans sa manière d'argumenter une méthode que je ne pouvais pas suivre, et que, sitôt qu'il se sentait pressé d'une objection imprévue, il la remettait au lendemain, disant que je sortais du sujet présent. Il rejetait même quelquefois toutes mes citations, soutenant qu'elles étaient fausses, et s'offrant à m'aller chercher le livre, me défiait de les y trouver. Il sentait qu'il ne risquait pas grand chose, et qu'avec toute mon érudition d'emprunt, j'étais trop peu exercé à manier les livres, et trop peu latiniste pour trouver un passage dans un gros volume, quand même je serais assuré qu'il y est. Je le soupçonne même d'avoir usé de l'infidélité dont il accusait les ministres, et d'avoir fabriqué quelquefois des passages pour se tirer d'une objection qui l'incommodait.

Tandis que duraient ces petites ergoteries, et que les jours se passaient à disputer, à marmotter des prières, et à faire le vaurien ; il m'arriva une petite vilaine aventure assez dégoûtante et qui faillit même à finir fort mal pour moi.

Il n'y a point d'âme si vile et de cœur si barbare qui ne soit susceptible de quelque sorte d'attachement. L'un de ces deux bandits qui se disaient Maures me prit en affection. Il m'accostait volontiers, causait avec moi dans son baragouin franc[1], me rendait de petits services,

1. La *lingua franca*, ou « sabir », est le « nom donné, dans le Levant et en Algérie, à ce qu'on nomme aussi langue franque, c'est-à-dire à un jargon mêlé d'italien, d'espagnol et à l'usage des Francs » (Littré). Nerval, dans son *Voyage en Orient*, la définira comme « un mélange de toutes sortes de mots des patois méridionaux, qu'on

me faisait part quelquefois de sa portion à table, et me donnait surtout de fréquents baisers avec une ardeur qui m'était fort incommode. Quelque effroi que j'eusse naturellement de ce visage de pain d'épice orné d'une longue balafre, et de ce regard allumé qui semblait plutôt furieux que tendre, j'endurais ces baisers en me disant en moi-même : le pauvre homme a conçu pour moi une amitié bien vive, j'aurais tort de le rebuter. Il passait par degrés à des manières plus libres et me tenait quelquefois de si singuliers propos que je croyais que la tête lui avait tourné. Un soir il voulut venir coucher avec moi ; je m'y opposai, disant que mon lit était trop petit : il me pressa d'aller dans le sien ; je le refusai encore ; car ce misérable était si malpropre et puait si fort le tabac mâché, qu'il me faisait mal au cœur.

Le lendemain, d'assez bon matin nous étions tous deux seuls dans la salle d'assemblée. Il recommença ses caresses, mais avec des mouvements si violents qu'il en était effrayant. Enfin il voulut passer par degrés aux privautés les plus malpropres, et me forcer en disposant de ma main d'en faire autant. Je me dégageai impétueusement en poussant un cri et faisant un saut en arrière, et sans marquer ni indignation ni colère, car je n'avais pas la moindre idée de ce dont il s'agissait, j'exprimai ma surprise et mon dégoût avec tant d'énergie, qu'il me laissa là : mais tandis qu'il achevait de se démener je vis partir vers la cheminée et tomber à terre je ne sais quoi de gluant et de blanchâtre qui me fit soulever le cœur. Je m'élançai sur le balcon plus ému, plus troublé, plus effrayé même que je ne l'avais été de ma vie, et prêt à me trouver mal.

---

emploie au hasard jusqu'à ce qu'on se soit fait comprendre ; c'est la langue des Turcs de Molière » (*Les Femmes du Caire*, « Les mariages cophtes », chap. VII).

Je ne pouvais comprendre ce qu'avait ce malheureux. Je le crus atteint du haut mal[1] ou de quelque autre frénésie encore plus terrible, et véritablement je ne sache rien de plus hideux à voir pour quelqu'un de sang-froid que cet obscène et sale maintien, et ce visage affreux enflammé de la plus brutale concupiscence. Je n'ai jamais vu d'autre homme en pareil état ; mais si nous sommes ainsi dans nos transports près des femmes, il faut qu'elles aient les yeux bien fascinés pour ne pas nous prendre en horreur.

Je n'eus rien de plus pressé que d'aller conter à tout le monde ce qui venait de m'arriver. Notre vieille intendante me dit de me taire, mais je vis que ce récit l'avait fort affectée, et je l'entendais grommeler entre ses dents : *can maledet, brutta bestia*[2]. Comme je ne comprenais pas pourquoi je devais me taire, j'allai toujours mon train malgré la défense et je bavardai si bien que le lendemain un des administrateurs vint de bon matin m'adresser une assez vive mercuriale[3], m'accusant de faire beaucoup de bruit pour peu de mal et de commettre[4] l'honneur d'une maison sainte.

Il prolongea sa censure[5] en m'expliquant beaucoup de choses que j'ignorais, mais qu'il ne croyait pas m'apprendre, persuadé que je m'étais défendu sachant ce qu'on me voulait, et n'y voulant pas consentir. Il me dit gravement que c'était une œuvre défendue ainsi que la paillardise, mais dont au reste l'intention n'était pas plus offensante pour la personne qui en était l'objet, et qu'il n'y avait pas de quoi s'irriter si fort pour avoir été trouvé aimable. Il me dit sans détour que lui-même dans sa jeunesse avait eu le même honneur, et qu'ayant été surpris hors d'état de faire résistance, il n'avait rien trouvé

1. D'une crise d'épilepsie. 2. « Maudit chien, vilaine bête » en piémontais. 3. Réprimande. 4. Compromettre. 5. « Critique à l'effet de corriger » (Littré).

là de si cruel. Il poussa l'impudence jusqu'à se servir des propres termes et, s'imaginant que la cause de ma résistance était la crainte de la douleur, il m'assura que cette crainte était vaine, et qu'il ne fallait pas s'alarmer de rien.

J'écoutais cet infâme avec un étonnement d'autant plus grand qu'il ne parlait point pour lui-même ; il semblait ne m'instruire que pour mon bien. Son discours lui paraissait si simple qu'il n'avait pas même cherché le secret du tête-à-tête, et nous avions en tiers un ecclésiastique que tout cela n'effarouchait pas plus que lui. Cet air naturel m'en imposa tellement que j'en vins à croire que c'était sans doute un usage admis dans le monde, et dont je n'avais pas eu plus tôt occasion d'être instruit. Cela fit que je l'écoutai sans colère mais non sans dégoût. L'image de ce qui m'était arrivé mais surtout de ce que j'avais vu restait si fortement empreinte dans ma mémoire qu'en y pensant le cœur me soulevait encore. Sans que j'en susse davantage l'aversion de la chose s'étendit à l'apologiste, et je ne pus me contraindre assez pour qu'il ne vît pas le mauvais effet de ses leçons. Il me lança un regard peu caressant, et dès lors il n'épargna rien pour me rendre le séjour de l'hospice désagréable. Il y parvint si bien que n'apercevant pour en sortir qu'une seule voie, je m'empressai de la prendre autant que jusque-là je m'étais efforcé de l'éloigner.

Cette aventure me mit pour l'avenir à couvert des entreprises des chevaliers de la manchette[1], et la vue des gens qui passaient pour en être me rappelant l'air et les gestes de mon effroyable Maure, m'a toujours inspiré tant d'horreur que j'avais peine à la cacher. Au contraire les femmes gagnèrent beaucoup dans mon esprit à cette comparaison : il me semblait que je leur devais en

1. C'est-à-dire des homosexuels.

tendresse de sentiments, en hommage de ma personne, la réparation des offenses de mon sexe, et la plus laide guenon devenait à mes yeux un objet adorable, par le souvenir de ce faux Africain.

Pour lui, je ne sais ce qu'on put lui dire : il ne me parut pas qu'excepté la dame Lorenza personne le vit de plus mauvais œil qu'auparavant. Cependant il ne m'accosta ni ne me parla plus. Huit jours après il fut baptisé en grande cérémonie, et habillé de blanc de la tête aux pieds, pour représenter la candeur de son âme régénérée. Le lendemain il sortit de l'hospice et je ne l'ai jamais revu.

Mon tour vint un mois après[1] ; car il fallut tout ce temps-là pour donner à mes directeurs l'honneur d'une conversion difficile, et l'on me fit passer en revue tous les dogmes pour triompher de ma nouvelle docilité.

Enfin suffisamment instruit et suffisamment disposé au gré de mes maîtres, je fus mené processionnellement à l'église métropolitaine de Saint-Jean pour y faire une abjuration solennelle, et recevoir les accessoires du baptême, quoiqu'on ne me baptisât pas réellement : mais comme ce sont à peu près les mêmes cérémonies, cela sert à persuader au peuple que les protestants ne sont pas chrétiens. J'étais revêtu d'une certaine robe grise garnie de brandebourgs blancs et destinée pour ces sortes d'occasions. Deux hommes portaient devant et derrière moi des bassins de cuivre sur lesquels ils frappaient avec une clef, et où chacun mettait son aumône au gré de sa dévotion ou de l'intérêt qu'il prenait au nouveau converti. Enfin rien du faste catholique ne fut omis pour rendre la solennité plus édifiante pour le public, et plus humiliante pour moi. Il n'y eut que l'habit blanc, qui m'eût été fort utile, et qu'on ne me donna pas comme

---

1. Le 23 avril 1728. Du 12 – arrivée à l'Hospice – au 23 avril, il n'y a pas un mois.

au Maure, attendu que je n'avais pas l'honneur d'être Juif.

Ce ne fut pas tout. Il fallut ensuite aller à l'Inquisition recevoir l'absolution du crime d'hérésie et rentrer dans le sein de l'Église avec la même cérémonie, à laquelle Henri IV fut soumis par son ambassadeur. L'air et les manières du très révérend père inquisiteur n'étaient pas propres à dissiper la terreur secrète qui m'avait saisi en entrant dans cette maison. Après plusieurs questions sur ma foi, sur mon état, sur ma famille, il me demanda brusquement si ma mère était damnée. L'effroi me fit réprimer le premier mouvement de mon indignation ; je me contentai de répondre que je voulais espérer qu'elle ne l'était pas, et que Dieu avait pu l'éclairer à sa dernière heure. Le moine se tut, mais il fit une grimace qui ne me parut point du tout un signe d'approbation.

Tout cela fait ; au moment où je pensais être enfin placé selon mes espérances ; on me mit à la porte avec un peu plus de vingt francs en petite monnaie qu'avait produit ma quête. On me recommanda de vivre en bon chrétien, d'être fidèle à la grâce ; on me souhaita bonne fortune, on ferma sur moi la porte, et tout disparut.

Ainsi s'éclipsèrent en un instant toutes mes grandes espérances, et il ne me resta de la démarche intéressée que je venais de faire que le souvenir d'avoir été apostat et dupe tout à la fois. Il est aisé de juger quelle brusque révolution dut se faire dans mes idées, lorsque de mes brillants projets de fortune je me vis tomber dans la plus complète misère, et qu'après avoir délibéré le matin sur le choix du palais que j'habiterais, je me vis le soir réduit à coucher dans la rue. On croira que je commençai par me livrer à un désespoir d'autant plus cruel que le regret de mes fautes devait s'irriter en me reprochant que tout mon malheur était mon ouvrage. Rien de tout cela. Je venais pour la première fois de ma vie d'être enfermé pendant plus de deux mois[1]. Le premier sentiment que je goûtai fut celui de la liberté que j'avais recouvrée. Après un long esclavage, redevenu maître de moi-même et de mes actions, je me voyais au milieu d'une grande ville abondante en ressources, pleine de gens de condition, dont mes talents et mon mérite ne pouvaient manquer de me faire accueillir sitôt que j'en serais connu. J'avais, de plus, tout le temps d'attendre, et vingt francs que j'avais dans ma poche me semblaient un trésor qui ne pouvait s'épuiser. J'en pouvais disposer à mon gré, sans rendre compte à personne. C'était la première fois que je m'étais vu si riche. Loin de me livrer au découragement et aux larmes, je ne fis que changer d'espérances, et l'amour-propre n'y perdit rien. Jamais je ne me sentis tant de confiance et de sécurité : je croyais déjà ma fortune faite, et je trouvais beau de n'en avoir l'obligation qu'à moi seul.

La première chose que je fis fut de satisfaire ma curiosité en parcourant toute la ville, quand ce n'eût été que pour faire un acte de ma liberté. J'allai voir monter la garde ; les instruments militaires me plaisaient beaucoup. Je suivis des processions ; j'aimais le faux-bourdon[2] des prêtres. J'allai voir le palais du Roi : j'en approchais avec crainte ; mais voyant d'autres gens entrer je fis comme eux, on me laissa faire. Peut-être dus-je cette grâce au petit paquet que j'avais sous le bras. Quoi qu'il en soit je conçus une grande opinion de moi-même en me trouvant dans ce palais : déjà je m'en regardais presque comme un habitant. Enfin à force d'aller et venir, je me lassai, j'avais faim, il faisait chaud ; j'entrai chez une marchande de laitage : on me

---

1. Où l'on voit à nouveau que le temps des faits n'est pas celui de la mémoire. Mais Rousseau a pu rester quelque temps à l'Hospice après son abjuration. 2. Chant psalmodié des cérémonies catholiques.

donna de la giunca[1], du lait caillé, et avec deux grisses[2] de cet excellent pain de Piémont que j'aime plus qu'aucun autre, je fis pour mes cinq ou six sous un des bons dîners que j'aie faits de mes jours.

Il fallut chercher un gîte. Comme je savais déjà assez de piémontais pour me faire entendre, il ne fut pas difficile à trouver, et j'eus la prudence de le choisir plus selon ma bourse que selon mon goût. On m'enseigna dans la rue du Pô la femme d'un soldat, qui retirait[3] à un sol par nuit des domestiques hors de service. Je trouvai chez elle un grabat vide et je m'y établis. Elle était jeune et nouvellement mariée, quoiqu'elle eût déjà cinq ou six enfants. Nous couchâmes tous dans la même chambre, la mère, les enfants, les hôtes, et cela dura de cette façon tant que je restai chez elle. Au demeurant c'était une bonne femme, jurant comme un charretier, toujours débraillée et décoiffée, mais douce de cœur, officieuse, qui me prit en amitié, et qui même me fut utile.

Je passai plusieurs jours à me livrer uniquement au plaisir de l'indépendance et de la curiosité. J'allais errant dedans et dehors la ville, furetant, visitant tout ce qui me paraissait curieux et nouveau, et tout l'était pour un jeune homme sortant de sa niche qui n'avait jamais vu de capitale. J'étais surtout fort exact à faire ma cour et j'assistais régulièrement tous les matins à la messe du Roi. Je trouvais beau de me voir dans la même chapelle avec ce prince et sa suite : mais ma passion pour la musique, qui commençait à se déclarer, avait plus de part à mon assiduité que la pompe de la cour qui bientôt vue et toujours la même ne frappe pas longtemps. Le roi de Sardaigne avait alors la meilleure symphonie[4] de

---

1. Rousseau donne aussitôt la traduction du mot. 2. Ou gressins : fines baguettes de pain craquant. 3. Qui hébergeait. 4. Le meilleur orchestre.

l'Europe. Somis, Desjardins, les Bezozzi[1] y brillaient alternativement. Il n'en fallait pas tant pour attirer un jeune homme que le jeu du moindre instrument, pourvu qu'il fût juste, transportait d'aise. Du reste, je n'avais pour la magnificence qui frappait mes yeux qu'une admiration stupide et sans convoitise. La seule chose qui m'intéressât dans tout l'éclat de la cour était de voir s'il n'y aurait point là quelque jeune princesse qui méritât mon hommage, et avec laquelle je pusse faire un roman.

Je faillis en commencer un dans un état moins brillant, mais où, si je l'eusse mis à fin j'aurais trouvé des plaisirs mille fois plus délicieux.

Quoique je vécusse avec beaucoup d'économie, ma bourse insensiblement s'épuisait. Cette économie au reste était moins l'effet de la prudence que d'une simplicité de goût que même aujourd'hui l'usage des grandes tables n'a point altérée. Je ne connaissais pas, et je ne connais pas encore de meilleure chère que celle d'un repas rustique. Avec du laitage, des œufs, des herbes, du fromage, du pain bis et du vin passable on est toujours sûr de me bien régaler ; mon bon appétit fera le reste quand un maître d'hôtel et des laquais autour de moi ne me rassasieront pas de leur importun aspect. Je faisais alors de beaucoup meilleurs repas avec six ou sept sols de dépense que je ne les ai faits depuis à six ou sept francs. J'étais donc sobre faute d'être tenté de ne pas l'être ; encore ai-je tort d'appeler tout cela sobriété ; car j'y mettais toute la sensualité possible. Mes poires, ma giunca, mon fromage, mes grisses, et quelques verres d'un gros vin de Montferrat à couper par tranches me rendaient le plus heureux des gourmands. Mais encore avec tout cela pouvait-on voir la fin de vingt livres. C'était ce que j'apercevais plus sensiblement de jour en

---

**1.** Trois musiciens fameux de la cour de Turin ; Giuseppe Somis avait été l'élève de Vivaldi.

jour, et malgré l'étourderie de mon âge, mon inquiétude sur l'avenir alla bientôt jusqu'à l'effroi. De tous mes châteaux en Espagne il ne me resta que celui de chercher une occupation qui me fît vivre, encore n'était-il pas facile à réaliser. Je songeai à mon ancien métier ; mais je ne le savais pas assez pour aller travailler chez un maître, et les maîtres même n'abondaient pas à Turin. Je pris donc en attendant mieux le parti d'aller m'offrir de boutique en boutique pour graver un chiffre ou des armes sur de la vaisselle, espérant tenter les gens par le bon marché en me mettant à leur discrétion. Cet expédient ne fut pas fort heureux. Je fus presque partout éconduit, et ce que je trouvais à faire était si peu de chose qu'à peine y gagnai-je quelques repas. Un jour, cependant, passant d'assez bon matin dans la Contra nova[1], je vis à travers les vitres d'un comptoir une jeune marchande de si bonne grâce et d'un air si attirant, que malgré ma timidité près des dames, je n'hésitai pas d'entrer et de lui offrir mon petit talent. Elle ne me rebuta point, me fit asseoir, conter ma petite histoire, me plaignit, me dit d'avoir bon courage, et que les bons chrétiens ne m'abandonneraient pas : puis, tandis qu'elle envoyait chercher chez un orfèvre du voisinage les outils dont j'avais dit avoir besoin, elle monta dans sa cuisine et m'apporta elle-même à déjeuner. Ce début me parut de bon augure ; la suite ne le démentit pas. Elle parut contente de mon petit travail, encore plus de mon petit babil quand je me fus un peu rassuré : car elle était brillante et parée, et malgré son air gracieux cet éclat m'en avait imposé. Mais son accueil plein de bonté, son ton compatissant, ses manières douces et caressantes me mirent bientôt à mon aise. Je vis que je réussissais et cela me fit réussir davantage. Mais quoique Italienne, et trop jolie pour n'être pas

1. La rue principale de Turin.

un peu coquette, elle était pourtant si modeste[1], et moi si timide qu'il était difficile que cela vînt sitôt à bien. On ne nous laissa pas le temps d'achever l'aventure. Je ne m'en rappelle qu'avec plus de charmes les courts moments que j'ai passés auprès d'elle, et je puis dire y avoir goûté dans leurs prémices les plus doux ainsi que les plus purs plaisirs de l'amour. C'était une brune extrêmement piquante, mais dont le bon naturel peint sur son joli visage rendait la vivacité touchante. Elle s'appelait M^me^ Basile. Son mari, plus âgé qu'elle et passablement jaloux la laissait durant ses voyages sous la garde d'un commis trop maussade pour être séduisant, et qui ne laissait pas d'avoir des prétentions pour son compte qu'il ne montrait guère que par sa mauvaise humeur. Il en prit beaucoup contre moi, quoique j'aimasse à l'entendre jouer de la flûte, dont il jouait assez bien. Ce nouvel Égisthe[2] grognait toujours quand il me voyait entrer chez sa dame : il me traitait avec un dédain qu'elle lui rendait bien. Il semblait même qu'elle se plût pour le tourmenter à me caresser en sa présence, et cette sorte de vengeance, quoique fort de mon goût, l'eût été bien plus dans le tête-à-tête. Mais elle ne la poussait pas jusque-là ou du moins ce n'était pas de la même manière. Soit qu'elle me trouvât trop jeune, soit qu'elle ne sût point faire les avances, soit qu'elle voulût sérieusement être sage, elle avait alors une sorte de réserve qui n'était pas repoussante, mais qui m'intimidait sans que je susse pourquoi. Quoique je ne me sentisse pas pour elle ce respect aussi vrai que tendre que j'avais pour M^me^ de Warens, je me sentais plus de crainte et bien moins de familiarité. J'étais embarrassé, tremblant, je n'osais la regarder, je n'osais

---

1. Si pudique, si réservée. 2. Amant de Clytemnestre, épouse d'Agammemnon que tous deux assassinent à son retour de la guerre de Troie.

respirer auprès d'elle ; cependant je craignais plus que la mort de m'en éloigner. Je dévorais d'un œil avide tout ce que je pouvais regarder sans être aperçu : les fleurs de sa robe, le bout de son joli pied, l'intervalle d'un bras ferme et blanc qui paraissait entre son gant et sa manchette, et celui qui se faisait quelquefois entre son tour de gorge et son mouchoir[1]. Chaque objet ajoutait à l'impression des autres. À force de regarder ce que je pouvais voir et même au-delà, mes yeux se troublaient, ma poitrine s'oppressait, ma respiration d'instant en instant plus embarrassée me donnait beaucoup de peine à gouverner, et tout ce que je pouvais faire était de filer sans bruit des soupirs fort incommodes dans le silence où nous étions assez souvent. Heureusement M^me^ Basile occupée à son ouvrage, ne s'en apercevait pas à ce qu'il me semblait. Cependant je voyais quelquefois par une sorte de sympathie son fichu se renfler assez fréquemment. Ce dangereux spectacle achevait de me perdre, et quand j'étais prêt à céder à mon transport, elle m'adressait quelque mot d'un ton tranquille qui me faisait rentrer en moi-même à l'instant.

Je la vis plusieurs fois seule de cette manière sans que jamais un mot, un geste, un regard même trop expressif marquât entre nous la moindre intelligence. Cet état, très tourmentant pour moi, faisait cependant mes délices, et à peine dans la simplicité de mon cœur pouvais-je imaginer pourquoi j'étais si tourmenté. Il paraissait que ces petits tête-à-tête ne lui déplaisaient pas non plus ; du moins elle en rendait les occasions assez fréquentes ; soin bien gratuit assurément de sa part pour l'usage qu'elle en faisait, et qu'elle m'en laissait faire.

1. Le « mouchoir » est la pièce de tissu plus ou moins transparente que les femmes portent à l'intérieur du décolleté et sur les épaules.

Un jour qu'ennuyée des sots colloques du commis elle avait monté[1] dans sa chambre, je me hâtai dans l'arrière-boutique où j'étais d'achever ma petite tâche et je la suivis. Sa chambre était entrouverte ; j'y entrai sans être aperçu. Elle brodait près d'une fenêtre, ayant en face le côté de la chambre opposé à la porte. Elle ne pouvait me voir entrer, ni m'entendre, à cause du bruit que des chariots faisaient dans la rue. Elle se mettait toujours bien : ce jour-là sa parure approchait de la coquetterie. Son attitude était gracieuse, sa tête un peu baissée laissait voir la blancheur de son cou, ses cheveux relevés avec élégance étaient ornés de fleurs. Il régnait dans toute sa figure un charme que j'eus le temps de considérer, et qui me mit hors de moi. Je me jetai à genoux à l'entrée de la chambre en tendant les bras vers elle d'un mouvement passionné, bien sûr qu'elle ne pouvait m'entendre, et ne pensant pas qu'elle pût me voir : mais il y avait à la cheminée une glace qui me trahit. Je ne sais quel effet ce transport fit sur elle ; elle ne me regarda point, ne me parla point : mais tournant à demi la tête, d'un simple mouvement de doigt elle me montra la natte à ses pieds. Tressaillir, pousser un cri, m'élancer à la place qu'elle m'avait marquée ne fut pour moi qu'une même chose : mais ce qu'on aurait peine à croire est que dans cet état je n'osai rien entreprendre au-delà, ni dire un seul mot, ni lever les yeux sur elle, ni la toucher même dans une attitude aussi contrainte, pour m'appuyer un instant sur ses genoux. J'étais muet, immobile, mais non pas tranquille assurément : tout marquait en moi l'agitation, la joie, la reconnaissance, les ardents désirs incertains dans leur objet, et contenus par la frayeur de déplaire sur laquelle mon jeune cœur ne pouvait se rassurer.

---

**1.** Nouvel emploi aujourd'hui surprenant de l'auxiliaire, mais habituel chez Rousseau ; voir livre I, p. 80, note 1.

Elle ne paraissait ni plus tranquille ni moins timide que moi. Troublée de me voir là, interdite de m'y avoir attiré, et commençant à sentir toute la conséquence d'un signe parti sans doute avant la réflexion, elle ne m'accueillait ni ne me repoussait ; elle n'ôtait pas les yeux de dessus son ouvrage ; elle tâchait de faire comme si elle ne m'eût pas vu à ses pieds ; mais toute ma bêtise ne m'empêchait pas de juger qu'elle partageait mon embarras, peut-être mes désirs, et qu'elle était retenue par une honte semblable à la mienne, sans que cela me donnât la force de la surmonter. Cinq ou six ans qu'elle avait de plus que moi devaient, selon moi, mettre de son côté toute la hardiesse, et je me disais que puisqu'elle ne faisait rien pour exciter la mienne elle ne voulait pas que j'en eusse. Même encore aujourd'hui je trouve que je pensais juste, et sûrement elle avait trop d'esprit pour ne pas voir qu'un novice tel que moi avait besoin non seulement d'être encouragé, mais d'être instruit.

Je ne sais comment eût fini cette scène vive et muette, ni combien de temps j'aurais demeuré immobile dans cet état ridicule et délicieux, si nous n'eussions été interrompus. Au plus fort des mes agitations j'entendis ouvrir la porte de la cuisine, qui touchait la chambre où nous étions, et Mme Basile alarmée me dit vivement de la voix et du geste : levez-vous, voici Rosina. En me levant en hâte je saisis une main qu'elle me tendait, et j'y appliquai deux baisers brûlants, au second desquels je sentis cette charmante main se presser un peu contre mes lèvres. De mes jours je n'eus un si doux moment : mais l'occasion que j'avais perdue ne revint plus, et nos jeunes amours en restèrent là.

C'est peut-être pour cela même que l'image de cette aimable femme est restée empreinte au fond de mon cœur en traits si charmants. Elle s'y est même embellie à mesure que j'ai mieux connu le monde et les femmes. Pour peu qu'elle eût eu d'expérience, elle s'y fût prise autrement pour animer un petit garçon : mais si son cœur était faible, il était honnête ; elle cédait involontairement au penchant qui l'entraînait ; c'était selon toute apparence sa première infidélité, et j'aurais peut-être eu plus à faire à vaincre sa honte que la mienne. Sans en être venu là j'ai goûté près d'elle des douceurs inexprimables. Rien de tout ce que m'a fait sentir la possession des femmes ne vaut les deux minutes que j'ai passées à ses pieds sans même oser toucher à sa robe. Non, il n'y a point de jouissances pareilles à celles que peut donner une honnête femme qu'on aime : tout est faveur auprès d'elle. Un petit signe du doigt, une main légèrement pressée contre ma bouche sont les seules faveurs que je reçus jamais de M$^{me}$ Basile, et le souvenir de ces faveurs si légères me transporte encore en y pensant.

Les deux jours suivants j'eus beau guetter un nouveau tête-à-tête, il me fut impossible d'en trouver le moment, et je n'aperçus de sa part aucun soin pour le ménager. Elle eut même le maintien, non plus froid, mais plus retenu qu'à l'ordinaire, et je crois qu'elle évitait mes regards de peur de ne pouvoir assez gouverner les siens. Son maudit commis fut plus désolant que jamais. Il devint même railleur, goguenard ; il me dit que je ferais mon chemin près des dames. Je tremblais d'avoir commis quelque indiscrétion, et me regardant déjà comme d'intelligence avec elle, je voulus couvrir du mystère un goût qui jusqu'alors n'en avait pas grand besoin. Cela me rendit plus circonspect à saisir les occasions de le satisfaire, et à force de les vouloir sûres, je n'en trouvai plus du tout.

Voici encore une autre folie romanesque dont jamais je n'ai pu me guérir, et qui, jointe à ma timidité naturelle, a beaucoup démenti les prédictions du commis. J'aimais trop sincèrement, trop parfaitement, j'ose dire, pour pouvoir aisément être heureux. Jamais passions ne furent en même temps plus vives et plus pures que les miennes ; jamais amour ne fut plus tendre, plus vrai, plus désintéressé. J'aurais mille fois sacrifié mon bonheur à celui de la personne que j'aimais ; sa réputation m'était plus chère que ma vie, et jamais pour tous les plaisirs de la jouissance je n'aurais voulu compromettre un moment son repos. Cela m'a fait apporter tant de soins, tant de secret, tant de précaution dans mes entreprises que jamais aucune n'a pu réussir. Mon peu de succès près des femmes est toujours venu de les trop aimer.

Pour revenir au flûteur Égisthe, ce qu'il y avait de singulier était qu'en devenant plus insupportable, le traître semblait devenir plus complaisant. Dès le premier jour que sa dame m'avait pris en affection elle avait songé à me rendre utile dans le magasin. Je savais passablement l'arithmétique ; elle lui avait proposé de m'apprendre à tenir les livres : mais mon bourru reçut très mal la proposition, craignant peut-être d'être supplanté. Ainsi tout mon travail, après mon burin, était de transcrire quelques comptes et mémoires, de mettre au net quelques livres, et de traduire quelques lettres de commerce d'italien en français. Tout d'un coup mon homme s'avisa de revenir à la proposition faite et rejetée, et dit qu'il m'apprendrait les comptes à parties doubles[1], et qu'il voulait me mettre en état d'offrir mes services à M. Basile quand il serait de retour. Il y avait dans son ton, dans son air je ne sais quoi de faux, de malin, d'ironique qui ne me donnait pas de la confiance. M^me^ Basile, sans attendre ma réponse, lui dit sèchement que je lui étais obligé de ses offres, qu'elle espérait que la fortune favoriserait enfin mon mérite, et que ce serait grand dommage qu'avec tant d'esprit je ne fusse qu'un commis.

1. Ceux où figurent les recettes et les dépenses.

Elle m'avait dit plusieurs fois qu'elle voulait me faire faire une connaissance qui pourrait m'être utile. Elle pensait assez sagement pour sentir qu'il était temps de me détacher d'elle. Nos muettes déclarations s'étaient faites le jeudi. Le dimanche elle donna un dîner où je me trouvai ; et où se trouva aussi un jacobin[1] de bonne mine auquel elle me présenta. Le moine me traita très affectueusement, me félicita sur ma conversion, et me dit plusieurs choses sur mon histoire qui m'apprirent qu'elle la lui avait détaillée : puis me donnant deux petits coups d'un revers de main sur la joue, il me dit d'être sage, d'avoir bon courage, et de l'aller voir, que nous causerions plus à loisir ensemble. Je jugeai par les égards que tout le monde avait pour lui que c'était un homme de considération, et par le ton paternel qu'il prenait avec M^me^ Basile, qu'il était son confesseur. Je me rappelle bien aussi que sa décente familiarité était mêlée de marques d'estime et même de respect pour sa pénitente qui me firent alors moins d'impression qu'elles ne m'en font aujourd'hui. Si j'avais eu plus d'intelligence, combien j'eusse été touché d'avoir pu rendre sensible une jeune femme respectée par son confesseur !

La table ne se trouva pas assez grande pour le nombre que nous étions. Il en fallut une petite où j'eus l'agréable tête-à-tête de M. le commis. Je n'y perdis rien du côté des attentions et de la bonne chère ; il y eut bien des assiettes envoyées à la petite table dont l'intention n'était sûrement pas pour lui. Tout allait très bien jusque-là ; les femmes étaient fort gaies, les hommes fort galants, M^me^ Basile faisait ses honneurs avec une grâce charmante. Au milieu du dîner l'on entend arrêter une chaise[2] à la porte, quelqu'un monte ; c'est M. Basile. Je le vois comme s'il entrait actuellement, en habit d'écarlate à

1. Nom que l'on donnait aux dominicains. 2. Une voiture.

boutons d'or, couleur que j'ai prise en aversion depuis ce jour-là. M. Basile était un grand et bel homme, qui se présentait très bien. Il entre avec fracas, et de l'air de quelqu'un qui surprend son monde, quoiqu'il n'y eût là que de ses amis. Sa femme lui saute au cou, lui prend les mains, lui fait mille caresses qu'il reçoit sans les lui rendre. Il salue la compagnie, on lui donne un couvert, il mange. À peine avait-on commencé de parler de son voyage, que jetant les yeux sur la petite table, il demande d'un ton sévère ce que c'est que ce petit garçon qu'il aperçoit là. M^me^ Basile le lui dit tout naïvement. Il demande si je loge dans la maison. On lui dit que non. Pourquoi non ? reprend-il grossièrement : puisqu'il s'y tient le jour, il peut bien y rester la nuit. Le moine prit la parole, et après un éloge grave et vrai de M^me^ Basile, il fit le mien en peu de mots ; ajoutant que loin de blâmer la pieuse charité de sa femme, il devait s'empresser d'y prendre part ; puisque rien n'y passait les bornes de la discrétion. Le mari répliqua d'un ton d'humeur dont il cachait la moitié, contenu par la présence du moine, mais qui suffit pour me faire sentir qu'il avait des instructions sur mon compte, et que le commis m'avait servi de sa façon.

À peine était-on hors de table, que celui-ci dépêché par son bourgeois[1] vint en triomphe me signifier de sa part de sortir à l'instant de chez lui et de n'y remettre les pieds de ma vie. Il assaisonna sa commission de tout ce qui pouvait la rendre insultante et cruelle. Je partis sans rien dire, mais le cœur navré, moins de quitter cette aimable femme, que de la laisser en proie à la brutalité de son mari. Il avait raison, sans doute, de ne vouloir pas qu'elle fût infidèle ; mais quoique sage et bien née, elle était Italienne, c'est-à-dire sensible et vindicative, et

1. Par son patron.

il avait tort, ce me semble, de prendre avec elle les moyens les plus propres à s'attirer le malheur qu'il craignait.

Tel fut le succès de ma première aventure. Je voulus essayer de repasser deux ou trois fois dans la rue, pour revoir au moins celle que mon cœur regrettait sans cesse : mais au lieu d'elle je ne vis que son mari et le vigilant commis, qui m'ayant aperçu me fit avec l'aune[1] de la boutique un geste plus expressif qu'attirant. Me voyant si bien guetté je perdis courage et n'y passai plus. Je voulus aller voir au moins le patron qu'elle m'avait ménagé. Malheureusement je ne savais pas son nom. Je rôdai plusieurs fois inutilement autour du couvent pour tâcher de le rencontrer. Enfin d'autres événements m'ôtèrent les charmants souvenirs de M$^{me}$ Basile, et dans peu je l'oubliai si bien qu'aussi simple et aussi novice qu'auparavant, je ne restai pas même affriandé de jolies femmes[2].

Cependant ses libéralités avaient un peu remonté mon petit équipage ; très modestement toutefois, et avec la précaution d'une femme prudente, qui regardait plus à la propreté[3] qu'à la parure, et qui voulait m'empêcher de souffrir, et non pas me faire briller. Mon habit que j'avais apporté de Genève était bon et portable encore ; elle y ajouta seulement un chapeau et quelque linge. Je n'avais point de manchettes ; elle ne voulut point m'en donner, quoique j'en eusse bonne envie. Elle se contenta de me mettre en état de me tenir propre[4], et c'est un soin qu'il ne fallut pas me recommander, tant que je parus devant elle.

Peu de jours après ma catastrophe, mon hôtesse, qui,

---

1. « Bâton d'une certaine longueur qui sert à mesurer les étoffes, toiles, rubans, etc. » (Furetière). 2. Attiré par les jolies femmes. 3. « Manière convenable de s'habiller, d'être meublé, de préparer certaines choses » (Littré). 4. C'est-à-dire vêtu avec décence.

comme j'ai dit, m'avait pris en amitié, me dit qu'elle m'avait peut-être trouvé une place, et qu'une dame de condition voulait me voir. À ce mot, je me crus tout de bon dans les hautes aventures, car j'en revenais toujours là. Celle-ci ne se trouva pas aussi brillante que je me l'étais figurée. Je fus chez cette dame avec le domestique qui lui avait parlé de moi. Elle m'interrogea, m'examina ; je ne lui déplus pas ; et tout de suite j'entrai à son service, non pas tout à fait en qualité de favori, mais en qualité de laquais. Je fus vêtu de la couleur de ses gens : la seule distinction fut qu'ils portaient l'aiguillette[1], et qu'on ne me la donna pas : comme il n'y avait point de galons à sa livrée, cela faisait à peu près un habit bourgeois. Voilà le terme inattendu auquel aboutirent enfin toutes mes grandes espérances.

M^me^ la Comtesse de Vercellis, chez qui j'entrai, était veuve et sans enfants. Son mari était Piémontais ; pour elle, je l'ai toujours crue Savoyarde, ne pouvant imaginer qu'une Piémontaise parlât si bien français et eût un accent si pur. Elle était entre deux âges[2], d'une figure fort noble, d'un esprit orné, aimant la littérature française, et s'y connaissant. Elle écrivait beaucoup, et toujours en français. Ses lettres avaient le tour et presque la grâce de celles de M^me^ de Sévigné ; on aurait pu s'y tromper à quelques-unes. Mon principal emploi, et qui ne me déplaisait pas, était de les écrire sous sa dictée, un cancer au sein, qui la faisait beaucoup souffrir, ne lui permettant plus d'écrire elle-même.

M^me^ de Vercellis avait non seulement beaucoup d'esprit, mais une âme élevée et forte. J'ai suivi sa dernière

---

1. « Cordon, employé simplement comme ornement » (Littré). Nous sommes sous l'Ancien Régime : tout est codifié, hiérarchisé, même entre laquais. 2. M^me^ de Vercellis avait cinquante-huit ans ; Rousseau restera cinq mois à son service, et non trois comme il l'écrit plus loin.

maladie, je l'ai vue souffrir et mourir sans jamais marquer un instant de faiblesse, sans faire le moindre effort pour se contraindre, sans sortir de son rôle de femme, et sans se douter qu'il y eût à cela de la philosophie ; mot qui n'était pas encore à la mode, et qu'elle ne connaissait même pas dans le sens qu'il porte aujourd'hui[1]. Cette force de caractère allait quelquefois jusqu'à la sécheresse. Elle m'a toujours paru aussi peu sensible pour autrui que pour elle-même, et quand elle faisait du bien aux malheureux, c'était pour faire ce qui était bien en soi plutôt que par une véritable commisération. J'ai un peu éprouvé cette insensibilité pendant les trois mois que j'ai passés auprès d'elle. Il était naturel qu'elle prît en affection un jeune homme de quelque espérance qu'elle avait incessamment sous les yeux, et qu'elle songeât, se sentant mourir, qu'après elle il aurait besoin de secours et d'appui : cependant, soit qu'elle ne me jugeât pas digne d'une attention particulière, soit que les gens qui l'obsédaient ne lui aient permis de songer qu'à eux, elle ne fit rien pour moi.

Je me rappelle pourtant fort bien qu'elle avait marqué quelque curiosité de me connaître. Elle m'interrogeait quelquefois ; elle était bien aise que je lui montrasse les lettres que j'écrivais à M$^{me}$ de Warens, que je lui rendisse compte de mes sentiments. Mais elle ne s'y prenait assurément pas bien pour les connaître en ne me montrant jamais les siens. Mon cœur aimait à s'épancher pourvu qu'il sentît que c'était dans un autre. Des

---

**1.** Quand Rousseau écrit ces lignes, le mot désigne les Encyclopédistes, les esprits « éclairés » qui, peu à peu, remettent en question les valeurs traditionnelles au bénéfice d'un monde où régnerait la Raison. Mais avant que les Lumières ne lui confèrent ces harmoniques de progrès, il peut avoir une connotation péjorative. Pour Saint-Simon, par exemple, le duc du Maine, fils illégitime de Louis XIV, est « solitaire, philosophe, sauvage » (*Mémoires*, éd. d'Yves Coirault, Gallimard, « Bibliothèque de la Pléiade », 1982-1988, t. V, p. 560).

interrogations sèches et froides, sans aucun signe d'approbation ni de blâme sur mes réponses, ne me donnaient aucune confiance. Quand rien ne m'apprenait si mon babil plaisait ou déplaisait, j'étais toujours en crainte, et je cherchais moins à montrer ce que je pensais qu'à ne rien dire qui pût me nuire. J'ai remarqué depuis que cette manière sèche d'interroger les gens pour les connaître est un tic assez commun chez les femmes qui se piquent d'esprit. Elles s'imaginent qu'en ne laissant point paraître leur sentiment elles parviendront à mieux pénétrer le vôtre ; mais elles ne voient pas qu'elles ôtent par là le courage de le montrer. Un homme qu'on interroge commence par cela seul à se mettre en garde, et s'il croit que, sans prendre à lui un véritable intérêt on ne veut que le faire jaser, il ment, ou se tait, ou redouble d'attention sur lui-même, et aime encore mieux passer pour un sot que d'être dupe de votre curiosité. Enfin c'est toujours un mauvais moyen de lire dans le cœur des autres que d'affecter de cacher le sien.

M^me^ de Vercellis ne m'a jamais dit un mot qui sentît l'affection, la pitié, la bienveillance. Elle m'interrogeait froidement, je répondais avec réserve. Mes réponses étaient si timides qu'elle dut les trouver basses et s'en ennuya. Sur la fin elle ne me questionnait plus, ne me parlait plus que pour son service. Elle me jugea moins sur ce que j'étais que sur ce qu'elle m'avait fait, et à force de ne voir en moi qu'un laquais, elle m'empêcha de lui paraître autre chose.

Je crois que j'éprouvai dès lors ce jeu malin des intérêts cachés qui m'a traversé[1] toute ma vie, et qui m'a donné une aversion bien naturelle pour l'ordre apparent qui les produit. M^me^ de Vercellis n'ayant point d'enfants avait pour héritier son neveu le comte de la Roque

1. Traverser : « susciter des obstacles, des embarras » (Littré).

qui lui faisait assidûment sa cour. Outre cela ses principaux domestiques, qui la voyaient tirer à sa fin, ne s'oubliaient pas, et il y avait tant d'empressés autour d'elle, qu'il était difficile qu'elle eût du temps pour penser à moi. À la tête de sa maison était un nommé M. Lorenzi, homme adroit, dont la femme, encore plus adroite, s'était tellement insinuée dans les bonnes grâces de sa maîtresse qu'elle était plutôt chez elle sur le pied d'une amie que d'une femme à ses gages. Elle lui avait donné pour femme de chambre une nièce à elle, appelée M^lle^ Pontal, fine mouche, qui se donnait des airs de demoiselle suivante et aidait sa tante à obséder si bien leur maîtresse qu'elle ne voyait que par leurs yeux et n'agissait que par leurs mains. Je n'eus pas le bonheur d'agréer à ces trois personnes : je leur obéissais, mais je ne les servais pas ; je n'imaginais pas qu'outre le service de notre commune maîtresse je dusse être encore le valet de ses valets. J'étais d'ailleurs une espèce de personnage inquiétant pour eux. Ils voyaient bien que je n'étais pas à ma place ; ils craignaient que Madame ne le vît aussi, et que ce qu'elle ferait pour m'y mettre ne diminuât leurs portions ; car ces sortes de gens, trop avides pour être justes, regardent tous les legs qui sont pour d'autres comme pris sur leur propre bien. Ils se réunirent donc pour m'écarter de ses yeux. Elle aimait à écrire des lettres ; c'était un amusement pour elle dans son état ; ils l'en dégoûtèrent et l'en firent détourner par le médecin en la persuadant que cela la fatiguait. Sous prétexte que je n'entendais pas le service on employait au lieu de moi deux gros manants de porteurs de chaise autour d'elle : enfin l'on fit si bien que quand elle fit son testament il y avait huit jours que je n'étais entré dans sa chambre. Il est vrai qu'après cela j'y entrai comme auparavant, et j'y fus même plus assidu que personne : car les douleurs de cette pauvre femme me déchiraient, la constance avec laquelle elle les souffrait me la rendait extrêmement respectable et chère, et j'ai bien versé dans sa chambre des larmes sincères, sans qu'elle ni personne s'en aperçût.

Nous la perdîmes enfin. Je la vis expirer. Sa vie avait été celle d'une femme d'esprit et de sens ; sa mort fut celle d'un sage. Je puis dire qu'elle me rendit la religion catholique aimable par la sérénité d'âme avec laquelle elle en remplit les devoirs, sans négligence et sans affectation. Elle était naturellement sérieuse. Sur la fin de sa maladie elle prit une sorte de gaieté trop égale pour être jouée, et qui n'était qu'un contrepoids donné par la raison même, contre la tristesse de son état. Elle ne garda le lit que les deux derniers jours et ne cessa de s'entretenir paisiblement avec tout le monde. Enfin ne parlant plus, et déjà dans les combats de l'agonie, elle fit un gros pet. Bon, dit-elle en se retournant, femme qui pète n'est pas morte. Ce furent les derniers mots qu'elle prononça.

Elle avait légué un an de leurs gages à ses bas domestiques ; mais n'étant point couché sur l'état de sa maison je n'eus rien. Cependant le comte de la Roque me fit donner trente livres [1] et me laissa l'habit neuf que j'avais sur le corps, et que M. Lorenzi voulait m'ôter. Il promit même de chercher à me placer et me permit de l'aller voir. J'y fus deux ou trois fois sans pouvoir lui parler. J'étais facile à rebuter, je n'y retournai plus. On verra bientôt que j'eus tort.

Que n'ai-je achevé tout ce que j'avais à dire de mon séjour chez M^me^ de Vercellis ! Mais, bien que mon apparente situation demeurât la même, je ne sortis pas de sa maison comme j'y étais entré. J'en emportai les longs souvenirs du crime et l'insupportable poids des remords

---

1. Le testament de M^me^ de Vercellis portait que chacun de ses domestiques recevrait trente livres – qui ne sont pas « rien ». Rousseau n'a donc pas été excepté.

dont au bout de quarante ans ma conscience est encore chargée, et dont l'amer sentiment, loin de s'affaiblir, s'irrite à mesure que je vieillis. Qui croirait que la faute d'un enfant pût avoir des suites aussi cruelles ? C'est de ces suites plus que probables que mon cœur ne saurait se consoler. J'ai peut-être fait périr dans l'opprobre et dans la misère une fille aimable, honnête, estimable, et qui sûrement valait beaucoup mieux que moi.

Il est bien difficile que la dissolution d'un ménage n'entraîne un peu de confusion dans la maison, et qu'il ne s'égare bien des choses. Cependant telle était la fidélité des domestiques, et la vigilance de M. et Mme Lorenzi, que rien ne se trouva de manque sur l'inventaire[1]. La seule Mlle Pontal perdit un petit ruban couleur de rose et argent déjà vieux. Beaucoup d'autres meilleures choses étaient à ma portée ; ce ruban seul me tenta, je le volai, et comme je ne le cachais guère on me le trouva bientôt. On voulut savoir où je l'avais pris. Je me trouble, je balbutie, et enfin je dis en rougissant que c'est Marion qui me l'a donné. Marion était une jeune Mauriennoise dont Mme de Vercellis avait fait sa cuisinière quand, cessant de donner à manger[2], elle avait renvoyé la sienne, ayant plus besoin de bons bouillons que de ragoûts fins. Non seulement Marion était jolie, mais elle avait une fraîcheur de coloris qu'on ne trouve que dans les montagnes, et surtout un air de modestie et de douceur qui faisait qu'on ne pouvait la voir sans l'aimer. D'ailleurs bonne fille, sage, et d'une fidélité à toute épreuve. C'est ce qui surprit quand je la nommai. L'on n'avait guère moins de confiance en moi qu'en elle, et l'on jugea qu'il importait de vérifier lequel était le fripon des deux. On la fit venir ; l'assemblée était

---

**1.** Qu'on trouva qu'il ne manquait rien sur l'inventaire. **2.** Cessant d'avoir des invités, de donner des repas, selon l'usage aristocratique.

nombreuse, le comte de la Roque y était. Elle arrive, on lui montre le ruban, je la charge effrontément ; elle reste interdite, se tait, me jette un regard qui aurait désarmé les démons et auquel mon barbare cœur résiste. Elle nie enfin avec assurance, mais sans emportement, m'apostrophe, m'exhorte à rentrer en moi-même, à ne pas déshonorer une fille innocente qui ne m'a jamais fait de mal ; et moi avec une impudence infernale je confirme ma déclaration, et lui soutiens en face qu'elle m'a donné le ruban. La pauvre fille se mit à pleurer, et ne me dit que ces mots : Ah Rousseau ! je vous croyais un bon caractère. Vous me rendez bien malheureuse, mais je ne voudrais pas être à votre place. Voilà tout. Elle continua de se défendre avec autant de simplicité que de fermeté, mais sans se permettre jamais contre moi la moindre invective. Cette modération comparée à mon ton décidé lui fit tort. Il ne semblait pas naturel de supposer d'un côté une audace aussi diabolique, et de l'autre une aussi angélique douceur. On ne parut pas se décider absolument, mais les préjugés étaient pour moi. Dans le tracas où l'on était, on ne se donna pas le temps d'approfondir la chose, et le comte de la Roque en nous renvoyant tous deux se contenta de dire que la conscience du coupable vengerait assez l'innocent. Sa prédiction n'a pas été vaine ; elle ne cesse pas un seul jour de s'accomplir.

J'ignore ce que devint cette victime de ma calomnie ; mais il n'y a pas d'apparence qu'elle ait après cela trouvé facilement à se bien placer. Elle emportait une imputation cruelle à son honneur de toutes manières. Le vol n'était qu'une bagatelle, mais enfin c'était un vol, et qui pis est, employé à séduire un jeune garçon ; enfin le mensonge et l'obstination ne laissaient rien à espérer de celle en qui tant de vices étaient réunis. Je ne regarde pas même la misère et l'abandon comme le plus grand danger auquel je l'ai exposée. Qui sait, à son âge, où le découragement de l'innocence avilie a pu la porter. Eh ! si le remords d'avoir pu la rendre malheureuse est insupportable, qu'on juge de celui d'avoir pu la rendre pire que moi !

Ce souvenir cruel me trouble quelquefois et me bouleverse au point de voir dans mes insomnies cette pauvre fille venir me reprocher mon crime comme s'il n'était commis que d'hier. Tant que j'ai vécu tranquille il m'a moins tourmenté, mais au milieu d'une vie orageuse il m'ôte la plus douce consolation des innocents persécutés : il me fait bien sentir ce que je crois avoir dit dans quelque ouvrage, que le remords s'endort durant un destin prospère et s'aigrit dans l'adversité. Cependant je n'ai jamais pu prendre sur moi de décharger mon cœur de cet aveu dans le sein d'un ami. La plus étroite intimité ne me l'a jamais fait faire à personne, pas même à Mme de Warens. Tout ce que j'ai pu faire a été d'avouer que j'avais à me reprocher une action atroce, mais jamais je n'ai dit en quoi elle consistait. Ce poids est donc resté jusqu'à ce jour sans allégement sur ma conscience, et je puis dire que le désir de m'en délivrer en quelque sorte a beaucoup contribué à la résolution que j'ai prise d'écrire mes confessions.

J'ai procédé rondement dans celle que je viens de faire, et l'on ne trouvera sûrement pas que j'aie ici pallié la noirceur de mon forfait. Mais je ne remplirais pas le but de ce livre si je n'exposais en même temps mes dispositions intérieures, et que je craignisse de m'excuser en ce qui est conforme à la vérité. Jamais la méchanceté ne fut plus loin de moi que dans ce cruel moment, et lorsque je chargeai cette malheureuse fille, il est bizarre mais il est vrai que mon amitié pour elle en fut la cause. Elle était présente à ma pensée, je m'excusai sur le premier objet qui s'offrit. Je l'accusai d'avoir fait ce que je voulais faire et de m'avoir donné le ruban parce que mon intention était de le lui donner. Quand je la vis paraître ensuite mon cœur fut déchiré, mais la présence de tant de monde fut plus forte que mon repentir. Je craignais peu la punition, je ne craignais que la honte ; mais je la craignais plus que la mort, plus que le crime, plus que tout au monde. J'aurais voulu m'enfoncer, m'étouffer dans le centre de la terre : l'invincible honte l'emporta sur tout, la honte seule fit mon impudence, et plus je devenais criminel, plus l'effroi d'en convenir me rendait intrépide. Je ne voyais que l'horreur d'être reconnu, déclaré publiquement, moi présent, voleur, menteur, calomniateur. Un trouble universel m'ôtait tout autre sentiment. Si l'on m'eût laissé revenir à moi-même j'aurais infailliblement tout déclaré. Si M. de la Roque m'eût pris à part, qu'il m'eût dit : ne perdez pas cette pauvre fille. Si vous êtes coupable, avouez-le-moi ; je me serais jeté à ses pieds dans l'instant ; j'en suis parfaitement sûr. Mais on ne fit que m'intimider quand il fallait me donner du courage. L'âge est encore une attention qu'il est juste de faire. À peine étais-je sorti de l'enfance, ou plutôt j'y étais encore. Dans la jeunesse les véritables noirceurs sont plus criminelles encore que dans l'âge mûr ; mais ce qui n'est que faiblesse l'est beaucoup moins, et ma faute au fond n'était guère autre chose. Aussi son souvenir m'afflige-t-il moins à cause du mal en lui-même, qu'à cause de celui qu'il a dû causer. Il m'a même fait ce bien de me garantir pour le reste de ma vie de tout acte tendant au crime par l'impression terrible qui m'est restée du seul que j'aie jamais commis, et je crois sentir que mon aversion pour le mensonge me vient en grande partie du regret d'en avoir pu faire un aussi noir. Si c'est un crime qui puisse être expié, comme j'ose le croire, il doit l'être par tant de malheurs dont la fin de ma vie est accablée, par quarante ans de droiture et d'honneur dans des occasions difficiles, et la pauvre Marion trouve tant de vengeurs en ce monde que quelque grande qu'ait été mon offense envers elle, je crains peu d'en emporter la coulpe[1] avec moi. Voilà ce que j'avais à dire sur cet article. Qu'il me soit permis de n'en reparler jamais[2].

---

**1.** La faute. **2.** Mais on lira dans la Quatrième Promenade des *Rêveries du promeneur solitaire* : « Ce mensonge, qui fut un grand crime en lui-même, en dut être un plus grand encore par ses effets que j'ai toujours ignorés, mais que le remords m'a fait supposer aussi cruels qu'il était possible. Cependant à ne consulter que la disposition où j'étais en le faisant, ce mensonge ne fut qu'un fruit de la mauvaise honte et bien loin qu'il partît d'une intention de nuire à celle qui en fut la victime, je puis jurer à la face du Ciel qu'à l'instant même où cette honte invincible me l'arrachait j'aurais donné tout mon sang avec joie pour en détourner l'effet sur moi seul. C'est un délire que je ne puis expliquer qu'en disant comme je crois le sentir, qu'en cet instant mon naturel timide subjugua tous les vœux de mon cœur » (éd. de Michèle Crogiez, Le Livre de Poche, 2001, p. 84).

# Livre III

Sorti de chez Mme de Vercellis à peu près comme j'y étais entré, je retournai chez mon ancienne hôtesse, et j'y restai cinq ou six semaines, durant lesquelles la santé, la jeunesse et l'oisiveté me rendirent souvent mon tempérament importun. J'étais inquiet, distrait, rêveur ; je pleurais, je soupirais, je désirais un bonheur dont je n'avais pas l'idée, et dont je sentais pourtant la privation. Cet état ne peut se décrire, et peu d'hommes même le peuvent imaginer ; parce que la plupart ont prévenu cette plénitude de vie, à la fois tourmentante et délicieuse qui dans l'ivresse du désir donne un avant-goût de la jouissance. Mon sang allumé remplissait incessamment mon cerveau de filles et de femmes, mais n'en sentant pas le véritable usage, je les occupais bizarrement en idées à mes fantaisies sans en savoir rien faire de plus, et ces idées tenaient mes sens dans une activité très incommode dont par bonheur elles ne m'apprenaient point à me délivrer. J'aurais donné ma vie pour retrouver un quart d'heure une demoiselle Goton[1]. Mais ce n'était plus le temps où les jeux de l'enfance allaient là comme d'eux-mêmes. La honte, compagne de la conscience du mal, était venue avec les années ; elle avait accru ma timidité naturelle au point de la rendre invincible, et jamais ni dans ce temps-là ni depuis, je n'ai pu parvenir à faire

1. Qui *tic tac* Rousseau au livre I, p. 78.

une proposition lascive, que celle à qui je la faisais ne m'y ait en quelque sorte contraint par ses avances, quoique sachant qu'elle n'était pas scrupuleuse[1], et presque assuré d'être pris au mot.

Mon agitation crût au point que ne pouvant contenter mes désirs je les attisais par les plus extravagantes manœuvres. J'allais chercher des allées sombres, des réduits cachés où je pusse m'exposer de loin aux personnes du sexe dans l'état où j'aurais voulu être auprès d'elles. Ce qu'elles voyaient n'était pas l'objet obscène, je n'y songeais même pas, c'était l'objet ridicule ; le sot plaisir que j'avais de l'étaler à leurs yeux ne peut se décrire. Il n'y avait de là plus qu'un pas à faire pour sentir le traitement désiré, et je ne doute pas que quelque résolue en passant ne m'en eût donné l'amusement, si j'eusse eu l'audace d'attendre. Cette folie eut une catastrophe[2] à peu près aussi comique, mais un peu moins plaisante pour moi.

Un jour j'allai m'établir au fond d'une cour dans laquelle était un puits où les filles de la maison venaient souvent chercher de l'eau. Dans ce fond il y avait une petite descente qui menait à des caves par plusieurs communications. Je sondai dans l'obscurité ces allées souterraines, et les trouvant longues et obscures je jugeai qu'elles ne finissaient point, et que si j'étais vu et surpris, j'y trouverais un refuge assuré. Dans cette confiance j'offrais aux filles qui venaient au puits un spectacle plus risible que séducteur ; les plus sages feignirent de ne rien voir, d'autres se mirent à rire, d'autres se crurent insultées et firent du bruit. Je me sauvai dans ma retraite ; j'y fus suivi. J'entendis une voix d'homme sur laquelle je n'avais pas compté et qui m'alarma : je

1. Nous dirions « qu'elle n'était pas farouche ». 2. « Terme de Poésie. C'est le changement et la révolution qui se fait dans un poème dramatique, et qui le termine ordinairement » (Furetière).

m'enfonçai dans les souterrains au risque de m'y perdre ; le bruit, les voix, la voix d'homme me suivaient toujours ; j'avais compté sur l'obscurité, je vis de la lumière. Je frémis ; je m'enfonçai davantage ; un mur m'arrêta, et ne pouvant aller plus loin il fallut attendre là ma destinée. En un moment je fus atteint et saisi par un grand homme portant une grande moustache, un grand chapeau, un grand sabre, escorté de quatre ou cinq vieilles femmes armées chacune d'un manche à balai, parmi lesquelles j'aperçus la petite coquine qui m'avait décelé, et qui voulait sans doute me voir au visage.

L'homme au sabre en me prenant par le bras me demanda rudement ce que je faisais là. On conçoit que ma réponse n'était pas prête. Je me remis, cependant, et m'évertuant dans ce moment critique je tirai de ma tête un expédient romanesque qui me réussit. Je lui dis d'un ton suppliant d'avoir pitié de mon âge et de mon état ; que j'étais un jeune étranger de grande naissance dont le cerveau s'était dérangé ; que je m'étais échappé de la maison paternelle parce qu'on voulait m'enfermer, que j'étais perdu s'il me faisait connaître ; mais que s'il voulait bien me laisser aller je pourrais peut-être un jour reconnaître cette grâce. Contre toute attente, mon discours et mon air firent effet. L'homme terrible en fut touché, et après une réprimande assez courte, il me laissa doucement aller sans me questionner davantage. À l'air dont la jeune et les vieilles me virent partir, je jugeai que l'homme que j'avais tant craint m'était fort utile, et qu'avec elles seules je n'en aurais pas été quitte à si bon marché. Je les entendis murmurer je ne sais quoi dont je ne me souciais guère ; car, pourvu que le sabre et l'homme ne s'en mêlassent pas, j'étais bien sûr, leste et vigoureux comme j'étais, de me délivrer bientôt et de leurs tricots[1] et d'elles.

1. Un « tricot » est une petite trique : les manches à balai des « quatre ou cinq vieilles femmes ».

Quelques jours après, passant dans une rue avec un jeune abbé mon voisin, j'allai donner du nez contre l'homme au sabre. Il me reconnut, et me contrefaisant d'un ton railleur : je suis prince, me dit-il, je suis prince ; et moi je suis un coyon[1] ; mais que Son Altesse n'y revienne pas. Il n'ajouta rien de plus, et je m'esquivai en baissant la tête et le remerciant dans mon cœur de sa discrétion. J'ai jugé que ces maudites vieilles lui avaient fait honte de sa crédulité. Quoi qu'il en soit, tout Piémontais qu'il était c'était un bon homme, et jamais je ne pense à lui sans un mouvement de reconnaissance : car l'histoire était si plaisante, que par le seul désir de faire rire tout autre à sa place m'eût déshonoré. Cette aventure, sans avoir les suites que j'en pouvais craindre ne laissa pas de me rendre sage pour longtemps.

Mon séjour chez M$^{me}$ de Vercellis m'avait procuré quelques connaissances que j'entretenais dans l'espoir qu'elles pourraient m'être utiles. J'allais voir quelquefois entre autres un abbé savoyard appelé M. Gaime, précepteur des enfants du comte de Mellarède. Il était jeune encore, et peu répandu[2], mais plein de bon sens, de probité, de lumières et l'un des plus honnêtes hommes que j'aie connus. Il ne me fut d'aucune ressource pour l'objet qui m'attirait chez lui ; il n'avait pas assez de crédit pour me placer ; mais je trouvai près de lui des avantages plus précieux qui m'ont profité toute ma vie ; les leçons de la saine morale, et les maximes de la droite raison. Dans l'ordre successif de mes goûts et de mes idées, j'avais toujours été trop haut ou trop bas ; Achille ou Thersite[3], tantôt héros et tantôt vaurien. M. Gaime

---

**1.** Un couillon, de l'italien *coglione*. **2.** « Qui voit du monde, qui va souvent dans la société » (Littré). **3.** Tous deux héros de l'*Iliade* : le premier, modèle de vaillance ; le second, fort laid et fort insolent : « Seul, braillard infatigable, piaillait comme un geai Thersite, dont l'esprit débordait de propos incongrus, pour vainement et sans

prit le soin de me mettre à ma place et de me montrer à moi-même sans m'épargner ni me décourager. Il me parla très honorablement de mon naturel et de mes talents ; mais il ajouta qu'il en voyait naître les obstacles qui m'empêcheraient d'en tirer parti, de sorte qu'ils devaient, selon lui, bien moins me servir de degrés pour monter à la fortune que de ressources pour m'en passer. Il me fit un tableau vrai de la vie humaine dont je n'avais que de fausses idées ; il me montra comment dans un destin contraire l'homme sage peut toujours tendre au bonheur et courir au plus près du vent[1] pour y parvenir, comment il n'y a point de vrai bonheur sans sagesse, et comment la sagesse est de tous les états. Il amortit beaucoup mon admiration pour la grandeur en me prouvant que ceux qui dominaient les autres n'étaient ni plus sages ni plus heureux qu'eux. Il me dit une chose qui m'est souvent revenue à la mémoire, c'est que si chaque homme pouvait lire dans les cœurs de tous les autres, il y aurait plus de gens qui voudraient descendre que de ceux qui voudraient monter. Cette réflexion, dont la vérité frappe et qui n'a rien d'outré m'a été d'un grand usage dans le cours de ma vie pour me faire tenir à ma place paisiblement. Il me donna les premières vraies idées de l'honnête, que mon génie[2] ampoulé n'avait saisi que dans ses excès. Il me fit sentir que l'enthousiasme

---

nul à-propos chercher querelle aux rois, en contant aux Argiens tout ce qui lui semblait propre à les porter à rire. Il était le plus laid des hommes venus sous Ilion. Cagneux et pied bot, ses épaules voûtées rentraient en sa poitrine, et sa tête pointue se fleurissait d'un duvet clairsemé » (chant II, 221 *sq.*, trad. Mario Meunier).

1. Métaphore marine : utiliser toutes ses forces. 2. Du latin *ingenium*, qui désigne le naturel propre à chacun. Les lectures héroïques de l'enfant, les personnages historiques ou ceux des romans précieux lui ont donné une vision du monde artificielle, emphatique et, dans sa situation, complètement déplacée.

des vertus sublimes[1] était peu d'usage dans la société ; qu'en s'élançant trop haut on était sujet aux chutes, que la continuité des petits devoirs toujours bien remplis ne demandait pas moins de force que les actions héroïques, qu'on en tirait meilleur parti pour l'honneur et pour le bonheur, et qu'il valait infiniment mieux avoir toujours l'estime des hommes, que quelquefois leur admiration.

Pour établir les devoirs de l'homme il fallait bien remonter à leur principe. D'ailleurs le pas que je venais de faire, et dont mon état présent était la suite, nous conduisait à parler de religion. L'on conçoit déjà que l'honnête M. Gaime est, du moins en grande partie, l'original du Vicaire savoyard[2]. Seulement la prudence l'obligeant à parler avec plus de réserve, il s'expliqua moins ouvertement sur certains points : mais au reste ses maximes, ses sentiments, ses avis furent les mêmes, et jusqu'au conseil de retourner dans ma patrie, tout fut comme je l'ai rendu depuis au public. Ainsi sans m'étendre sur des entretiens dont chacun peut voir la substance, je dirai que ses leçons, sages, mais d'abord sans effet, furent dans mon cœur un germe de vertu et de religion qui ne s'y étouffa jamais, et qui n'attendait pour fructifier que les soins d'une main plus chérie[3].

Quoique alors ma conversion fût peu solide, je ne laissais pas d'être ému. Loin de m'ennuyer de ses entretiens, j'y pris goût à cause de leur clarté, de leur simplicité, et surtout d'un certain intérêt de cœur dont je sentais qu'ils étaient pleins. J'ai l'âme aimante, et je me suis toujours attaché aux gens, moins à proportion du bien qu'ils m'ont fait que de celui qu'ils m'ont voulu,

---

1. Né, on s'en souvient, d'une lecture précoce de Plutarque ; voir le livre I, p. 52. 2. La « Profession de foi du Vicaire savoyard », au livre IV de l'*Émile*, fait l'éloge d'une religion naturelle, en opposition aux religions révélées et à leurs dogmes. 3. Celle de Mme de Warens.

et c'est sur quoi mon tact[1] ne me trompe guère. Aussi je m'affectionnais véritablement à M. Gaime, j'étais pour ainsi dire son second disciple, et cela me fit pour le moment même l'inestimable bien de me détourner de la pente au vice, où m'entraînait mon oisiveté.

Un jour que je ne pensais à rien moins, on vint me chercher de la part du comte de la Roque. À force d'y aller et de ne pouvoir lui parler, je m'étais ennuyé, et je n'y allais plus : je crus qu'il m'avait oublié ou qu'il lui était resté de mauvaises impressions de moi. Je me trompais. Il avait été témoin plus d'une fois du plaisir avec lequel je remplissais mon devoir auprès de sa tante ; il le lui avait même dit, et il m'en reparla quand moi-même je n'y songeais plus. Il me reçut bien, me dit que sans m'amuser de promesses vagues il avait cherché à me placer, qu'il avait réussi, qu'il me mettait en chemin de devenir quelque chose, que c'était à moi de faire le reste ; que la maison où il me faisait entrer était puissante et considérée, que je n'avais pas besoin d'autres protecteurs pour m'avancer, et que, quoique traité d'abord en simple domestique, comme je venais de l'être, je pouvais être assuré que si l'on me jugeait, par mes sentiments et par ma conduite au-dessus de cet état, on était disposé à ne m'y pas laisser. La fin de ce discours démentit cruellement les brillantes espérances que le commencement m'avait données. Quoi toujours laquais ? me dis-je en moi-même avec un dépit amer que la confiance effaça bientôt. Je me sentais trop peu fait pour cette place pour craindre qu'on m'y laissât.

Il me mena chez le comte de Gouvon[2] premier écuyer de la reine et chef de l'illustre maison de Solar[3]. L'air

1. Mon intuition. 2. Alors octogénaire, le comte avait été ministre d'État et ambassadeur en Suisse et en France. 3. Nous sommes en février 1729 : cela fera bientôt un an que les portes de Genève se sont fermées devant Rousseau.

de dignité de ce respectable vieillard me rendit plus touchante l'affabilité de son accueil. Il m'interrogea avec intérêt et je lui répondis avec sincérité. Il dit au comte de la Roque que j'avais une physionomie agréable et qui promettait de l'esprit, qu'il lui paraissait qu'en effet je n'en manquais pas, mais que ce n'était pas là tout, et qu'il fallait voir le reste. Puis se tournant vers moi ; mon enfant, me dit-il, presque en toutes choses les commencements sont rudes ; les vôtres ne le seront pourtant pas beaucoup. Soyez sage, et cherchez à plaire ici à tout le monde ; voilà quant à présent votre unique emploi. Du reste, ayez bon courage ; on veut prendre soin de vous. Tout de suite il passa chez la marquise de Breil sa belle-fille[1], et me présenta à elle, puis à l'abbé de Gouvon son fils. Ce début me parut de bon augure. J'en savais assez déjà pour juger qu'on ne fait pas tant de façons à la réception d'un laquais. En effet on ne me traita pas comme tel. J'eus la table de l'office ; on ne me donna point d'habit de livrée, et le comte de Favria[2], jeune étourdi m'ayant voulu faire monter derrière son carrosse, son grand-père défendit que je montasse derrière aucun carrosse et que je suivisse personne hors de la maison. Cependant je servais à table, et je faisais à peu près au-dedans le service d'un laquais ; mais je le faisais en quelque façon librement, sans être attaché nommément à personne. Hors quelques lettres qu'on me dictait, et des images que le comte de Favria me faisait découper, j'étais presque le maître de tout mon temps dans la journée. Cette épreuve dont je ne m'apercevais pas était assurément très dangereuse ; elle n'était pas même fort humaine ; car cette grande oisiveté pouvait me faire contracter des vices que je n'aurais pas eus sans cela.

Mais c'est ce qui très heureusement n'arriva point.

1. Le marquis de Breil, fils aîné du comte de Gouvon, était ambassadeur à Vienne. 2. Fils du marquis et de la marquise de Breil.

Les leçons de M. Gaime avaient fait impression sur mon cœur, et j'y pris tant de goût que je m'échappais quelquefois pour aller les entendre encore. Je crois que ceux qui me voyaient sortir ainsi furtivement ne devinaient guère où j'allais. Il ne se peut rien de plus sensé que les avis qu'il me donna sur ma conduite. Mes commencements furent admirables ; j'étais d'une assiduité, d'une attention, d'un zèle qui charmaient tout le monde. L'abbé Gaime m'avait sagement averti de modérer cette première ferveur, de peur qu'elle ne vînt à se relâcher et qu'on n'y prît garde. Votre début, me dit-il, est la règle de ce qu'on exigera de vous : tâchez de vous ménager de quoi faire plus dans la suite, mais gardez-vous de faire jamais moins.

Comme on ne m'avait guère examiné sur mes petits talents et qu'on ne me supposait que ceux que m'avait donnés la nature, il ne paraissait pas, malgré ce que le comte de Gouvon m'avait pu dire, qu'on songeât à tirer parti de moi. Des affaires vinrent à la traverse, et je fus à peu près oublié. Le marquis de Breil, fils du comte de Gouvon était alors ambassadeur à Vienne. Il survint des mouvements à la cour, qui se firent sentir dans la famille, et l'on y fut quelques semaines dans une agitation qui ne laissait guère le temps de penser à moi. Cependant jusque-là je m'étais peu relâché. Une chose me fit du bien et du mal, en m'éloignant de toute dissipation extérieure, mais en me rendant un peu plus distrait sur mes devoirs.

M$^{\text{lle}}$ de Breil était une jeune personne à peu près de mon âge, bien faite, assez belle, très blanche avec des cheveux très noirs, et, quoique brune, portant sur son visage cet air de douceur des blondes auquel mon cœur n'a jamais résisté[1]. L'habit de cour, si favorable aux

1. La fille du marquis et de la marquise de Breil avait alors seize ou dix-sept ans.

jeunes personnes, marquait sa jolie taille, dégageait sa poitrine et ses épaules, et rendait son teint encore plus éblouissant par le deuil qu'on portait alors[1]. On dira que ce n'est pas à un domestique de s'apercevoir de ces choses-là ; j'avais tort, sans doute, mais je m'en apercevais toutefois, et même je n'étais pas le seul. Le maître d'hôtel et les valets de chambre en parlaient quelquefois à table avec une grossièreté qui me faisait cruellement souffrir. La tête ne me tournait pourtant pas au point d'être amoureux tout de bon. Je ne m'oubliais point ; je me tenais à ma place, et mes désirs mêmes ne s'émancipaient pas. J'aimais à voir M^lle^ de Breil, à lui entendre dire quelques mots qui marquaient de l'esprit, du sens, de l'honnêteté ; mon ambition bornée au plaisir de la servir n'allait point au-delà de mes droits. À table j'étais attentif à chercher l'occasion de les faire valoir. Si son laquais quittait un moment sa chaise, à l'instant on m'y voyait établi : hors de là je me tenais vis-à-vis d'elle ; je cherchais dans ses yeux ce qu'elle allait demander, j'épiais le moment de changer son assiette. Que n'aurais-je point fait pour qu'elle daignât m'ordonner quelque chose, me regarder, me dire un seul mot ; mais point ; j'avais la mortification d'être nul pour elle ; elle ne s'apercevait pas même que j'étais là. Cependant son frère qui m'adressait quelquefois la parole à table, m'ayant dit je ne sais quoi de peu obligeant, je lui fis une réponse si fine et si bien tournée qu'elle y fit attention et jeta les yeux sur moi. Ce coup d'œil, qui fut court, ne laissa pas de me transporter. Le lendemain l'occasion se présenta d'en obtenir un second et j'en profitai. On donnait ce jour-là un grand dîner, où pour la première fois je vis avec beaucoup d'étonnement le maître d'hôtel servir l'épée au côté et le chapeau sur la

1. Celui de la reine de Sardaigne, décédée en août 1728.

tête. Par hasard on vint à parler de la devise de la maison de Solar qui était sur la tapisserie avec les armoiries. *Tel fiert qui ne tue pas.* Comme les Piémontais ne sont pas pour l'ordinaire consommés dans la langue française[1], quelqu'un trouva dans cette devise une faute d'orthographe, et dit qu'au mot *fiert* il ne fallait point de *t*.

Le vieux comte de Gouvon allait répondre, mais ayant jeté les yeux sur moi, il vit que je souriais sans oser rien dire : il m'ordonna de parler. Alors je dis que je ne croyais pas que le *t* fût de trop ; que *fiert* était un vieux mot français qui ne venait pas du mot *ferus* fier, menaçant, mais du verbe *ferit*, il frappe, il blesse. Qu'ainsi la devise ne me paraissait pas dire, tel menace, mais *tel frappe qui ne tue pas*.

Tout le monde me regardait et se regardait sans rien dire. On ne vit de la vie un pareil étonnement. Mais ce qui me flatta davantage fut de voir clairement sur le visage de M^lle^ de Breil un air de satisfaction. Cette personne si dédaigneuse daigna me jeter un second regard qui valait tout au moins le premier ; puis tournant les yeux vers son grand-papa, elle semblait attendre avec une sorte d'impatience la louange qu'il me devait, et qu'il me donna en effet si pleine et entière et d'un air si content que toute la table s'empressa de faire chorus. Ce moment fut court, mais délicieux à tous égards. Ce fut un de ces moments trop rares qui replacent les choses dans leur ordre naturel et vengent le mérite avili des outrages de la fortune. Quelques minutes après, M^lle^ de Breil levant derechef les yeux sur moi me pria d'un ton de voix aussi timide qu'affable de lui donner à boire. On juge que je ne la fis pas attendre, mais en approchant je fus saisi d'un tel tremblement qu'ayant trop rempli le verre je répandis une partie de l'eau sur l'assiette et

1. Dans la haute société, ils l'étaient, au contraire, parfaitement.

même sur elle. Son frère me demanda étourdiment pourquoi je tremblais si fort. Cette question ne servit pas à me rassurer, et M^lle de Breil rougit jusqu'au blanc des yeux.

Ici finit le roman ; où l'on remarquera, comme avec M^me Basile et dans toute la suite de ma vie que je ne suis pas heureux dans la conclusion de mes amours. Je m'affectionnai[1] inutilement à l'antichambre de M^me de Breil ; je n'obtins plus une seule marque d'attention de la part de sa fille. Elle sortait et entrait sans me regarder, et moi j'osais à peine jeter les yeux sur elle. J'étais même si bête et si maladroit qu'un jour qu'elle avait en passant laissé tomber son gant ; au lieu de m'élancer sur ce gant que j'aurais voulu couvrir de baisers, je n'osai sortir de ma place, et je laissai ramasser le gant par un gros butor de valet que j'aurais volontiers écrasé. Pour achever de m'intimider je m'aperçus que je n'avais pas le bonheur d'agréer à M^me de Breil. Non seulement elle ne m'ordonnait rien, mais elle n'acceptait jamais mon service, et deux fois me trouvant dans son antichambre elle me demanda d'un ton fort sec si je n'avais rien à faire ? Il fallut renoncer à cette chère antichambre : j'en eus d'abord du regret ; mais les distractions vinrent à la traverse, et bientôt je n'y pensai plus.

J'eus de quoi me consoler du dédain de M^me de Breil par les bontés de son beau-père, qui s'aperçut enfin que j'étais là. Le soir du dîner dont j'ai parlé il eut avec moi un entretien d'une demi-heure, dont il parut content et dont je fus enchanté. Ce bon vieillard, quoique homme d'esprit, en avait moins que M^me de Vercellis, mais il avait plus d'entrailles[2], et je réussis mieux auprès de lui. Il me dit de m'attacher à l'abbé de Gouvon son fils, qui m'avait pris en affection, que cette affection, si j'en

1. Je m'attachai, je me montrai empressé. 2. Plus de sensibilité, de « tendre affection » (Littré).

profitais, pouvait m'être utile, et me faire acquérir ce qui me manquait pour les vues qu'on avait sur moi. Dès le lendemain matin je volai chez M. l'Abbé. Il ne me reçut point en domestique ; il me fit asseoir au coin de son feu, et m'interrogeant avec la plus grande douceur, il vit bientôt que mon éducation, commencée sur tant de choses, n'était achevée sur aucune. Trouvant surtout que j'avais peu de latin, il entreprit de m'en enseigner davantage. Nous convînmes que je me rendrais chez lui tous les matins, et je commençai dès le lendemain. Ainsi par une de ces bizarreries qu'on trouvera souvent dans le cours de ma vie, en même temps au-dessus et au-dessous de mon état, j'étais disciple et valet dans la même maison, et dans ma servitude j'avais cependant un précepteur d'une naissance à ne l'être que des enfants des rois.

M. l'Abbé de Gouvon était un cadet destiné par sa famille à l'épiscopat, et dont par cette raison on avait poussé les études plus qu'il n'est ordinaire aux enfants de qualité. On l'avait envoyé à l'université de Sienne, où il avait resté[1] plusieurs années, et dont il avait rapporté une assez forte dose de cruscantisme[2] pour être à peu près à Turin ce qu'était jadis à Paris l'abbé de Dangeau[3]. Le dégoût de la théologie l'avait jeté dans les belles-lettres, ce qui est très ordinaire en Italie à ceux qui courent la carrière de la prélature. Il avait bien lu les poètes ; il faisait passablement des vers latins et

---

**1.** Nouvel exemple de l'emploi d'un auxiliaire inattendu à nos oreilles. Voir le livre I, p. 80, note 1. **2.** Rousseau forge ce néologisme pour désigner le purisme linguistique de l'Académie de la Crusca, créée à Florence en 1582 pour épurer et affiner la langue italienne. **3.** Fils du marquis de Dangeau, connu pour le méticuleux *Journal* de la cour dont s'inspire Saint-Simon pour rédiger ses *Mémoires*, l'abbé de Dangeau, lecteur de Louis XIV, fut élu à l'Académie française en 1682. Saint-Simon dit de lui que les « bagatelles de l'orthographe » furent « l'occupation et le travail sérieux de toute sa vie » (*Mémoires*, *op. cit.*, VII, p. 714).

italiens. En un mot il avait le goût qu'il fallait pour former le mien, et mettre quelque choix dans le fatras dont je m'étais farci la tête. Mais soit que mon babil lui eût fait quelque illusion sur mon savoir, soit qu'il ne pût supporter l'ennui du latin élémentaire, il me mit d'abord beaucoup trop haut, et à peine m'eut-il fait traduire quelques fables de Phèdre[1] qu'il me jeta dans Virgile où je n'entendais presque rien. J'étais destiné, comme on verra dans la suite, à rapprendre souvent le latin, et à ne le savoir jamais. Cependant je travaillais avec assez de zèle, et M. l'Abbé me prodiguait ses soins avec une bonté dont le souvenir m'attendrit encore. Je passais avec lui une bonne partie de la matinée, tant pour mon instruction que pour son service : non pour celui de sa personne, car il ne souffrit jamais que je lui en rendisse aucun, mais pour écrire sous sa dictée, et pour copier, et ma fonction de secrétaire me fut plus utile que celle d'écolier. Non seulement j'appris ainsi l'italien dans sa pureté, mais je pris du goût pour la littérature et quelque discernement des bons livres qui ne s'acquérait pas chez la Tribu[2], et qui me servit beaucoup dans la suite, quand je me mis à travailler seul.

Ce temps fut celui de ma vie où sans projets romanesques je pouvais le plus raisonnablement me livrer à l'espoir de parvenir. M. l'Abbé, très content de moi, le disait à tout le monde, et son père m'avait pris dans une affection si singulière que le comte de Favria m'apprit qu'il avait parlé de moi au Roi. M^me^ de Breil elle-même avait quitté pour moi son air méprisant. Enfin je devins une espèce de favori dans la maison, à la grande jalousie des autres domestiques, qui, me voyant honoré des instructions du fils de leur maître, sentaient bien que ce n'était pas pour rester longtemps leur égal.

---

1. Fabuliste latin du Ier siècle. 2. « Fameuse loueuse de livres » ; voir le livre I, p. 94.

Autant que j'aie pu juger des vues qu'on avait sur moi par quelques mots lâchés à la volée, et auxquels je n'ai réfléchi qu'après coup, il m'a paru que la maison de Solar voulant courir la carrière des ambassades, et peut-être s'ouvrir de loin celle du ministère, aurait été bien aise de se former d'avance un sujet qui eût du mérite et des talents, et qui dépendant uniquement d'elle, eût pu dans la suite obtenir sa confiance et la servir utilement. Ce projet du comte de Gouvon était noble, judicieux, magnanime, et vraiment digne d'un grand seigneur bienfaisant et prévoyant : mais outre que je n'en voyais pas alors toute l'étendue, il était trop sensé pour ma tête, et demandait un trop long assujettissement. Ma folle ambition ne cherchait la fortune qu'à travers les aventures ; et ne voyant point de femme à tout cela, cette manière de parvenir me paraissait lente, pénible et triste ; tandis que j'aurais dû la trouver d'autant plus honorable et sûre que les femmes ne s'en mêlaient pas, l'espèce de mérite qu'elles protègent ne valant assurément pas celui qu'on me supposait.

Tout allait à merveille. J'avais obtenu, presque arraché l'estime de tout le monde : les épreuves étaient finies et l'on me regardait généralement dans la maison comme un jeune homme de la plus grande espérance, qui n'était pas à sa place et qu'on s'attendait d'y voir arriver. Mais ma place n'était pas celle qui m'était assignée par les hommes, et j'y devais parvenir par des chemins bien différents. Je touche à un de ces traits caractéristiques qui me sont propres, et qu'il suffit de présenter au lecteur, sans y ajouter de réflexion.

Quoiqu'il y eût à Turin beaucoup de nouveaux convertis de mon espèce, je ne les aimais pas, et je n'en avais jamais voulu voir aucun. Mais j'avais vu quelques Genevois qui ne l'étaient pas ; entre autres un M. Mussard surnommé Tord-Gueule, peintre en miniature et un peu mon parent. Ce M. Mussard déterra ma demeure chez le comte de Gouvon, et vint m'y voir avec un autre Genevois appelé Bâcle[1], dont j'avais été camarade durant mon apprentissage. Ce Bâcle était un garçon très amusant, très gai, plein de saillies bouffonnes que son âge rendait agréables. Me voilà tout d'un coup engoué de M. Bâcle, mais engoué au point de ne pouvoir le quitter. Il allait partir bientôt pour s'en retourner à Genève. Quelle perte j'allais faire ! J'en sentis bien toute la grandeur. Pour mettre du moins à profit le temps qui m'était laissé, je ne le quittais plus, ou plutôt il ne me quittait pas lui-même, car la tête ne me tourna pas d'abord au point d'aller hors de l'hôtel passer la journée avec lui sans congé : mais bientôt voyant qu'il m'obsédait entièrement on lui défendit la porte, et je m'échauffai si bien qu'oubliant tout hors mon ami Bâcle, je n'allais ni chez M. l'Abbé ni chez M. le Comte, et l'on ne me voyait plus dans la maison. On me fit des réprimandes que je n'écoutai pas. On me menaça de me congédier. Cette menace fut ma perte ; elle me fit entrevoir qu'il était possible que Bâcle ne s'en allât pas seul. Dès lors je ne vis plus d'autre plaisir, d'autre sort, d'autre bonheur que celui de faire un pareil voyage, et je ne voyais à cela que l'ineffable félicité du voyage, au bout duquel, pour surcroît, j'entrevoyais M^me^ de Warens, mais dans un éloignement immense ; car pour retourner à Genève, c'est à quoi je ne pensai jamais. Les monts, les prés, les bois, les ruisseaux, les villages se succédaient sans fin et sans cesse avec de nouveaux charmes ; ce bienheureux trajet semblait devoir absorber ma vie entière. Je me rappelais avec délices combien ce même voyage m'avait paru charmant en venant. Que devait-ce être lorsqu'à tout l'attrait de l'indépendance se joindrait celui de faire route avec un camarade de mon âge, de

---

**1.** Mussard et Bâcle avaient respectivement un an et deux ans de moins que Rousseau.

mon goût et de bonne humeur, sans gêne, sans devoir, sans contrainte, sans obligation d'aller ou rester que comme il nous plairait ? Il fallait être fou pour sacrifier une pareille fortune à des projets d'ambition d'une exécution lente, difficile, incertaine, et qui, les supposant réalisés un jour, ne valaient pas dans tout leur éclat un quart d'heure de vrai plaisir et de liberté dans la jeunesse.

Plein de cette sage fantaisie je me conduisis si bien que je vins à bout de me faire chasser, et en vérité ce ne fut pas sans peine. Un soir, comme je rentrais, le maître d'hôtel me signifia mon congé de la part de M. le Comte. C'était précisément ce que je demandais : car sentant malgré moi l'extravagance de ma conduite, j'y ajoutais pour m'excuser l'injustice et l'ingratitude, croyant mettre ainsi les gens dans leur tort, et me justifier à moi-même un parti pris par nécessité. On me dit de la part du comte de Favria d'aller lui parler le lendemain matin avant mon départ, et comme on voyait que la tête m'ayant tourné, j'étais capable de n'en rien faire, le maître d'hôtel remit après cette visite à me donner quelque argent qu'on m'avait destiné et qu'assurément j'avais fort mal gagné : car, ne voulant pas me laisser dans l'état de valet on ne m'avait pas fixé de gages.

Le comte de Favria, tout jeune et tout étourdi qu'il était, me tint en cette occasion les discours les plus sensés et j'oserais presque dire les plus tendres ; tant il m'exposa d'une manière flatteuse et touchante les soins de son oncle et les intentions de son grand-père. Enfin après m'avoir mis vivement devant les yeux tout ce que je sacrifiais pour courir à ma perte, il m'offrit de faire ma paix, exigeant pour toute condition que je ne visse plus ce petit malheureux qui m'avait séduit.

Il était si clair qu'il ne disait pas tout cela de lui-même que malgré mon stupide aveuglement je sentis toute la bonté de mon vieux maître et j'en fus touché : mais ce cher voyage était trop empreint dans mon imagination pour que rien pût en balancer le charme. J'étais tout à fait hors de sens, je me raffermis, je m'endurcis, je fis le fier, et je répondis arrogamment que puisqu'on m'avait donné mon congé je l'avais pris, qu'il n'était plus temps de s'en dédire, et que, quoi qu'il pût m'arriver en ma vie, j'étais bien résolu de ne jamais me faire chasser deux fois d'une maison. Alors ce jeune homme, justement irrité, me donna les noms que je méritais, me mit hors de sa chambre par les épaules, et me ferma la porte aux talons. Moi, je sortis triomphant comme si je venais d'emporter la plus grande victoire, et de peur d'avoir un second combat à soutenir, j'eus l'indignité de partir, sans aller remercier M. l'Abbé de ses bontés.

Pour concevoir jusqu'où mon délire allait dans ce moment il faudrait connaître à quel point mon cœur est sujet à s'échauffer sur les moindres choses et avec quelle force il se plonge dans l'imagination de l'objet qui l'attire, quelque vain que soit quelquefois cet objet. Les plans les plus bizarres, les plus enfantins, les plus fous, viennent caresser mon idée favorite et me montrer de la vraisemblance à m'y livrer. Croirait-on qu'à près de dix-neuf ans on puisse fonder sur une fiole vide la subsistance du reste de ses jours ? Or écoutez.

L'abbé de Gouvon m'avait fait présent il y avait quelques semaines d'une petite fontaine de Héron[1] fort jolie, et dont j'étais transporté. À force de faire jouer cette fontaine et de parler de notre voyage, nous pensâmes, le sage Bâcle et moi, que l'une pourrait bien servir à

---

1. Du nom de son inventeur, Héron d'Alexandrie, mathématicien grec du Ier siècle. Basée sur un système de vases communicants, cette fontaine, outre sa fonction pédagogique, permet de faire des tours amusants en faisant jaillir l'eau sur l'expérimentateur ou en aspergeant inopinément son public.

l'autre et le prolonger. Qu'y avait-il dans le monde d'aussi curieux qu'une fontaine de Héron ? Ce principe fut le fondement sur lequel nous bâtîmes l'édifice de notre fortune. Nous devions dans chaque village assembler les paysans autour de notre fontaine, et là les repas et la bonne chère devaient nous tomber avec d'autant plus d'abondance que nous étions persuadés l'un et l'autre que les vivres ne coûtent rien à ceux qui les recueillent, et que quand ils n'en gorgent pas les passants c'est pure mauvaise volonté de leur part. Nous n'imaginions partout que festins et noces, comptant que, sans rien débourser que le vent de nos poumons et l'eau de notre fontaine, elle pouvait nous défrayer en Piémont, en Savoie, en France et par tout le monde. Nous faisions des projets de voyage qui ne finissaient point, et nous dirigions d'abord notre course au nord, plutôt pour le plaisir de passer les Alpes, que pour la nécessité supposée de nous arrêter enfin quelque part.

Tel fut le plan sur lequel je me mis en campagne, abandonnant sans regret mon protecteur, mon précepteur, mes études, mes espérances et l'attente d'une fortune presque assurée, pour commencer la vie d'un vrai vagabond. Adieu la capitale, adieu la cour, l'ambition, la vanité, l'amour, les belles et toutes les grandes aventures dont l'espoir m'avait amené l'année précédente. Je pars avec ma fontaine et mon ami Bâcle, la bourse légèrement garnie, mais le cœur saturé de joie et ne songeant qu'à jouir de cette ambulante félicité à laquelle j'avais tout à coup borné mes brillants projets.

Je fis cet extravagant voyage presque aussi agréablement toutefois que je m'y étais attendu, mais non pas tout à fait de la même manière ; car bien que notre fontaine amusât quelques moments dans les cabarets les hôtesses et leurs servantes, il n'en fallait pas moins payer en sortant. Mais cela ne nous troublait guère et nous ne songions à tirer parti tout de bon de cette ressource que quand l'argent viendrait à nous manquer. Un accident nous en évita la peine ; la fontaine se cassa près de Bramant[1], et il en était temps ; car nous sentions sans oser nous le dire qu'elle commençait à nous ennuyer. Ce malheur nous rendit plus gais qu'auparavant, et nous rîmes beaucoup de notre étourderie, d'avoir oublié que nos habits et nos souliers s'useraient, ou d'avoir cru les renouveler avec le jeu de notre fontaine. Nous continuâmes notre voyage aussi allègrement que nous l'avions commencé, mais filant un peu plus droit vers le terme, où notre bourse tarissante nous faisait une nécessité d'arriver.

À Chambéry je devins pensif, non sur la sottise que je venais de faire : jamais homme ne prit si tôt ni si bien son parti sur le passé ; mais sur l'accueil qui m'attendait chez M^me^ de Warens : car j'envisageais exactement sa maison comme ma maison paternelle. Je lui avais écrit mon entrée chez le comte de Gouvon ; elle savait sur quel pied j'y étais, et en m'en félicitant elle m'avait donné des leçons très sages sur la manière dont je devais correspondre[2] aux bontés qu'on avait pour moi. Elle regardait ma fortune comme assurée si je ne la détruisais pas par ma faute. Qu'allait-elle dire en me voyant arriver ? Il ne me vint pas même à l'esprit qu'elle pût me fermer sa porte ; mais je craignais le chagrin que j'allais lui donner ; je craignais ses reproches, plus durs pour moi que la misère. Je résolus de tout endurer en silence, et de tout faire pour l'apaiser. Je ne voyais plus dans l'univers qu'elle seule : vivre dans sa disgrâce était une chose qui ne se pouvait pas.

Ce qui m'inquiétait le plus était mon compagnon de voyage dont je ne voulais pas lui donner le surcroît, et

1. Ou Bramans, en haute Maurienne, à une bonne centaine de kilomètres de Turin. 2. « Rendre sentiment pour sentiment, action pour action » (Littré).

dont je craignais de ne pouvoir me débarrasser aisément. Je préparai cette séparation en vivant assez froidement avec lui la dernière journée. Le drôle me comprit ; il était plus fou que sot. Je crus qu'il s'affecterait de mon inconstance ; j'eus tort ; mon ami Bâcle ne s'affectait de rien. À peine en entrant à Annecy avions-nous mis le pied dans la ville, qu'il me dit ; te voilà chez toi, m'embrassa, me dit adieu, fit une pirouette, et disparut[1]. Je n'ai jamais plus entendu parler de lui. Notre connaissance et notre amitié durèrent en tout environ six semaines, mais les suites en dureront autant que moi.

Que le cœur me battit en approchant de la maison de Mme de Warens ! Mes jambes tremblaient sous moi, mes yeux se couvraient d'un voile, je ne voyais rien, je n'entendais rien, je n'aurais reconnu personne ; je fus contraint de m'arrêter plusieurs fois pour respirer et reprendre mes sens. Était-ce la crainte de ne pas obtenir les secours dont j'avais besoin qui me troublait à ce point ? À l'âge où j'étais, la peur de mourir de faim donne-t-elle de pareilles alarmes ? Non, non, je le dis avec autant de vérité que de fierté ; jamais en aucun temps de ma vie il n'appartint à l'intérêt ni à l'indigence de m'épanouir ou de me serrer le cœur. Dans le cours d'une vie inégale et mémorable par ses vicissitudes, souvent sans asile et sans pain, j'ai toujours vu du même œil l'opulence et la misère. Au besoin j'aurais pu mendier ou voler comme un autre, mais non pas me troubler pour en être réduit là. Peu d'hommes ont autant gémi que moi, peu ont autant versé de pleurs dans leur vie, mais jamais la pauvreté ni la crainte d'y tomber ne m'ont fait pousser un soupir ni répandre une larme. Mon âme à l'épreuve de la fortune n'a connu de vrais biens ni de vrais maux que ceux qui ne dépendent pas d'elle, et c'est

1. Il mourra deux ans plus tard, à dix-sept ans.

quand rien ne m'a manqué pour le nécessaire que je me suis senti le plus malheureux des mortels.

À peine parus-je aux yeux de M$^{me}$ de Warens que son air me rassura. Je tressaillis au premier son de sa voix, je me précipite à ses pieds, et dans les transports de la plus vive joie je colle ma bouche sur sa main. Pour elle, j'ignore si elle avait su de mes nouvelles, mais je vis peu de surprise sur son visage, et je n'y vis aucun chagrin. Pauvre petit, me dit-elle d'un ton caressant, te revoilà donc ? Je savais bien que tu étais trop jeune pour ce voyage ; je suis bien aise au moins qu'il n'ait pas aussi mal tourné que j'avais craint. Ensuite elle me fit conter mon histoire, qui ne fut pas longue, et que je lui fis très fidèlement, en supprimant cependant quelques articles ; mais au reste sans m'épargner ni m'excuser.

Il fut question de mon gîte. Elle consulta sa femme de chambre. Je n'osais respirer durant cette délibération ; mais quand j'entendis que je coucherais dans la maison j'eus peine à me contenir, et je vis porter mon petit paquet dans la chambre qui m'était destinée, à peu près comme Saint-Preux vit remiser sa chaise chez M$^{me}$ de Wolmar[1]. J'eus pour surcroît le plaisir d'apprendre que cette faveur ne serait point passagère, et dans un moment où l'on me croyait attentif à tout autre chose, j'entendis qu'elle disait : on dira ce qu'on voudra, mais puisque la Providence me le renvoie, je suis déterminée à ne pas l'abandonner.

Me voilà donc enfin établi chez elle. Cet établissement ne fut pourtant pas encore celui dont je date les jours heureux de ma vie, mais il servit à le préparer.

---

**1.** Dans la quatrième partie de *La Nouvelle Héloïse*, Saint-Preux, ancien amant de Julie, rentrant de son long voyage autour du monde, la retrouve épouse de M. de Wolmar, à Clarens. Pendant l'émouvante scène des retrouvailles, il observe, écrit-il, « du coin de l'œil qu'on avait détaché [s]a malle et remisé [s]a chaise » (lettre VI).

Quoique cette sensibilité de cœur qui nous fait vraiment jouir de nous soit l'ouvrage de la nature et peut-être un produit de l'organisation[1], elle a besoin de situations qui la développent. Sans ces causes occasionnelles[2] un homme né très sensible ne sentirait rien, et mourrait sans avoir connu son être. Tel à peu près j'avais été jusqu'alors, et tel j'aurais toujours été peut-être, si je n'avais jamais connu M^me de Warens, ou si même l'ayant connue, je n'avais pas vécu assez longtemps auprès d'elle pour contracter la douce habitude des sentiments affectueux qu'elle m'inspira. J'oserai le dire ; qui ne sent que l'amour ne sent pas ce qu'il y a de plus doux dans la vie. Je connais un autre sentiment, moins impétueux peut-être, mais plus délicieux mille fois, qui quelquefois est joint à l'amour et qui souvent en est séparé. Ce sentiment n'est pas non plus l'amitié seule ; il est plus voluptueux, plus tendre ; je n'imagine pas qu'il puisse agir pour quelqu'un du même sexe ; du moins je fus ami si jamais homme le fut, et je ne l'éprouvai jamais près d'aucun de mes amis. Ceci n'est pas clair, mais il le deviendra dans la suite ; les sentiments ne se décrivent bien que par leurs effets.

Elle habitait une vieille maison, mais assez grande pour avoir une belle pièce de réserve dont elle fit sa chambre de parade et qui fut celle où l'on me logea. Cette chambre était sur le passage dont j'ai parlé où se fit notre première entrevue[3], et au-delà du ruisseau et des jardins on découvrait la campagne. Cet aspect n'était pas pour le jeune habitant une chose indifférente. C'était depuis Bossey[4] la première fois que j'avais du vert devant mes fenêtres. Toujours masqué par des murs je

---

**1.** De notre manière d'être, de notre complexion. **2.** Expression tirée de la philosophie cartésienne, qui désigne la manière dont l'âme agit sur le corps. **3.** Voir livre II, p. 106. **4.** Chez les Lambercier ; voir livre I, p. 58.

n'avais eu sous les yeux que des toits ou le gris des rues. Combien cette nouveauté me fut sensible et douce ! elle augmenta beaucoup mes dispositions à l'attendrissement. Je faisais de ce charmant paysage encore un des bienfaits de ma chère patronne : il me semblait qu'elle l'avait mis là tout exprès pour moi ; je m'y plaçais paisiblement auprès d'elle ; je la voyais partout entre les fleurs et la verdure ; ses charmes et ceux du printemps se confondaient à mes yeux. Mon cœur jusqu'alors comprimé se trouvait plus au large dans cet espace, et mes soupirs s'exhalaient plus librement parmi ces vergers.

On ne trouvait pas chez M^me^ de Warens la magnificence que j'avais vue à Turin, mais on y trouvait la propreté[1], la décence et une abondance patriarcale avec laquelle le faste ne s'allie jamais. Elle avait peu de vaisselle d'argent, point de porcelaine, point de gibier dans sa cuisine, ni dans sa cave de vins étrangers ; mais l'une et l'autre étaient bien garnies au service de tout le monde, et dans des tasses de faïence, elle donnait d'excellent café. Quiconque la venait voir était invité à dîner avec elle ou chez elle, et jamais ouvrier, messager ou passant ne sortait sans manger ou boire. Son domestique[2] était composé d'une femme de chambre fribourgeoise assez jolie appelée Merceret, d'un valet de son pays appelé Claude Anet[3] dont il sera question dans la suite, d'une cuisinière et de deux porteurs de louage quand elle allait en visite, ce qu'elle faisait rarement. Voilà bien des choses pour deux mille livres de rente ; cependant son petit revenu bien ménagé eût pu suffire à tout cela, dans un pays où la terre est très bonne et l'argent très rare. Malheureusement l'économie ne fut jamais sa

---

**1.** Un ameublement de qualité, sans être luxueux. **2.** Terme collectif : tous les gens à son service. **3.** Autre converti. Sous le laconisme se cache une mauvaise surprise : quand Jean-Jacques revient d'Italie, la place est prise.

vertu favorite ; elle s'endettait, elle payait ; l'argent faisait la navette, et tout allait.

La manière dont son ménage était monté était précisément celle que j'aurais choisie ; on peut croire que j'en profitais avec plaisir. Ce qui m'en plaisait moins était qu'il fallait rester très longtemps à table. Elle supportait avec peine la première odeur du potage et des mets. Cette odeur la faisait presque tomber en défaillance, et ce dégoût durait longtemps. Elle se remettait peu à peu, causait, et ne mangeait point. Ce n'était qu'au bout d'une demi-heure qu'elle essayait le premier morceau. J'aurais dîné trois fois dans cet intervalle : mon repas était fait longtemps avant qu'elle eût commencé le sien. Je recommençais de compagnie ; ainsi je mangeais pour deux, et ne m'en trouvais pas plus mal. Enfin je me livrais d'autant plus au doux sentiment du bien-être que j'éprouvais auprès d'elle, que ce bien-être dont je jouissais n'était mêlé d'aucune inquiétude sur les moyens de le soutenir. N'étant point encore dans l'étroite confidence de ses affaires, je les supposais en état d'aller toujours sur le même pied. J'ai retrouvé les mêmes agréments dans sa maison par la suite ; mais, plus instruit de sa situation réelle, et voyant qu'ils anticipaient sur ses rentes[1], je ne les ai plus goûtés si tranquillement. La prévoyance a toujours gâté chez moi la jouissance. J'ai vu l'avenir à pure perte[2] : je n'ai jamais pu l'éviter.

Dès le premier jour la familiarité la plus douce s'établit entre nous au même degré où elle a continué tout le reste de sa vie. *Petit* fut mon nom, *Maman* fut le sien, et toujours nous demeurâmes *Petit* et *Maman*, même quand le nombre des années en eut presque effacé la différence entre nous. Je trouve que ces deux noms

---

**1.** C'est-à-dire que Mme de Warens dépense d'avance les recettes à venir. **2.** Comprendre : en pure perte.

rendent à merveille l'idée de notre ton, la simplicité de nos manières et surtout la relation de nos cœurs. Elle fut pour moi la plus tendre des mères qui jamais ne chercha son plaisir mais toujours mon bien ; et si les sens entrèrent dans mon attachement pour elle, ce n'était pas pour en changer la nature, mais pour le rendre seulement plus exquis, pour m'enivrer du charme d'avoir une maman jeune et jolie qu'il m'était délicieux de caresser ; je dis caresser au pied de la lettre ; car jamais elle n'imagina de m'épargner les baisers ni les plus tendres caresses maternelles, et jamais il n'entra dans mon cœur d'en abuser. On dira que nous avons pourtant eu à la fin des relations d'une autre espèce ; j'en conviens, mais il faut attendre ; je ne puis tout dire à la fois.

Le coup d'œil de notre première entrevue fut le seul moment vraiment passionné qu'elle m'ait jamais fait sentir ; encore ce moment fut-il l'ouvrage de la surprise. Mes regards indiscrets n'allaient jamais furetant sous son mouchoir[1], quoiqu'un embonpoint mal caché dans cette place eût bien pu les y attirer. Je n'avais ni transports ni désirs auprès d'elle : j'étais dans un calme ravissant, jouissant sans savoir de quoi. J'aurais ainsi passé ma vie et l'éternité même sans m'ennuyer un instant. Elle est la seule personne avec qui je n'ai jamais senti cette sécheresse de conversation qui me fait un supplice du devoir de la soutenir. Nos tête-à-tête étaient moins des entretiens qu'un babil intarissable qui pour finir avait besoin d'être interrompu. Loin de me faire une loi de parler il fallait plutôt m'en faire une de me taire. À force de méditer ses projets elle tombait souvent dans la rêverie. Hé bien, je la laissais rêver ; je me taisais, je la contemplais, et j'étais le plus heureux des hommes. J'avais encore un tic fort singulier. Sans prétendre aux

1. Voir livre II, p. 141, note 1.

faveurs du tête-à-tête, je le recherchais sans cesse, et j'en jouissais avec une passion qui dégénérait en fureur, quand des importuns venaient le troubler. Sitôt que quelqu'un arrivait, homme ou femme, il n'importait pas, je sortais en murmurant, ne pouvant souffrir de rester en tiers auprès d'elle. J'allais compter les minutes dans son antichambre, maudissant mille fois ces éternels visiteurs, et ne pouvant concevoir ce qu'ils avaient tant à dire, parce que j'avais à dire encore plus.

Je ne sentais toute la force de mon attachement pour elle que quand je ne la voyais pas. Quand je la voyais je n'étais que content ; mais mon inquiétude en son absence allait au point d'être douloureuse. Le besoin de vivre avec elle me donnait des élans d'attendrissement qui souvent allaient jusqu'aux larmes. Je me souviendrai toujours qu'un jour de grande fête, tandis qu'elle était à vêpres, j'allai me promener hors de la ville, le cœur plein de son image et du désir ardent de passer mes jours auprès d'elle. J'avais assez de sens pour voir que quant à présent cela n'était pas possible, et qu'un bonheur que je goûtais si bien serait court. Cela donnait à ma rêverie[1] une tristesse qui n'avait pourtant rien de sombre et qu'un espoir flatteur tempérait. Le son des cloches qui m'a toujours singulièrement affecté, le chant des oiseaux, la beauté du jour, la douceur du paysage, les maisons éparses et champêtres dans lesquelles je plaçais en idée notre commune demeure ; tout cela me frappait tellement d'une impression vive, tendre, triste et touchante, que je me vis comme en extase transporté dans cet heureux temps et dans cet heureux séjour, où

---

**1.** La « rêverie » est pour Rousseau un moment de méditation, de réflexion sans contrainte mais non sans suite, de jouissance de l'instant mêlée d'une nostalgie suave, d'introspection, d'émotion et, par frôlements, de sagesse. Cette page des *Confessions* préfigure celles du *Promeneur solitaire*.

mon cœur possédant toute la félicité qui pouvait lui plaire la goûtait dans des ravissements inexprimables, sans songer même à la volupté des sens. Je ne me souviens pas de m'être élancé jamais dans l'avenir avec plus de force et d'illusion que je fis alors ; et ce qui m'a frappé le plus dans le souvenir de cette rêverie quand elle s'est réalisée, c'est d'avoir retrouvé des objets tels exactement que je les avais imaginés[1]. Si jamais rêve d'un homme éveillé eut l'air d'une vision prophétique, ce fut assurément celui-là. Je n'ai été déçu que dans sa durée imaginaire ; car les jours et les ans et la vie entière s'y passaient dans une inaltérable tranquillité, au lieu qu'en effet tout cela n'a duré qu'un moment. Hélas ! mon plus constant bonheur fut en songe. Son accomplissement fut presque à l'instant suivi du réveil.

Je ne finirais pas si j'entrais dans le détail de toutes les folies que le souvenir de cette chère Maman me faisait faire, quand je n'étais plus sous ses yeux. Combien de fois j'ai baisé mon lit en songeant qu'elle y avait couché, mes rideaux, tous les meubles de ma chambre en songeant qu'ils étaient à elle, que sa belle main les avait touchés, le plancher même sur lequel je me prosternais en songeant qu'elle y avait marché. Quelquefois même en sa présence il m'échappait des extravagances que le plus violent amour seul semblait pouvoir inspirer. Un jour à table, au moment qu'elle avait mis un morceau dans sa bouche, je m'écrie que j'y vois un cheveu : elle rejette le morceau sur son assiette, je m'en saisis avidement et l'avale. En un mot, de moi à l'amant le plus passionné il n'y avait qu'une différence unique, mais essentielle, et qui rend mon état presque inconcevable à la raison.

J'étais revenu d'Italie, non tout à fait comme j'y étais

---

**1.** Allusion au bonheur parfait goûté aux Charmettes avec M$^{me}$ de Warens : on le découvrira au livre VI.

allé ; mais comme peut-être jamais à mon âge on n'en est revenu. J'en avais rapporté non ma virginité, mais mon pucelage[1]. J'avais senti le progrès des ans ; mon tempérament inquiet s'était enfin déclaré, et sa première éruption, très involontaire, m'avait donné sur ma santé des alarmes qui peignent mieux que toute autre chose l'innocence dans laquelle j'avais vécu jusqu'alors. Bientôt rassuré j'appris ce dangereux supplément qui trompe la nature et sauve aux jeunes gens de mon humeur beaucoup de désordres aux dépens de leur santé, de leur vigueur et quelquefois de leur vie. Ce vice, que la honte et la timidité trouvent si commode, a de plus un grand attrait pour les imaginations vives ; c'est de disposer pour ainsi dire à leur gré de tout le sexe, et de faire servir à leurs plaisirs la beauté qui les tente sans avoir besoin d'obtenir son aveu. Séduit par ce funeste avantage je travaillais à détruire la bonne constitution qu'avait rétablie en moi la nature, et à qui j'avais donné le temps de se bien former. Qu'on ajoute à cette disposition le local[2] de ma situation présente, logé chez une jolie femme, caressant son image au fond de mon cœur, la voyant sans cesse dans la journée ; le soir entouré d'objets qui me la rappellent, couché dans un lit où je sais qu'elle a couché. Que de stimulants ! tel lecteur qui se les représente me regarde déjà comme à demi mort. Tout au contraire ; ce qui devait me perdre fut précisément ce qui me sauva, du moins pour un temps. Enivré du charme de vivre auprès d'elle, du désir ardent d'y passer mes jours, absente ou présente je voyais toujours

---

1. La virginité est morale, et l'on a vu, au livre II, qu'à Turin les « salopes » de l'Hospice des catéchumènes et les avances plus qu'explicites du « Maure », un bon matin, ont eu raison de l'innocence de Jean-Jacques ; mais son intégrité physique reste entière : personne ne l'a encore ravie à ce jeune homme en fleur. 2. La particularité du lieu.

en elle une tendre mère, une sœur chérie, une délicieuse amie, et rien de plus. Je la voyais toujours ainsi, toujours la même, et ne voyais jamais qu'elle. Son image toujours présente à mon cœur n'y laissait place à nulle autre ; elle était pour moi la seule femme qui fût au monde, et l'extrême douceur des sentiments qu'elle m'inspirait ne laissant pas à mes sens le temps de s'éveiller pour d'autres, me garantissait d'elle et de tout son sexe. En un mot, j'étais sage parce que je l'aimais. Sur ces effets que je rends mal, dise qui pourra de quelle espèce était mon attachement pour elle. Pour moi tout ce que j'en puis dire est que s'il paraît déjà fort extraordinaire, dans la suite il le paraîtra beaucoup plus.

Je passais mon temps le plus agréablement du monde, occupé des choses qui me plaisaient le moins. C'étaient des projets à rédiger, des mémoires à mettre au net, des recettes à transcrire ; c'étaient des herbes à trier, des drogues à piler, des alambics à gouverner[1]. Tout à travers tout cela venaient des foules de passants, de mendiants, de visites de toute espèce. Il fallait entretenir tout à la fois un soldat, un apothicaire, un chanoine, une belle dame, un frère lai[2]. Je pestais, je grommelais, je jurais, je donnais au diable toute cette maudite cohue. Pour elle qui prenait tout en gaieté, mes fureurs la faisaient rire aux larmes, et ce qui la faisait rire encore plus était de me voir d'autant plus furieux que je ne pouvais moi-même m'empêcher de rire. Ces petits intervalles où j'avais le plaisir de grogner étaient charmants, et s'il survenait un nouvel importun durant la querelle, elle en savait encore tirer parti pour l'amusement en prolongeant malicieusement la visite, et me jetant des coups d'œil pour lesquels je l'aurais volontiers battue. Elle

1. Mme de Warens était férue de remèdes (les « drogues ») et de simples. « Gouverner » un alambic, c'est s'en occuper avec soin.
2. « Frère servant qui n'est point destiné aux ordres sacrés » (Littré).

avait peine à s'abstenir d'éclater en me voyant, contraint et retenu par la bienséance, lui faire des yeux de possédé tandis qu'au fond de mon cœur, et même en dépit de moi, je trouvais tout cela très comique.

Tout cela, sans me plaire en soi, m'amusait pourtant, parce qu'il faisait partie d'une manière d'être qui m'était charmante. Rien de ce qui se faisait autour de moi, rien de tout ce qu'on me faisait faire n'était selon mon goût, mais tout était selon mon cœur. Je crois que je serais parvenu à aimer la médecine, si mon dégoût pour elle n'eût fourni des scènes folâtres qui nous égayaient sans cesse : c'est peut-être la première fois que cet art a produit un pareil effet. Je prétendais connaître à l'odeur un livre de médecine, et ce qu'il y a de plaisant est que je m'y trompais rarement. Elle me faisait goûter des plus détestables drogues. J'avais beau fuir ou vouloir me défendre ; malgré ma résistance et mes horribles grimaces, malgré moi et mes dents ; quand je voyais ces jolis doigts barbouillés s'approcher de ma bouche, il fallait finir par l'ouvrir et sucer. Quand tout son petit ménage était rassemblé dans la même chambre, à nous entendre courir et crier au milieu des éclats de rire, on eût cru qu'on y jouait quelque farce, et non pas qu'on y faisait de l'opiate[1] ou de l'élixir.

Mon temps ne se passait pourtant pas tout entier à ces polissonneries. J'avais trouvé quelques livres dans la chambre que j'occupais : *Le Spectateur*[2], Pufendorf[3], Saint-Évremond[4], *La Henriade*[5]. Quoique je n'eusse plus

1. Ou opiat. Préparation dans laquelle entre de l'opium ; le mot peut aussi désigner une sorte de pâte pour nettoyer les dents. 2. *Le Spectateur ou le Socrate moderne, où l'on voit un portrait naïf des mœurs de ce siècle*, périodique de Joseph Addison et Richard Steele, traduit en français en 1714. 3. Philosophe et juriste allemand dont le *Droit de la nature et des gens* est traduit en France en 1718. 4. Moraliste et libertin français mort en exil à Londres en 1703. Ses *Œuvres* paraissent en sept volumes à partir de 1711. 5. Épopée de Voltaire en dix chants, parue en 1723, à la gloire du roi Henri IV.

mon ancienne fureur de lecture, par désœuvrement je lisais un peu de tout cela. *Le Spectateur* surtout me plut beaucoup et me fit du bien. M. l'Abbé de Gouvon m'avait appris à lire moins avidement et avec plus de réflexion ; la lecture me profitait mieux. Je m'accoutumais à réfléchir sur l'élocution[1], sur les constructions élégantes ; je m'exerçais à discerner le français pur de mes idiomes provinciaux. Par exemple, je fus corrigé d'une faute d'orthographe que je faisais avec tous nos Genevois par ces deux vers de *La Henriade*[2] :

*Soit qu'un ancien respect pour le sang de leurs maîtres*
*Parlât encor pour lui dans le cœur de ces traîtres.*

Ce mot *parlât* qui me frappa, m'apprit qu'il fallait un *t* à la troisième personne du subjonctif ; au lieu qu'auparavant je l'écrivais et prononçais *parla*, comme le présent de l'indicatif[3].

Quelquefois je causais avec Maman de mes lectures ; quelquefois je lisais auprès d'elle ; j'y prenais grand plaisir ; je m'exerçais à bien lire, et cela me fut utile aussi. J'ai dit qu'elle avait l'esprit orné. Il était alors dans toute sa fleur. Plusieurs gens de lettres s'étaient empressés à lui plaire, et lui avaient appris à juger des ouvrages d'esprit. Elle avait, si je puis parler ainsi, le goût un peu protestant : elle ne parlait que de Bayle[4] et faisait grand cas de Saint-Évremond, qui depuis longtemps était mort en France. Mais cela n'empêchait pas qu'elle ne connût la bonne littérature et qu'elle n'en

---

1. Une des cinq parties de la rhétorique, qui traite du choix et de la place des mots dans le discours. 2. Au chant II, v. 337-338. Les vers exacts, prononcés par Henri à propos de ses ennemis de la Ligue, sont : « Mais, soit qu'un vieux respect pour le sang de leur maître / Parlât encor pour moi dans le cœur de ces traîtres... » 3. *Sic.* Il s'agit bien entendu du passé simple. 4. Philosophe, mort en 1706, dont le *Dictionnaire historique et critique* (1697) est l'une des sources de la pensée des Lumières.

parlât fort bien. Elle avait été élevée dans des sociétés choisies, et venue en Savoie encore jeune, elle avait perdu dans le commerce charmant de la noblesse du pays ce ton maniéré du pays de Vaud, où les femmes prennent le bel esprit pour l'esprit du monde, et ne savent parler que par épigrammes.

Quoiqu'elle n'eût vu la cour qu'en passant[1], elle y avait jeté un coup d'œil rapide qui lui avait suffi pour la connaître. Elle s'y conserva toujours des amis, et malgré de secrètes jalousies, malgré les murmures qu'excitaient sa conduite et ses dettes, elle n'a jamais perdu sa pension. Elle avait l'expérience du monde, et l'esprit de réflexion qui fait tirer parti de cette expérience. C'était le sujet favori de ses conversations, et c'était précisément, vu mes idées chimériques, la sorte d'instruction dont j'avais le plus grand besoin. Nous lisions ensemble La Bruyère : il lui plaisait plus que La Rochefoucauld[2], livre triste et désolant, principalement dans la jeunesse où l'on n'aime pas à voir l'homme comme il est. Quand elle moralisait, elle se perdait quelquefois un peu dans les espaces ; mais en lui baisant de temps en temps la bouche ou les mains je prenais patience, et ses longueurs ne m'ennuyaient pas.

Cette vie était trop douce pour pouvoir durer. Je le sentais et l'inquiétude de la voir finir était la seule chose qui en troublait la jouissance. Tout en folâtrant Maman m'étudiait, m'observait, m'interrogeait, et bâtissait pour ma fortune force projets dont je me serais bien passé. Heureusement que ce n'était pas le tout de connaître mes penchants, mes goûts, mes petits talents, il fallait trouver

---

**1.** La cour de Turin. Voir le livre II, p. 107. **2.** Les *Caractères* contre les *Maximes* : les premiers font partie des lectures que Jean-Jacques partage avec son père (livre I, p. 52) ; quant aux secondes, elles proposent une morale hautaine et sans illusions, bien éloignée de l'atmosphère aimable et sensible qui entoure Mlle de Warens.

ou faire naître les occasions d'en tirer parti, et tout cela n'était pas l'affaire d'un jour. Les préjugés même qu'avait conçus la pauvre femme en faveur de mon mérite reculaient les moments de le mettre en œuvre, en la rendant plus difficile sur le choix des moyens ; enfin tout allait au gré de mes désirs, grâce à la bonne opinion qu'elle avait de moi ; mais il en fallut rabattre, et dès lors, adieu la tranquillité.

Un de ses parents appelé M. d'Aubonne la vint voir. C'était un homme de beaucoup d'esprit, intrigant, génie à projets comme elle, mais qui ne s'y ruinait pas, une espèce d'aventurier. Il venait de proposer au cardinal de Fleury[1] un plan de loterie très composée, qui n'avait pas été goûté. Il allait le proposer à la cour de Turin où il fut adopté et mis en exécution. Il s'arrêta quelque temps à Annecy et y devint amoureux de Mme l'Intendante, qui était une personne fort aimable, fort de mon goût, et la seule que je visse avec plaisir chez Maman. M. d'Aubonne me vit, sa parente lui parla de moi, il se chargea de m'examiner, de voir à quoi j'étais propre, et s'il me trouvait de l'étoffe, de chercher à me placer.

Mme de Warens m'envoya chez lui deux ou trois matins de suite, sous prétexte de quelque commission, et sans me prévenir de rien. Il s'y prit très bien pour me faire jaser, se familiarisa avec moi, me mit à mon aise autant qu'il était possible, me parla de niaiseries et de toutes sortes de sujets. Le tout sans paraître m'observer, sans la moindre affectation, et comme si, se plaisant avec moi, il eût voulu converser sans gêne. J'étais enchanté de lui. Le résultat de ses observations fut que, malgré ce que promettaient mon extérieur et ma physionomie animée, j'étais, sinon tout à fait inepte, au moins un garçon de peu d'esprit, sans idées, presque sans

1. Premier ministre de Louis XV, après avoir été son précepteur.

acquis, très borné en un mot à tous égards, et que l'honneur de devenir quelque jour curé de village était la plus haute fortune à laquelle je dusse aspirer. Tel fut le compte qu'il rendit de moi à M^me^ de Warens. Ce fut la seconde ou troisième fois que je fus ainsi jugé ; ce ne fut pas la dernière, et l'arrêt de M. Masseron[1] a souvent été confirmé.

La cause de ces jugements tient trop à mon caractère pour n'avoir pas ici besoin d'explication : car en conscience, on sent bien que je ne puis sincèrement y souscrire, et qu'avec toute l'impartialité possible, quoi qu'aient pu dire MM. Masseron, d'Aubonne et beaucoup d'autres, je ne les saurais prendre au mot.

Deux choses presque inalliables s'unissent en moi sans que j'en puisse concevoir la manière : un tempérament très ardent, des passions vives, impétueuses, et des idées lentes à naître, embarrassées, et qui ne se présentent jamais qu'après coup. On dirait que mon cœur et mon esprit n'appartiennent pas au même individu. Le sentiment plus prompt que l'éclair vient remplir mon âme, mais au lieu de m'éclairer il me brûle et m'éblouit. Je sens tout et je ne vois rien. Je suis emporté mais stupide ; il faut que je sois de sang-froid pour penser. Ce qu'il y a d'étonnant est que j'ai cependant le tact assez sûr, de la pénétration, de la finesse même pourvu qu'on m'attende : je fais d'excellents impromptus[2] à loisir ; mais sur le temps je n'ai jamais rien fait ni dit qui vaille. Je ferais une assez jolie conversation par la poste, comme on dit que les Espagnols jouent aux échecs. Quand je lus le trait d'un duc de Savoie qui se retourna,

1. Greffier que l'on a vu reprocher à Rousseau son « engourdissement » et sa « bêtise », avant qu'il ne soit renvoyé du greffe pour son incapacité (livre I, p. 81-82). 2. « Il se dit particulièrement de quelque petite pièce de poésie faite sur-le-champ, madrigal, chanson et même pièce de théâtre » (Littré).

faisant route, pour crier : *À votre gorge, marchand de Paris*[1], je dis, me voilà.

Cette lenteur de penser jointe à cette vivacité de sentir, je ne l'ai pas seulement dans la conversation, je l'ai même seul et quand je travaille. Mes idées s'arrangent dans ma tête avec la plus incroyable difficulté. Elles y circulent sourdement, elles y fermentent jusqu'à m'émouvoir, m'échauffer, me donner des palpitations, et au milieu de toute cette émotion je ne vois rien nettement ; je ne saurais écrire un seul mot, il faut que j'attende. Insensiblement ce grand mouvement s'apaise, ce chaos se débrouille ; chaque chose vient se mettre à sa place, mais lentement et après une longue et confuse agitation. N'avez-vous point vu quelquefois l'opéra en Italie ? Dans les changements de scène il règne sur ces grands théâtres un désordre désagréable, et qui dure assez longtemps : toutes les décorations[2] sont entremêlées ; on voit de toutes parts un tiraillement qui fait peine ; on croit que tout va renverser. Cependant peu à peu tout s'arrange, rien ne manque, et l'on est tout surpris de voir succéder à ce long tumulte un spectacle ravissant. Cette manœuvre est à peu près celle qui se fait dans mon cerveau quand je veux écrire. Si j'avais su premièrement attendre, et puis rendre dans leur beauté les choses qui s'y sont ainsi peintes, peu d'auteurs m'auraient surpassé.

De là vient l'extrême difficulté que je trouve à écrire. Mes manuscrits raturés, barbouillés, mêlés, indéchiffrables attestent la peine qu'ils m'ont coûtée. Il n'y en a pas un qu'il ne m'ait fallu transcrire quatre ou cinq fois

---

1. Anecdote tirée des *Illustres proverbes* (1655). Le duc de Savoie, qui avait proposé un prix trop bas dans une boutique, s'entendit répondre le mot de cinq lettres par le marchand ; la réponse qui s'imposait ne lui venant à l'esprit que bien plus tard, en rentrant dans ses États, il ne manqua pas de lancer cet « À votre gorge » qu'on pourrait traduire poliment par : « Mange-la ! » 2. Tous les éléments du décor.

avant de le donner à la presse. Je n'ai jamais pu rien faire la plume à la main vis-à-vis d'une table et de mon papier. C'est à la promenade au milieu des rochers et des bois, c'est la nuit dans mon lit et durant mes insomnies que j'écris dans mon cerveau, l'on peut juger avec quelle lenteur, surtout pour un homme absolument dépourvu de mémoire verbale, et qui de la vie n'a pu retenir six vers par cœur. Il y a telle de mes périodes que j'ai tournée et retournée cinq ou six nuits dans ma tête avant qu'elle fût en état d'être mise sur le papier. De là vient encore que je réussis mieux aux ouvrages qui demandent du travail, qu'à ceux qui veulent être faits avec une certaine légèreté, comme les lettres ; genre dont je n'ai jamais pu prendre le ton, et dont l'occupation me met au supplice. Je n'écris point de lettres sur les moindres sujets qui ne me coûtent des heures de fatigue, ou si je veux écrire de suite ce qui me vient, je ne sais ni commencer ni finir, ma lettre est un long et confus verbiage ; à peine m'entend-on quand on la lit.

Non seulement les idées me coûtent à rendre, elles me coûtent même à recevoir. J'ai étudié les hommes et je me crois assez bon observateur. Cependant je ne sais rien voir de ce que je vois ; je ne vois bien que ce que je me rappelle, et je n'ai de l'esprit que dans mes souvenirs. De tout ce qu'on dit, de tout ce qu'on fait, de tout ce qui se passe en ma présence, je ne sens rien, je ne pénètre rien. Le signe extérieur est tout ce qui me frappe. Mais ensuite tout cela me revient : je me rappelle le lieu, le temps, le ton, le regard, le geste, la circonstance, rien ne m'échappe. Alors sur ce qu'on a fait ou dit je trouve ce qu'on a pensé, et il est rare que je me trompe.

Si peu maître de mon esprit seul avec moi-même, qu'on juge de ce que je dois être dans la conversation, où, pour parler à propos, il faut penser à la fois et sur-le-champ à mille choses. La seule idée de tant de convenances dont je suis sûr d'oublier au moins quelqu'une suffit pour m'intimider. Je ne comprends pas même comment on ose parler dans un cercle : car à chaque mot il faudrait passer en revue tous les gens qui sont là : il faudrait connaître tous leurs caractères, savoir leurs histoires pour être sûr de ne rien dire qui puisse offenser quelqu'un. Là-dessus ceux qui vivent dans le monde ont un grand avantage : sachant mieux ce qu'il faut taire, ils sont plus sûrs de ce qu'ils disent : encore leur échappe-t-il souvent des balourdises. Qu'on juge de celui qui tombe là des nues ! il lui est presque impossible de parler une minute impunément. Dans le tête-à-tête il y a un autre inconvénient que je trouve pire ; la nécessité de parler toujours. Quand on vous parle il faut répondre, et si l'on ne dit mot, il faut relever la conversation. Cette insupportable contrainte m'eût seule dégoûté de la société. Je ne trouve point de gêne plus terrible que l'obligation de parler sur-le-champ et toujours. Je ne sais si ceci tient à ma mortelle aversion pour tout assujettissement ; mais c'est assez qu'il faille absolument que je parle pour que je dise une sottise infailliblement.

Ce qu'il y a de plus fatal est qu'au lieu de savoir me taire quand je n'ai rien à dire, c'est alors que pour payer plus tôt ma dette j'ai la fureur de vouloir parler. Je me hâte de balbutier promptement des paroles sans idées, trop heureux quand elles ne signifient rien du tout. En voulant vaincre ou cacher mon ineptie, je manque rarement de la montrer. Entre mille exemples que j'en pourrais citer j'en prends un qui n'est pas de ma jeunesse, mais d'un temps où ayant vécu plusieurs années dans le monde j'en aurais pris l'aisance et le ton si la chose eût été possible. J'étais un soir entre deux grandes dames[1],

---

**1.** M$^{me}$ de Luxembourg et M$^{me}$ de Mirepoix. Rousseau est alors l'hôte du maréchal de Luxembourg, à Montmorency. Il reviendra sur cette anecdote au livre X, p. 355.

et un homme qu'on peut nommer ; c'était M. le Duc de Gontaut. Il n'y avait personne autre dans la chambre et je m'efforçais de fournir quelques mots, Dieu sait quels, à une conversation entre quatre personnes dont trois n'avaient assurément pas besoin de mon supplément. La maîtresse de la maison se fit apporter un opiate dont elle prenait tous les jours deux fois pour son estomac. L'autre dame lui voyant faire la grimace dit en riant : est-ce de l'opiate de M. Tronchin[1] ? Je ne crois pas, répondit sur le même ton la première. Je crois qu'elle[2] ne vaut guère mieux, ajouta galamment le spirituel Rousseau. Tout le monde resta interdit. Il n'échappa ni le moindre mot ni le moindre sourire, et l'instant d'après la conversation prit un autre tour. Vis-à-vis d'une autre la balourdise eût pu n'être que plaisante, mais adressée à une femme trop aimable pour n'avoir pas un peu fait parler d'elle, et qu'assurément je n'avais pas dessein d'offenser, elle était terrible, et je crois que les deux témoins homme et femme eurent bien de la peine à s'empêcher d'éclater. Voilà de ces traits d'esprit qui m'échappent pour vouloir parler sans avoir rien à dire.

---

1. L'un des plus célèbres médecins du temps, qui soigna entre autres Voltaire. L'expression « opiate de Tronchin » est d'usage pour désigner un remède contre les infections vénériennes. Mme de Mirepoix, avec la fausse naïveté des gens d'esprit, joue sur l'ambiguïté des termes, qui peuvent désigner une préparation prescrite par Tronchin pour soulager les maux d'estomac de la Maréchale, ou la médecine qui s'imposerait si elle souffrait d'une maladie sexuellement transmissible. 2. L'opiate. Le mot est féminin pour Furetière, masculin pour Littré. Le pronom « elle » peut désigner la préparation post-coïtale dont la Maréchale, d'après le « galant » Rousseau, ferait usage. S'il désigne la « maîtresse de maison », son invité laisse entendre que celle-ci ne vaut « guère mieux » que les dames qui, par leur profession ou leur amour de l'amour, ont besoin d'« opiate de Tronchin ». Gaffe impossible à rattraper, où entrent de la goujaterie, de l'ingratitude et une bonne dose d'incongruité : comment la digne Maréchale pourrait-elle souffrir d'un coup de pied de Vénus ?

J'oublierai difficilement celui-là ; car outre qu'il est par lui-même très mémorable, j'ai dans la tête qu'il a eu des suites qui ne me le rappellent que trop souvent.

Je crois que voilà de quoi faire assez comprendre comment n'étant pas un sot, j'ai cependant souvent passé pour l'être, même chez des gens en état de bien juger : d'autant plus malheureux que ma physionomie et mes yeux promettent davantage, et que cette attente frustrée rend plus choquante aux autres ma stupidité. Ce détail[1] qu'une occasion particulière a fait naître n'est pas inutile à ce qui doit suivre. Il contient la clef de bien des choses extraordinaires qu'on m'a vu faire et qu'on attribue à une humeur sauvage que je n'ai point. J'aimerais la société comme un autre, si je n'étais sûr de m'y montrer non seulement à mon désavantage, mais tout autre que je ne suis. Le parti que j'ai pris d'écrire et de me cacher est précisément celui qui me convenait. Moi présent on n'aurait jamais su ce que je valais, on ne l'aurait pas soupçonné même ; et c'est ce qui est arrivé à Mme Dupin[2], quoique femme d'esprit, et quoique j'aie vécu dans sa maison plusieurs années. Elle me l'a dit bien des fois elle-même depuis ce temps-là. Au reste tout ceci souffre des exceptions, et j'y reviendrai dans la suite.

La mesure de mes talents ainsi fixée, l'état qui me convenait ainsi désigné, il ne fut plus question pour la seconde fois que de remplir ma vocation. La difficulté fut que je n'avais pas fait mes études et que je ne savais pas même assez de latin pour être prêtre. Mme de Warens

---

1. Cette explication. 2. Fille du banquier Samuel Bernard, épouse d'un fermier général, Mme Dupin réunit autour de sa personne l'un des plus brillants salons de Paris. Rousseau, d'abord amoureux d'elle en 1743, à son arrivée à Paris, avec le succès qu'on imagine, lui servira ensuite de secrétaire jusqu'en 1751 (voir tome II, livre VII, p. 33).

imagina de me faire instruire au séminaire pendant quelque temps. Elle en parla au supérieur ; c'était un lazariste[1] appelé M. Gros, bon petit homme à moitié borgne, maigre, grison, le plus spirituel et le moins pédant lazariste que j'aie connu ; ce qui n'est pas beaucoup dire à la vérité.

Il venait quelquefois chez Maman qui l'accueillait, le caressait, l'agaçait même, et se faisait quelquefois lacer[2] par lui, emploi dont il se chargeait assez volontiers. Tandis qu'il était en fonction, elle courait par la chambre de côté et d'autre, faisait tantôt ceci, tantôt cela. Tiré par le lacet M. le supérieur suivait en grondant, et disant à tout moment : mais, Madame, tenez-vous donc. Cela faisait un sujet assez pittoresque. M. Gros se prêta de bon cœur au projet de Maman. Il se contenta d'une pension très modique, et se chargea de l'instruction. Il ne fut question que du consentement de l'évêque, qui non seulement l'accorda, mais qui voulut payer la pension. Il permit aussi que je restasse en habit laïque, jusqu'à ce qu'on pût juger par un essai du succès qu'on devait espérer.

Quel changement ! Il fallut m'y soumettre. J'allai au séminaire comme j'aurais été au supplice. La triste maison qu'un séminaire, surtout pour qui sort de celle d'une aimable femme. J'y portai un seul livre que j'avais prié Maman de me prêter, et qui me fut d'une grande ressource. On ne devinera pas quelle sorte de livre c'était : un livre de musique. Parmi les talents qu'elle avait cultivés la musique n'avait pas été oubliée. Elle avait de la voix, chantait passablement et jouait un peu du clavecin. Elle avait eu la complaisance de me donner quelques leçons de chant, et il fallut commencer de loin, car à

1. Les frères de Saint-Lazare appartiennent à la congrégation de la Mission, fondée en 1625 par saint Vincent de Paul. L'un de leurs objectifs était la formation des jeunes prêtres. 2. Lacer son corset.

peine savais-je la musique de nos psaumes. Huit ou dix leçons de femme et fort interrompues, loin de me mettre en état de solfier ne m'apprirent pas le quart des signes de la musique. Cependant j'avais une telle passion pour cet art, que je voulus essayer de m'exercer seul. Le livre que j'emportai n'était pas même des plus faciles ; c'étaient les *Cantates* de Clérambault[1]. On concevra quelle fut mon application et mon obstination, quand je dirai que sans connaître ni transposition[2] ni quantité[3] je parvins à déchiffrer et chanter sans faute le premier récitatif et le premier air de la cantate d'*Alphée et Aréthuse* ; et il est vrai que cet air est scandé si juste qu'il ne faut que réciter les vers avec leur mesure pour y mettre celle de l'air.

Il y avait au séminaire un maudit lazariste qui m'entreprit et qui me fit prendre en horreur le latin qu'il voulait m'enseigner. Il avait des cheveux plats, gras et noirs, un visage de pain d'épice[4], une voix de buffle, un regard de chat-huant, des crins de sanglier au lieu de barbe ; son sourire était sardonique ; ses membres jouaient comme les poulies d'un mannequin : j'ai oublié son odieux nom ; mais sa figure effrayante et doucereuse m'est bien restée, et j'ai peine à me la rappeler sans frémir. Je crois le rencontrer encore dans les corridors, avançant gracieusement son crasseux bonnet carré pour me faire signe d'entrer dans sa chambre, plus affreuse pour moi qu'un cachot. Qu'on juge du contraste d'un pareil maître, pour le disciple d'un abbé de cour[5] !

---

1. Compositeur et organiste français, mort en 1748 ; il a laissé cinq recueils de cantates, mais aussi des pièces pour orgue et pour clavecin.
2. C'est-à-dire la transposition d'un air d'un ton dans un autre ton.
3. « La durée relative que les notes ou les syllabes doivent avoir » (Littré). 4. Semblable à celui du « Maure » lubrique de Turin (voir livre II, p. 131). 5. Le charmant abbé de Gouvon, évoqué p. 171 de ce livre III.

Si j'étais resté deux mois à la merci de ce monstre, je suis persuadé que ma tête n'y aurait pas résisté. Mais le bon M. Gros qui s'aperçut que j'étais triste, que je ne mangeais pas, que je maigrissais, devina le sujet de mon chagrin ; cela n'était pas difficile. Il m'ôta des griffes de ma bête, et par un autre contraste encore plus marqué me remit au plus doux des hommes. C'était un jeune abbé faucigneran[1], appelé M. Gâtier qui faisait son séminaire et qui par complaisance pour M. Gros, et, je crois, par humanité, voulait bien prendre sur ses études le temps qu'il donnait à diriger les miennes. Je n'ai jamais vu de physionomie plus touchante que celle de M. Gâtier. Il était blond et sa barbe tirait sur le roux. Il avait le maintien ordinaire aux gens de sa province, qui sous une figure épaisse cachent tous beaucoup d'esprit ; mais ce qui se marquait vraiment en lui était une âme sensible, affectueuse, aimante : il y avait dans ses grands yeux bleus un mélange de douceur, de tendresse et de tristesse, qui faisait qu'on ne pouvait le voir sans s'intéresser à lui. Aux regards, au ton de ce pauvre jeune homme, on eût dit qu'il prévoyait sa destinée, et qu'il se sentait né pour être malheureux.

Son caractère ne démentait pas sa physionomie. Plein de patience et de complaisance il semblait plutôt étudier avec moi que m'instruire. Il n'en fallait pas tant pour me le faire aimer, son prédécesseur avait rendu cela très facile. Cependant malgré tout le temps qu'il me donnait, malgré toute la bonne volonté que nous y mettions l'un et l'autre, et quoiqu'il s'y prît très bien, j'avançai peu en travaillant beaucoup. Il est singulier qu'avec assez de conception[2] je n'ai jamais pu rien apprendre avec des maîtres, excepté mon père et M. Lambercier.

---

1. Originaire du Faucigny, dans le duché de Savoie.
2. « Faculté de comprendre les choses » (Littré).

Le peu que je sais de plus, je l'ai appris seul, comme on verra ci-après. Mon esprit impatient de toute espèce de joug ne peut s'asservir à la loi du moment. La crainte même de ne pas apprendre m'empêche d'être attentif. De peur d'impatienter celui qui me parle je feins d'entendre ; il va en avant et je n'entends rien. Mon esprit veut marcher à son heure, il ne peut se soumettre à celle d'autrui.

Le temps des ordinations étant venu, M. Gâtier s'en retourna diacre dans sa province[1]. Il emporta mes regrets, mon attachement, ma reconnaissance. Je fis pour lui des vœux qui n'ont pas été plus exaucés que ceux que j'ai faits pour moi-même. Quelques années après j'appris qu'étant vicaire dans une paroisse il avait fait un enfant à une fille, la seule dont avec un cœur très tendre il eût jamais été amoureux. Ce fut un scandale effroyable dans un diocèse administré très sévèrement[2]. Les prêtres, en bonne règle, ne doivent faire des enfants qu'à des femmes mariées. Pour avoir manqué à cette loi de convenance il fut mis en prison, diffamé, chassé. Je ne sais s'il aura pu dans la suite rétablir ses affaires ; mais le sentiment de son infortune profondément gravé dans mon cœur me revint quand j'écrivis l'*Émile*, et réunissant M. Gâtier avec M. Gaime[3], je fis de ces deux dignes prêtres l'original du Vicaire savoyard. Je me flatte que l'imitation n'a pas déshonoré ses modèles.

Pendant que j'étais au séminaire M. d'Aubonne fut obligé de quitter Annecy. Monsieur l'Intendant s'avisa de trouver mauvais qu'il fît l'amour[4] à sa femme. C'était

---

1. Dans la hiérarchie ecclésiastique, le diaconat est situé juste avant la prêtrise. 2. Comme aucune trace ne subsiste de cette affaire, il est probable que Rousseau se trompe, mais il est aussi possible qu'il fantasme. 3. Voir dans ce livre III, p. 162-164. 4. Faire la cour, mais aussi tout ce qui peut s'ensuivre.

faire comme le chien du jardinier[1] ; car quoique Mme Corvezi fût aimable, il vivait fort mal avec elle : des goûts ultramontains[2] la lui rendaient inutile, et il la traitait si brutalement qu'il fut question de séparation. M. Corvezi était un vilain homme, noir comme une taupe, fripon comme une chouette, et qui à force de vexations finit par se faire chasser lui-même. On dit que les Provençaux se vengent de leurs ennemis par des chansons ; M. d'Aubonne se vengea du sien par une comédie : il envoya cette pièce à Mme de Warens qui me la fit voir. Elle me plut et me fit naître la fantaisie d'en faire une pour essayer si j'étais en effet aussi bête que l'auteur l'avait prononcé : mais ce ne fut qu'à Chambéry que j'exécutai ce projet en écrivant *l'Amant de lui-même.* Ainsi quand j'ai dit dans la préface de cette pièce que je l'avais écrite à dix-huit ans, j'ai menti de quelques années[3].

C'est à peu près à ce temps-ci que se rapporte un événement peu important en lui-même, mais qui a eu pour moi des suites, et qui a fait du bruit dans le monde quand je l'avais oublié. Toutes les semaines j'avais une fois la permission de sortir. Je n'ai pas besoin de dire quel usage j'en faisais. Un dimanche que j'étais chez Maman, le feu prit à un bâtiment des cordeliers attenant à la maison qu'elle occupait. Ce bâtiment où était leur four était plein jusqu'au comble de fascines[4] sèches. Tout fut embrasé en très peu de temps. La maison était en grand péril et couverte par les flammes que le vent y portait. On se mit en devoir de déménager en hâte et

---

1. *El perro del hortelano*, comédie de Lope de Vega, d'après le proverbe castillan : « Le chien du jardinier ne veut pas de sa pâtée et grogne si les bœufs la mangent. » 2. Des goûts homosexuels. 3. *Narcisse ou l'Amant de lui-même*, comédie en un acte. L'idée de la pièce daterait donc de 1729, et sa première mouture des années 1732-1740. 4. De gros fagots.

de porter les meubles dans le jardin, qui était vis-à-vis mes anciennes fenêtres et au-delà du ruisseau dont j'ai parlé. J'étais si troublé que je jetais indifféremment par la fenêtre tout ce qui me tombait sous la main, jusqu'à un gros mortier de pierre qu'en tout autre temps j'aurais eu peine à soulever : j'étais prêt à y jeter de même une grande glace, si quelqu'un ne m'eût retenu. Le bon évêque qui était venu voir Maman ce jour-là ne resta pas, non plus, oisif. Il l'emmena dans le jardin où il se mit en prières avec elle et tous ceux qui étaient là, en sorte qu'arrivant quelque temps après, je vis tout le monde à genoux et m'y mis comme les autres. Durant la prière du saint homme le vent changea, mais si brusquement et si à propos que les flammes qui couvraient la maison et entraient déjà par les fenêtres furent portées de l'autre côté de la cour, et la maison n'eut aucun mal. Deux ans après M. de Bernex étant mort, les antonins[1], ses anciens confrères commencèrent à recueillir les pièces qui pouvaient servir à sa béatification. À la prière du P. Boudet je joignis à ces pièces une attestation du fait que je viens de rapporter, en quoi je fis bien ; mais en quoi je fis mal, ce fut de donner ce fait pour un miracle. J'avais vu l'évêque en prière, et durant sa prière j'avais vu le vent changer, et même très à propos : voilà ce que je pouvais dire et certifier : mais qu'une de ces deux choses fût la cause de l'autre, voilà ce que je ne devais pas attester, parce que je ne pouvais le savoir. Cependant autant que je puis me rappeler mes idées, alors sincèrement catholique, j'étais de bonne foi. L'amour du merveilleux si naturel au cœur humain, ma vénération pour ce vertueux prélat, l'orgueil secret d'avoir peut-être contribué moi-même au miracle, aidèrent à me séduire, et ce qu'il y a de sûr est que si ce miracle eût été l'effet des

1. De l'ordre de Saint-Antoine, fondé au XIe siècle.

plus ardentes prières, j'aurais bien pu m'en attribuer ma part.

Plus de trente ans après, lorsque j'eus publié les *Lettres de la montagne*[1], M. Fréron[2] déterra ce certificat je ne sais comment, et en fit usage dans ses feuilles. Il faut avouer que la découverte était heureuse, et l'à-propos me parut à moi-même très plaisant.

J'étais destiné à être le rebut de tous les états. Quoique M. Gâtier eût rendu de mes progrès le compte le moins défavorable qu'il lui fût possible, on voyait qu'ils n'étaient pas proportionnés à mon travail, et cela n'était pas encourageant pour me faire pousser mes études. Aussi l'évêque et le supérieur se rebutèrent-ils, et on me rendit à M^me^ de Warens comme un sujet qui n'était pas même bon pour être prêtre ; au reste assez bon garçon, disait-on, et point vicieux ; ce qui fit que malgré tant de préjugés rebutants sur mon compte, elle ne m'abandonna pas.

Je rapportai chez elle en triomphe son livre de musique dont j'avais tiré si bon parti. Mon air d'*Alphée et Aréthuse* était à peu près tout ce que j'avais appris au séminaire. Mon goût marqué pour cet art lui fit naître la pensée de me faire musicien. L'occasion était commode. On faisait chez elle au moins une fois la semaine de la musique, et le maître de musique de la cathédrale qui dirigeait ce petit concert venait la voir très souvent. C'était un Parisien nommé M. Le Maître, bon compositeur, fort vif, fort gai, jeune encore, assez bien fait, peu d'esprit, mais au demeurant très bon homme. Maman me fit faire sa connaissance ; je m'attachais à lui, je ne lui déplaisais pas : on parla de pension ; l'on en convint.

---

1. *Lettres écrites de la montagne*, 1764. Rousseau conte les circonstances de leur composition au livre XII (tome II), p. 459-460.
2. Homme de lettres, rédacteur de *L'Année littéraire* et adversaire des Philosophes.

Bref, j'entrai chez lui, et j'y passai l'hiver d'autant plus agréablement que la maîtrise n'étant qu'à vingt pas de la maison de Maman, nous étions chez elle en un moment, et nous y soupions très souvent ensemble.

On jugera bien que la vie de la maîtrise toujours chantante et gaie, avec les musiciens et les enfants de chœur, me plaisait plus que celle du séminaire avec les pères de Saint-Lazare. Cependant cette vie, pour être plus libre, n'en était pas moins égale et réglée. J'étais fait pour aimer l'indépendance et pour n'en abuser jamais. Durant six mois entiers, je ne sortis pas une seule fois que pour aller chez Maman ou à l'église, et je n'en fus pas même tenté. Cet intervalle est un de ceux où j'ai vécu dans le plus grand calme, et que je me suis rappelés avec le plus de plaisir. Dans les situations diverses où je me suis trouvé, quelques-uns ont été marqués par un tel sentiment de bien-être qu'en les remémorant j'en suis affecté comme si j'y étais encore. Non seulement je me rappelle les temps, les lieux, les personnes, mais tous les objets environnants, la température de l'air, son odeur, sa couleur, une certaine impression locale qui ne s'est fait sentir que là, et dont le souvenir vif m'y transporte de nouveau. Par exemple, tout ce qu'on répétait à la maîtrise, tout ce qu'on chantait au chœur, tout ce qu'on y faisait, le bel et noble habit des chanoines, les chasubles des prêtres, les mitres des chantres, la figure des musiciens, un vieux charpentier boiteux qui jouait de la contrebasse, un petit abbé blondin qui jouait du violon, le lambeau de soutane qu'après avoir posé son épée, M. Le Maître endossait par-dessus son habit laïque, et le beau surplis fin dont il en couvrait les loques pour aller au chœur : l'orgueil avec lequel j'allais, tenant ma petite flûte à bec m'établir dans l'orchestre à la tribune pour un petit bout de récit[1] que M. Le Maître

1. « Ce qui est chanté par une voix seule ou joué par un instrument seul » (Littré).

avait fait exprès pour moi : le bon dîner qui nous attendait ensuite, le bon appétit qu'on y portait ; ce concours d'objets vivement retracé m'a cent fois charmé dans ma mémoire, autant et plus que dans la réalité. J'ai gardé toujours une affection tendre pour un certain air du *Conditor alme siderum*[1] qui marche par ïambes[2], parce qu'un dimanche de l'Avent j'entendis de mon lit chanter cette hymne avant le jour sur le perron de la cathédrale, selon un rite de cette église-là. M^lle^ Merceret femme de chambre de Maman savait un peu de musique : je n'oublierai jamais un petit motet *Afferte*[3] que M. Le Maître me fit chanter avec elle, et que sa maîtresse écoutait avec tant de plaisir. Enfin tout jusqu'à la bonne servante Perrine qui était si bonne fille et que les enfants de chœur faisaient tant endêver[4], tout dans les souvenirs de ces temps de bonheur et d'innocence revient souvent me ravir et m'attrister.

Je vivais à Annecy depuis près d'un an sans le moindre reproche ; tout le monde était content de moi. Depuis mon départ de Turin je n'avais point fait de sottise, et je n'en fis point tant que je fus sous les yeux de Maman. Elle me conduisait, et me conduisait toujours bien ; mon attachement pour elle était devenu ma seule passion, et ce qui prouve que ce n'était pas une passion folle c'est que mon cœur formait ma raison. Il est vrai qu'un seul sentiment absorbant pour ainsi dire toutes mes facultés me mettait hors d'état de rien apprendre ; pas même la musique, bien que j'y fisse tous mes efforts. Mais il n'y avait point de ma faute ; la bonne volonté y était tout

1. « Ô doux créateur des astres », hymne des vêpres du premier dimanche de l'Avent. 2. « Terme de versification grecque et de versification latine. Pied dont la première syllabe est brève et la seconde longue » (Littré). 3. « Apportez » ; ici une pièce à deux voix, avec accompagnement éventuel. 4. « Faire endêver quelqu'un, le faire enrager, le dépiter » (Littré).

entière, l'assiduité y était. J'étais distrait, rêveur, je soupirais ; qu'y pouvais-je faire ? Il ne manquait à mes progrès rien qui dépendît de moi ; mais pour que je fisse de nouvelles folies, il ne fallait qu'un sujet[1] qui vînt me les inspirer. Ce sujet se présenta ; le hasard arrangea les choses, et, comme on verra dans la suite, ma mauvaise tête en tira parti.

Un soir du mois de février qu'il faisait bien froid, comme nous étions tous autour du feu, nous entendîmes frapper à la porte de la rue. Perrine prend sa lanterne, descend, ouvre : un jeune homme entre avec elle, monte, se présente d'un air aisé, et fait à M. Le Maître un compliment court et bien tourné, se donnant pour un musicien français que le mauvais état de ses finances forçait de vicarier[2] pour passer son chemin. À ce mot de musicien français le cœur tressaillit au bon Le Maître ; il aimait passionnément son pays et son art. Il accueillit le jeune passager[3], lui offrit le gîte dont il paraissait avoir grand besoin et qu'il accepta sans beaucoup de façon. Je l'examinai tandis qu'il se chauffait et qu'il jasait en attendant le souper. Il était court de stature, mais large de carrure ; il avait je ne sais quoi de contrefait dans sa taille sans aucune difformité particulière ; c'était pour ainsi dire un bossu à épaules plates, mais je crois qu'il boitait un peu. Il avait un habit noir plutôt usé que vieux, et qui tombait par pièces, une chemise très fine et très sale, de belles manchettes d'effilé[4], des guêtres[5] dans lesquelles il aurait mis les deux

---

1. Une personne. 2. « Se disait des musiciens d'église qui allaient de ville en ville, pour offrir leurs services temporaires » (Littré). 3. Le jeune homme de passage. 4. « Autrefois, linge effilé, ou, substantivement, effilé, linge bordé de frange de fil qui se portait dans le deuil » (Littré). 5. « Chaussure qui sert à couvrir la jambe et le dessus du soulier, et qui se ferme sur le côté avec des boucles ou des boutons » (Littré).

jambes, et pour se garantir de la neige un petit chapeau à porter sous le bras. Dans ce comique équipage il y avait pourtant quelque chose de noble que son maintien ne démentait pas ; sa physionomie avait de la finesse et de l'agrément, il parlait facilement et bien, mais très peu modestement. Tout marquait en lui un jeune débauché qui avait eu de l'éducation et qui n'allait pas gueusant comme un gueux[1], mais comme un fou. Il nous dit qu'il s'appelait Venture de Villeneuve, qu'il venait de Paris, qu'il s'était égaré dans sa route, et oubliant un peu son rôle de musicien, il ajouta qu'il allait à Grenoble voir un parent qu'il avait dans le parlement.

Pendant le souper on parla de musique, et il en parla bien. Il connaissait tous les grands virtuoses, tous les ouvrages célèbres, tous les acteurs, toutes les actrices, toutes les jolies femmes, tous les grands seigneurs. Sur tout ce qu'on disait il paraissait au fait ; mais à peine un sujet était-il entamé qu'il brouillait l'entretien par quelque polissonnerie qui faisait rire et oublier ce que l'on avait dit. C'était un samedi ; il y avait le lendemain musique à la cathédrale. M. Le Maître lui propose d'y chanter ; *très volontiers* ; lui demande quelle est sa partie ? *la haute-contre*[2], et il parle d'autre chose. Avant d'aller à l'église on lui offrit sa partie à prévoir[3] ; il n'y jeta pas les yeux. Cette gasconnade[4] surprit Le Maître : vous verrez, me dit-il à l'oreille qu'il ne sait pas une note de musique. J'en ai grand peur, lui répondis-je. Je les suivis très inquiet. Quand on commença, le cœur me battit d'une terrible force ; car je m'intéressais beaucoup à lui.

J'eus bientôt de quoi me rassurer. Il chanta ses deux

---

1. C'est-à-dire en demandant l'aumône. 2. La voix d'homme la plus aiguë. 3. « Lire ou étudier d'avance (inusité en ce sens) » (Littré, avec ce seul exemple de Rousseau). 4. Cette fanfaronnade ; les Gascons avaient une réputation bien établie de hâbleurs.

récits avec toute la justesse et tout le goût imaginables, et qui plus est avec une très jolie voix. Je n'ai guère eu de plus agréable surprise. Après la messe M. Venture reçut des compliments à perte de vue des chanoines et des musiciens, auxquels il répondait en polissonnant, mais toujours avec beaucoup de grâce. M. Le Maître l'embrassa de bon cœur ; j'en fis autant : il vit que j'étais bien aise, et cela parut lui faire plaisir.

On conviendra, je m'assure, qu'après m'être engoué de M. Bâcle, qui tout compté n'était qu'un manant, je pouvais m'engouer de M. Venture qui avait de l'éducation, des talents, de l'esprit, de l'usage du monde, et qui pouvait passer pour un aimable débauché. C'est aussi ce qui m'arriva, et ce qui serait arrivé, je pense, à tout autre jeune homme à ma place, d'autant plus facilement encore qu'il aurait eu un meilleur tact pour sentir le mérite, et un meilleur goût pour s'y attacher : car Venture en avait, sans contredit, et il en avait surtout un bien rare à son âge ; celui de n'être point pressé de montrer son acquis. Il est vrai qu'il se vantait de beaucoup de choses qu'il ne savait point ; mais pour celles qu'il savait et qui étaient en assez grand nombre, il n'en disait rien : il attendait l'occasion de les montrer ; il s'en prévalait alors sans empressement, et cela faisait le plus grand effet. Comme il s'arrêtait après chaque chose sans parler du reste, on ne savait plus quand il aurait tout montré. Badin, folâtre, inépuisable, séduisant dans la conversation, souriant toujours et ne riant jamais, il disait du ton le plus élégant les choses les plus grossières et les faisait passer. Les femmes même les plus modestes s'étonnaient de ce qu'elles enduraient de lui. Elles avaient beau sentir qu'il fallait se fâcher, elles n'en avaient pas la force. Il ne lui fallait que des filles perdues, et je ne crois pas qu'il fût fait pour avoir de bonnes fortunes, mais il était fait pour mettre un agrément infini dans la société des gens qui en avaient. Il était difficile qu'avec tant de talents agréables, dans un pays où l'on s'y connaît et où on les aime, il restât borné longtemps à la sphère des musiciens.

Mon goût pour M. Venture, plus raisonnable dans sa cause, fut aussi moins extravagant dans ses effets, quoique plus vif et plus durable que celui que j'avais pris pour M. Bâcle. J'aimais à le voir, à l'entendre ; tout ce qu'il faisait me paraissait charmant, tout ce qu'il disait me semblait des oracles : mais mon engouement n'allait pas jusqu'à ne pouvoir me séparer de lui. J'avais à mon voisinage un bon préservatif contre cet excès. D'ailleurs trouvant ses maximes très bonnes pour lui, je sentais qu'elles n'étaient pas à mon usage ; il me fallait une autre sorte de volupté dont il n'avait pas l'idée, et dont je n'osais même lui parler, bien sûr qu'il se serait moqué de moi. Cependant j'aurais voulu allier cet attachement avec celui qui me dominait. J'en parlais à Maman avec transport, Le Maître lui en parlait avec éloges. Elle consentit qu'on le lui amenât : mais cette entrevue ne réussit point du tout : il la trouva précieuse ; elle le trouva libertin, et s'alarmant pour moi d'une aussi mauvaise connaissance, non seulement elle me défendit de le lui ramener mais elle me peignit si fortement les dangers que je courais avec ce jeune homme que je devins un peu plus circonspect à m'y livrer, et, très heureusement pour mes mœurs et pour ma tête, nous fûmes bientôt séparés.

M. Le Maître avait les goûts de son art ; il aimait le vin. À table, cependant il était sobre ; mais en travaillant dans son cabinet il fallait qu'il bût. Sa servante le savait si bien que sitôt qu'il préparait son papier pour composer et qu'il prenait son violoncelle, son pot et son verre arrivaient l'instant d'après, et le pot se renouvelait de temps à autre. Sans jamais être absolument ivre, il était toujours pris de vin, et en vérité c'était dommage ; car c'était un garçon essentiellement bon, et si gai que

Maman ne l'appelait que *Petit-Chat*. Malheureusement il aimait son talent, travaillait beaucoup, et buvait de même. Cela prit sur sa santé et enfin sur son humeur ; il était quelquefois ombrageux, et facile à offenser. Incapable de grossièreté, incapable de manquer à qui que ce fût, il n'a jamais dit une mauvaise parole, même à un de ses enfants de chœur. Mais il ne fallait pas non plus lui manquer, et cela était juste. Le mal était qu'ayant peu d'esprit il ne discernait pas les tons et les caractères, et prenait souvent la mouche sur rien.

L'ancien chapitre[1] de Genève, où jadis tant de princes et d'évêques se faisaient un honneur d'entrer, a perdu dans son exil son ancienne splendeur, mais il a conservé sa fierté. Pour pouvoir y être admis il faut toujours être gentilhomme ou docteur de Sorbonne, et s'il est un orgueil pardonnable après celui qui se tire du mérite personnel, c'est celui qui se tire de la naissance. D'ailleurs tous les prêtres qui ont des laïques à leurs gages les traitent d'ordinaire avec assez de hauteur. C'est ainsi que les chanoines traitaient souvent le pauvre Le Maître. Le chantre[2] surtout, appelé M. l'Abbé de Vidonne, qui du reste était un très galant homme, mais trop plein de sa noblesse, n'avait pas toujours pour lui les égards que méritaient ses talents, et l'autre n'endurait pas volontiers ces dédains. Cette année ils eurent durant la semaine sainte un démêlé plus vif qu'à l'ordinaire dans un dîner de règle[3] que l'évêque donnait aux chanoines, et où Le Maître était toujours invité. Le chantre lui fit quelque passe-droit et lui dit quelque parole dure, que celui-ci ne put digérer. Il prit sur-le-champ la résolution de s'enfuir la nuit suivante, et rien ne put l'en faire démordre, quoique M$^{me}$ de Warens, à qui il alla faire ses adieux

---

1. « L'assemblée où les chanoines traitent de leurs affaires et des questions de leur ressort » (Littré). 2. Le maître du chœur. 3. Un dîner conforme à la tradition.

n'épargnât rien pour l'apaiser. Il ne put renoncer au plaisir de se venger de ses tyrans, en les laissant dans l'embarras aux fêtes de Pâques, temps où l'on avait le plus grand besoin de lui. Mais ce qui l'embarrassait lui-même était sa musique[1] qu'il voulait emporter, ce qui n'était pas facile. Elle formait une caisse assez grosse et fort lourde, qui ne s'emportait pas sous le bras.

Maman fit ce que j'aurais fait et ce que je ferais encore à sa place. Après bien des efforts inutiles pour le retenir, le voyant résolu de partir comme que ce fût, elle prit le parti de l'aider en tout ce qui dépendait d'elle. J'ose dire qu'elle le devait. Le Maître s'était consacré, pour ainsi dire, à son service. Soit en ce qui tenait à son art, soit en ce qui tenait à ses soins, il était entièrement à ses ordres, et le cœur avec lequel il les suivait donnait à sa complaisance un nouveau prix. Elle ne faisait donc que rendre à un ami dans une occasion essentielle ce qu'il faisait pour elle en détail depuis trois ou quatre ans ; mais elle avait une âme qui pour remplir de pareils devoirs n'avait pas besoin de songer que c'en étaient pour elle. Elle me fit venir, m'ordonna de suivre M. Le Maître au moins jusqu'à Lyon, et de m'attacher à lui aussi longtemps qu'il aurait besoin de moi. Elle m'a depuis avoué que le désir de m'éloigner de Venture était entré pour beaucoup dans cet arrangement. Elle consulta Claude Anet son fidèle domestique pour le transport de la caisse. Il fut d'avis qu'au lieu de prendre à Annecy une bête de somme qui nous ferait infailliblement découvrir, il fallait quand il serait nuit porter la caisse à bras jusqu'à une certaine distance, et louer ensuite un âne dans un village pour la transporter jusqu'à Seyssel[2], où étant sur terres de France, nous n'aurions plus rien à risquer. Cet avis fut suivi : nous partîmes le même soir

1. Ses partitions. 2. À une bonne trentaine de kilomètres d'Annecy.

à sept heures, et Maman, sous prétexte de payer ma dépense grossit la petite bourse du pauvre petit chat d'un surcroît qui ne lui fut pas inutile. Claude Anet le jardinier et moi, portâmes la caisse comme nous pûmes jusqu'au premier village, où un âne nous relaya, et la même nuit nous nous rendîmes à Seyssel.

Je crois avoir déjà remarqué qu'il y a des temps où je suis si peu semblable à moi-même qu'on me prendrait pour un autre homme de caractère tout opposé. On en va voir un exemple. M. Reydelet curé de Seyssel était chanoine de Saint-Pierre, par conséquent de la connaissance de M. Le Maître, et l'un des hommes dont il devait le plus se cacher. Mon avis fut au contraire d'aller nous présenter à lui, et lui demander gîte sous quelque prétexte, comme si nous étions là du consentement du chapitre. Le Maître goûta cette idée qui rendait sa vengeance moqueuse et plaisante. Nous allâmes donc effrontément chez M. Reydelet, qui nous reçut très bien. Le Maître lui dit qu'il allait à Belley[1] à la prière de l'évêque diriger sa musique aux fêtes de Pâques, qu'il comptait repasser dans peu de jours, et moi à l'appui de ce mensonge j'en enfilai cent autres si naturels que M. Reydelet me trouvant joli garçon me prit en amitié et me fit mille caresses. Nous fûmes bien régalés, bien couchés, M. Reydelet ne savait quelle chère nous faire ; et nous nous séparâmes les meilleurs amis du monde, avec promesse de nous arrêter plus longtemps au retour. À peine pûmes-nous attendre que nous fussions seuls pour commencer nos éclats de rire, et j'avoue qu'ils me reprennent encore en y pensant ; car on ne saurait imaginer une espièglerie mieux soutenue ni plus heureuse. Elle nous eût égayés durant toute la route, si M. Le Maître, qui ne cessait de boire et de battre la campagne, n'eût été attaqué deux

1. Dans la province du Bugey ; les voyageurs sont à mi-chemin quand ils s'arrêtent à Seyssel.

ou trois fois d'une atteinte à laquelle il devenait très sujet, et qui ressemblait fort à l'épilepsie. Cela me jeta dans des embarras qui m'effrayèrent, et dont je pensai bientôt à me tirer comme je pourrais.

Nous allâmes à Belley passer les fêtes de Pâques comme nous l'avions dit à M. Reydelet, et quoique nous n'y fussions point attendus, nous fûmes reçus du maître de musique et accueillis de tout le monde avec grand plaisir. M. Le Maître avait de la considération dans son art et la méritait. Le maître de musique de Belley se fit honneur de ses meilleurs ouvrages et tâcha d'obtenir l'approbation d'un si bon juge : car outre que Le Maître était connaisseur ; il était équitable, point jaloux, et point flagorneur. Il était si supérieur à tous ces maîtres de musique de province, et ils le sentaient si bien eux-mêmes, qu'ils le regardaient moins comme leur confrère que comme leur chef.

Après avoir passé très agréablement quatre ou cinq jours à Belley, nous en repartîmes, et continuâmes notre route, sans aucun accident que ceux dont je viens de parler. Arrivés à Lyon nous fûmes loger à Notre-Dame-de-Pitié[1], et en attendant la caisse, qu'à la faveur d'un autre mensonge nous avions embarquée sur le Rhône par les soins de notre bon patron M. Reydelet, M. Le Maître alla voir ses connaissances, entre autres le P. Caton, cordelier[2], dont il sera parlé dans la suite, et l'abbé Dortan comte de Lyon[3]. L'un et l'autre le reçurent bien, mais ils le trahirent, comme on verra tout à l'heure[4] ; son bonheur s'était épuisé chez M. Reydelet.

Deux jours après notre arrivée à Lyon, comme nous passions dans une petite rue non loin de notre auberge, Le Maître fut surpris d'une de ses atteintes, et celle-là

1. À l'auberge Notre-Dame-de-Pitié. 2. Son histoire sera contée au livre V, p. 292. 3. Titre donné aux chanoines de la cathédrale Saint-Jean de Lyon. 4. Voir le livre IV, p. 219.

fut si violente que j'en fus saisi d'effroi. Je fis des cris, appelai du secours, nommai son auberge et suppliai qu'on l'y fît porter ; puis, tandis qu'on s'assemblait et s'empressait autour d'un homme tombé sans sentiment et écumant au milieu de la rue, il fut délaissé du seul ami sur lequel il eût dû compter. Je pris l'instant où personne ne songeait à moi, je tournai le coin de la rue et je disparus. Grâce au Ciel, j'ai fini ce troisième aveu pénible[1] ; s'il m'en restait beaucoup de pareils à faire, j'abandonnerais le travail que j'ai commencé.

De tout ce que j'ai dit jusqu'à présent il en est resté quelques traces dans les lieux où j'ai vécu ; mais ce que j'ai à dire dans le livre suivant est presque entièrement ignoré. Ce sont les plus grandes extravagances de ma vie, et il est heureux qu'elles n'aient pas plus mal fini. Mais ma tête montée au ton d'un instrument étranger était hors de son diapason ; elle y revint d'elle-même, et alors je cessai mes folies, ou du moins j'en fis de plus accordantes à mon naturel[2]. Cette époque de ma jeunesse est celle dont j'ai l'idée la plus confuse. Rien presque ne s'y est passé d'assez intéressant à mon cœur pour m'en retracer vivement le souvenir, et il est difficile que dans tant d'allées et venues, dans tant de déplacements successifs, je ne fasse pas quelques transpositions de temps ou de lieu. J'écris absolument de mémoire, sans monuments[3], sans matériaux qui puissent me la rappeler. Il y a des événements de ma vie qui me sont aussi présents que s'ils venaient d'arriver ; mais il y a des lacunes et des vides que je ne peux remplir qu'à l'aide de récits aussi confus que le souvenir qui m'en est resté. J'ai donc pu faire des erreurs quelquefois et

---

1. On se souvient de la jouissive fessée de Mlle Lambercier (livre I, p. 61) et de la fâcheuse affaire du ruban volé (livre II, p. 154).
2. Plus en accord avec mon naturel. 3. Sans traces de ma vie passée.

j'en pourrai faire encore sur des bagatelles, jusqu'au temps où j'ai de moi des renseignements plus sûrs ; mais en ce qui importe vraiment au sujet je suis assuré d'être exact et fidèle, comme je tâcherai toujours de l'être en tout : voilà sur quoi l'on peut compter.

Sitôt que j'eus quitté M. Le Maître ma résolution fut prise, et je repartis pour Annecy. La cause et le mystère de notre départ m'avaient donné un grand intérêt pour la sûreté de notre retraite ; et cet intérêt m'occupant tout entier avait fait diversion durant quelques jours à celui qui me rappelait en arrière : mais dès que la sécurité me laissa plus tranquille le sentiment dominant reprit sa place. Rien ne me flattait, rien ne me tentait, je n'avais de désir que pour retourner auprès de Maman. La tendresse et la vérité de mon attachement pour elle avaient déraciné de mon cœur tous les projets imaginaires, toutes les folies de l'ambition. Je ne voyais plus d'autre bonheur que celui de vivre auprès d'elle, et je ne faisais pas un pas sans sentir que je m'éloignais de ce bonheur. J'y revins donc aussitôt que cela me fut possible. Mon retour fut si prompt et mon esprit si distrait, que, quoique je me rappelle avec tant de plaisir tous mes autres voyages, je n'ai pas le moindre souvenir de celui-là. Je ne m'en rappelle rien du tout sinon mon départ de Lyon et mon arrivée à Annecy. Qu'on juge surtout si cette dernière époque a dû sortir de ma mémoire ! en arrivant je ne trouvai plus M^me^ de Warens : elle était partie pour Paris.

Je n'ai jamais bien su le secret de ce voyage. Elle me l'aurait dit, j'en suis très sûr, si je l'en avais pressée ; mais jamais homme ne fut moins curieux que moi du secret de ses amis. Mon cœur uniquement occupé du présent en remplit toute sa capacité, tout son espace ; et, hors les plaisirs passés qui font désormais mes uniques jouissances, il n'y reste pas un coin de vide pour ce qui n'est plus. Tout ce que j'ai cru d'entrevoir dans le peu qu'elle m'en a dit est que, dans la révolution causée à

Turin par l'abdication du roi de Sardaigne, elle craignit d'être oubliée[1] et voulut, à la faveur des intrigues de M. d'Aubonne, chercher le même avantage à la cour de France, où elle m'a souvent dit qu'elle l'eût préféré, parce que la multitude des grandes affaires fait qu'on n'y est pas si désagréablement surveillé. Si cela est, il est bien étonnant qu'à son retour on ne lui ait pas fait plus mauvais visage, et qu'elle ait toujours joui de sa pension sans aucune interruption. Bien des gens ont cru qu'elle avait été chargée de quelque commission secrète, soit de la part de l'évêque qui avait alors des affaires à la cour de France, où il fut lui-même obligé d'aller ; soit de la part de quelqu'un plus puissant encore, qui sut lui ménager un heureux retour. Ce qu'il y a de sûr, si cela est, est que l'ambassadrice n'était pas mal choisie, et que, jeune et belle encore, elle avait tous les talents nécessaires pour se bien tirer d'une négociation.

---

**1.** Victor-Amédée abdique cinq mois après le retour de Rousseau à Annecy : l'argument de M^me^ de Warens dissimule donc la raison véritable de ce voyage, qui semble plutôt avoir été un projet de révolution dans le pays de Vaud. « Maman » conspiratrice ! Pouvait-elle l'avouer à une tête « hors de son diapason » ? Elle obtint au moins du nouveau roi, Charles-Emmanuel III, le maintien de sa pension.

# Livre IV

J'arrive et je ne la trouve plus. Qu'on juge de ma surprise et de ma douleur ! C'est alors que le regret d'avoir lâchement abandonné M. Le Maître commença de se faire sentir. Il fut plus vif encore quand j'appris le malheur qui lui était arrivé. Sa caisse de musique, qui contenait toute sa fortune, cette précieuse caisse sauvée avec tant de fatigue avait été saisie en arrivant à Lyon par les soins du comte Dortan à qui le chapitre avait fait écrire pour le prévenir de cet enlèvement furtif. Le Maître avait en vain réclamé son bien, son gagne-pain, le travail de toute sa vie. La propriété de cette caisse était tout au moins sujette à litige ; il n'y en eut point. L'affaire fut décidée à l'instant même par la loi du plus fort, et le pauvre Le Maître perdit ainsi le fruit de ses talents, l'ouvrage de sa jeunesse et la ressource de ses vieux jours.

Il ne manqua rien au coup que je reçus pour le rendre accablant. Mais j'étais dans un âge où les grands chagrins ont peu de prise, et je me forgeai bientôt des consolations. Je comptais avoir dans peu des nouvelles de M^me^ de Warens, quoique je ne susse pas son adresse, et qu'elle ignorât que j'étais de retour ; et quant à ma désertion, tout bien compté, je ne la trouvais pas si coupable. J'avais été utile à M. Le Maître dans sa retraite ; c'était le seul service qui dépendît de moi. Si j'avais resté[1] avec lui en France, je ne l'aurais pas guéri de son mal, je n'aurais pas sauvé sa caisse ; je n'aurais fait que doubler sa dépense, sans lui pouvoir être bon à rien. Voilà comment alors je voyais la chose ; je la vois autrement aujourd'hui. Ce n'est pas quand une vilaine action vient d'être faite qu'elle nous tourmente ; c'est quand longtemps après on se la rappelle ; car le souvenir ne s'en éteint point.

Le seul parti que j'avais à prendre pour avoir des nouvelles de Maman était d'en attendre : car où l'aller chercher à Paris, et avec quoi faire le voyage ? Il n'y avait point de lieu plus sûr qu'Annecy pour savoir tôt ou tard où elle était. J'y restai donc. Mais je me conduisis assez mal. Je n'allai point voir l'évêque qui m'avait protégé et qui me pouvait protéger encore. Je n'avais plus ma patronne auprès de lui et je craignais les réprimandes sur notre évasion. J'allai moins encore au séminaire. M. Gros n'y était plus. Je ne vis personne de ma connaissance : j'aurais pourtant bien voulu aller voir M^me^ l'Intendante, mais je n'osai jamais. Je fis plus mal que tout cela. Je retrouvai M. Venture, auquel malgré mon enthousiasme je n'avais pas même pensé depuis mon départ. Je le retrouvai brillant et fêté dans tout Annecy ; les dames se l'arrachaient. Ce succès acheva de me tourner la tête. Je ne vis plus rien que M. Venture, et il me fit presque oublier M^me^ de Warens. Pour profiter de ses leçons plus à mon aise, je lui proposai de partager avec moi son gîte ; il y consentit. Il était logé chez un cordonnier, plaisant et bouffon personnage qui dans son patois n'appelait pas sa femme autrement que *salopière* ; nom qu'elle méritait assez. Il avait avec elle des prises[2] que Venture avait soin de faire durer en paraissant vouloir faire le contraire. Il leur disait d'un ton froid et dans

---

**1.** Voir livre I, p. 80, note 1. **2.** Des disputes.

son accent provençal des mots qui faisaient le plus grand effet ; c'étaient des scènes à pâmer de rire. Les matinées se passaient ainsi sans qu'on y songeât. À deux ou trois heures nous mangions un morceau. Venture s'en allait dans ses sociétés où il soupait, et moi j'allais me promener seul, méditant sur son grand mérite, admirant, convoitant ses rares talents, et maudissant ma maussade étoile qui ne m'appelait point à cette heureuse vie. Eh que je m'y connaissais mal ! La mienne eût été cent fois plus charmante si j'avais été moins bête et si j'en avais su mieux jouir.

M^me^ de Warens n'avait emmené qu'Anet avec elle ; elle avait laissé Merceret, sa femme de chambre dont j'ai parlé. Je la trouvai occupant encore l'appartement de sa maîtresse. M^lle^ Merceret était une fille un peu plus âgée que moi, non pas jolie, mais assez agréable ; une bonne Fribourgeoise sans malice, et à qui je n'ai connu d'autre défaut que d'être quelquefois un peu mutine avec sa maîtresse. Je l'allais voir assez souvent ; c'était une ancienne connaissance, et sa vue m'en rappelait une plus chère qui me la faisait aimer. Elle avait plusieurs amies, entre autres une M^lle^ Giraud Genevoise, qui pour mes péchés s'avisa de prendre du goût pour moi. Elle pressait toujours Merceret de m'amener chez elle ; je m'y laissais mener parce que j'aimais assez Merceret, et qu'il y avait là d'autres jeunes personnes que je voyais volontiers. Pour M^lle^ Giraud qui me faisait toutes sortes d'agaceries, on ne peut rien ajouter à l'aversion que j'avais pour elle. Quand elle approchait de mon visage son museau sec et noir barbouillé de tabac d'Espagne, j'avais peine à m'abstenir d'y cracher. Mais je prenais patience ; à cela près, je me plaisais fort au milieu de toutes ces filles, et soit pour faire leur cour à M^lle^ Giraud, soit pour moi-même, toutes me fêtaient à l'envi. Je ne voyais à tout cela que de l'amitié. J'ai pensé depuis qu'il n'eût tenu qu'à moi d'y voir davantage : mais je ne m'en avisais pas, je n'y pensais pas.

D'ailleurs des couturières, des filles de chambre, de petites marchandes ne me tentaient guère. Il me fallait des demoiselles. Chacun a ses fantaisies ; ç'a toujours été la mienne, et je ne pense pas comme Horace sur ce point-là[1]. Ce n'est pourtant pas du tout la vanité de l'état et du rang qui m'attire ; c'est un teint mieux conservé, de plus belles mains, une parure plus gracieuse, un air de délicatesse et de propreté sur toute la personne, plus de goût dans la manière de se mettre et de s'exprimer, une robe plus fine et mieux faite, une chaussure plus mignonne, des rubans, de la dentelle, des cheveux mieux ajustés. Je préférerais toujours la moins jolie ayant plus de tout cela. Je trouve moi-même cette préférence très ridicule ; mais mon cœur la donne malgré moi.

Hé bien cet avantage se présentait encore, et il ne tint encore qu'à moi d'en profiter. Que j'aime à tomber de temps en temps sur les moments agréables de ma jeunesse ? Ils m'étaient si doux ; ils ont été si courts, si rares, et je les ai goûtés à si bon marché ! Ah leur seul souvenir rend encore à mon cœur une volupté pure dont j'ai besoin pour ranimer mon courage, et soutenir les ennuis du reste de mes ans.

L'aurore un matin me parut si belle que m'étant habillé précipitamment, je me hâtai de gagner la campagne pour voir lever le soleil. Je goûtai ce plaisir dans tout son charme ; c'était la semaine après la Saint-Jean. La terre dans sa plus grande parure était couverte d'herbe et de fleurs ; les rossignols presque à la fin de leur ramage semblaient se plaire à le renforcer : tous les oiseaux faisant en concert leurs adieux au printemps, chantaient la naissance d'un beau jour d'été, d'un de ces

1. Horace pour qui, « dans les moments les plus brûlants », peu importe la partenaire (*Satires*, livre I, 2).

jours qu'on ne voit plus à mon âge, et qu'on n'a jamais vus dans le triste sol que j'habite aujourd'hui[1].

Je m'étais insensiblement éloigné de la ville, la chaleur augmentait, et je me promenais sous des ombrages dans un vallon le long d'un ruisseau. J'entends derrière moi des pas de chevaux et des voix de filles qui semblaient embarrassées, mais qui n'en riaient pas de moins bon cœur. Je me retourne, on m'appelle par mon nom, j'approche, je trouve deux jeunes personnes de ma connaissance, M^lle^ de Graffenried et M^lle^ Galley, qui n'étant pas d'excellentes cavalières ne savaient comment forcer leurs chevaux à passer le ruisseau. M^lle^ de Graffenried était une jeune Bernoise fort aimable, qui par quelque folie de son âge ayant été jetée hors de son pays avait imité M^me^ de Warens, chez qui je l'avais vue quelquefois ; mais n'ayant pas eu une pension comme elle, elle avait été trop heureuse de s'attacher à M^lle^ Galley, qui, l'ayant prise en amitié avait engagé sa mère à la lui donner pour compagne, jusqu'à ce qu'on la pût placer de quelque façon. M^lle^ Galley, d'un an plus jeune qu'elle, était encore plus jolie ; elle avait je ne sais quoi de plus délicat, de plus fin ; elle était en même temps très mignonne et très formée, ce qui est pour une fille le plus beau moment. Toutes deux s'aimaient tendrement, et leur bon caractère à l'une et à l'autre ne pouvait qu'entretenir longtemps cette union, si quelque amant ne venait pas la déranger. Elles me dirent qu'elles allaient à Thônes[2], vieux château appartenant à M^me^ Galley ;

---

**1.** Rousseau habite alors (mars 1766) dans le Staffordshire, à Wootton. Il rédige cette page alors que ses rapports avec Hume, en compagnie duquel, après bien des péripéties, il a quitté la France pour l'Angleterre où il espère trouver un peu de calme, commencent à se gâter. La nostalgie d'un jour d'été, d'un jour d'adolescence, n'en est que plus intense. **2.** À une vingtaine de kilomètres d'Annecy. Le nom du ruisseau est le Fier.

elles implorèrent mon secours pour faire passer leurs chevaux, n'en pouvant venir à bout elles seules : je voulus fouetter les chevaux, mais elles craignaient pour moi les ruades et pour elles les haut-le-corps. J'eus recours à un autre expédient. Je pris par la bride le cheval de M$^{lle}$ Galley, puis le tirant après moi je traversai le ruisseau ayant de l'eau jusqu'à mi-jambes, et l'autre cheval suivit sans difficulté. Cela fait, je voulus saluer ces demoiselles et m'en aller comme un benêt : elles se dirent quelques mots tout bas, et M$^{lle}$ de Graffenried s'adressant à moi ; non pas, non pas, me dit-elle, on ne nous échappe pas comme cela. Vous vous êtes mouillé pour notre service ; nous devons en conscience avoir soin de vous sécher : il faut s'il vous plaît venir avec nous, nous vous arrêtons prisonnier. Le cœur me battait, je regardais M$^{lle}$ Galley : oui, oui, ajouta-t-elle en riant de ma mine effarée, prisonnier de guerre, montez en croupe derrière elle, nous voulons rendre compte de vous. Mais Mademoiselle, je n'ai point l'honneur d'être connu de Madame votre mère ; que dira-t-elle en me voyant arriver ? Sa mère, reprit M$^{lle}$ de Graffenried n'est pas à Thônes, nous sommes seules ; nous revenons ce soir, et vous reviendrez avec nous.

L'effet de l'électricité[1] n'est pas plus prompt que celui que ces mots firent sur moi. En m'élançant sur le cheval de M$^{lle}$ de Graffenried je tremblais de joie, et quand il fallut l'embrasser[2] pour me tenir, le cœur me battait si fort qu'elle s'en aperçut ; elle me dit que le sien lui battait aussi par la frayeur de tomber ; c'était presque dans ma posture, une invitation de vérifier la

1. « Propriété qui se manifeste à la surface de certains corps frottés, chauffés ou comprimés, et qui consiste en ce que ces corps attirent d'autres corps, les repoussent ensuite et produisent des étincelles » (Littré). On ne saurait mieux dire dans le cas présent. 2. L'entourer de mes bras.

chose ; je n'osai jamais, et durant tout le trajet mes deux bras lui servirent de ceinture, très serrée à la vérité ; mais sans se déplacer un moment. Telle femme qui lira ceci me souffletterait volontiers, et n'aurait pas tort.

La gaieté du voyage et le babil de ces filles aiguisèrent tellement le mien, que jusqu'au soir et tant que nous fûmes ensemble nous ne déparlâmes pas un moment[1]. Elles m'avaient mis si bien à mon aise que ma langue parlait autant que mes yeux, quoiqu'elle ne dît pas les mêmes choses. Quelques instants seulement quand je me trouvais tête à tête avec l'une ou l'autre, l'entretien s'embarrassait un peu ; mais l'absente revenait bien vite, et ne nous laissait pas le temps d'éclaircir cet embarras.

Arrivés à Thônes, et moi bien séché, nous déjeunâmes. Ensuite il fallut procéder à l'importante affaire de préparer le dîner. Les deux demoiselles tout en cuisinant baisaient de temps en temps les enfants de la grangère[2], et le pauvre marmiton regardait faire en rongeant son frein. On avait envoyé des provisions de la ville, et il y avait de quoi faire un très bon dîner, surtout en friandises ; mais malheureusement on avait oublié du vin. Cet oubli n'était pas étonnant pour des filles qui n'en buvaient guère : mais j'en fus fâché, car j'avais un peu compté sur ce secours pour m'enhardir. Elles en furent fâchées aussi, par la même raison peut-être, mais je n'en crois rien. Leur gaieté vive et charmante était l'innocence même, et d'ailleurs qu'eussent-elles fait de moi entre elles deux ? Elles envoyèrent chercher du vin partout aux environs ; on n'en trouva point, tant les paysans de ce canton sont sobres et pauvres. Comme elles m'en marquaient leur chagrin, je leur dis de n'en pas être si fort en peine et qu'elles n'avaient pas besoin de vin pour

---

**1.** Nous n'arrêtâmes pas un moment de parler. « Déparler » ne s'emploie que sous la forme négative. **2.** La femme du granger, autrement dit du métayer.

m'enivrer. Ce fut la seule galanterie que j'osai leur dire de la journée, mais je crois que les friponnes voyaient de reste que cette galanterie était une vérité.

Nous dînâmes dans la cuisine de la grangère, les deux amies assises sur des bancs aux deux côtés de la longue table et leur hôte entre elles deux, sur une escabelle à trois pieds. Quel dîner ! Quel souvenir plein de charmes ! Comment pouvant à si peu de frais goûter des plaisirs si purs et si vrais vouloir en rechercher d'autres ? Jamais souper des petites maisons de Paris[1] n'approcha de ce repas, je ne dis pas seulement pour la gaieté, pour la douce joie, mais je dis, pour la sensualité.

Après le dîner nous fîmes une économie. Au lieu de prendre le café qui nous restait du déjeuner nous le gardâmes pour le goûter avec de la crème et des gâteaux qu'elles avaient apportés, et pour tenir notre appétit en haleine nous allâmes dans le verger achever notre dessert avec des cerises. Je montai sur l'arbre et je leur en jetais des bouquets dont elles me rendaient les noyaux à travers les branches. Une fois M$^{lle}$ Galley avançant son tablier et reculant la tête se présentait si bien, et je visai si juste, que je lui fis tomber un bouquet dans le sein ; et de rire. Je me disais en moi-même ; que mes lèvres ne sont-elles des cerises ! comme je les leur jetterais ainsi de bon cœur ?

La journée se passa de cette sorte à folâtrer avec la plus grande liberté, et toujours avec la plus grande décence. Pas un seul mot équivoque, pas une seule plaisanterie hasardée ; et cette décence nous ne nous l'imposions point du tout ; elle venait toute seule, nous prenions le ton que nous donnaient nos cœurs. Enfin ma modestie, d'autres diront ma sottise fut telle que la plus

1. « Nom donné autrefois à une maison ordinairement située dans un quartier peu fréquenté et destinée à des rendez-vous avec des maîtresses » (Littré).

grande privauté qui m'échappa fut de baiser une seule fois la main de M^lle^ Galley. Il est vrai que la circonstance donnait du prix à cette légère faveur. Nous étions seuls, je respirais avec embarras, elle avait les yeux baissés. Ma bouche au lieu de trouver des paroles s'avisa de se coller sur sa main, qu'elle retira doucement, après qu'elle fut baisée, en me regardant d'un air qui n'était point irrité. Je ne sais ce que j'aurais pu lui dire : son amie entra, et me parut laide en ce moment.

Enfin elles se souvinrent qu'il ne fallait pas attendre la nuit pour rentrer en ville. Il ne nous restait que le temps qu'il fallait pour y arriver de jour, et nous nous hâtâmes de partir, en nous distribuant comme nous étions venus. Si j'avais osé, j'aurais transposé cet ordre ; car le regard de M^lle^ Galley m'avait vivement ému le cœur ; mais je n'osai rien dire, et ce n'était pas à elle de le proposer. En marchant nous disions que la journée avait tort de finir, mais loin de nous plaindre qu'elle eût été courte, nous trouvâmes que nous avions eu le secret de la faire longue par tous les amusements dont nous avions su la remplir.

Je les quittai à peu près au même endroit où elles m'avaient pris. Avec quel regret nous nous séparâmes ! Avec quel plaisir nous projetâmes de nous revoir ! Douze heures passées ensemble nous valaient des siècles de familiarité. Le doux souvenir de cette journée ne coûtait rien à ces aimables filles ; la tendre union qui régnait entre nous trois valait des plaisirs plus vifs et n'eût pu subsister avec eux : nous nous aimions sans mystère et sans honte, et nous voulions nous aimer toujours ainsi. L'innocence des mœurs a sa volupté qui vaut bien l'autre, parce qu'elle n'a point d'intervalle et qu'elle agit continuellement. Pour moi je sais que la mémoire d'un si beau jour me touche plus, me charme plus, me revient plus au cœur que celle d'aucuns plaisirs que j'aie goûtés en ma vie. Je ne savais pas trop bien ce que je voulais à ces deux charmantes personnes, mais elles m'intéressaient beaucoup toutes deux. Je ne dis pas que si j'eusse été le maître de mes arrangements mon cœur se serait partagé ; j'y sentais un peu de préférence. J'aurais fait mon bonheur d'avoir pour maîtresse M^lle^ de Graffenried, mais à choix je crois que je l'aurais mieux aimée pour confidente. Quoi qu'il en soit, il me semblait en les quittant que je ne pouvais plus vivre sans l'une et sans l'autre. Qui m'eût dit que je ne les reverrais de ma vie, et que là finiraient nos éphémères amours ?

Ceux qui liront ceci ne manqueront pas de rire de mes aventures galantes, en remarquant qu'après beaucoup de préliminaires, les plus avancées finissent par baiser la main. Ô mes lecteurs, ne vous y trompez pas. J'ai peut-être eu plus de plaisir dans mes amours en finissant par cette main baisée, que vous n'en aurez jamais dans les vôtres, en commençant tout au moins par là.

Venture, qui s'était couché fort tard la veille, rentra peu de temps après moi. Pour cette fois je ne le vis pas avec le même plaisir qu'à l'ordinaire, et je me gardai de lui dire comment j'avais passé ma journée. Ces demoiselles m'avaient parlé de lui avec peu d'estime, et m'avaient paru mécontentes de me savoir en si mauvaises mains : cela lui fit tort dans mon esprit : d'ailleurs tout ce qui me distrayait d'elles ne pouvait que m'être désagréable. Cependant il me rappela bientôt à lui et à moi en me parlant de ma situation. Elle était trop critique pour pouvoir durer. Quoique je dépensasse très peu de chose mon petit pécule achevait de s'épuiser ; j'étais sans ressource. Point de nouvelles de Maman ; je ne savais que devenir, et je sentais un cruel serrement de cœur de voir l'ami de M^lle^ Galley réduit à l'aumône.

Venture me dit qu'il avait parlé de moi à M. le juge-mage[1], qu'il voulait m'y mener dîner le lendemain, que

---

1. Magistrat rendant la justice en première instance ; le titre apparaît « dans quelques provinces méridionales de la France » (Littré), en particulier en Savoie.

c'était un homme en état de me rendre service par ses amis, d'ailleurs une bonne connaissance à faire, un homme d'esprit et de lettres, d'un commerce fort agréable, qui avait des talents et qui les aimait ; puis mêlant à son ordinaire aux choses les plus sérieuses la plus mince frivolité, il me fit voir un joli couplet venu de Paris, sur un air d'un opéra de Mouret qu'on jouait alors[1]. Ce couplet avait plu si fort à M. Simon (c'était le nom du juge-mage), qu'il voulait en faire un autre en réponse sur le même air : il avait dit à Venture d'en faire aussi un, et la folie prit à celui-ci de m'en faire faire un troisième ; afin, disait-il, qu'on vît les couplets arriver le lendemain comme les brancards du *Roman comique*[2].

La nuit ne pouvant dormir, je fis comme je pus mon couplet ; pour les premiers vers que j'eusse faits ils étaient passables, meilleurs même, ou du moins faits avec plus de goût qu'ils n'auraient été la veille, le sujet roulant sur une situation fort tendre, à laquelle mon cœur était déjà tout disposé. Je montrai le matin mon couplet à Venture, qui le trouvant joli le mit dans sa poche, sans me dire s'il avait fait le sien. Nous allâmes dîner chez M. Simon, qui nous reçut bien. La conversation fut agréable ; elle ne pouvait manquer de l'être entre deux hommes d'esprit à qui la lecture avait profité. Pour moi, je faisais mon rôle ; j'écoutais et je me taisais. Ils ne parlèrent de couplet ni l'un ni l'autre ; je n'en parlai point non plus, et jamais, que je sache, il n'a été question du mien.

M. Simon parut content de mon maintien : c'est à peu près tout ce qu'il vit de moi dans cette entrevue. Il

---

1. Jean-Joseph Mouret, musicien français, mort en 1738. Il fut surintendant de la musique chez la duchesse du Maine, à Sceaux.
2. Roman de Scarron dont la première partie parut en 1651. Dans le chapitre VII, les comédiens voient arriver quatre « brancards », c'est-à-dire quatre litières portées par des bêtes de somme, transportant des personnages surprenants.

m'avait déjà vu plusieurs fois chez M$^{me}$ de Warens sans faire une grande attention à moi. Ainsi c'est de ce dîner que je puis dater sa connaissance, qui ne me servit de rien pour l'objet qui me l'avait fait faire, mais dont je tirai dans la suite d'autres avantages qui me font rappeler sa mémoire avec plaisir.

J'aurais tort de ne pas parler de sa figure, que, sur sa qualité de magistrat, et sur le bel esprit dont il se piquait, on n'imaginerait pas si je n'en disais rien. M. le juge-mage Simon n'avait assurément pas deux pieds de haut[1]. Ses jambes, droites, menues et même assez longues, l'auraient agrandi si elles eussent été verticales ; mais elles posaient de biais comme celles d'un compas très ouvert. Son corps était non seulement court, mais mince et en tout sens d'une petitesse inconcevable. Il devait paraître une sauterelle quand il était nu. Sa tête, de grandeur naturelle avec un visage bien formé, l'air noble, d'assez beaux yeux, semblait une tête postiche qu'on aurait plantée sur un moignon. Il eût pu s'exempter de faire de la dépense en parure ; car sa grande perruque seule l'habillait parfaitement de pied en cap.

Il avait deux voix toutes différentes qui s'entremêlaient sans cesse dans sa conversation avec un contraste d'abord très plaisant, mais bientôt très désagréable. L'une était grave et sonore ; c'était, si j'ose ainsi parler, la voix de sa tête. L'autre, claire, aiguë et perçante était la voix de son corps. Quand il s'écoutait beaucoup, qu'il parlait très posément, qu'il ménageait son haleine, il pouvait parler toujours de sa grosse voix ; mais pour peu qu'il s'animât et qu'un accent plus vif vînt se présenter, cet accent devenait comme le sifflement d'une clef[2], et il avait toute la peine du monde à reprendre sa basse.

---

1. Environ soixante-cinq centimètres. 2. Nous dirions, pour rester dans le registre musical, comme un canard.

Avec la figure que je viens de peindre et qui n'est point chargée, M. Simon était galant, grand conteur de fleurettes, et poussait jusqu'à la coquetterie le soin de son ajustement. Comme il cherchait à prendre ses avantages, il donnait volontiers ses audiences du matin dans son lit ; car quand on voyait sur l'oreiller une belle tête, personne n'allait s'imaginer que c'était là tout. Cela donnait lieu quelquefois à des scènes dont je suis sûr que tout Annecy se souvient encore. Un matin qu'il attendait dans ce lit ou plutôt sur ce lit les plaideurs, en belle coiffe de nuit bien fine et bien blanche ornée de deux grosses bouffettes de ruban couleur de rose, un paysan arrive, heurte à la porte. La servante était sortie. M. le juge-mage entendant redoubler crie, *entrez* ; et cela, comme dit un peu trop fort, partit de sa voix aiguë. L'homme entre, il cherche d'où vient cette voix de femme, et voyant dans ce lit une cornette, une fontange[1], il veut ressortir en faisant à Madame de grandes excuses. M. Simon se fâche et n'en crie que plus clair. Le paysan, confirmé dans son idée et se croyant insulté, lui chante pouille[2], lui dit qu'apparemment elle n'est qu'une coureuse, et que M. le juge-mage ne donne guère bon exemple chez lui. Le juge-mage furieux et n'ayant pour toute arme que son pot de chambre allait le jeter à la tête de ce pauvre homme quand sa gouvernante arriva.

Ce petit nain, si disgracié dans son corps par la nature, en avait été dédommagé du côté de l'esprit : il l'avait naturellement agréable, et il avait pris soin de l'orner. Quoiqu'il fût à ce qu'on disait assez bon jurisconsulte, il n'aimait pas son métier. Il s'était jeté dans la belle

1. La cornette est une « sorte de coiffure de femme en déshabillé » (Littré) ; quant à la fontange, qui mêle rubans et boucles de cheveux en un échafaudage périlleux, elle fut mise à la mode par M$^{lle}$ de Fontanges, maîtresse de Louis XIV. 2. Le traite de tous les noms, l'injurie.

littérature, et il y avait réussi. Il en avait pris surtout cette brillante superficie, cette fleur qui jette de l'agrément dans le commerce, même avec les femmes. Il savait par cœur tous les petits traits des *ana*[1] et autres semblables : il avait l'art de les faire valoir, en contant avec intérêt, avec mystère et comme une anecdote de la veille, ce qui s'était passé il y avait soixante ans. Il savait la musique, et chantait agréablement de sa voix d'homme : enfin il avait beaucoup de jolis talents pour un magistrat. À force de cajoler les dames d'Annecy, il s'était mis à la mode parmi elles ; elles l'avaient à leur suite comme un petit sapajou. Il prétendait même à des bonnes fortunes, et cela les amusait beaucoup. Une Mme d'Épagny disait que pour lui la dernière faveur était de baiser une femme au genou.

Comme il connaissait les bons livres et qu'il en parlait volontiers, sa conversation était non seulement amusante, mais instructive. Dans la suite, lorsque j'eus pris du goût pour l'étude je cultivai sa connaissance et je m'en trouvai très bien. J'allais quelquefois le voir de Chambéry où j'étais alors. Il louait, animait mon émulation, et me donnait pour mes lectures de bons avis dont j'ai souvent fait mon profit. Malheureusement dans ce corps si fluet logeait une âme très sensible. Quelques années après il eut je ne sais quelle mauvaise affaire qui le chagrina, et il en mourut. Ce fut dommage ; c'était assurément un bon petit homme, dont on commençait par rire, et qu'on finissait par aimer. Quoique sa vie ait été peu liée à la mienne, comme j'ai reçu de lui des leçons utiles, j'ai cru pouvoir par reconnaissance lui consacrer un petit souvenir.

Sitôt que je fus libre, je courus dans la rue de Mlle Galley, me flattant de voir entrer ou sortir quelqu'un

---

1. Recueils d'anecdotes sur un auteur, mêlés de bons mots et de courts extraits de ses œuvres.

ou du moins ouvrir quelque fenêtre. Rien ; pas un chat ne parut, et tout le temps que je fus là, la maison demeura aussi close que si elle n'eût point été habitée. La rue était petite et déserte, un homme s'y remarquait : de temps en temps quelqu'un passait, entrait ou sortait au voisinage. J'étais fort embarrassé de ma figure ; il me semblait qu'on devinait pourquoi j'étais là, et cette idée me mettait au supplice : car j'ai toujours préféré à mes plaisirs l'honneur et le repos de celles qui m'étaient chères.

Enfin, las de faire l'amant espagnol[1] et n'ayant point de guitare, je pris le parti d'aller écrire à Mlle de Graffenried. J'aurais préféré d'écrire à son amie, mais je n'osais, et il convenait de commencer par celle à qui je devais la connaissance de l'autre et avec qui j'étais plus familier. Ma lettre faite, j'allai la porter à Mlle Giraud, comme j'en étais convenu avec ces demoiselles en nous séparant. Ce furent elles qui me donnèrent cet expédient. Mlle Giraud était contrepointière[2], et travaillant quelquefois chez Mlle Galley elle avait l'entrée de sa maison. La messagère ne me parut pourtant pas trop bien choisie ; mais j'avais peur si je faisais des difficultés sur celle-là qu'on ne m'en proposât point d'autre. De plus, je n'osai dire qu'elle voulait travailler pour son compte. Je me sentais humilié qu'elle osât se croire pour moi du même sexe que ces demoiselles. Enfin j'aimais mieux cet entrepôt-là[3] que point, et je m'y tins à tout risque.

Au premier mot la Giraud me devina : cela n'était pas difficile. Quand une lettre à porter à de jeunes filles n'aurait pas parlé d'elle-même, mon air sot et embarrassé m'aurait seul décelé. On peut croire que cette commission ne lui donna pas grand plaisir à faire : elle s'en

---

**1.** C'est-à-dire l'amoureux transi. **2.** Ou « courtepointière » : ouvrière s'occupant d'étoffes et de tentures. **3.** Cette intermédiaire-là. Le courrier y est en transit.

chargea toutefois et l'exécuta fidèlement. Le lendemain matin je courus chez elle et j'y trouvai ma réponse. Comme je me pressai de sortir pour l'aller lire et baiser à mon aise ! Cela n'a pas besoin d'être dit ; mais ce qui en a besoin davantage, c'est le parti que prit M^lle^ Giraud et où j'ai trouvé plus de délicatesse et de modération que je n'en aurais attendu d'elle. Ayant assez de bon sens pour voir qu'avec ses trente-sept ans, ses yeux de lièvre, son nez barbouillé, sa voix aigre et sa peau noire, elle n'avait pas beau jeu contre deux jeunes personnes pleines de grâces et dans tout l'éclat de la beauté, elle ne voulut ni les trahir ni les servir, et aima mieux me perdre que de me ménager pour elles.

Il y avait déjà quelque temps que la Merceret n'ayant aucune nouvelle de sa maîtresse songeait à s'en retourner à Fribourg ; elle l'y détermina tout à fait. Elle fit plus ; elle lui fit entendre qu'il serait bien que quelqu'un la conduisît chez son père, et me proposa. La petite Merceret à qui je ne déplaisais pas non plus, trouva cette idée fort bonne à exécuter. Elles m'en parlèrent dès le même jour comme d'une affaire arrangée, et comme je ne trouvais rien qui me déplût dans cette manière de disposer de moi j'y consentis, regardant ce voyage comme une affaire de huit jours tout au plus. La Giraud, qui ne pensait pas de même arrangea tout. Il fallut bien avouer l'état de mes finances. On y pourvut : la Merceret se chargea de me défrayer, et, pour regagner d'un côté ce qu'elle dépensait de l'autre, à ma prière on décida qu'elle enverrait devant son petit bagage, et que nous irions à pied à petites journées. Ainsi fut fait.

Je suis fâché de faire tant de filles amoureuses de moi. Mais comme il n'y a pas de quoi être bien vain[1] du parti que j'ai tiré de toutes ces amours-là, je crois

1. Bien vaniteux.

pouvoir dire la vérité sans scrupules. La Merceret, plus jeune et moins déniaisée que la Giraud ne m'a jamais fait des agaceries aussi vives ; mais elle imitait mes tons, mes accents, redisait mes mots, avait pour moi les attentions que j'aurais dû avoir pour elle, et prenait toujours grand soin, comme elle était fort peureuse, que nous couchassions dans la même chambre : identité[1] qui se borne rarement là dans un voyage, entre un garçon de vingt ans et une fille de vingt-cinq.

Elle s'y borna pourtant cette fois. Ma simplicité fut telle que quoique la Merceret ne fût pas désagréable il ne me vint pas même à l'esprit durant tout le voyage, je ne dis pas la moindre tentation galante, mais même la moindre idée qui s'y rapportât, et quand cette idée me serait venue, j'étais trop sot pour en savoir profiter. Je n'imaginais pas comment une fille et un garçon parvenaient à coucher ensemble ; je croyais qu'il fallait des siècles pour préparer ce terrible arrangement. Si la pauvre Merceret en me défrayant comptait sur quelque équivalent, elle en fut la dupe, et nous arrivâmes à Fribourg exactement comme nous étions partis d'Annecy.

En passant à Genève je n'allai voir personne ; mais je fus prêt à me trouver mal sur les ponts. Jamais je n'ai vu les murs de cette heureuse ville, jamais je n'y suis entré sans sentir une certaine défaillance de cœur qui venait d'un excès d'attendrissement. En même temps que la noble image de la liberté m'élevait l'âme, celles de l'égalité, de l'union, de la douceur des mœurs me touchaient jusqu'aux larmes et m'inspiraient un vif regret d'avoir perdu tous ces biens. Dans quelle erreur j'étais, mais qu'elle était naturelle ! Je croyais voir tout cela dans ma patrie[2] parce que je le portais dans mon cœur.

---

1. Ici le fait de partager la même chambre. 2. Patrie qui, en juin 1762, avait brûlé l'*Émile* et le *Contrat social*, et décrété leur auteur de prise de corps (voir l'Introduction, p. 28, note 2), ce qui n'interdit pas la nostalgie.

Il fallait passer à Nyon. Passer sans voir mon bon père ! Si j'avais eu ce courage, j'en serais mort de regret. Je laissai la Merceret à l'auberge et je l'allai voir à tout risque. Eh ! que j'avais tort de le craindre ! Son âme à mon abord s'ouvrit aux sentiments paternels dont elle était pleine. Que de pleurs nous versâmes en nous embrassant[1] ! Il crut d'abord que je revenais à lui. Je lui fis mon histoire, et je lui dis ma résolution. Il la combattit faiblement. Il me fit voir les dangers auxquels je m'exposais, me dit que les plus courtes folies étaient les meilleures. Du reste, il n'eut pas même la tentation de me retenir de force, et en cela je trouve qu'il eut raison : mais il est certain qu'il ne fit pas pour me ramener tout ce qu'il aurait pu faire, soit qu'après le pas que j'avais fait il jugeât lui-même que je n'en devais pas revenir, soit qu'il fût embarrassé peut-être à savoir ce qu'à mon âge il pourrait faire de moi. J'ai su depuis qu'il eut de ma compagne de voyage une opinion bien injuste et bien éloignée de la vérité, mais du reste assez naturelle. Ma belle-mère, bonne femme, un peu mielleuse, fit semblant de vouloir me retenir à souper. Je ne restai point, mais je leur dis que je comptais m'arrêter avec eux plus longtemps au retour, et je leur laissai en dépôt mon petit paquet que j'avais fait venir par le bateau, et dont j'étais embarrassé. Le lendemain je partis de bon matin, bien content d'avoir vu mon père et d'avoir osé faire mon devoir.

Nous arrivâmes heureusement à Fribourg. Sur la fin du voyage les empressements de M^lle^ Merceret diminuèrent un peu. Après notre arrivée elle ne me marqua plus que de la froideur, et son père, qui ne nageait pas dans

---

**1.** Une lettre de l'été 1731 laisse entendre que l'entretien ne fut pas aussi effusif. N'oublions pas que Jean-Jacques avait abjuré le protestantisme et qu'il était parti courir le monde un beau soir, comme son frère François.

l'opulence, ne me fit pas non plus un bien grand accueil ; j'allai loger au cabaret. Je les fus voir le lendemain ; ils m'offrirent à dîner, je l'acceptai. Nous nous séparâmes sans pleurs, je retournai le soir à ma gargote, et je repartis le surlendemain de mon arrivée, sans trop savoir où j'avais dessein d'aller.

Voilà encore une circonstance de ma vie où la Providence m'offrait précisément ce qu'il me fallait pour couler des jours heureux. La Merceret était une très bonne fille, point brillante, point belle, mais point laide non plus ; peu vive, fort raisonnable, à quelques petites humeurs près, qui se passaient à pleurer, et qui n'avaient jamais de suite orageuse. Elle avait un vrai goût pour moi ; j'aurais pu l'épouser sans peine, et suivre le métier de son père. Mon goût pour la musique me l'aurait fait aimer. Je me serais établi à Fribourg, petite ville peu jolie, mais peuplée de très bonnes gens. J'aurais perdu sans doute de grands plaisirs, mais j'aurais vécu en paix jusqu'à ma dernière heure ; et je dois savoir mieux que personne qu'il n'y avait pas à balancer sur ce marché.

Je revins, non pas à Nyon, mais à Lausanne. Je voulais me rassasier de la vue de ce beau lac qu'on voit là dans sa plus grande étendue. La plupart de mes secrets motifs déterminants n'ont pas été plus solides. Des vues éloignées ont rarement assez de force pour me faire agir. L'incertitude de l'avenir m'a toujours fait regarder les projets de longue exécution comme des leurres de dupe. Je me livre à l'espoir comme un autre, pourvu qu'il ne me coûte rien à nourrir ; mais s'il faut prendre longtemps de la peine, je n'en suis plus. Le moindre petit plaisir qui s'offre à ma portée me tente plus que les joies du paradis. J'excepte pourtant le plaisir que la peine doit suivre ; celui-là ne me tente pas, parce que je n'aime que des jouissances pures, et que jamais on n'en a de telles quand on sait qu'on s'apprête un repentir.

J'avais grand besoin d'arriver, où que ce fût, et le plus proche était le mieux ; car m'étant égaré dans ma route je me trouvai le soir à Moudon, où je dépensai le peu qui me restait, hors dix kreutzers[1] qui partirent le lendemain à la dînée, et arrivé le soir à un petit village auprès de Lausanne, j'y entrai dans un cabaret sans un sou pour payer ma couchée[2], et sans savoir que devenir. J'avais grand-faim ; je fis bonne contenance et je demandai à souper comme si j'eusse eu de quoi bien payer. J'allai me coucher sans songer à rien, je dormis tranquillement, et après avoir déjeuné le matin et compté avec l'hôte, je voulus pour sept batz à quoi montait ma dépense lui laisser ma veste en gage. Ce brave homme la refusa : il me dit que grâce au Ciel il n'avait jamais dépouillé personne, qu'il ne voulait pas commencer pour sept batz, que je gardasse ma veste, et que je le payerais quand je pourrais. Je fus touché de sa bonté, mais moins que je ne devais l'être et que je ne l'ai été depuis en y repensant. Je ne tardai guère à lui renvoyer son argent avec des remerciements par un homme sûr : mais quinze ans après repassant par Lausanne à mon retour d'Italie, j'eus un vrai regret d'avoir oublié le nom du cabaret et de l'hôte. Je l'aurais été voir. Je me serais fait un vrai plaisir de lui rappeler sa bonne œuvre, et de lui prouver qu'elle n'avait pas été mal placée. Des services plus importants sans doute, mais rendus avec plus d'ostentation, ne m'ont pas paru si dignes de reconnaissance que l'humanité simple et sans éclat de cet honnête homme.

En approchant de Lausanne je rêvais à la détresse où je me trouvais, aux moyens de m'en tirer sans aller montrer ma misère à ma belle-mère, et je me comparais

---

**1.** Monnaie bernoise ; quatre kreutzers font un batz. **2.** La « dînée », la « couchée » : le repas de midi, le repas du soir et la nuit, mais aussi les dépenses qui leur correspondent.

dans ce pèlerinage pédestre à mon ami Venture arrivant à Annecy[1]. Je m'échauffai si bien de cette idée, que, sans songer que je n'avais ni sa gentillesse[2] ni ses talents, je me mis en tête de faire à Lausanne le petit Venture, d'enseigner la musique que je ne savais pas, et de me dire de Paris, où je n'avais jamais été. En conséquence de ce beau projet, comme il n'y avait point là de maîtrise où je pusse vicarier[3], et que d'ailleurs je n'avais garde d'aller me fourrer parmi les gens de l'art, je commençai par m'informer d'une petite auberge où l'on pût être assez bien et à bon marché. On m'enseigna[4] un nommé Perrotet, qui tenait des pensionnaires. Ce Perrotet se trouva être le meilleur homme du monde, et me reçut fort bien. Je lui contai mes petits mensonges comme je les avais arrangés. Il me promit de parler de moi et de tâcher de me procurer des écoliers ; il me dit qu'il ne me demanderait de l'argent que quand j'en aurais gagné. Sa pension était de cinq écus blancs[5] ; ce qui était peu pour la chose, mais beaucoup pour moi. Il me conseilla de ne me mettre d'abord qu'à la demi-pension, qui consistait pour le dîner en une bonne soupe et rien de plus mais bien à souper le soir. J'y consentis. Ce pauvre Perrotet me fit toutes ces avances du meilleur cœur du monde, et n'épargnait rien pour m'être utile. Pourquoi faut-il qu'ayant trouvé tant de bonnes gens dans ma jeunesse j'en trouve si peu dans un âge avancé, leur race est-elle épuisée ? Non, mais l'ordre où j'ai besoin de les chercher aujourd'hui n'est plus le même où je les trouvais alors. Parmi le peuple où les grandes passions ne parlent que par intervalles les sentiments de la nature se font plus souvent entendre. Dans les états plus élevés ils sont étouffés absolument, et sous le

1. Voir livre III, p. 209. 2. Ses manières gracieuses, aimables. 3. Voir livre III, p. 208, note 2. 4. On m'indiqua. 5. Monnaie d'argent.

masque du sentiment il n'y a jamais que l'intérêt ou la vanité qui parle.

J'écrivis de Lausanne à mon père qui m'envoya mon paquet et me marqua d'excellentes choses dont j'aurais dû mieux profiter. J'ai déjà noté des moments de délire inconcevables où je n'étais plus moi-même : en voici encore un des plus marqués. Pour comprendre à quel point la tête me tournait alors, à quel point je m'étais pour ainsi dire venturisé, il ne faut que voir combien tout à la fois j'accumulai d'extravagances. Me voilà maître à chanter sans savoir déchiffrer un air ; car quand les six mois que j'avais passés avec Le Maître m'auraient profité, jamais ils n'auraient pu suffire ; mais outre cela j'apprenais d'un maître, c'en était assez pour apprendre mal. Parisien de Genève et catholique en pays protestant, je crus devoir changer mon nom ainsi que ma religion et ma patrie. Je m'approchais toujours de mon grand modèle autant qu'il m'était possible. Il s'était appelé Venture de Villeneuve ; moi je fis l'anagramme du nom de Rousseau dans celui de Vaussore[1], et je m'appelai Vaussore de Villeneuve. Venture savait la composition, quoiqu'il n'en eût rien dit ; moi sans la savoir je m'en vantai à tout le monde et sans pouvoir noter le moindre vaudeville[2] je me donnai pour compositeur. Ce n'est pas tout : ayant été présenté à M. de Treytorens, professeur en droit, qui aimait la musique et faisait des concerts chez lui, je voulus lui donner un échantillon de mon talent, et je me mis à composer une pièce pour son concert aussi effrontément que si j'avais su comment m'y prendre. J'eus la constance de travailler pendant quinze jours à ce bel ouvrage, de le mettre au net, d'en tirer

1. En jouant sur la graphie du U et du V, qui était semblable en capitales. 2. « Chanson de circonstance qui court par la ville, et dont l'air est facile à chanter » (Littré).

les parties[1] et de les distribuer avec autant d'assurance que si c'eût été un chef-d'œuvre d'harmonie. Enfin, ce qu'on aura peine à croire, et qui est très vrai, pour couronner dignement cette sublime production, je mis à la fin un joli menuet qui courait les rues, et que tout le monde se rappelle peut-être encore sur ces paroles jadis si connues.

*Quel caprice !*
*Quelle injustice !*
*Quoi ! ta Clarice*
*Trahirait tes feux ? etc.*

Venture m'avait appris cet air avec la basse[2] sur d'autres paroles infâmes, à l'aide desquelles je l'avais retenu. Je mis donc à la fin de ma composition ce menuet et sa basse en supprimant les paroles, et je le donnai pour être de moi, tout aussi résolument que si j'avais parlé à des habitants de la lune.

On s'assemble pour exécuter ma pièce. J'explique à chacun le genre du mouvement, le goût de l'exécution, les renvois des parties ; j'étais fort affairé. On s'accorde pendant cinq ou six minutes qui furent pour moi cinq ou six siècles. Enfin tout étant prêt, je frappe avec un beau rouleau de papier sur mon pupitre magistral les cinq ou six coups du *prenez garde à vous*. On fait silence, je me mets gravement à battre la mesure, on commence………… non, depuis qu'il existe des opéras français, de la vie on n'ouït un semblable charivari. Quoi qu'on eût pu penser de mon prétendu talent, l'effet fut pire que tout ce qu'on semblait attendre. Les musiciens étouffaient de rire ; les auditeurs ouvraient de grands yeux et auraient bien voulu fermer les oreilles, mais il

1. Les partitions de chaque musicien. 2. Avec l'accompagnement.

n'y avait pas moyen. Mes bourreaux de symphonistes[1] qui voulaient s'égayer raclaient à percer le tympan d'un quinze-vingt[2]. J'eus la constance d'aller toujours mon train, suant, il est vrai, à grosses gouttes, mais retenu par la honte, n'osant m'enfuir et tout planter là. Pour ma consolation j'entendais autour de moi les assistants se dire à leur oreille ou plutôt à la mienne. L'un, il n'y a rien là de supportable ; un autre, quelle musique enragée ? un autre, quel diable de sabbat ? Pauvre Jean-Jacques ; dans ce cruel moment tu n'espérais guère qu'un jour devant le roi de France et toute sa cour tes sons exciteraient des murmures de surprise et d'applaudissement[3], et que dans toutes les loges autour de toi les plus aimables femmes se diraient à demi-voix : quels sons charmants ! quelle musique enchanteresse ! tous ces chants-là vont au cœur !

Mais ce qui mit tout le monde de bonne humeur fut le menuet. À peine en eut-on joué quelques mesures, que j'entendis partir de toutes parts les éclats de rire. Chacun me félicitait sur mon joli goût de chant ; on m'assurait que ce menuet ferait parler de moi[4], et que je méritais d'être chanté partout. Je n'ai pas besoin de dépeindre mon angoisse, ni d'avouer que je la méritais bien.

Le lendemain l'un de mes symphonistes, appelé Lutold vint me voir, et fut assez bon homme pour ne pas me féliciter sur mon succès. Le profond sentiment de ma sottise, la honte, le regret, le désespoir de l'état

---

1. Les instrumentistes qui exécutent, dans tous les sens du terme, la composition de Jean-Jacques « Vaussore ». 2. L'hôpital des Quinze-Vingts, à Paris, héberge les aveugles, à l'ouïe exercée. 3. Le jour du triomphe devant le roi et la cour, à Fontainebleau, du *Devin du village*, 18 octobre 1752. Voir livre VIII (tome II), p. 151. 4. D'autant plus que l'air est celui d'une chanson paillarde, dont les paroles ont servi au chaste Rousseau à le retenir.

où j'étais réduit, l'impossibilité de tenir mon cœur fermé dans ses grandes peines, me firent ouvrir à lui ; je lâchai la bonde à mes larmes, et au lieu de me contenter de lui avouer mon ignorance, je lui dis tout, en lui demandant le secret qu'il me promit, et qu'il me garda comme on peut le croire. Dès le même soir tout Lausanne sut qui j'étais, et ce qui est remarquable, personne ne m'en fit semblant, pas même le bon Perrotet, qui pour tout cela ne se rebuta pas de me loger et de me nourrir.

Je vivais, mais bien tristement. Les suites d'un pareil début ne firent pas pour moi de Lausanne un séjour fort agréable. Les écoliers ne se présentaient pas en foule ; pas une seule écolière, et personne de la ville. J'eus en tout deux ou trois gros Teutsches[1] aussi stupides que j'étais ignorant, qui m'ennuyaient à mourir et qui dans mes mains ne devinrent pas de grands croque-notes[2]. Je fus appelé dans une seule maison où un petit serpent de fille se donna le plaisir de me montrer beaucoup de musique dont je ne pus pas lire une note, et qu'elle eut la malice de chanter ensuite devant M. le maître, pour lui montrer comment cela s'exécutait. J'étais si peu en état de lire un air de première vue que dans le brillant concert dont j'ai parlé il ne me fut pas possible de suivre un moment l'exécution pour savoir si l'on jouait bien ce que j'avais sous les yeux, et que j'avais composé moi-même.

Au milieu de tant d'humiliations j'avais des consolations très douces, dans les nouvelles que je recevais de temps en temps des deux charmantes amies. J'ai toujours trouvé dans le sexe une grande vertu consolatrice, et rien n'adoucit plus mes afflictions dans mes disgrâces que de sentir qu'une personne aimable y prend intérêt. Cette

---

**1.** C'est-à-dire des Suisses allemands. **2.** « Musicien habile à croquer les notes, c'est-à-dire qui exécute assez bien, mais sans autre mérite » (Littré).

correspondance cessa pourtant bientôt après, et ne fut jamais renouée, mais ce fut ma faute. En changeant de lieu je négligeai de leur donner mon adresse, et forcé par la nécessité de songer continuellement à moi-même, je les oubliai bientôt entièrement.

Il y a longtemps que je n'ai parlé de ma pauvre Maman ; mais si l'on croit que je l'oubliais aussi, l'on se trompe fort. Je ne cessais de penser à elle et de désirer de la retrouver, non seulement pour le besoin de ma subsistance, mais bien plus pour le besoin de mon cœur. Mon attachement pour elle, quelque vif quelque tendre qu'il fût, ne m'empêchait pas d'en aimer d'autres, mais ce n'était pas de la même façon. Toutes devaient également ma tendresse à leurs charmes, mais elle tenait uniquement à ceux des autres et ne leur eût pas survécu ; au lieu que Maman pouvait devenir vieille et laide sans que je l'aimasse moins tendrement. Mon cœur avait pleinement transmis à sa personne l'hommage qu'il fit d'abord à sa beauté, et quelque changement qu'elle éprouvât, pourvu que ce fût toujours elle, mes sentiments ne pouvaient changer. Je sais bien que je lui devais de la reconnaissance ; mais en vérité je n'y songeais pas. Quoi qu'elle eût fait ou n'eût pas fait pour moi, c'eût été toujours la même chose. Je ne l'aimais ni par devoir ni par intérêt ni par convenance ; je l'aimais parce que j'étais né pour l'aimer. Quand je devenais amoureux de quelque autre, cela faisait distraction, je l'avoue, et je pensais moins souvent à elle, mais j'y pensais avec le même plaisir, et jamais, amoureux ou non, je ne me suis occupé d'elle sans sentir qu'il ne pouvait y avoir pour moi de vrai bonheur dans la vie tant que j'en serais séparé.

N'ayant point de ses nouvelles depuis si longtemps, je ne crus jamais que je l'eusse tout à fait perdue, ni qu'elle eût pu m'oublier. Je me disais : elle saura tôt ou tard que je suis errant, et me donnera quelque signe de vie ; je la retrouverai, j'en suis certain. En attendant c'était une douceur pour moi d'habiter son pays, de passer dans les rues où elle avait passé, devant les maisons où elle avait demeuré, et le tout par conjecture ; car une de mes ineptes bizarreries était de n'oser m'informer d'elle, ni prononcer son nom sans la plus absolue nécessité. Il me semblait qu'en la nommant je disais tout ce qu'elle m'inspirait, que ma bouche révélait le secret de mon cœur, que je la compromettais en quelque sorte. Je crois même qu'il se mêlait à cela quelque frayeur qu'on ne me dît du mal d'elle. On avait parlé beaucoup de sa démarche et un peu de sa conduite. De peur qu'on n'en dît pas ce que je voulais entendre, j'aimais mieux qu'on n'en parlât point du tout.

Comme mes écoliers ne m'occupaient pas beaucoup, et que sa ville natale n'était qu'à quatre lieues de Lausanne, j'y fis une promenade de deux ou trois jours, durant lesquels la plus douce émotion ne me quitta point. L'aspect du lac de Genève et de ses admirables côtes eut toujours à mes yeux un attrait particulier, que je ne saurais expliquer, et qui ne tient pas seulement à la beauté du spectacle, mais à je ne sais quoi de plus intéressant qui m'affecte et m'attendrit. Toutes les fois que j'approche du pays de Vaud j'éprouve une impression composée du souvenir de M$^{me}$ de Warens qui y est née, de mon père qui y vivait, de M$^{lle}$ de Vulson qui y eut les prémices de mon cœur[1], de plusieurs voyages de plaisir que j'y fis dans mon enfance, et, ce me semble, de quelque autre cause encore, plus secrète et plus forte que tout cela. Quand l'ardent désir de cette vie heureuse et douce qui me fuit et pour laquelle j'étais né vient enflammer mon imagination, c'est toujours au pays de Vaud, près du lac, dans des campagnes charmantes

1. Voir livre I, p. 77.

qu'elle se fixe. Il me faut absolument un verger au bord de ce lac et non pas d'un autre ; il me faut un ami sûr, une femme aimable, une vache, et un petit bateau. Je ne jouirai d'un bonheur parfait sur la terre que quand j'aurai tout cela. Je ris de la simplicité avec laquelle je suis allé plusieurs fois dans ce pays-là uniquement pour y chercher ce bonheur imaginaire. J'étais toujours surpris d'y trouver les habitants, surtout les femmes, d'un tout autre caractère que celui que j'y cherchais. Combien cela me semblait disparate ! Le pays et le peuple dont il est couvert ne m'ont jamais paru faits l'un pour l'autre.

Dans ce voyage de Vevey je me livrais en suivant ce beau rivage à la plus douce mélancolie. Mon cœur s'élançait avec ardeur à mille félicités innocentes ; je m'attendrissais, je soupirais et pleurais comme un enfant. Combien de fois m'arrêtant pour pleurer à mon aise, assis sur une grosse pierre, je me suis amusé à voir tomber mes larmes dans l'eau ?

J'allai à Vevey loger à *La Clef*, et pendant deux jours que j'y restai sans voir personne je pris pour cette ville un amour qui m'a suivi dans tous mes voyages, et qui m'y a fait établir enfin les héros de mon roman[1]. Je dirais volontiers à ceux qui ont du goût et qui sont sensibles : allez à Vevey, visitez le pays, examinez les sites, promenez-vous sur le lac, et dites si la nature n'a pas fait ce beau pays pour une Julie, pour une Claire et pour un Saint-Preux ; mais ne les y cherchez pas. Je reviens à mon histoire.

Comme j'étais catholique et que je me donnais pour tel, je suivais sans mystère et sans scrupule le culte que j'avais embrassé. Les dimanches quand il faisait beau j'allais à la messe à Assens à deux lieues de Lausanne. Je faisais ordinairement cette course avec d'autres

1. *Julie ou la Nouvelle Héloïse* (1761).

catholiques, surtout avec un brodeur parisien, dont j'ai oublié le nom. Ce n'était pas un Parisien comme moi, c'était un vrai Parisien de Paris, un archi-Parisien du bon Dieu, bonhomme comme un Champenois. Il aimait si fort son pays qu'il ne voulut jamais douter que j'en fusse de peur de perdre cette occasion d'en parler. M. de Crouzas lieutenant baillival[1] avait un jardinier de Paris aussi, mais moins complaisant, et qui trouvait la gloire de son pays compromise à ce qu'on osât se donner pour en être lorsqu'on n'avait pas cet honneur. Il me questionnait de l'air d'un homme sûr de me prendre en faute, et puis souriait malignement. Il me demanda une fois ce qu'il y avait de remarquable au Marché-Neuf[2]. Je battis la campagne comme on peut croire. Après avoir passé vingt ans à Paris, je dois à présent connaître cette ville. Cependant si l'on me faisait aujourd'hui pareille question, je ne serais pas moins embarrassé d'y répondre, et de cet embarras on pourrait aussi bien conclure que je n'ai jamais été à Paris. Tant lors même qu'on rencontre la vérité, l'on est sujet à se fonder sur des principes trompeurs !

Je ne saurais dire exactement combien de temps je demeurai à Lausanne. Je n'apportai pas de cette ville des souvenirs bien rappelants[3]. Je sais seulement que n'y trouvant pas à vivre j'allai de là à Neuchâtel et que j'y passai l'hiver. Je réussis mieux dans cette dernière ville ; j'y eus des écolières, et j'y gagnai de quoi m'acquitter avec mon bon ami Perrotet, qui m'avait fidèlement envoyé mon petit bagage, quoique je lui redusse assez d'argent.

---

**1.** Lieutenant œuvrant de concert avec le bailli dans ses fonctions administratives et judiciaires. **2.** Sur l'île de la Cité, entre le pont Saint-Michel et le Petit-Pont. **3.** Des souvenirs frappants, qui restent en mémoire. Littré, pour illustrer le terme, ne cite que cette phrase des *Confessions*.

J'apprenais insensiblement la musique en l'enseignant. Ma vie était assez douce ; un homme raisonnable eût pu s'en contenter : mais mon cœur inquiet me demandait autre chose. Les dimanches et les jours où j'étais libre j'allais courir les campagnes et les bois des environs, toujours errant, rêvant, soupirant, et quand j'étais une fois sorti de la ville je n'y rentrais plus que le soir. Un jour, étant à Boudry[1] j'entrai pour dîner dans un cabaret : j'y vis un homme à grande barbe avec un habit violet à la grecque, un bonnet fourré, l'équipage et l'air assez noble, et qui souvent avait peine à se faire entendre, ne parlant qu'un jargon presque indéchiffrable, mais plus ressemblant à l'italien qu'à nulle autre langue. J'entendais presque tout ce qu'il disait et j'étais le seul ; il ne pouvait s'énoncer que par signes avec l'hôte et les gens du pays. Je lui dis quelques mots en italien qu'il entendit parfaitement ; il se leva et vint m'embrasser avec transport. La liaison fut bientôt faite, et dès ce moment je lui servis de truchement[2]. Son dîner était bon, le mien était moins que médiocre ; il m'invita de prendre part au sien, je fis peu de façons. En buvant et baragouinant nous achevâmes de nous familiariser, et dès la fin du repas nous devînmes inséparables. Il me conta qu'il était prélat grec, et archimandrite de Jérusalem[3] ; qu'il était chargé de faire une quête en Europe pour le rétablissement du Saint-Sépulcre. Il me montra de belles patentes de la czarine et de l'empereur ; il en avait de beaucoup d'autres souverains. Il était assez content de ce qu'il avait amassé jusqu'alors, mais il avait eu des peines incroyables en Allemagne, n'entendant pas un

1. À dix kilomètres de Neuchâtel. 2. D'interprète. On a vu aux livres II et III que Jean-Jacques a vécu à Turin en 1728-1729. 3. « Nom du supérieur de certains couvents » (Littré). Avec ce personnage – le R. P. Athanasius Paulus, de l'ordre des Saints-Pierre-et-Paul de Jérusalem –, la coloration picaresque du récit s'intensifie.

mot d'allemand, de latin ni de français, et réduit à son grec, au turc et à la langue franque[1] pour toute ressource, ce qui ne lui en procurait pas beaucoup dans le pays où il s'était enfourné. Il me proposa de l'accompagner pour lui servir de secrétaire et d'interprète. Malgré mon petit habit violet nouvellement acheté et qui ne cadrait pas mal avec mon nouveau poste, j'avais l'air si peu étoffé[2] qu'il ne me crut pas difficile à gagner et il ne se trompa point. Notre accord fut bientôt fait ; je ne demandais rien, et il promettait beaucoup. Sans caution, sans sûreté, sans connaissance, je me livre à sa conduite, et dès le lendemain me voilà parti pour Jérusalem.

Nous commençâmes notre tournée par le canton de Fribourg, où il ne fit pas grand chose. La dignité épiscopale ne permettait pas de faire le mendiant et de quêter aux particuliers, mais nous présentâmes sa commission au sénat, qui lui donna une petite somme. De là nous fûmes à Berne. Il fallut ici plus de façons, et l'examen de ses titres ne fut pas l'affaire d'un jour. Nous logeâmes au *Faucon*, bonne auberge alors, où l'on trouvait bonne compagnie. La table était nombreuse et bien servie. Il y avait longtemps que je faisais mauvaise chère ; j'avais grand besoin de me refaire ; j'en avais l'occasion, et j'en profitai. Monseigneur l'archimandrite était lui-même un homme de bonne compagnie, aimant assez à tenir table, gai, parlant bien pour ceux qui l'entendaient, ne manquant pas de certaines connaissances, et plaçant son érudition grecque avec assez d'agrément. Un jour cassant au dessert des noisettes il se coupa le doigt fort avant, et comme le sang sortait avec abondance, il montra son doigt à la compagnie, et dit en riant : *mirate, signori, questo è sangue pelasgo*[3].

---

1. Voir livre II, p. 130, note 1. 2. Si mal habillé. 3. « Regardez, messieurs, voici du sang pélasgien. » C'est-à-dire du sang grec, du nom du « plus ancien peuple de la Grèce » (Littré).

À Berne mes fonctions ne lui furent pas inutiles, et je ne m'en tirai pas aussi mal que j'avais craint. J'étais bien plus hardi et mieux parlant que je n'aurais été pour moi-même. Les choses ne se passèrent pas aussi simplement qu'à Fribourg. Il fallut de longues et fréquentes conférences avec les premiers de l'État, et l'examen de ses titres ne fut pas l'affaire d'un jour[1]. Enfin tout étant en règle, il fut admis à l'audience du sénat. J'entrai avec lui comme son interprète et l'on me dit de parler. Je ne m'attendais à rien moins, et il ne m'était pas venu dans l'esprit qu'après avoir longtemps conféré avec les membres il fallût s'adresser au corps comme si rien n'eût été dit. Qu'on juge de mon embarras ! Pour un homme aussi honteux parler, non seulement en public, mais devant le sénat de Berne, et parler impromptu sans avoir une seule minute pour me préparer ; il y avait là de quoi m'anéantir. Je ne fus pas même intimidé. J'exposai succinctement et nettement la commission de l'archimandrite. Je louai la piété des princes qui avaient contribué à la collecte qu'il était venu faire. Piquant d'émulation celle de Leurs Excellences je dis qu'il n'y avait pas moins à espérer de leur munificence accoutumée, et puis, tâchant de prouver que cette bonne œuvre en était également une pour tous les chrétiens sans distinction de secte, je finis par promettre les bénédictions du Ciel à ceux qui voudraient y prendre part. Je ne dirai pas que mon discours fit effet, mais il est sûr qu'il fut goûté, et qu'au sortir de l'audience l'archimandrite reçut un présent fort honnête, et de plus, sur l'esprit de son secrétaire, des compliments dont j'eus l'agréable emploi d'être le truchement, mais que je n'osai lui rendre à la lettre. Voilà la seule fois de ma vie que j'aie parlé en public et devant

---

**1.** Rousseau note ici, en marge des manuscrits de Paris et de Genève, ce qu'il vient d'écrire, mot pour mot, au début du paragraphe précédent.

un souverain[1], et la seule fois aussi, peut-être, que j'ai parlé hardiment et bien. Quelle différence dans les dispositions du même homme ! Il y a trois ans qu'étant allé voir à Yverdon mon vieux ami M. Roguin[2], je reçus une députation pour me remercier de quelques livres que j'avais donnés à la bibliothèque de cette ville[3]. Les Suisses sont grands harangueurs ; ces messieurs me haranguèrent. Je me crus obligé de répondre ; mais je m'embarrassai tellement dans ma réponse et ma tête se brouilla si bien que je restai court et me fis moquer de moi. Quoique timide naturellement, j'ai été hardi quelquefois dans ma jeunesse, jamais dans mon âge avancé. Plus j'ai vu le monde, moins j'ai pu me faire à son ton.

Partis de Berne, nous allâmes à Soleure ; car le dessein de l'archimandrite était de reprendre la route d'Allemagne, et de s'en retourner par la Hongrie ou par la Pologne, ce qui faisait une route immense ; mais comme chemin faisant sa bourse s'emplissait plus qu'elle ne se vidait, il craignait peu les détours. Pour moi qui me plaisais presque autant à cheval qu'à pied, je n'aurais pas mieux demandé que de voyager ainsi toute ma vie : mais il était écrit que je n'irais pas si loin.

La première chose que nous fîmes arrivant à Soleure fut d'aller saluer M. l'Ambassadeur de France. Malheureusement pour mon évêque cet ambassadeur était le marquis de Bonac qui avait été ambassadeur à la Porte, et qui devait être au fait de tout ce qui regardait le Saint-Sépulcre. L'archimandrite eut une audience d'un quart d'heure où je ne fus pas admis, parce que M. l'Ambassadeur entendait la langue franque et parlait l'italien

1. C'est-à-dire devant un corps constitué en qui réside l'autorité suprême, ici le sénat de Berne. 2. Daniel Roguin accueillera Rousseau en juin 1762 après la condamnation de l'*Émile* et son départ de Montmorency, comme on le verra au livre XI (tome II), p. 429. 3. Dix volumes d'une édition de ses *Œuvres*.

du moins aussi bien que moi. À la sortie de mon Grec je voulus le suivre ; on me retint : ce fut mon tour. M'étant donné pour Parisien, j'étais comme tel sous la juridiction de Son Excellence. Elle me demanda qui j'étais, m'exhorta de lui dire la vérité ; je le lui promis en lui demandant une audience particulière qui me fut accordée. M. l'Ambassadeur m'emmena dans son cabinet dont il ferma sur nous la porte, et là, me jetant à ses pieds, je lui tins parole. Je n'aurais pas moins dit quand je n'aurais rien promis ; car un continuel besoin d'épanchement met à tout moment mon cœur sur mes lèvres, et après m'être ouvert sans réserve au musicien Lutold, je n'avais garde de faire le mystérieux avec le marquis de Bonac. Il fut si content de ma petite histoire et de l'effusion de cœur avec laquelle il vit que je l'avais contée, qu'il me prit par la main, entra chez M^me^ l'Ambassadrice, et me présenta à elle en lui faisant un abrégé de mon récit. M^me^ de Bonac m'accueillit avec bonté et dit qu'il ne fallait pas me laisser aller avec ce moine grec. Il fut résolu que je resterais à l'hôtel[1] en attendant qu'on vît ce qu'on pourrait faire de moi. Je voulus aller faire mes adieux à mon pauvre archimandrite, pour lequel j'avais conçu de l'attachement : on ne me le permit pas. On envoya lui signifier mes arrêts, et un quart d'heure après, je vis arriver mon petit sac. M. de la Martinière, secrétaire d'ambassade, fut en quelque façon chargé de moi. En me conduisant dans la chambre qui m'était destinée, il me dit : cette chambre a été occupée sous le comte du Luc par un homme célèbre du même nom que vous[2]. Il ne tient qu'à vous de le remplacer de toutes manières et de faire dire un jour Rousseau premier,

1. C'est-à-dire dans l'ambassade. 2. Le poète Jean-Baptiste Rousseau (1670-1741), banni à perpétuité en 1712 pour cause de couplets obscènes, et qui avait trouvé refuge auprès du comte du Luc. Rousseau reviendra sur cette histoire au livre X (tome II), p. 317.

Rousseau second. Cette conformité, qu'alors je n'espérais guère, eût moins flatté mes désirs si j'avais pu prévoir à quel prix je l'achèterais un jour.

Ce que m'avait dit M. de la Martinière me donna de la curiosité. Je lus les ouvrages de celui dont j'occupais la chambre, et sur le compliment qu'on m'avait fait, croyant avoir du goût pour la poésie, je fis pour mon coup d'essai une cantate à la louange de M^me^ de Bonac. Ce goût ne se soutint pas. J'ai fait de temps en temps quelques médiocres vers ; c'est un exercice assez bon pour se rompre aux inversions élégantes et apprendre à mieux écrire en prose ; mais je n'ai jamais trouvé dans la poésie française assez d'attrait pour m'y livrer tout à fait.

M. de la Martinière voulut voir de mon style et me demanda par écrit le même détail que j'avais fait à M. l'Ambassadeur. Je lui écrivis une longue lettre que j'apprends avoir été conservée par M. de Marianne, qui était attaché depuis longtemps au marquis de Bonac et qui depuis a succédé à M. de la Martinière sous l'ambassade de M. de Courteilles. J'ai prié M. de Malesherbes[1] de tâcher de me procurer une copie de cette lettre. Si je puis l'avoir par lui ou par d'autres, on la trouvera dans le recueil qui doit accompagner mes confessions.

L'expérience que je commençais d'avoir modérait peu à peu mes projets romanesques, et par exemple, non seulement je ne devins point amoureux de M^me^ de Bonac, mais je sentis d'abord[2] que je ne pouvais faire

---

**1.** D'une famille de robe, homme d'État, esprit universel, beau-père du frère de Chateaubriand, avocat de Louis XVI à qui il annonça la sentence de mort, Malesherbes périt sur l'échafaud le 22 avril 1794 avec les siens. En 1762, Rousseau, croyant qu'il allait mourir, écrivit quatre lettres autobiographiques à celui qui était alors directeur de la Librairie du roi, c'est-à-dire censeur officiel, mais en même temps ami des Encyclopédistes. **2.** Tout de suite.

un grand chemin dans la maison de son mari. M. de la Martinière en place, et M. de Marianne, pour ainsi dire, en survivance[1], ne me laissaient espérer pour toute fortune qu'un emploi de sous-secrétaire, qui ne me tentait pas infiniment. Cela fit que quand on me consulta sur ce que je voulais faire, je marquai beaucoup d'envie d'aller à Paris. M. l'Ambassadeur goûta cette idée qui tendait au moins à le débarrasser de moi. M. de Merveilleux[2] secrétaire interprète de l'ambassade dit que son ami M. Godard, colonel suisse au service de France, cherchait quelqu'un pour mettre auprès de son neveu qui entrait fort jeune au service, et pensa que je pourrais lui convenir. Sur cette idée assez légèrement prise mon départ fut résolu, et moi qui voyais un voyage à faire et Paris au bout, j'en fus dans la joie de mon cœur. On me donna quelques lettres, cent francs pour mon voyage accompagnés de force bonnes leçons, et je partis.

Je mis à ce voyage une quinzaine de jours que je peux compter parmi les heureux de ma vie. J'étais jeune, je me portais bien, j'avais assez d'argent, beaucoup d'espérance, je voyageais à pied, et je voyageais seul. On serait étonné de me voir compter un pareil avantage, si déjà l'on n'avait dû se familiariser avec mon humeur. Mes douces chimères me tenaient compagnie, et jamais la chaleur de mon imagination n'en enfanta de plus magnifiques. Quand on m'offrait quelque place vide dans une voiture, ou que quelqu'un m'accostait en route, je rechignais de voir renverser la fortune dont je bâtissais l'édifice en marchant. Cette fois mes idées étaient martiales. J'allais m'attacher à un militaire et devenir militaire moi-même ; car on avait arrangé que je

---

1. En position de succéder à La Martinière, qui mourut peu de temps après. 2. Rousseau se souviendra de ce nom dans *La Nouvelle Héloïse*, première partie, lettres XXXIX à XLIII.

commencerais par être cadet[1]. Je croyais déjà me voir en habit d'officier avec un beau plumet blanc. Mon cœur s'enflait à cette noble idée. J'avais quelque teinture de géométrie et de fortifications ; j'avais un oncle ingénieur[2] ; j'étais en quelque sorte enfant de la balle. Ma vue courte offrait un peu d'obstacle, mais qui ne m'embarrassait pas, et je comptais bien à force de sang-froid et d'intrépidité suppléer à ce défaut. J'avais lu que le maréchal Schomberg[3] avait la vue très courte ; pourquoi le maréchal Rousseau ne l'aurait-il pas ? Je m'échauffais tellement sur ces folies, que je ne voyais plus que troupes, remparts, gabions[4], batteries, et moi au milieu du feu et de la fumée donnant tranquillement mes ordres la lorgnette à la main. Cependant quand je passais dans des campagnes agréables, que je voyais des bocages et des ruisseaux ; ce touchant aspect me faisait soupirer de regret ; je sentais au milieu de ma gloire que mon cœur n'était pas fait pour tant de fracas, et bientôt, sans savoir comment, je me retrouvais au milieu de mes chères bergeries[5], renonçant pour jamais aux travaux de Mars.

Combien l'abord de Paris démentit l'idée que j'en avais ! La décoration extérieure que j'avais vue à Turin, la beauté des rues, la symétrie et l'alignement des maisons me faisaient chercher à Paris autre chose encore. Je m'étais figuré une ville aussi belle que grande, de l'aspect le plus imposant, où l'on ne voyait que de superbes rues, des palais de marbre et d'or. En entrant par le faubourg Saint-Marceau[6] je ne vis que de petites rues

---

**1.** « Gentilhomme qui servait comme soldat et bientôt après comme bas-officier, pour apprendre le métier » (Littré). **2.** L'oncle Bernard ; livre I, p. 49 et 74. **3.** Maréchal de France, mort en 1690. **4.** « Grand panier qu'on remplit de terre dans les sièges pour mettre à couvert les travailleurs et les soldats » (Littré). **5.** Poésies pastorales, faites de belle nature et d'amours suaves. **6.** Saint-Marceau ou Saint-Marcel : l'actuel quartier des Gobelins, dans le XIIIe arrondissement.

sales et puantes, de vilaines maisons noires, l'air de la malpropreté, de la pauvreté, des mendiants, des charretiers, des ravaudeuses, des crieuses de tisane et de vieux chapeaux. Tout cela me frappa d'abord à tel point que tout ce que j'ai vu depuis à Paris de magnificence réelle n'a pu détruire cette première impression, et qu'il m'en est resté toujours un secret dégoût pour l'habitation de cette capitale. Je puis dire que tout le temps que j'y ai vécu dans la suite ne fut employé qu'à y chercher des ressources pour me mettre en état d'en vivre éloigné. Tel est le fruit d'une imagination trop active qui exagère par-dessus l'exagération des hommes, et voit toujours plus que ce qu'on lui dit. On m'avait tant vanté Paris que je me l'étais figuré comme l'ancienne Babylone, dont je trouverais peut-être autant à rabattre, si je l'avais vue, du portrait que je m'en suis fait. La même chose m'arriva à l'Opéra où je me pressai d'aller le lendemain de mon arrivée ; la même chose m'arriva dans la suite à Versailles, dans la suite encore en voyant la mer, et la même chose m'arrivera toujours en voyant des spectacles qu'on m'aura trop annoncés : car il est impossible aux hommes et difficile à la nature elle-même de passer en richesse mon imagination.

À la manière dont je fus reçu de tous ceux pour qui j'avais des lettres, je crus ma fortune faite. Celui à qui j'étais le plus recommandé et qui me caressa le moins était M. de Surbeck[1] retiré du service et vivant philosophiquement à Bagneux, où je fus le voir plusieurs fois et où jamais il ne m'offrit un verre d'eau. J'eus plus d'accueil de Mme de Merveilleux belle-sœur de l'interprète, et de son neveu officier aux gardes. Non seulement la mère et le fils me reçurent bien, mais ils m'offrirent leur table dont je profitai souvent durant mon

1. Ancien officier aux gardes suisses.

séjour à Paris. M^me^ de Merveilleux me parut avoir été belle, ses cheveux étaient d'un beau noir et faisaient à la vieille mode le crochet sur ses tempes. Il lui restait ce qui ne périt point avec les attraits, un esprit très agréable. Elle me parut goûter le mien, et fit tout ce qu'elle put pour me rendre service ; mais personne ne la seconda, et je fus bientôt désabusé de tout ce grand intérêt qu'on avait paru prendre à moi. Il faut pourtant rendre justice aux Français ; ils ne s'épuisent point autant qu'on dit en protestations, et celles qu'ils font sont presque toujours sincères ; mais ils ont une manière de paraître s'intéresser à vous qui trompe plus que des paroles. Les gros compliments des Suisses n'en peuvent imposer qu'à des sots. Les manières des Français sont plus séduisantes en cela même qu'elles sont plus simples ; on croirait qu'ils ne vous disent pas tout ce qu'ils veulent faire, pour vous surprendre plus agréablement. Je dirai plus ; ils ne sont point faux dans leurs démonstrations ; ils sont naturellement officieux, humains, bienveillants, et même, quoi qu'on en dise, plus vrais qu'aucune autre nation ; mais ils sont légers et volages. Ils ont en effet le sentiment qu'ils vous témoignent ; mais ce sentiment s'en va comme il est venu. En vous parlant ils sont pleins de vous ; ne vous voient-ils plus, ils vous oublient. Rien n'est permanent dans leur cœur : tout est chez eux l'œuvre du moment.

Je fus donc beaucoup flatté et peu servi. Ce colonel Godard au neveu duquel on m'avait donné, se trouva être un vilain vieux avare, qui, quoique tout cousu d'or, voyant ma détresse, me voulut avoir pour rien. Il prétendait que je fusse auprès de son neveu une espèce de valet sans gages plutôt qu'un vrai gouverneur. Attaché continuellement à lui, et par là dispensé du service, il fallait que je vécusse de ma paye de cadet, c'est-à-dire de soldat, et à peine consentait-il à me donner l'uniforme ; il aurait voulu que je me contentasse de celui du régiment. M^me^ de Merveilleux indignée de ses propositions me détourna elle-même de les accepter ; son fils fut du même sentiment. On cherchait autre chose, et l'on ne trouvait rien. Cependant je commençais d'être pressé, et cent francs sur lesquels j'avais fait mon voyage ne pouvaient me mener bien loin. Heureusement je reçus de la part de M. l'Ambassadeur encore une petite remise[1] qui me fit grand bien, et je crois qu'il ne m'aurait pas abandonné si j'eusse eu plus de patience : mais languir, attendre, solliciter sont pour moi choses impossibles. Je me rebutai, je ne parus plus, et tout fut fini. Je n'avais pas oublié ma pauvre Maman ; mais comment la trouver ? où la chercher ? M^me^ de Merveilleux qui savait mon histoire m'avait aidé dans cette recherche, et longtemps inutilement. Enfin elle m'apprit que M^me^ de Warens était repartie il y avait plus de deux mois[2], mais qu'on ne savait si elle était allée en Savoie ou à Turin, et que quelques personnes la disaient retournée en Suisse. Il ne m'en fallut pas davantage pour me déterminer à la suivre, bien sûr qu'en quelque lieu qu'elle fût je la trouverais plus aisément en province que je n'avais pu faire à Paris.

Avant de partir j'exerçai mon nouveau talent poétique dans une épître au colonel Godard où je le drapai[3] de mon mieux. Je montrai ce barbouillage à M^me^ de Merveilleux, qui, au lieu de me censurer comme elle aurait

---

**1.** « Argent, valeurs qu'un négociant envoie ou fait remettre à ses correspondants » (Littré). **2.** En réalité près d'un an auparavant. **3.** « Draper » quelqu'un, c'est en dire tout le mal possible. Furetière définit ainsi le mot : « Critiquer, censurer quelqu'un. Quand les auteurs écrivent les uns contre les autres, ils sont sujets à se *draper*. En ce sens il vient d'un vieux mot français *drapier*, qui signifiait *pinceur, railleur*, parce qu'on pinçait les draps en les préparant : de là vient qu'on a dit *draper*, pour dire tourmenter quelqu'un par des railleries. D'autres croient que ce mot vient de la *Farce de Pathelin*, où l'avocat dupe un drapier en l'amusant de paroles. »

dû faire, rit beaucoup de mes sarcasmes, de même que son fils, qui, je crois, n'aimait pas M. Godard, et il faut avouer qu'il n'était pas aimable. J'étais tenté de lui envoyer mes vers, ils m'y encouragèrent : j'en fis un paquet à son adresse, et comme il n'y avait point alors à Paris de petite poste[1], je le mis dans ma poche, et le lui envoyai d'Auxerre en passant. Je ris quelquefois encore en songeant aux grimaces qu'il dut faire en lisant ce panégyrique où il était peint trait pour trait. Il commençait ainsi :

*Tu croyais, vieux penard[2], qu'une folle manie*
*D'élever ton neveu m'inspirerait l'envie.*

Cette petite pièce, mal faite, à la vérité, mais qui ne manquait pas de sel, et qui annonçait du talent pour la satire, est cependant le seul écrit satirique qui soit sorti de ma plume. J'ai le cœur trop peu haineux pour me prévaloir d'un pareil talent ; mais je crois qu'on peut juger, par quelques écrits polémiques faits de temps à autre pour ma défense, que si j'avais été d'humeur batailleuse, mes agresseurs auraient eu rarement les rieurs de leur côté.

La chose que je regrette le plus dans les détails de ma vie dont j'ai perdu la mémoire est de n'avoir pas fait des journaux de mes voyages. Jamais je n'ai tant pensé, tant existé, tant vécu, tant été moi, si j'ose ainsi dire, que dans ceux que j'ai faits seul et à pied. La marche a quelque chose qui anime et avive mes idées : je ne puis presque penser quand je reste en place ; il

---

1. « Grande poste, celle qui porte les lettres dans les provinces et dans les pays étrangers. Petite poste, poste pour la distribution des lettres dans la ville et la banlieue ; elle fut établie en 1759, sous le ministère de M. de Silhouette » (Littré). 2. « Terme injurieux qu'on dit quelquefois aux hommes âgés. C'est un vieux *penard* qui crache sur les tisons, qui ne sait ce qu'il dit » (Furetière).

faut que mon corps soit en branle pour y mettre mon esprit. La vue de la campagne, la succession des aspects agréables, le grand air, le grand appétit, la bonne santé que je gagne en marchant, la liberté du cabaret, l'éloignement de tout ce qui me fait sentir ma dépendance, de tout ce qui me rappelle à ma situation, tout cela dégage mon âme, me donne une plus grande audace de penser, me jette en quelque sorte dans l'immensité des êtres pour les combiner, les choisir, me les approprier à mon gré sans gêne et sans crainte. Je dispose en maître de la nature entière ; mon cœur errant d'objet en objet s'unit, s'identifie à ceux qui le flattent, s'entoure d'images charmantes, s'enivre de sentiments délicieux. Si pour les fixer je m'amuse à les décrire en moi-même, quelle vigueur de pinceau, quelle fraîcheur de coloris, quelle énergie d'expression je leur donne ! On a, dit-on, trouvé de tout cela dans mes ouvrages, quoique écrits vers le déclin de mes ans. Ô si l'on eût vu ceux de ma première jeunesse, ceux que j'ai faits durant mes voyages, ceux que j'ai composés et que je n'ai jamais écrits…… pourquoi, direz-vous, ne les pas écrire ? et pourquoi les écrire, vous répondrai-je : pourquoi m'ôter le charme actuel de la jouissance pour dire à d'autres que j'avais joui ? Que m'importaient des lecteurs, un public, et toute la terre, tandis que je planais dans le ciel[1] ? D'ailleurs portais-je avec moi du papier, des plumes ? Si j'avais pensé à tout cela, rien ne me serait venu. Je ne prévoyais pas que j'aurais des idées ; elles viennent quand il leur plaît, non quand il me plaît. Elles ne viennent point, ou elles viennent en foule, elles m'accablent de leur nombre et de leur force. Dix volumes par jour n'auraient pas suffi. Où prendre du temps pour les écrire ? En arrivant je ne songeais qu'à bien dîner. En partant je ne songeais

1. Voir le récit du voyage à Turin, livre II, p. 119.

qu'à bien marcher. Je sentais qu'un nouveau paradis m'attendait à la porte ; je ne songeais qu'à l'aller chercher.

Jamais je n'ai si bien senti tout cela que dans le retour dont je parle. En venant à Paris je m'étais borné aux idées relatives à ce que j'y allais faire : je m'étais élancé dans la carrière où j'allais entrer, et je l'avais parcourue avec assez de gloire : mais cette carrière n'était pas celle où mon cœur m'appelait, et les êtres réels nuisaient aux êtres imaginaires. Le colonel Godard et son neveu figuraient mal avec un héros tel que moi. Grâce au Ciel j'étais maintenant délivré de tous ces obstacles : je pouvais m'enfoncer à mon gré dans le pays des chimères, car il ne restait que cela devant moi [1]. Aussi je m'y égarai si bien que je perdis réellement plusieurs fois ma route, et j'eusse été fort fâché d'aller plus droit ; car sentant qu'à Lyon j'allais me retrouver sur la terre, j'aurais voulu n'y jamais arriver.

Un jour entre autres m'étant à dessein détourné pour voir de près un lieu qui me parut admirable ; je m'y plus si fort et j'y fis tant de tours, que je me perdis enfin tout à fait. Après plusieurs heures de course inutile, las et mourant de soif et de faim, j'entrai chez un paysan dont la maison n'avait pas belle apparence, mais c'était la seule que je visse aux environs. Je croyais que c'était comme à Genève ou en Suisse, où tous les habitants à leur aise sont en état d'exercer l'hospitalité. Je priai celui-ci de me donner à dîner en payant. Il m'offrit du lait écrémé et de gros pain d'orge en me disant que c'était tout ce qu'il avait. Je buvais ce lait avec délices

---

**1.** « Le pays des chimères est en ce monde le seul digne d'être habité, et tel est le néant des choses humaines, qu'hors l'Être existant par lui-même il n'y a rien de beau que ce qui n'est pas », dira Julie dans *La Nouvelle Héloïse* (sixième partie, lettre VIII).

et je mangeais ce pain, paille et tout[1] ; mais cela n'était pas fort restaurant pour un homme épuisé de fatigue. Ce paysan qui m'examinait jugea de la vérité de mon histoire par celle de mon appétit. Tout de suite, après m'avoir dit qu'il voyait bien* que j'étais un bon jeune honnête homme qui n'était pas là pour le vendre, il ouvrit une petite trappe à côté de sa cuisine, descendit, et revint un moment après avec un bon pain bis de pur froment, un jambon très appétissant quoique entamé, et une bouteille de vin dont l'aspect me réjouit le cœur plus que tout le reste. On joignit à cela une omelette assez épaisse et je fis un dîner tel qu'autre qu'un piéton n'en connut jamais. Quand ce vint à payer, voilà son inquiétude et ses craintes qui le reprennent ; il ne voulait point de mon argent ; il le repoussait avec un trouble extraordinaire, et ce qu'il y avait de plaisant était que je ne pouvais imaginer de quoi il avait peur. Enfin il prononça en frémissant ces mots terribles de commis et de rats-de-cave[2]. Il me fit entendre qu'il cachait son vin à cause des aides, qu'il cachait son pain à cause de la taille[3], et qu'il serait un homme perdu si l'on pouvait se douter qu'il ne mourût pas de faim. Tout ce qu'il me

* Apparemment je n'avais pas encore alors la physionomie qu'on m'a donnée depuis dans mes portraits.

1. « On appelle menues pailles, la balle des grains, qui est la pellicule qui environne le grain immédiatement, qu'on en sépare quand il est battu par le moyen d'un van, ou d'un crible. Les menues pailles sont bonnes pour nourrir les chevaux et les vaches » (Furetière).
2. « On appelle ironiquement rat-de-cave, un commis des aides qui va visiter et marquer les tonneaux des cabaretiers, pour en faire payer le gros et huitième » (Furetière). C'est un espion fiscal, en quelque sorte, chargé de calculer l'impôt sur le vin et les boissons.
3. « Sous l'ancienne monarchie, imposition qu'on levait sur les personnes qui n'étaient pas nobles ou ecclésiastiques, ou qui ne jouissaient pas de quelque exemption (on disait la taille ou les tailles) » (Littré).

dit à ce sujet, et dont je n'avais pas la moindre idée, me fit une impression qui ne s'effacera jamais. Ce fut là le germe de cette haine inextinguible qui se développa depuis dans mon cœur contre les vexations qu'éprouve le malheureux peuple et contre ses oppresseurs. Cet homme, quoique aisé, n'osait manger le pain qu'il avait gagné à la sueur de son front, et ne pouvait éviter sa ruine qu'en montrant la même misère qui régnait autour de lui. Je sortis de sa maison aussi indigné qu'attendri et déplorant le sort de ces belles contrées à qui la nature n'a prodigué ses dons que pour en faire la proie des barbares publicains[1].

Voilà le seul souvenir bien distinct qui me reste de ce qui m'est arrivé durant ce voyage. Je me rappelle seulement encore qu'en approchant de Lyon je fus tenté de prolonger ma route pour aller voir les bords du Lignon[2] ; car parmi les romans que j'avais lus avec mon père *L'Astrée* n'avait pas été oubliée[3], et c'était celui qui me revenait au cœur le plus fréquemment. Je demandai la route du Forez, et tout en causant avec une hôtesse, elle m'apprit que c'était un bon pays de ressource pour les ouvriers, qu'il y avait beaucoup de forges, et qu'on y travaillait fort bien en fer. Cet éloge calma tout à coup ma curiosité romanesque, et je ne jugeai pas à propos d'aller chercher des Dianes et des Sylvandres[4] chez un peuple de forgerons. La bonne femme qui m'encourageait de la sorte m'avait sûrement pris pour un garçon serrurier.

Je n'allais pas tout à fait à Lyon sans vues. En arrivant, j'allai voir aux Chazottes M^lle^ du Châtelet, amie

1. Les publicains, à Rome, levaient l'impôt. 2. *L'Astrée*, d'Honoré d'Urfé, grand roman pastoral des premières décennies du XVII^e^ siècle et l'un des chefs-d'œuvre de la Préciosité, se déroule dans le Forez, au bord du ruisseau du Lignon. 3. Voir livre I, p. 51. 4. Un des couples de bergers de *L'Astrée*.

de M$^{me}$ de Warens[1], et pour laquelle elle m'avait donné une lettre quand je vins avec M. Le Maître[2] : ainsi c'était une connaissance déjà faite. M$^{lle}$ du Châtelet m'apprit qu'en effet son amie avait passé à Lyon, mais qu'elle ignorait si elle avait poussé sa route jusqu'en Piémont, et qu'elle était incertaine elle-même en partant si elle ne s'arrêterait pas en Savoie : que si je voulais elle écrirait pour en avoir des nouvelles, et que le meilleur parti que j'eusse à prendre était de les attendre à Lyon. J'acceptai l'offre : mais je n'osai dire à M$^{lle}$ du Châtelet que j'étais pressé de la réponse, et que ma petite bourse épuisée ne me laissait pas en état de l'attendre longtemps. Ce qui me retint n'était pas qu'elle m'eût mal reçu. Au contraire, elle m'avait fait beaucoup de caresses, et me traitait sur un pied d'égalité qui m'ôtait le courage de lui laisser voir mon état, et de descendre du rôle de bonne compagnie à celui d'un malheureux mendiant.

Il me semble de voir assez clairement la suite de tout ce que j'ai marqué dans ce livre. Cependant je crois me rappeler dans le même intervalle un autre voyage de Lyon, dont je ne puis marquer la place et où je me trouvai déjà fort à l'étroit[3]. Une petite anecdote assez difficile à dire ne me permettra jamais de l'oublier. J'étais un soir assis en Bellecour[4] après un très mince souper rêvant aux moyens de me tirer d'affaire, quand un homme en bonnet vint s'asseoir à côté de moi ; cet homme avait l'air d'un de ces ouvriers en soie qu'on appelle à Lyon des taffetatiers. Il m'adresse la parole, je lui réponds : voilà la conversation liée. À peine avions-nous causé un quart d'heure, que, toujours avec le même sang-froid et sans changer de ton il me propose

---

**1.** Et pensionnaire au couvent des Chazottes. **2.** Voir livre III, p. 213. On se souvient que Rousseau l'avait abandonné en pleine rue et en pleine crise d'épilepsie. **3.** C'est-à-dire sans le sou. **4.** La grande place au cœur de Lyon.

de nous amuser de compagnie. J'attendais qu'il m'expliquât quel était cet amusement ; mais sans rien ajouter il se mit en devoir de m'en donner l'exemple. Nous nous touchions presque, et la nuit n'était pas assez obscure pour m'empêcher de voir à quel exercice il se préparait. Il n'en voulait point à ma personne, du moins rien n'annonçait cette intention, et le lieu ne l'eût pas favorisée. Il ne voulait exactement comme il me l'avait dit, que s'amuser, et que je m'amusasse, chacun pour son compte, et cela lui paraissait si simple, qu'il n'avait pas même supposé qu'il ne me le parût pas comme à lui. Je fus si effrayé de cette impudence que sans lui répondre je me levai précipitamment et me mis à fuir à toutes jambes croyant avoir ce misérable à mes trousses. J'étais si troublé, qu'au lieu de gagner mon logis par la rue Saint-Dominique, je courus du côté du quai, et ne m'arrêtai qu'au-delà du pont de bois, aussi tremblant que si je venais de commettre un crime. J'étais sujet au même vice[1] ; ce souvenir m'en guérit pour longtemps.

À ce voyage-ci j'eus une aventure à peu près du même genre, mais qui me mit en plus grand danger. Sentant mes espèces tirer à leur fin, j'en ménageais le chétif reste. Je prenais moins souvent des repas à mon auberge, et bientôt je n'en pris plus du tout, pouvant pour cinq ou six sols à la taverne me rassasier tout aussi bien que je faisais là pour mes vingt-cinq. N'y mangeant plus, je ne savais comment y aller coucher ; non que j'y dusse grand chose, mais j'avais honte d'occuper une chambre sans rien faire gagner à mon hôtesse. La saison était belle ; un soir qu'il faisait fort chaud je me déterminai à passer la nuit dans la place, et déjà je m'étais établi sur un banc, quand un abbé qui passait, me voyant ainsi couché s'approcha et me demanda si je n'avais

1. Sur ce « dangereux supplément », voir livre III, p. 187.

point de gîte ; je lui avouai mon cas, il en parut touché ; il s'assit à côté de moi, et nous causâmes. Il parlait agréablement ; tout ce qu'il me dit me donna de lui la meilleure opinion du monde. Quand il me vit bien disposé, il me dit qu'il n'était pas logé fort au large, qu'il n'avait qu'une seule chambre ; mais qu'assurément il ne me laisserait pas coucher ainsi dans la place ; qu'il était tard pour me trouver un gîte, et qu'il m'offrait pour cette nuit la moitié de son lit. J'accepte l'offre, espérant déjà me faire un ami qui pourrait m'être utile. Nous allons ; il bat le fusil[1]. Sa chambre me parut propre dans sa petitesse ; il m'en fit les honneurs fort poliment. Il tira d'une armoire un pot de verre où étaient des cerises à l'eau-de-vie ; nous en mangeâmes chacun deux, et nous fûmes nous coucher.

Cet homme avait les mêmes goûts que mon Juif de l'Hospice[2], mais il ne les manifestait pas si brutalement. Soit que, sachant que je pouvais être entendu, il craignît de me forcer à me défendre, soit qu'en effet il fût moins confirmé dans ses projets, il n'osa m'en proposer ouvertement l'exécution, et cherchait à m'émouvoir sans m'inquiéter. Plus instruit que la première fois je compris bientôt son dessein, et j'en frémis ; ne sachant ni dans quelle maison ni entre les mains de qui j'étais, je craignis en faisant du bruit de le payer de ma vie. Je feignis d'ignorer ce qu'il me voulait, mais paraissant très importuné de ses caresses et très décidé à n'en pas endurer le progrès, je fis si bien qu'il fut obligé de se contenir. Alors je lui parlai avec toute la douceur et toute la fermeté dont j'étais capable, et sans paraître rien soupçonner, je m'excusai de l'inquiétude que je lui avais montrée, sur mon ancienne aventure, que j'affectai de

---

1. « Petite pièce d'acier avec laquelle on bat la pierre à feu pour allumer l'amadou » (Littré). 2. L'Hospice des catéchumènes, à Turin. Voir livre II, p. 122 et 130.

lui conter en termes si pleins de dégoût et d'horreur, que je lui fis, je crois, mal au cœur à lui-même, et qu'il renonça tout à fait à son sale dessein. Nous passâmes tranquillement le reste de la nuit. Il me dit même beaucoup de choses très bonnes, très sensées, et ce n'était assurément pas un homme sans mérite, quoique ce fût un grand vilain.

Le matin, M. l'Abbé, qui ne voulait pas avoir l'air mécontent parla de déjeuner, et pria une des filles de son hôtesse qui était jolie d'en faire apporter. Elle lui dit qu'elle n'avait pas le temps : il s'adressa à sa sœur, qui ne daigna pas lui répondre. Nous attendions toujours ; point de déjeuner. Enfin nous passâmes dans la chambre de ces demoiselles. Elles reçurent M. l'Abbé d'un air très peu caressant ; j'eus encore moins à me louer de leur accueil. L'aînée, en se retournant m'appuya son talon pointu sur le bout du pied, où un cor fort douloureux m'avait forcé de couper mon soulier ; l'autre vint ôter brusquement de derrière moi une chaise sur laquelle j'étais prêt à m'asseoir ; leur mère en jetant de l'eau par la fenêtre m'en aspergea le visage ; en quelque place que je me misse on m'en faisait ôter pour y chercher quelque chose, je n'avais été de ma vie à pareille fête. Je voyais dans leurs regards insultants et moqueurs une fureur cachée, à laquelle j'avais la stupidité de ne rien comprendre. Ébahi, stupéfait, prêt à les croire toutes possédées, je commençais tout de bon à m'effrayer, quand l'abbé, qui ne faisait semblant de voir ni d'entendre, jugeant bien qu'il n'y avait point de déjeuner à espérer, prit le parti de sortir, et je me hâtai de le suivre, fort content d'échapper à ces trois furies. En marchant il me proposa d'aller déjeuner au café. Quoique j'eusse grand-faim je n'acceptai point cette offre sur laquelle il n'insista pas beaucoup, non plus, et nous nous séparâmes au trois ou quatrième coin de rue ; moi, charmé de perdre de vue tout ce qui appartenait à cette maudite maison, et lui, fort aise, à ce que je crois, de m'en avoir assez éloigné pour qu'elle ne me fût pas facile à reconnaître. Comme à Paris ni dans aucune autre ville jamais rien ne m'est arrivé de semblable à ces deux aventures, il m'en est resté une impression peu avantageuse au peuple de Lyon, et j'ai toujours regardé cette ville comme celle de l'Europe où règne la plus affreuse corruption.

Le souvenir des extrémités où j'y fus réduit ne contribue pas, non plus, à m'en rappeler agréablement la mémoire. Si j'avais été fait comme un autre, que j'eusse eu le talent d'emprunter et de m'endetter à mon cabaret, je me serais aisément tiré d'affaire ; mais c'est à quoi mon inaptitude égalait ma répugnance ; et pour imaginer à quel point vont l'une et l'autre, il suffit de savoir qu'après avoir passé presque toute ma vie dans le malêtre, et souvent prêt à manquer de pain il ne m'est jamais arrivé une seule fois de me faire demander de l'argent par un créancier sans lui en donner à l'instant même. Je n'ai jamais su faire des dettes criardes, et j'ai toujours mieux aimé souffrir que devoir.

C'était souffrir assurément que d'être réduit à passer la nuit dans la rue, et c'est ce qui m'est arrivé plusieurs fois à Lyon. J'aimais mieux employer quelques sous qui me restaient à payer mon pain que mon gîte, parce qu'après tout je risquais moins de mourir de sommeil que de faim. Ce qu'il y a d'étonnant, c'est que dans ce cruel état je n'étais ni inquiet ni triste. Je n'avais pas le moindre souci sur l'avenir, et j'attendais les réponses que devait recevoir M$^{lle}$ du Châtelet, couchant à la belle étoile, et dormant étendu par terre ou sur un banc aussi tranquillement que sur un lit de roses. Je me souviens même d'avoir passé une nuit délicieuse hors de la ville dans un chemin qui côtoyait le Rhône ou la Saône, car je ne me rappelle pas lequel des deux. Des jardins élevés en terrasse bordaient le chemin du côté opposé. Il avait fait très chaud ce jour-là ; la soirée était charmante ; la rosée humectait l'herbe flétrie ; point de vent, une nuit tranquille ; l'air était frais sans être froid ; le soleil après son coucher avait laissé dans le ciel des vapeurs rouges dont la réflexion rendait l'eau couleur de rose ; les arbres des terrasses étaient chargés de rossignols qui se répondaient de l'un à l'autre. Je me promenais dans une sorte d'extase livrant mes sens et mon cœur à la jouissance de tout cela, et soupirant seulement un peu du regret d'en jouir seul. Absorbé dans ma douce rêverie je prolongeai fort avant dans la nuit ma promenade sans m'apercevoir que j'étais las. Je m'en aperçus enfin. Je me couchai voluptueusement sur la tablette d'une espèce de niche ou de fausse porte enfoncée dans un mur de terrasse : le ciel de mon lit était formé par les têtes des arbres, un rossignol était précisément au-dessus de moi ; je m'endormis à son chant : mon sommeil fut doux, mon réveil le fut davantage. Il était grand jour : mes yeux en s'ouvrant virent l'eau, la verdure, un paysage admirable. Je me levai, me secouai, la faim me prit, je m'acheminai gaiement vers la ville résolu de mettre à un bon déjeuner deux pièces de six blancs[1] qui me restaient encore. J'étais de si bonne humeur que j'allais chantant tout le long du chemin, et je me souviens même que je chantais une cantate de Batistin[2] intitulée *les Bains de Thoméry* que je savais par cœur. Que béni soit le bon Batistin et sa bonne cantate qui m'a valu un meilleur déjeuner que celui sur lequel je comptais, et un dîner bien meilleur encore, sur lequel je n'avais point compté du tout. Dans mon meilleur train d'aller et de chanter j'entends quelqu'un derrière moi, je me retourne ; je vois un antonin[3] qui me suivait, et qui paraissait m'écouter avec plaisir. Il m'accoste, me salue, me demande si je sais la

1. Petite monnaie. 2. Musicien du duc d'Orléans, mort en 1755, qui a composé quatre livres de cantates. Le texte de cette cantate est du poète Jean-Baptiste Rousseau. 3. Voir livre III, p. 204, note 1.

musique. Je réponds, *un peu*, pour faire entendre, beaucoup. Il continue à me questionner ; je lui conte une partie de mon histoire. Il me demande si je n'ai jamais copié de la musique ? Souvent, lui dis-je, et cela était vrai, ma meilleure manière de l'apprendre était d'en copier. Eh bien, me dit-il, venez avec moi ; je pourrai vous occuper quelques jours durant lesquels rien ne vous manquera, pourvu que vous consentiez à ne pas sortir de la chambre. J'acquiesçai très volontiers, et je le suivis.

Cet antonin s'appelait M. Rolichon ; il aimait la musique ; il la savait, et chantait dans de petits concerts qu'il faisait avec ses amis. Il n'y avait rien là que d'innocent et d'honnête ; mais ce goût dégénérait apparemment en fureur dont il était obligé de cacher une partie. Il me conduisit dans une petite chambre que j'occupai et où je trouvai beaucoup de musique qu'il avait copiée. Il m'en donna d'autre à copier, particulièrement la cantate que j'avais chantée, et qu'il devait chanter lui-même dans quelques jours. J'en demeurai là trois ou quatre, à copier tout le temps où je ne mangeais pas ; car de ma vie je ne fus si affamé ni mieux nourri. Il apportait mes repas lui-même de leur cuisine, et il fallait qu'elle fût bonne, si leur ordinaire valait le mien. De mes jours je n'eus tant de plaisir à manger, et il faut avouer aussi que ces lippées me venaient fort à propos, car j'étais sec comme du bois. Je travaillais presque d'aussi bon cœur que je mangeais, et ce n'est pas peu dire. Il est vrai que je n'étais pas aussi correct que diligent. Quelques jours après M. Rolichon que je rencontrai dans la rue m'apprit que mes parties avaient rendu la musique inexécutable ; tant elles s'étaient trouvées pleines d'omissions, de duplications et de transpositions. Il faut avouer que j'ai choisi là dans la suite le métier du monde auquel j'étais le moins propre[1]. Non que ma note ne fût belle, et que je ne copiasse fort nettement ; mais l'ennui d'un long travail me donne des distractions si grandes que je passe plus de temps à gratter[2] qu'à noter, et que si je n'apporte la plus grande attention à collationner[3] mes parties, elles font toujours manquer l'exécution. Je fis donc très mal en voulant bien faire, et pour aller vite j'allais tout de travers. Cela n'empêcha pas M. Rolichon de me bien traiter jusqu'à la fin, et de me donner encore en sortant un petit écu que je ne méritais guère et qui me remit tout à fait en pied ; car peu de jours après je reçus des nouvelles de Maman qui était à Chambéry, et de l'argent pour l'aller joindre, ce que je fis avec transport. Depuis lors mes finances ont souvent été fort courtes, mais jamais assez pour être obligé de jeûner. Je marque cette époque avec un cœur sensible aux soins de la Providence. C'est la dernière fois de ma vie que j'ai senti la misère et la faim.

Je restai à Lyon sept ou huit jours encore pour attendre les commissions dont Maman avait chargé M^lle^ du Châtelet, que je vis durant ce temps-là plus assidûment qu'auparavant, ayant le plaisir de parler avec elle de son amie, et n'étant plus distrait par ces cruels retours sur ma situation qui me forçaient de la cacher. M^lle^ du Châtelet n'était ni jeune ni jolie, mais elle ne manquait pas de grâce ; elle était liante et familière, et son esprit donnait du prix à cette familiarité. Elle avait ce goût de morale observatrice qui porte à étudier les hommes, et c'est d'elle en première origine que ce même goût m'est venu. Elle aimait les

1. Jusqu'à la fin de sa vie, Rousseau tirera quelques bénéfices de ce métier de copiste, censé lui apporter un minimum d'indépendance matérielle. 2. À gratter la page pour corriger les erreurs de copie. 3. La collation est l'« action de conférer, de confronter une copie avec l'original pour en constater l'exactitude » (Littré).

romans de Le Sage, et particulièrement *Gil Blas*[1] ; elle m'en parla, me le prêta, je le lus avec plaisir ; mais je n'étais pas mûr encore pour ces sortes de lectures ; il me fallait des romans à grands sentiments. Je passais ainsi mon temps à la grille de M^lle^ du Châtelet avec autant de plaisir que de profit, et il est certain que les entretiens intéressants et sensés d'une femme de mérite sont plus propres à former un jeune homme que toute la pédantesque philosophie des livres. Je fis connaissance aux Chazottes avec d'autres pensionnaires et de leurs amies ; entre autres avec une jeune personne de quatorze ans appelée M^lle^ Serre[2], à laquelle je ne fis pas alors une grande attention, mais dont je me passionnai huit ou neuf ans après, et avec raison ; car c'était une charmante fille.

Occupé de l'attente de revoir bientôt ma bonne Maman je fis un peu de trêve à mes chimères, et le bonheur réel qui m'attendait me dispensa d'en chercher dans mes visions. Non seulement je la retrouvais, mais je retrouvais près d'elle et par elle un état agréable ; car elle marquait m'avoir trouvé une occupation qu'elle espérait qui me conviendrait, et qui ne m'éloignerait pas d'elle. Je m'épuisais en conjectures pour deviner quelle pouvait être cette occupation, et il aurait fallu deviner[3] en effet pour rencontrer juste. J'avais suffisamment d'argent pour faire commodément la route. M^lle^ du Châtelet voulait que je prisse un cheval ; je n'y pus consentir et j'eus raison : j'aurais perdu le plaisir du dernier voyage pédestre que j'ai fait en ma vie ; car je ne peux donner ce nom aux excursions que je faisais souvent à mon voisinage, tandis que je demeurais à Môtiers[4].

---

1. Roman picaresque publié de 1715 à 1735, riche de toutes sortes d'épisodes et de personnages – comme les *Confessions*. 2. Nous la verrons reparaître au livre VII (tome II), p. 20. 3. Être doué du don de divination. 4. Rousseau évoquera sa vie à Môtiers au livre XII.

C'est une chose bien singulière que mon imagination ne se monte jamais plus agréablement que quand mon état est le moins agréable, et qu'au contraire elle est moins riante lorsque tout rit autour de moi. Ma mauvaise tête ne peut s'assujettir aux choses. Elle ne saurait embellir, elle veut créer. Les objets réels s'y peignent tout au plus tels qu'ils sont ; elle ne sait parer que les objets imaginaires. Si je veux peindre le printemps il faut que je sois en hiver ; si je veux décrire un beau paysage il faut que je sois dans des murs, et j'ai dit cent fois que si jamais j'étais mis à la Bastille, j'y ferais le tableau de la liberté. Je ne voyais en partant de Lyon qu'un avenir agréable ; j'étais aussi content, et j'avais tout lieu de l'être, que je l'étais peu quand je partis de Paris. Cependant je n'eus point durant ce voyage ces rêveries délicieuses qui m'avaient suivi dans l'autre. J'avais le cœur serein, mais c'était tout. Je me rapprochais avec attendrissement de l'excellente amie que j'allais revoir. Je goûtais d'avance, mais sans ivresse le plaisir de vivre auprès d'elle : je m'y étais toujours attendu ; c'était comme s'il ne m'était rien arrivé de nouveau. Je m'inquiétais de ce que j'allais faire, comme si cela eût été fort inquiétant. Mes idées étaient paisibles et douces, non célestes et ravissantes. Tous les objets que je passais frappaient ma vue ; je donnais de l'attention aux paysages, je remarquais les arbres, les maisons, les ruisseaux, je délibérais aux croisées des chemins, j'avais peur de me perdre et je ne me perdais point. En un mot je n'étais plus dans l'empyrée, j'étais tantôt où j'étais, tantôt où j'allais, jamais plus loin.

Je suis en racontant mes voyages comme j'étais en les faisant ; je ne saurais arriver. Le cœur me battait de joie en approchant de ma chère Maman et je n'en allais pas plus vite. J'aime à marcher à mon aise, et m'arrêter quand il me plaît. La vie ambulante est celle qu'il me faut. Faire route à pied par un beau temps dans un beau pays sans être pressé, et avoir pour terme de ma course un objet agréable ; voilà de toutes les manières de vivre celle qui est le plus de mon goût. Au reste on sait déjà ce que j'entends par un beau pays. Jamais pays de plaine, quelque beau qu'il fût, ne parut tel à mes yeux. Il me faut des torrents, des rochers, des sapins, des bois noirs, des montagnes, des chemins raboteux à monter et à descendre, des précipices à mes côtés qui me fassent bien peur. J'eus ce plaisir et je le goûtai dans tout son charme en approchant de Chambéry. Non loin d'une montagne coupée qu'on appelle le Pas-de-l'Échelle[1], au-dessous du grand chemin taillé dans le roc, à l'endroit appelé Chailles, court et bouillonne dans des gouffres affreux une petite rivière qui paraît avoir mis à les creuser des milliers de siècles. On a bordé le chemin d'un parapet pour prévenir les malheurs : cela faisait que je pouvais contempler au fond et gagner des vertiges tout à mon aise ; car ce qu'il y a de plaisant dans mon goût pour les lieux escarpés est qu'ils me font tourner la tête, et j'aime beaucoup ce tournoiement pourvu que je sois en sûreté. Bien appuyé sur le parapet j'avançais le nez, et je restais là des heures entières, entrevoyant de temps en temps cette écume et cette eau bleue dont j'entendais le mugissement à travers les cris des corbeaux et des oiseaux de proie qui volaient de roche en roche et de broussaille en broussaille à cent toises[2] au-dessous de moi. Dans les endroits où la pente était assez unie et la broussaille assez claire pour laisser passer des cailloux, j'en allais chercher au loin d'aussi gros que je les pouvais porter, je les rassemblais sur le parapet en pile ; puis les lançant l'un après l'autre, je me délectais à les

1. En réalité, Les Échelles ; le Pas-de-l'Échelle se trouve près de Bossey, où Jean-Jacques fut mis en pension chez les Lambercier (voir le livre I). 2. À peu près deux cents mètres.

voir rouler, bondir et voler en mille éclats avant que d'atteindre le fond du précipice.

Plus près de Chambéry j'eus un spectacle semblable en sens contraire. Le chemin passe au pied de la plus belle cascade que je vis de mes jours[1]. La montagne est tellement escarpée que l'eau se détache net et tombe en arcade assez loin pour qu'on puisse passer entre la cascade et la roche, quelquefois sans être mouillé. Mais si l'on ne prend bien ses mesures on y est aisément trompé, comme je le fus : car à cause de l'extrême hauteur l'eau se divise et tombe en poussière, et lorsqu'on approche un peu trop de ce nuage, sans s'apercevoir d'abord qu'on se mouille, à l'instant on est tout trempé.

J'arrive enfin, je la revois. Elle n'était pas seule. M. l'Intendant général[2] était chez elle au moment que j'entrai. Sans me parler elle me prend la main et me présente à lui avec cette grâce qui lui ouvrait tous les cœurs ; le voilà, Monsieur, ce pauvre jeune homme ; daignez le protéger aussi longtemps qu'il le méritera, je ne suis plus en peine de lui pour le reste de sa vie. Puis m'adressant la parole : mon enfant, me dit-elle, vous appartenez au Roi : remerciez M. l'Intendant qui vous donne du pain. J'ouvrais de grands yeux sans rien dire, sans savoir trop qu'imaginer : il s'en fallut peu que l'ambition naissante ne me tournât la tête, et que je ne fisse déjà le petit intendant. Ma fortune se trouva moins brillante que sur ce début je ne l'avais imaginée ; mais quant à présent c'était assez pour vivre, et pour moi c'était beaucoup. Voici de quoi il s'agissait.

Le roi Victor-Amédée jugeant par le sort des guerres précédentes, et par la position de l'ancien patrimoine de ses pères qu'il lui échapperait quelque jour, ne cherchait qu'à l'épuiser. Il y avait peu d'années qu'ayant résolu

---

1. La cascade de Couz. 2. L'intendant général des finances de Savoie.

d'en mettre la noblesse à la taille, il avait ordonné un cadastre général de tout le pays, afin que, rendant l'imposition réelle, on pût la répartir avec plus d'équité. Ce travail commencé sous le père fut achevé sous le fils. Deux ou trois cents hommes, tant arpenteurs, qu'on appelait géomètres, qu'écrivains[1] qu'on appelait secrétaires, furent employés à cet ouvrage, et c'était parmi ces derniers que Maman m'avait fait inscrire. Le poste sans être fort lucratif donnait de quoi vivre au large dans ce pays-là. Le mal était que cet emploi n'était qu'à temps, mais il mettait en état de chercher et d'attendre, et c'était par prévoyance qu'elle tâchait de m'obtenir de l'intendant une protection particulière, pour pouvoir passer à quelque emploi plus solide quand le temps de celui-là serait fini.

J'entrai en fonction peu de jours après mon arrivée[2]. Il n'y avait à ce travail rien de difficile et je fus bientôt au fait. C'est ainsi qu'après quatre ou cinq ans de courses, de folies et de souffrances depuis ma sortie de Genève je commençai pour la première fois de gagner mon pain avec honneur.

Ces longs détails de ma première jeunesse auront paru bien puérils et j'en suis fâché : quoique né homme à certains égards, j'ai été longtemps enfant et je le suis encore à beaucoup d'autres. Je n'ai pas promis d'offrir au public un grand personnage ; j'ai promis de me peindre tel que je suis et pour me connaître dans mon âge avancé, il faut m'avoir bien connu dans ma jeunesse. Comme en général les objets font moins d'impression sur moi que leurs souvenirs et que toutes mes idées sont en images, les premiers traits qui se sont gravés dans ma tête y sont demeurés, et ceux qui s'y sont empreints

---

**1.** « Celui qui écrit pour d'autres » (Littré), sa tâche ne consistant ici qu'à prendre des notes sous la dictée des « géomètres ». **2.** En octobre 1731. Jean-Jacques est alors âgé de dix-neuf ans et quatre mois.

dans la suite se sont plutôt combinés avec eux qu'ils ne les ont effacés. Il y a une certaine succession d'affections et d'idées qui modifient celles qui les suivent et qu'il faut connaître pour en bien juger. Je m'applique à bien développer partout les premières causes pour faire sentir l'enchaînement des effets. Je voudrais pouvoir en quelque façon rendre mon âme transparente aux yeux du lecteur, et pour cela je cherche à la lui montrer sous tous les points de vue, à l'éclairer par tous les jours, à faire en sorte qu'il ne s'y passe pas un mouvement qu'il n'aperçoive, afin qu'il puisse juger par lui-même du principe qui les produit.

Si je me chargeais du résultat et que je lui disse ; tel est mon caractère, il pourrait croire, sinon que je le trompe, au moins que je me trompe. Mais en lui détaillant avec simplicité tout ce qui m'est arrivé, tout ce que j'ai pensé, tout ce que j'ai senti, je ne puis l'induire en erreur à moins que je ne le veuille, encore même en le voulant n'y parviendrais-je pas aisément de cette façon. C'est à lui d'assembler ces éléments et de déterminer l'être qu'ils composent ; le résultat doit être son ouvrage, et s'il se trompe alors, toute l'erreur sera de son fait. Or il ne suffit pas pour cette fin que mes récits soient fidèles il faut aussi qu'ils soient exacts. Ce n'est pas à moi de juger de l'importance des faits, je les dois tous dire, et lui laisser le soin de choisir. C'est à quoi je me suis appliqué jusqu'ici de tout mon courage, et je ne me relâcherai pas dans la suite. Mais les souvenirs de l'âge moyen sont toujours moins vifs que ceux de la première jeunesse. J'ai commencé par tirer de ceux-ci le meilleur parti qu'il m'était possible. Si les autres me reviennent avec la même force, des lecteurs impatients s'ennuieront peut-être, mais moi je ne serai pas mécontent de mon travail. Je n'ai qu'une chose à craindre dans cette entreprise ; ce n'est pas de trop dire ou de dire des mensonges ; mais c'est de ne pas tout dire, et de taire des vérités.

# Livre V

Ce fut, ce me semble en 1732 que j'arrivai à Chambéry[1] comme je viens de le dire, et que je commençai d'être employé au cadastre pour le service du Roi. J'avais vingt ans passés, près de vingt-un. J'étais assez formé pour mon âge du côté de l'esprit, mais le jugement ne l'était guère, et j'avais grand besoin des mains dans lesquelles je tombai pour apprendre à me conduire : car quelques années d'expérience n'avaient pu me guérir encore radicalement de mes visions romanesques, et malgré tous les maux que j'avais soufferts, je connaissais aussi peu le monde et les hommes que si je n'avais pas acheté[2] ces instructions.

Je logeai chez moi, c'est-à-dire chez Maman ; mais je ne retrouvai pas ma chambre d'Annecy. Plus de jardin, plus de ruisseau, plus de paysage. La maison qu'elle occupait était sombre et triste, et ma chambre était la plus sombre et la plus triste de la maison. Un mur pour vue, un cul-de-sac pour rue, peu d'air, peu de jour, peu d'espace, des grillons, des rats, des planches pourries ; tout cela ne faisait pas une plaisante habitation. Mais j'étais chez elle, auprès d'elle, sans cesse à mon bureau ou dans sa chambre, je m'apercevais peu de la laideur de la mienne, je n'avais pas le temps d'y rêver. Il paraîtra bizarre qu'elle s'était fixée à Chambéry tout exprès

1. En réalité, au début de l'automne 1731. 2. Que si je n'avais pas chèrement payé.

pour habiter cette vilaine maison : ce fut même un trait d'habileté de sa part que je ne dois pas taire. Elle allait à Turin avec répugnance, sentant bien qu'après des révolutions toutes récentes et dans l'agitation où l'on était encore à la cour ce n'était pas le moment de s'y présenter. Cependant ses affaires demandaient qu'elle s'y montrât[1] ; elle craignait d'être oubliée ou desservie. Elle savait surtout que le comte de Saint-Laurent intendant général des Finances ne la favorisait pas. Il avait à Chambéry une maison vieille, mal bâtie, et dans une si vilaine position qu'elle restait toujours vide ; elle la loua et s'y établit. Cela lui réussit mieux qu'un voyage ; sa pension ne fut point supprimée, et depuis lors le comte de Saint-Laurent fut toujours de ses amis.

J'y trouvai son ménage à peu près monté comme auparavant, et le fidèle Claude Anet toujours avec elle[2]. C'était, comme je crois l'avoir dit, un paysan de Montreux[3] qui dans son enfance herborisait dans le Jura pour faire du thé de Suisse[4], et qu'elle avait pris à son service à cause de ses drogues, trouvant commode d'avoir un herboriste dans son laquais. Il se passionna si bien pour l'étude des plantes, et elle favorisa si bien son goût qu'il devint un vrai botaniste, et que s'il ne fût mort jeune il se serait fait un nom dans cette science, comme il en méritait un parmi les honnêtes gens. Comme il était sérieux, même grave, et que j'étais plus jeune que lui, il devint pour moi une espèce de gouverneur qui me sauva beaucoup de folies ; car il m'en imposait, et je n'osais m'oublier devant lui. Il en imposait même à sa maîtresse qui connaissait son grand sens, sa droiture, son

---

1. Rappelons que M$^{me}$ de Warens bénéficie d'une pension de deux mille francs du roi de Sardaigne depuis sa conversion au catholicisme ; voir livre II, p. 104. 2. Il a déjà été question de ce personnage au livre III, p. 182 et p. 213. 3. Que Rousseau écrit *Moutru*. 4. De la tisane.

inviolable attachement pour elle, et qui le lui rendait bien. Claude Anet était sans contredit un homme rare, et le seul même de son espèce que j'aie jamais vu. Lent, posé, réfléchi, circonspect dans sa conduite, froid dans ses manières, laconique et sentencieux dans ses propos, il était dans ses passions d'une impétuosité qu'il ne laissait jamais paraître, mais qui le dévorait en dedans, et qui ne lui a fait faire en sa vie qu'une sottise, mais terrible ; c'est de s'être empoisonné. Cette scène tragique se passa peu après mon arrivée, et il la fallait pour m'apprendre l'intimité de ce garçon avec sa maîtresse[1] ; car si elle ne me l'eût dite elle-même, jamais je ne m'en serais douté. Assurément si l'attachement, le zèle et la fidélité peuvent mériter une pareille récompense, elle lui était bien due, et, ce qui prouve qu'il en était digne, il n'en abusa jamais. Ils avaient rarement des querelles, et elles finissaient toujours bien. Il en vint pourtant une qui finit mal : sa maîtresse lui dit dans la colère un mot outrageant qu'il ne put digérer. Il ne consulta que son désespoir, et trouvant sous sa main une fiole de laudanum il l'avala, puis fut se coucher tranquillement, comptant ne se réveiller jamais. Heureusement M$^{me}$ de Warens inquiète, agitée elle-même, errant dans sa maison, trouva la fiole vide et devina le reste. En volant à son secours elle poussa des cris qui m'attirèrent ; elle m'avoua tout, implora mon assistance, et parvint avec beaucoup de peine à lui faire vomir l'opium. Témoin de cette scène j'admirai ma bêtise de n'avoir jamais eu le moindre soupçon des liaisons qu'elle m'apprenait. Mais Claude Anet était si discret, que de plus clairvoyants auraient pu s'y méprendre. Le raccommodement fut tel que j'en fus vivement touché moi-même, et depuis ce temps,

---

1. Dans tous les sens du terme.

ajoutant pour lui le respect à l'estime, je devins en quelque façon son élève, et ne m'en trouvai pas plus mal.

Je n'appris pourtant pas sans peine que quelqu'un pouvait vivre avec elle dans une plus grande intimité que moi. Je n'avais pas songé même à désirer pour moi cette place, mais il m'était dur de la voir remplir par un autre ; cela était fort naturel. Cependant au lieu de prendre en aversion celui qui me l'avait soufflée, je sentis réellement s'étendre à lui l'attachement que j'avais pour elle. Je désirais sur toute chose qu'elle fût heureuse, et puisqu'elle avait besoin de lui pour l'être, j'étais content qu'il fût heureux aussi. De son côté il entrait parfaitement dans les vues de sa maîtresse, et prit en sincère amitié l'ami qu'elle s'était choisi. Sans affecter avec moi l'autorité que son poste le mettait en droit de prendre, il prit naturellement celle que son jugement lui donnait sur le mien. Je n'osais rien faire qu'il parût désapprouver, et il ne désapprouvait que ce qui était mal. Nous vivions ainsi dans une union qui nous rendait tous heureux, et que la mort seule a pu détruire. Une des preuves de l'excellence du caractère de cette aimable femme est que tous ceux qui l'aimaient s'aimaient entre eux[1]. La jalousie, la rivalité même cédait au sentiment dominant qu'elle inspirait, et je n'ai vu jamais aucun de ceux qui l'entouraient se vouloir du mal l'un à l'autre. Que ceux qui me lisent suspendent un moment leur lecture à cet éloge, et s'ils trouvent en y pensant quelque autre femme dont ils puissent en dire autant, qu'ils s'attachent à elle pour le repos de leur vie, fût-elle au reste la dernière des catins.

Ici commence depuis mon arrivée à Chambéry jusqu'à mon départ pour Paris en 1741 un intervalle de huit ou neuf ans, durant lequel j'aurai peu d'événements à

---

**1.** Ce sera le cas à Clarens, dans *La Nouvelle Héloïse*, autour de Julie.

dire, parce que ma vie a été aussi simple que douce, et cette uniformité était précisément ce dont j'avais le plus grand besoin pour achever de former mon caractère, que des troubles continuels empêchaient de se fixer. C'est durant ce précieux intervalle que mon éducation mêlée et sans suite ayant pris de la consistance m'a fait ce que je n'ai plus cessé d'être à travers les orages qui m'attendaient. Ce progrès fut insensible et lent, chargé de peu d'événements mémorables ; mais il mérite cependant d'être suivi et développé.

Au commencement je n'étais guère occupé que de mon travail ; la gêne du bureau ne me laissait pas songer à autre chose. Le peu de temps que j'avais de libre se passait auprès de la bonne Maman, et n'ayant pas même celui de lire, la fantaisie ne m'en prenait pas. Mais quand ma besogne, devenue une espèce de routine occupa moins mon esprit, il reprit ses inquiétudes, la lecture me redevint nécessaire, et, comme si ce goût se fût toujours irrité par la difficulté de m'y livrer, il serait redevenu passion comme chez mon maître, si d'autres goûts venus à la traverse n'eussent fait diversion à celui-là.

Quoiqu'il ne fallût pas à nos opérations une arithmétique bien transcendante, il en fallait assez pour m'embarrasser quelquefois. Pour vaincre cette difficulté j'achetai des livres d'arithmétique et je l'appris bien, car je l'appris seul. L'arithmétique pratique s'étend plus loin qu'on ne pense, quand on y veut mettre l'exacte précision. Il y a des opérations d'une longueur extrême, au milieu desquelles j'ai vu quelquefois de bons géomètres s'égarer. La réflexion jointe à l'usage donne des idées nettes, et alors on trouve des méthodes abrégées dont l'invention frappe l'amour-propre, dont la justesse satisfait l'esprit, et qui font faire avec plaisir un travail ingrat par lui-même. Je m'y enfonçai si bien qu'il n'y avait point de question soluble par les seuls chiffres qui m'embarrassât, et maintenant que tout ce que j'ai su s'efface journellement de ma mémoire, cet acquis y demeure encore en partie, au bout de trente ans d'interruption. Il y a quelques jours que dans un voyage que j'ai fait à Davenport chez mon hôte[1], assistant à la leçon d'arithmétique de ses enfants, j'ai fait sans faute avec un plaisir incroyable une opération des plus composées. Il me semblait en posant mes chiffres que j'étais encore à Chambéry dans mes heureux jours. C'était revenir de loin sur mes pas.

Le lavis des mappes[2] de nos géomètres m'avait aussi rendu le goût du dessin. J'achetai des couleurs et je me mis à faire des fleurs et des paysages. C'est dommage que je me sois trouvé peu de talent pour cet art ; l'inclination y était tout entière. Au milieu de mes crayons et de mes pinceaux j'aurais passé des mois entiers sans sortir. Cette occupation devenant pour moi trop attachante, on était obligé de m'en arracher. Il en est ainsi de tous les goûts auxquels je commence à me livrer, ils augmentent, deviennent passion, et bientôt je ne vois plus rien au monde que l'amusement dont je suis occupé. L'âge ne m'a pas guéri de ce défaut ; il ne l'a pas diminué même, et maintenant que j'écris ceci, me voilà comme un vieux radoteur, engoué d'une autre étude inutile où je n'entends rien[3], et que ceux même qui s'y sont livrés dans leur jeunesse sont forcés d'abandonner à l'âge où je la veux commencer.

C'était alors qu'elle eût été à sa place. L'occasion était belle, et j'eus quelque tentation d'en profiter. Le contentement que je voyais dans les yeux d'Anet revenant chargé de plantes nouvelles me mit deux ou trois fois sur le point d'aller herboriser avec lui. Je suis

---

1. En août 1766, Rousseau, qui s'est réfugié en Angleterre auprès de Hume, est à Wootton Hall l'hôte de Richard Davenport, riche propriétaire qui habite à Davenport Park. 2. Des cartes. 3. La botanique. Rousseau, à la fin de sa vie, sera très savant en cette science.

presque assuré que si j'y avais été une seule fois cela m'aurait gagné, et je serais peut-être aujourd'hui un grand botaniste : car je ne connais point d'étude au monde qui s'associe mieux avec mes goûts naturels que celle des plantes, et la vie que je mène depuis dix ans à la campagne n'est guère qu'une herborisation continuelle, à la vérité sans objet et sans progrès ; mais n'ayant alors aucune idée de la botanique, je l'avais prise en une sorte de mépris et même de dégoût ; je ne la regardais que comme une étude d'apothicaire. Maman, qui l'aimait, n'en faisait pas elle-même un autre usage ; elle ne recherchait que les plantes usuelles pour les appliquer à ses drogues. Ainsi la botanique, la chimie et l'anatomie confondues dans mon esprit sous le nom de médecine, ne servaient qu'à me fournir des sarcasmes plaisants toute la journée, et à m'attirer des soufflets de temps en temps. D'ailleurs un goût différent et trop contraire à celui-là croissait par degrés, et bientôt absorba tous les autres. Je parle de la musique. Il faut assurément que je sois né pour cet art, puisque j'ai commencé de l'aimer dès mon enfance, et qu'il est le seul que j'aie aimé constamment dans tous les temps. Ce qu'il y a d'étonnant est qu'un art pour lequel j'étais né m'ait néanmoins tant coûté de peine à apprendre, et avec des succès si lents qu'après une pratique de toute ma vie, jamais je n'ai pu parvenir à chanter sûrement tout à livre ouvert[1]. Ce qui me rendait surtout alors cette étude agréable, était que je la pouvais faire avec Maman. Ayant des goûts d'ailleurs fort différents, la musique était pour nous un point de réunion dont j'aimais à faire usage. Elle ne s'y refusait pas ; j'étais alors à peu près aussi avancé qu'elle ; en deux ou trois fois nous déchiffrions un air. Quelquefois la voyant empressée autour

1. Déchiffrer et exécuter un morceau à la première lecture.

d'un fourneau, je lui disais : Maman, voici un duo charmant qui m'a bien l'air de faire sentir l'empyreume[1] à vos drogues. Ah par ma foi, me disait-elle, si tu me les fais brûler je te les ferai manger. Tout en disputant je l'entraînais à son clavecin : on s'y oubliait ; l'extrait de genièvre ou d'absinthe était calciné, elle m'en barbouillait le visage, et tout cela était délicieux.

On voit qu'avec peu de temps de reste, j'avais beaucoup de choses à quoi l'employer. Il me vint pourtant encore un amusement de plus, qui fit bien valoir tous les autres.

Nous occupions un cachot si étouffé qu'on avait besoin quelquefois d'aller prendre l'air sur la terre. Anet engagea Maman à louer dans un faubourg un jardin pour y mettre des plantes. À ce jardin était jointe une guinguette assez jolie qu'on meubla suivant l'ordonnance[2]. On y mit un lit ; nous allions souvent y dîner, et j'y couchais quelquefois. Insensiblement je m'engouai de cette petite retraite ; j'y mis quelques livres, beaucoup d'estampes ; je passais une partie de mon temps à l'orner et à y préparer à Maman quelque surprise agréable lorsqu'elle s'y venait promener. Je la quittais pour venir m'occuper d'elle, pour y penser avec plus de plaisir ; autre caprice que je n'excuse ni n'explique, mais que j'avoue, parce que la chose était ainsi. Je me souviens qu'une fois M$^{me}$ de Luxembourg[3] me parlait en raillant d'un homme qui quittait sa maîtresse pour lui écrire. Je lui dis que j'aurais bien été cet homme-là, et j'aurais pu ajouter que je l'avais été quelquefois. Je n'ai pourtant

---

**1.** « Terme de chimie. Goût et odeur particulière et désagréable que contractent les substances animales ou végétales soumises à la distillation » (Littré). **2.** Une petite maison où ne se trouvaient que des meubles que la loi ne peut saisir, c'est-à-dire le mobilier de base. **3.** On verra aux livres X et XI que Rousseau sera l'hôte et, malgré la différence des rangs, l'ami du maréchal de Luxembourg.

jamais senti près de Maman ce besoin de m'éloigner d'elle pour l'aimer davantage : car tête à tête avec elle j'étais aussi parfaitement à mon aise que si j'eusse été seul, et cela ne m'est jamais arrivé près de personne autre, ni homme ni femme, quelque attachement que j'aie eu pour eux. Mais elle était si souvent entourée, et de gens qui me convenaient si peu, que le dépit et l'ennui me chassaient dans mon asile, où je l'avais comme je la voulais, sans crainte que les importuns vinssent nous y suivre.

Tandis qu'ainsi partagé entre le travail, le plaisir et l'instruction je vivais dans le plus doux repos, l'Europe n'était pas si tranquille que moi. La France et l'empereur venaient de s'entre-déclarer la guerre : le roi de Sardaigne était entré dans la querelle, et l'armée française filait en Piémont pour entrer dans le Milanais[1]. Il en passa une colonne par Chambéry et entre autres le régiment de Champagne dont était colonel M. le Duc de la Trémoille[2], auquel je fus présenté, qui me promit beaucoup de choses, et qui sûrement n'a jamais repensé à moi. Notre petit jardin était précisément au haut du faubourg par lequel entraient les troupes, de sorte que je me rassasiais du plaisir d'aller les voir passer, et je me passionnais pour le succès de cette guerre, comme s'il m'eût beaucoup intéressé. Jusque-là je ne m'étais pas encore avisé de songer aux affaires publiques, et je me mis à lire les gazettes pour la première fois, mais avec une telle partialité pour la France que le cœur me battait de joie à ses moindres avantages, et que ses revers m'affligeaient comme s'ils fussent tombés sur moi. Si cette

---

1. La France, alliée du royaume de Sardaigne, soutenait la candidature de Stanislas Leszczyński, beau-père de Louis XV, au trône de Pologne, contre celle du neveu de l'empereur Charles VI. La guerre, déclarée le 10 octobre 1733, prendra fin en 1738. 2. Rousseau écrit *la Trimouille*.

folie n'eût été que passagère je ne daignerais pas en parler ; mais elle s'est tellement enracinée dans mon cœur sans aucune raison, que lorsque j'ai fait dans la suite à Paris l'antidespote et le fier républicain, je sentais en dépit de moi-même une prédilection secrète pour cette même nation que je trouvais servile, et pour ce gouvernement que j'affectais de fronder. Ce qu'il y avait de plaisant était qu'ayant honte d'un penchant si contraire à mes maximes je n'osais l'avouer à personne, et je raillais les Français de leurs défaites, tandis que le cœur m'en saignait plus qu'à eux. Je suis sûrement le seul qui, vivant chez une nation qui le traitait bien et qu'il adorait, se soit fait chez elle un faux air de la dédaigner. Enfin ce penchant s'est trouvé si désintéressé de ma part, si fort, si constant, si invincible, que même depuis ma sortie du royaume, depuis que le gouvernement, les magistrats, les auteurs s'y sont à l'envi déchaînés contre moi, depuis qu'il est devenu du bon air[1] de m'accabler d'injustices et d'outrages, je n'ai pu me guérir de ma folie. Je les aime en dépit de moi quoiqu'ils me maltraitent. En voyant déjà commencer la décadence de l'Angleterre que j'ai prédite au milieu de ses triomphes, je me laisse bercer au fol espoir que la nation française à son tour victorieuse viendra peut-être un jour me délivrer de la triste captivité où je vis[2].

J'ai cherché longtemps la cause de cette partialité, et je n'ai pu la trouver que dans l'occasion qui la vit naître. Un goût croissant pour la littérature m'attachait aux

---

1. À la mode. Rappelons que Rousseau a dû fuir la France en 1762 après la condamnation de l'*Émile*, et que cet ouvrage, ainsi que le *Contrat social*, ont été brûlés à Genève : on découvrira aux livres XI et XII les pérégrinations de leur auteur et les persécutions réelles ou imaginaires dont il souffrit. 2. Rousseau est alors persuadé d'être prisonnier à Wootton, après une ténébreuse conspiration contre lui de ses ennemis.

livres français, aux auteurs de ces livres, et au pays de ces auteurs. Au moment même que défilait sous mes yeux l'armée française je lisais les *Grands capitaines* de Brantôme[1]. J'avais la tête pleine des Clisson, des Bayard, des Lautrec, des Coligny, des Montmorency, des La Trémoille, et je m'affectionnais à leurs descendants comme aux héritiers de leur mérite et de leur courage. À chaque régiment qui passait je croyais revoir ces fameuses bandes noires[2] qui jadis avaient tant fait d'exploits en Piémont. Enfin j'appliquais à ce que je voyais les idées que je puisais dans les livres ; mes lectures continuées et toujours tirées de la même nation nourrissaient mon affection pour elle, et m'en firent une passion aveugle que rien n'a pu surmonter. J'ai eu dans la suite occasion de remarquer dans mes voyages que cette impression ne m'était pas particulière, et qu'agissant plus ou moins dans tous les pays sur la partie de la nation qui aimait la lecture et qui cultivait les lettres, elle balançait la haine générale qu'inspire l'air avantageux[3] des Français. Les romans plus que les hommes leur attachent les femmes de tous les pays, leurs chefs-d'œuvre dramatiques affectionnent la jeunesse à leurs théâtres. La célébrité de celui de Paris y attire des foules d'étrangers qui en reviennent enthousiastes : enfin l'excellent goût de leur littérature leur soumet tous les esprits qui en ont, et dans la guerre si malheureuse dont ils sortent[4], j'ai vu leurs auteurs et leurs philosophes soutenir la gloire du nom français ternie par leurs guerriers.

---

1. Brantôme, mort en 1614, est surtout connu pour sa *Vie des dames galantes* ; il a aussi écrit une *Vie des hommes illustres et grands capitaines français*, ainsi qu'une *Vie des grands capitaines étrangers*. 2. Mercenaires allemands au service de la France, qui combattirent en Italie au XVI^e^ siècle. 3. L'air d'assurance et de vantardise. 4. La guerre de Sept Ans, qui s'était achevée en 1763 ; la France y avait perdu d'importantes colonies.

J'étais donc Français ardent, et cela me rendit nouvelliste[1]. J'allais avec la foule des gobe-mouches[2] attendre sur la place l'arrivée des courriers, et plus bête que l'âne de la fable[3] je m'inquiétais beaucoup pour savoir de quel maître j'aurais l'honneur de porter le bât : car on prétendait alors que nous appartiendrions à la France, et l'on faisait de la Savoie un échange pour le Milanais. Il faut pourtant convenir que j'avais quelques sujets de crainte ; car si cette guerre eût mal tourné pour les alliés la pension de Maman courait un grand risque. Mais j'étais plein de confiance dans mes bons amis, et pour le coup, malgré la surprise de M. de Broglie[4] cette confiance ne fut pas trompée, grâce au roi de Sardaigne à qui je n'avais pas pensé.

Tandis qu'on se battait en Italie on chantait en France. Les opéras de Rameau commençaient à faire du bruit[5] et relevèrent ses ouvrages théoriques que leur obscurité laissait à la portée de peu de gens. Par hasard, j'entendis parler de son *Traité de l'harmonie*, et je n'eus point de

---

**1.** « Celui qui cherche ou débite des nouvelles » (Littré). **2.** La foule de ceux qui vont béer aux nouvelles, au risque de gober une mouche. **3.** « Le Vieillard et l'Âne » (La Fontaine, *Fables*, VI, 8). Le premier a lâché le second dans un pré : « L'ennemi vient sur l'entrefaite », mais l'âne, à la différence de son maître, ne s'enfuit pas : « Et que m'importe donc, dit l'Âne, à qui je sois ? / Sauvez-vous, et me laissez paître ; / Notre ennemi, c'est notre maître : / Je vous le dis en bon françois. » **4.** Le comte de Broglie, maréchal de France, s'était fait surprendre en pleine nuit par les troupes autrichiennes et avait dû s'enfuir, dit-on, sans pantalon. Mais le roi de Sardaigne avait rétabli la situation. **5.** Jean-Philippe Rameau (1683-1764), compositeur prolifique, avait publié en 1722 un *Traité de l'harmonie réduite à ses principes naturels*. Lors de la « Querelle des bouffons », il incarnera le grand opéra français, envers lequel Rousseau, défenseur de la musique italienne, n'aura pas assez de sarcasmes, en particulier dans sa *Lettre sur la musique française* (1753), comme on le verra au livre VIII. C'est aussi au sens propre, pour Rousseau, que les opéras de Rameau font « du bruit ».

repos que je n'eusse acquis ce livre. Par un autre hasard, je tombai malade. La maladie était inflammatoire : elle fut vive et courte ; mais ma convalescence fut longue, et je ne fus d'un mois en état de sortir. Durant ce temps j'ébauchai, je dévorai mon *Traité de l'harmonie* ; mais il était si long, si diffus, si mal arrangé que je sentis qu'il me fallait un temps considérable pour l'étudier et le débrouiller. Je suspendais mon application et je récréais mes yeux avec de la musique. Les cantates de Bernier[1] sur lesquelles je m'exerçais ne me sortaient pas de l'esprit. J'en appris par cœur quatre ou cinq, entre autres celle des *Amours dormants*, que je n'ai pas revue depuis ce temps-là, et que je sais encore presque tout entière, de même que *L'Amour piqué par une abeille*, très jolie cantate de Clérambault[2], que j'appris à peu près dans le même temps.

Pour m'achever il arriva de la Val d'Aoste[3] un jeune organiste appelé l'abbé Palais, bon musicien, bon homme, et qui accompagnait très bien du clavecin. Je fais connaissance avec lui ; nous voilà inséparables. Il était l'élève d'un moine italien, grand organiste. Il me parlait de ses principes ; je les comparais avec ceux de mon Rameau, je remplissais ma tête d'accompagnements, d'accords, d'harmonie. Il fallait se former l'oreille à tout cela. Je proposai à Maman un petit concert tous les mois ; elle y consentit. Me voilà si plein de ce concert que ni jour ni nuit je ne m'occupais d'autre chose, et réellement cela m'occupait et beaucoup, pour rassembler la musique, les concertants, les instruments, tirer les parties, etc. Maman chantait, le P. Caton dont j'ai parlé[4] et dont j'ai à parler encore chantait aussi ; un

---

**1.** Mort en 1734, auteur de plusieurs livres de cantates et de motets. **2.** Voir livre III, p. 200, note 1. **3.** Nous parlons aujourd'hui *du* Val d'Aoste. **4.** Une « connaissance » de M. Le Maître à Lyon, au livre III, p. 215.

maître à danser appelé Roche, et son fils jouaient du violon ; Canavas musicien piémontais qui travaillait au cadastre et qui depuis s'est marié à Paris jouait du violoncelle ; l'abbé Palais accompagnait du clavecin : j'avais l'honneur de conduire la musique, sans oublier le bâton du bûcheron[1]. On peut juger combien tout cela était beau ! pas tout à fait comme chez M. de Treytorens[2], mais il ne s'en fallait guère.

Le petit concert de Mme de Warens nouvelle convertie et vivant disait-on des charités du Roi, faisait murmurer la séquelle[3] dévote, mais c'était un amusement agréable pour plusieurs honnêtes gens. On ne devinerait pas qui je mets à leur tête en cette occasion ? un moine ; mais un moine homme de mérite, et même aimable, dont les infortunes m'ont dans la suite bien vivement affecté, et dont la mémoire, liée à celle de mes beaux jours, m'est encore chère. Il s'agit du P. Caton, cordelier qui conjointement avec le comte Dortan avait fait saisir à Lyon la musique du pauvre *Petit-Chat*[4], ce qui n'est pas le plus beau trait de sa vie[5]. Il était bachelier de Sorbonne : il avait vécu longtemps à Paris dans le plus grand monde, et très faufilé[6] surtout chez le marquis d'Entremont alors ambassadeur de Sardaigne. C'était un grand homme, bien fait, le visage plein, les yeux à fleur de tête, des cheveux noirs qui faisaient sans affectation le crochet à côté du front, l'air à la fois noble, ouvert, modeste, se

---

**1.** Autrement dit la baguette. Dans un pamphlet, Grimm compare à un bûcheron le chef de l'Opéra de Paris : « Et il faisait du bruit comme s'il fendait du bois », écrit-il. **2.** Voir livre IV, p. 240. **3.** « Terme familier de mépris. Certain nombre de gens qui suivent quelqu'un, attachés aux intérêts de quelqu'un ou d'un parti » (Littré), ici les catholiques les plus rigoristes. **4.** M. Le Maître ; voir livre III, p. 212. **5.** Voir livre IV, p. 219. **6.** Se faufiler, c'est « se lier d'amitié, d'intérêt avec quelque société », mais aussi « s'insinuer avec adresse auprès de quelqu'un, dans une maison, dans une société » (Littré).

présentant simplement et bien ; n'ayant ni le maintien cafard[1] ou effronté des moines, ni l'abord cavalier d'un homme à la mode, quoiqu'il le fût, mais l'assurance d'un honnête homme qui sans rougir de sa robe s'honore lui-même et se sent toujours à sa place parmi les honnêtes gens. Quoique le P. Caton n'eût pas beaucoup d'étude pour un docteur, il en avait beaucoup pour un homme du monde, et n'étant point pressé de montrer son acquis il le plaçait si à propos qu'il en paraissait davantage. Ayant beaucoup vécu dans la société il s'était plus attaché aux talents agréables qu'à un solide savoir. Il avait de l'esprit, faisait des vers, parlait bien, chantait mieux, avait la voix belle, touchait l'orgue et le clavecin. Il n'en fallait pas tant pour être recherché, aussi l'était-il ; mais cela lui fit si peu négliger les soins de son état, qu'il parvint, malgré des concurrents très jaloux à être élu définiteur de sa province[2], ou comme on dit, un des grands colliers de l'ordre[3].

Ce P. Caton fit connaissance avec Maman chez le marquis d'Entremont. Il entendit parler de nos concerts, il voulut en être, il en fut, et les rendit brillants. Nous fûmes bientôt liés par notre goût commun pour la musique, qui chez l'un et chez l'autre était une passion très vive, avec cette différence qu'il était vraiment musicien, et que je n'étais qu'un barbouillon[4]. Nous allions avec Canavas et l'abbé Palais faire de la musique dans sa chambre, et quelquefois à son orgue les jours de fête. Nous dînions souvent à son petit couvert[5] ; car ce qu'il y avait encore d'étonnant pour un moine est qu'il était

---

1. « Celui, celle qui, n'ayant pas la dévotion, en affecte l'apparence, ou qui, l'ayant, affecte les airs de la bigoterie » (Littré). 2. « Celui qui est assesseur ou conseiller d'un Général ou d'un Supérieur dans quelques monastères » (Furetière). 3. Un de ses plus hauts dignitaires. 4. Un apprenti. 5. En toute simplicité, sans apparat.

généreux, magnifique[1], et sensuel sans grossièreté. Les jours de nos concerts il soupait chez Maman. Ces soupers étaient très gais, très agréables ; on y disait le mot et la chose[2], on y chantait des duos : j'étais à mon aise, j'avais de l'esprit, des saillies, le P. Caton était charmant, Maman était adorable, l'abbé Palais avec sa voix de bœuf était le plastron[3]. Moments si doux de la folâtre jeunesse, qu'il y a de temps que vous êtes partis !

Comme je n'aurai plus à parler de ce pauvre P. Caton, que j'achève ici en deux mots sa triste histoire. Les autres moines jaloux ou plutôt furieux de lui voir un mérite et une élégance de mœurs qui n'avait rien de la crapule monastique, le prirent en haine parce qu'il n'était pas aussi haïssable qu'eux. Les chefs se liguèrent contre lui et ameutèrent les moinillons envieux de sa place, et qui n'osaient auparavant le regarder. On lui fit mille affronts, on le destitua, on lui ôta sa chambre qu'il avait meublée avec goût quoique avec simplicité, on le relégua je ne sais où ; enfin ces misérables l'accablèrent de tant d'outrages que son âme honnête et fière avec justice n'y put résister ; et après avoir fait les délices des sociétés les plus aimables, il mourut de douleur sur un vil grabat, dans quelque fond de cellule ou de cachot, regretté, pleuré de tous les honnêtes gens dont il fut connu, et qui ne lui ont trouvé d'autre défaut que d'être moine.

Avec ce petit train de vie je fis si bien en très peu de temps qu'absorbé tout entier par la musique je me trouvai hors d'état de penser à autre chose. Je n'allais plus à mon bureau qu'à contrecœur, la gêne et l'assiduité au travail m'en firent un supplice insupportable, et j'en vins enfin à vouloir quitter mon emploi pour me livrer totalement à la musique. On peut croire que cette folie

---

1. Ici, hospitalier avec largesse. 2. On y plaisantait sans trop de retenue. 3. C'est-à-dire la cible des pointes et autres aimables piques des convives.

ne passa pas sans opposition. Quitter un poste honnête et d'un revenu fixe pour courir après des écoliers incertains était un parti trop peu sensé pour plaire à Maman. Même en supposant mes progrès futurs aussi grands que je me les figurais c'était borner bien modestement mon ambition que de me réduire pour la vie à l'état de musicien. Elle qui ne formait que des projets magnifiques et qui ne me prenait plus tout à fait au mot de M. d'Aubonne[1], me voyait avec peine occupé sérieusement d'un talent qu'elle trouvait si frivole, et me répétait souvent ce proverbe de province, un peu moins juste à Paris, que *qui bien chante et bien danse fait un métier qui peu avance*. Elle me voyait d'un autre côté entraîné par un goût irrésistible ; ma passion de musique devenait une fureur, et il était à craindre que mon travail se sentant de mes distractions ne m'attirât un congé qu'il valait beaucoup mieux prendre de moi-même. Je lui représentais encore que cet emploi n'avait pas longtemps à durer, qu'il me fallait un talent pour vivre, et qu'il était plus sûr d'achever d'acquérir par la pratique celui auquel mon goût me portait et qu'elle m'avait choisi, que de me mettre à la merci des protections, ou de faire de nouveaux essais qui pouvaient mal réussir, et me laisser, après avoir passé l'âge d'apprendre, sans ressource pour gagner mon pain. Enfin j'extorquai son consentement plus à force d'importunités et de caresses, que de raisons dont elle se contentât. Aussitôt je courus remercier fièrement M. Coccelli directeur général du cadastre, comme si j'avais fait l'acte le plus héroïque, et je quittai volontairement mon emploi sans sujet, sans raison, sans

1. On se souvient en effet de l'avoir entendu déclarer, livre III, p. 192, que Jean-Jacques était, « sinon tout à fait inepte, au moins un garçon de peu d'esprit, sans idées, presque sans acquis, très borné en un mot à tous égards ».

prétexte, avec autant et plus de joie que je n'en avais eu à le prendre il n'y avait pas deux ans[1].

Cette démarche, toute folle qu'elle était, m'attira, dans le pays, une sorte de considération qui me fut utile. Les uns me supposèrent des ressources que je n'avais pas ; d'autres, me voyant livré tout à fait à la musique jugèrent de mon talent par mon sacrifice, et crurent qu'avec tant de passion pour cet art je devais le posséder supérieurement. Dans le royaume des aveugles les borgnes sont rois ; je passai là pour un bon maître parce qu'il n'y en avait que de mauvais. Ne manquant pas, au reste, d'un certain goût de chant, favorisé d'ailleurs par mon âge et par ma figure, j'eus bientôt plus d'écolières qu'il ne m'en fallait pour remplacer ma paye de secrétaire.

Il est certain que pour l'agrément de la vie on ne pouvait passer plus rapidement d'une extrémité à l'autre. Au cadastre, occupé huit heures par jour du plus maussade travail avec des gens encore plus maussades, enfermé dans un triste bureau empuanti de l'haleine et de la sueur de tous ces manants, la plupart fort mal peignés et fort malpropres, je me sentais quelquefois accablé jusqu'au vertige par l'attention, l'odeur, la gêne et l'ennui. Au lieu de cela me voilà tout à coup jeté parmi le beau monde, admis, recherché dans les meilleures maisons ; partout un accueil gracieux, caressant, un air de fête : d'aimables demoiselles bien parées m'attendent, me reçoivent avec empressement ; je ne vois que des objets charmants, je ne sens que la rose et la fleur d'orange ; on chante, on cause, on rit, on s'amuse ; je ne sors de là que pour aller ailleurs en faire autant : on conviendra qu'à égalité dans les avantages, il n'y avait pas à balancer dans le choix. Aussi me trouvai-je

1. En réalité, huit mois.

si bien du mien qu'il ne m'est arrivé jamais de m'en repentir, et je ne m'en repens pas même en ce moment, où je pèse au poids de la raison les actions de ma vie, et où je suis délivré des motifs peu sensés qui m'ont entraîné.

Voilà presque l'unique fois qu'en n'écoutant que mes penchants, je n'ai pas vu tromper mon attente. L'accueil aisé, l'esprit liant, l'humeur facile des habitants du pays me rendit le commerce du monde aimable, et le goût que j'y pris alors m'a bien prouvé que si je n'aime pas à vivre parmi les hommes, c'est moins ma faute que la leur.

C'est dommage que les Savoyards ne soient pas riches, ou peut-être serait-ce dommage qu'ils le fussent ; car tels qu'ils sont c'est le meilleur et le plus sociable peuple que je connaisse. S'il est une petite ville au monde où l'on goûte la douceur de la vie dans un commerce agréable et sûr, c'est Chambéry. La noblesse de la province qui s'y rassemble n'a que ce qu'il faut de bien pour vivre, elle n'en a pas assez pour parvenir, et ne pouvant se livrer à l'ambition, elle suit par nécessité le conseil de Cinéas[1]. Elle dévoue sa jeunesse à l'état militaire, puis revient vieillir paisiblement chez soi. L'honneur et la raison président à ce partage. Les femmes sont belles et pourraient se passer de l'être ; elles ont tout ce qui peut faire valoir la beauté, et même y suppléer. Il est singulier qu'appelé par mon état à voir beaucoup de jeunes filles, je ne me rappelle pas d'en avoir vu à Chambéry une seule qui ne fût pas charmante. On dira que j'étais disposé à les trouver telles, et l'on peut avoir raison ; mais je n'avais pas besoin d'y mettre du mien pour cela. Je ne puis en vérité me rappeler sans plaisir le souvenir de mes jeunes écolières. Que ne

1. Plutarque conte comment Cinéas avait fortement tempéré l'ambition de Pyrrhus, qui songeait à conquérir Rome et toute l'Italie.

puis-je en nommant ici les plus aimables les rappeler de même et moi avec elles, à l'âge heureux où nous étions lors des moments aussi doux qu'innocents que j'ai passés auprès d'elles ! La première fut M^lle^ de Mellarède ma voisine, sœur de l'élève de M. Gaime. C'était une brune très vive, mais d'une vivacité caressante, pleine de grâces, et sans étourderie. Elle était un peu maigre, comme sont la plupart des filles à son âge ; mais ses yeux brillants, sa taille fine, son air attirant n'avaient pas besoin d'embonpoint[1] pour plaire. J'y allais le matin, et elle était encore ordinairement en déshabillé, sans autre coiffure que ses cheveux négligemment relevés, ornés de quelque fleur qu'on mettait à mon arrivée et qu'on ôtait à mon départ pour se coiffer. Je ne crains rien tant dans le monde qu'une jolie personne en déshabillé ; je la redouterais cent fois moins parée. M^lle^ de Menthon chez qui j'allais l'après-midi l'était toujours, et me faisait une impression tout aussi douce, mais différente. Ses cheveux étaient d'un blond cendré : elle était très mignonne, très timide, et très blanche ; une voix nette, juste et flûtée, mais qui n'osait se développer. Elle avait au sein la cicatrice d'une brûlure d'eau bouillante qu'un fichu de chenille[2] bleue ne cachait pas extrêmement. Cette marque attirait quelquefois de ce côté mon attention, qui bientôt n'était plus pour la cicatrice. M^lle^ de Challes, une autre de mes voisines était une fille faite ; grande, belle carrure, de l'embonpoint ; elle avait été très bien. Ce n'était plus une beauté ; mais c'était une personne à citer pour la bonne grâce, pour l'humeur égale, pour le bon naturel. Sa sœur, M^me^ de Charly, la plus belle femme de Chambéry, n'apprenait plus la musique, mais elle la faisait apprendre à sa fille toute jeune encore, mais dont la beauté naissante eût promis

1. Ici au sens de santé éclatante. 2. « Sorte de passementerie veloutée en soie » (Littré).

d'égaler celle de sa mère si malheureusement elle n'eût été un peu rousse. J'avais à la Visitation une petite demoiselle française dont j'ai oublié le nom, mais qui mérite une place dans la liste de mes préférences. Elle avait pris le ton lent et traînant des religieuses, et sur ce ton traînant elle disait des choses très saillantes, qui ne semblaient pas aller avec son maintien. Au reste elle était paresseuse, n'aimait pas à prendre la peine de montrer son esprit, et c'était une faveur qu'elle n'accordait pas à tout le monde. Ce ne fut qu'après un mois ou deux de leçons et de négligence qu'elle s'avisa de cet expédient pour me rendre plus assidu ; car je n'ai jamais pu prendre sur moi de l'être. Je me plaisais à mes leçons quand j'y étais, mais je n'aimais pas être obligé de m'y rendre ni que l'heure me commandât. En toute chose la gêne et l'assujettissement me sont insupportables ; ils me feraient prendre en haine le plaisir même. On dit que chez les mahométans un homme passe au point du jour dans les rues pour ordonner aux maris de rendre le devoir à leurs femmes. Je serais un mauvais Turc à ces heures-là.

J'avais quelques écolières aussi dans la bourgeoisie, et une entre autres qui fut la cause indirecte d'un changement de relation dont j'ai à parler, puisque enfin je dois tout dire. Elle était fille d'un épicier, et se nommait M^lle^ Lard, vrai modèle d'une statue grecque, et que je citerais pour la plus belle fille que j'aie jamais vue, s'il y avait quelque véritable beauté sans vie et sans âme. Son indolence, sa froideur, son insensibilité allaient à un point incroyable. Il était également impossible de lui plaire et de la fâcher, et je suis persuadé que si l'on eût fait sur elle quelque entreprise elle aurait laissé faire, non par goût mais par stupidité. Sa mère, qui n'en voulait pas courir le risque ne la quittait pas d'un pas. En lui faisant apprendre à chanter, en lui donnant un jeune maître, elle faisait tout de son mieux pour l'émoustiller, mais cela ne réussit point. Tandis que le maître agaçait la fille, la mère agaçait le maître, et cela ne réussissait pas beaucoup mieux. Mme Lard ajoutait à sa vivacité naturelle toute celle que sa fille aurait dû avoir. C'était un petit minois éveillé, chiffonné, marqué de petite vérole. Elle avait de petits yeux très ardents, et un peu rouges, parce qu'elle y avait presque toujours mal. Tous les matins quand j'arrivais je trouvais prêt mon café à la crème, et la mère ne manquait jamais de m'accueillir par un baiser bien appliqué sur la bouche, et que par curiosité j'aurais voulu rendre à la fille, pour voir comment elle l'aurait pris. Au reste tout cela se faisait si simplement et si fort sans conséquence que quand M. Lard était là les agaceries et les baisers n'en allaient pas moins leur train. C'était une bonne pâte d'homme ; le vrai père de sa fille, et quc sa femme ne trompait pas, parce qu'il n'en était pas besoin.

Je me prêtais à toutes ces caresses avec ma balourdise ordinaire, les prenant tout bonnement pour des marques de pure amitié. J'en étais pourtant importuné quelquefois ; car la vive Mme Lard ne laissait pas d'être exigeante, et si dans la journée j'avais passé devant la boutique sans m'arrêter il y aurait eu du bruit. Il fallait, quand j'étais pressé, que je prisse un détour pour passer dans une autre rue, sachant bien qu'il n'était pas aussi aisé de sortir de chez elle que d'y entrer.

Mme Lard s'occupait trop de moi pour que je ne m'occupasse point d'elle. Ses attentions me touchaient beaucoup ; j'en parlais à Maman comme d'une chose sans mystère, et quand il y en aurait eu, je ne lui en aurais pas moins parlé ; car lui faire un secret de quoi que ce fût, ne m'eût pas été possible : mon cœur était ouvert devant elle comme devant Dieu. Elle ne prit pas tout à fait la chose avec la même simplicité que moi. Elle vit des avances où je n'avais vu que des amitiés ; elle jugea que Mme Lard se faisant un point d'honneur de me laisser moins sot qu'elle ne m'avait trouvé, parviendrait de manière ou d'autre à se faire entendre, et outre qu'il n'était pas juste qu'une autre femme se chargeât de l'instruction de son élève, elle avait des motifs plus dignes d'elle, pour me garantir des pièges auxquels mon âge et mon état m'exposaient. Dans le même temps on m'en tendit un d'une espèce plus dangereuse auquel j'échappai, mais qui lui fit sentir que les dangers qui me menaçaient sans cesse rendaient nécessaires tous les préservatifs qu'elle y pouvait apporter.

Mme la Comtesse de Menthon, mère d'une de mes écolières était une femme de beaucoup d'esprit et passait pour n'avoir pas moins de méchanceté. Elle avait été cause, à ce qu'on disait, de bien des brouilleries, et d'une entre autres qui avait eu des suites fatales à la maison d'Entremont[1]. Maman avait été assez liée avec elle pour connaître son caractère ; ayant très innocemment inspiré du goût à quelqu'un sur qui Mme de Menthon avait des prétentions, elle resta chargée auprès d'elle du crime de cette préférence, quoiqu'elle n'eût été ni recherchée ni acceptée, et Mme de Menthon chercha depuis lors à jouer à sa rivale plusieurs tours dont aucun ne réussit. J'en rapporterai un des plus comiques par manière d'échantillon. Elles étaient ensemble à la campagne avec plusieurs gentilshommes du voisinage, et entre autres l'aspirant en question. Mme de Menthon dit un jour à un de ces messieurs que Mme de Warens n'était qu'une précieuse, qu'elle n'avait point de goût, qu'elle se mettait mal, qu'elle couvrait sa gorge comme une bourgeoise. Quant à ce dernier article, lui dit l'homme, qui était un plaisant, elle a ses raisons, et je sais qu'elle a un gros vilain rat empreint sur le sein, mais si ressemblant qu'on dirait qu'il court. La haine ainsi que l'amour

1. Une méchante affaire de libelles contre la police.

rend crédule. M^me^ de Menthon résolut de tirer parti de cette découverte, et un jour que Maman était au jeu avec l'ingrat favori de la dame ; celle-ci prit son temps pour passer derrière sa rivale, puis renversant à demi sa chaise elle découvrit adroitement son mouchoir. Mais, au lieu du gros rat, le monsieur ne vit qu'un objet fort différent, qu'il n'était pas plus aisé d'oublier que de voir, et cela ne fit pas le compte de la dame.

Je n'étais pas un personnage à occuper M^me^ de Menthon qui ne voulait que des gens brillants autour d'elle. Cependant elle fit quelque attention à moi, non pour ma figure dont assurément elle ne se souciait point du tout, mais pour l'esprit qu'on me supposait, et qui m'eût pu rendre utile à ses goûts. Elle en avait un assez vif pour la satire. Elle aimait à faire des chansons et des vers sur les gens qui lui déplaisaient. Si elle m'eût trouvé assez de talent pour lui aider[1] à tourner ses vers et assez de complaisance pour les écrire, entre elle et moi nous aurions bientôt mis Chambéry sens dessus dessous. On serait remonté à la source de ces libelles : M^me^ de Menthon se serait tirée d'affaire en me sacrifiant, et j'aurais été enfermé pour le reste de mes jours peut-être, pour m'apprendre à faire le Phébus avec les dames[2].

Heureusement rien de tout cela n'arriva. M^me^ de Menthon me retint à dîner deux ou trois fois pour me faire causer, et trouva que je n'étais qu'un sot. Je le sentais moi-même et j'en gémissais, enviant les talents de mon ami Venture[3], tandis que j'aurais dû remercier ma bêtise des périls dont elle me sauvait. Je demeurai pour M^me^ de Menthon le maître à chanter de sa fille et rien de plus : mais je vécus tranquille et toujours bien voulu dans

1. Emploi du pronom déjà rencontré, et qui n'a alors rien de fautif.
2. « Homme faisant le beau parleur » (Littré), de Phébus Apollon, dieu des poètes. 3. Venture de Villeneuve, « badin, folâtre, inépuisable, séduisant dans la conversation... ». Voir livre III, p. 210.

Chambéry. Cela valait mieux que d'être un bel esprit pour elle, et un serpent pour le reste du pays.

Quoi qu'il en soit, Maman vit que pour m'arracher au péril de ma jeunesse il était temps de me traiter en homme, et c'est ce qu'elle fit, mais de la façon la plus singulière dont jamais femme se soit avisée en pareille occasion. Je lui trouvai l'air plus grave et le propos plus moral qu'à son ordinaire. À la gaieté folâtre dont elle entremêlait ordinairement ses instructions succéda tout à coup un ton toujours soutenu qui n'était ni familier ni sévère, mais qui semblait préparer une explication. Après avoir cherché vainement en moi-même la raison de ce changement je la lui demandai ; c'était ce qu'elle attendait. Elle me proposa une promenade au petit jardin pour le lendemain : nous y fûmes dès le matin. Elle avait pris ses mesures pour qu'on nous laissât seuls toute la journée : elle l'employa à me préparer aux bontés qu'elle voulait avoir pour moi, non comme une autre femme par du manège et des agaceries ; mais par des entretiens pleins de sentiment et de raison, plus faits pour m'instruire que pour me séduire, et qui parlaient plus à mon cœur qu'à mes sens. Cependant quelque excellents et utiles que fussent les discours qu'elle me tint, et quoiqu'ils ne fussent rien moins que froids et tristes, je n'y fis pas toute l'attention qu'ils méritaient, et je ne les gravai pas dans ma mémoire comme j'aurais fait en tout autre temps. Son début, cet air de préparatif m'avait donné de l'inquiétude : tandis qu'elle parlait, rêveur et distrait malgré moi, j'étais moins occupé de ce qu'elle disait que de chercher à quoi elle en voulait venir, et sitôt que je l'eus compris, ce qui ne me fut pas facile, la nouveauté de cette idée qui depuis que je vivais auprès d'elle ne m'était pas venue une seule fois dans l'esprit, m'occupant alors tout entier, ne me laissa plus le maître de penser à ce qu'elle me disait. Je ne pensais qu'à elle, et je ne l'écoutais pas.

Vouloir rendre les jeunes gens attentifs à ce qu'on leur veut dire, en leur montrant au bout un objet très intéressant pour eux, est un contresens très ordinaire aux instituteurs, et que je n'ai pas évité moi-même dans mon *Émile*. Le jeune homme frappé de l'objet qu'on lui présente s'en occupe uniquement, et saute à pieds joints par-dessus vos discours préliminaires pour aller d'abord où vous le menez trop lentement à son gré. Quand on veut le rendre attentif il ne faut pas se laisser pénétrer d'avance, et c'est en quoi Maman fut maladroite. Par une singularité qui tenait à son esprit systématique elle prit la précaution très vaine de faire ses conditions ; mais sitôt que j'en vis le prix je ne les écoutai pas même, et je me dépêchai de consentir à tout. Je doute même qu'en pareil cas il y ait sur la terre entière un homme assez franc ou assez courageux pour oser marchander, et une seule femme qui pût pardonner de l'avoir fait. Par suite de la même bizarrerie elle mit à cet accord les formalités les plus graves, et me donna pour y penser huit jours dont je l'assurai faussement que je n'avais pas besoin : car pour comble de singularité je fus très aise de les avoir, tant la nouveauté de ces idées m'avait frappé, et tant je sentais un bouleversement dans les miennes qui me demandait du temps pour les arranger !

On croira que ces huit jours me durèrent huit siècles. Tout au contraire ; j'aurais voulu qu'ils les eussent duré en effet. Je ne sais comment décrire l'état où je me trouvais, plein d'un certain effroi mêlé d'impatience, redoutant ce que je désirais, jusqu'à chercher quelquefois tout de bon dans ma tête quelque honnête moyen d'éviter d'être heureux. Qu'on se représente mon tempérament ardent et lascif, mon sang enflammé, mon cœur enivré d'amour, ma vigueur, ma santé, mon âge ; qu'on pense que dans cet état, altéré de la soif des femmes, je n'avais encore approché d'aucune, que l'imagination, le besoin, la vanité, la curiosité se réunissaient pour me dévorer de l'ardent désir d'être homme et de le paraître. Qu'on ajoute surtout, car c'est ce qu'il ne faut pas qu'on oublie, que mon vif et tendre attachement pour elle loin de s'attiédir n'avait fait qu'augmenter de jour en jour, que je n'étais bien qu'auprès d'elle, que je ne m'en éloignais que pour y penser, que j'avais le cœur plein, non seulement de ses bontés, de son caractère aimable, mais de son sexe, de sa figure, de sa personne, d'elle, en un mot, par tous les rapports sous lesquels elle pouvait m'être chère ; et qu'on n'imagine pas que pour dix ou douze ans que j'avais de moins qu'elle, elle fût vieillie ou me parût l'être. Depuis cinq ou six ans que j'avais éprouvé des transports si doux à sa première vue[1], elle était réellement très peu changée, et ne me le paraissait point du tout. Elle a toujours été charmante pour moi, et l'était encore pour tout le monde. Sa taille seule avait pris un peu plus de rondeur. Du reste c'était le même œil, le même teint, le même sein, les mêmes traits, les mêmes beaux cheveux blonds, la même gaieté, tout jusqu'à la même voix, cette voix argentée de la jeunesse qui fit toujours sur moi tant d'impression, qu'encore aujourd'hui je ne puis entendre sans émotion le son d'une jolie voix de fille.

Naturellement ce que j'avais à craindre dans l'attente de la possession d'une personne si chérie était de l'anticiper, et de ne pouvoir assez gouverner mes désirs et mon imagination pour rester maître de moi-même. On verra que dans un âge avancé la seule idée de quelques légères faveurs qui m'attendaient près de la personne aimée allumait mon sang à tel point qu'il m'était impossible de faire impunément le court trajet qui me séparait d'elle[2]. Comment, par quel prodige dans la fleur de ma

---

1. Voir livre II, p. 106. 2. On verra au livre IX (tome II), p. 241, qu'en allant voir M^me^ d'Houdetot, l'amoureux Jean-Jacques, débordant d'imagination, devait faire des haltes autoérotiques.

jeunesse eus-je si peu d'empressement pour la première jouissance ? Comment pus-je en voir approcher l'heure avec plus de peine que de plaisir ? Comment au lieu des délices qui devaient m'enivrer sentais-je presque de la répugnance et des craintes ? Il n'y a point à douter que si j'avais pu me dérober à mon bonheur avec bienséance, je ne l'eusse fait de tout mon cœur. J'ai promis des bizarreries dans l'histoire de mon attachement pour elle ; en voilà sûrement une à laquelle on ne s'attendait pas.

Le lecteur déjà révolté juge qu'étant possédée par un autre homme elle se dégradait à mes yeux en se partageant, et qu'un sentiment de mésestime attiédissait ceux qu'elle m'avait inspirés : il se trompe. Ce partage, il est vrai, me faisait une cruelle peine, tant par une délicatesse fort naturelle, que parce qu'en effet je le trouvais peu digne d'elle et de moi ; mais quant à mes sentiments pour elle il ne les altérait point, et je peux jurer que jamais je ne l'aimai plus tendrement que quand je désirais si peu la posséder. Je connaissais trop son cœur chaste et son tempérament de glace, pour croire un moment que le plaisir des sens eût aucune part à cet abandon d'elle-même : j'étais parfaitement sûr que le seul soin de m'arracher à des dangers autrement presque inévitables, et de me conserver tout entier à moi et à mes devoirs, lui en faisait enfreindre un qu'elle ne regardait pas du même œil que les autres femmes, comme il sera dit ci-après. Je la plaignais, et je me plaignais. J'aurais voulu lui dire ; non, Maman, il n'est pas nécessaire ; je vous réponds de moi sans cela : mais je n'osais ; premièrement parce que ce n'était pas une chose à dire, et puis parce qu'au fond je sentais que cela n'était pas vrai, et qu'en effet il n'y avait qu'une femme qui pût me garantir des autres femmes et me mettre à l'épreuve des tentations. Sans désirer de la posséder, j'étais bien aise qu'elle m'ôtât le désir d'en posséder d'autres ; tant je regardais tout ce qui pouvait me distraire d'elle comme un malheur.

La longue habitude de vivre ensemble et d'y vivre innocemment, loin d'affaiblir mes sentiments pour elle les avait renforcés, mais leur avait en même temps donné une autre tournure qui les rendait plus affectueux, plus tendres peut-être, mais moins sensuels. À force de l'appeler Maman, à force d'user avec elle de la familiarité d'un fils je m'étais accoutumé à me regarder comme tel. Je crois que voilà la véritable cause du peu d'empressement que j'eus de la posséder quoiqu'elle me fût si chère. Je me souviens très bien que mes premiers sentiments sans être plus vifs, étaient plus voluptueux. À Annecy j'étais dans l'ivresse, à Chambéry je n'y étais plus. Je l'aimais toujours aussi passionnément qu'il fût possible, mais je l'aimais plus pour elle et moins pour moi, ou du moins je cherchais plus mon bonheur que mon plaisir auprès d'elle : elle était pour moi plus qu'une sœur, plus qu'une mère, plus qu'une amie, plus même qu'une maîtresse, et c'était pour cela qu'elle n'était pas une maîtresse. Enfin je l'aimais trop pour la convoiter : voilà ce qu'il y a de plus clair dans mes idées.

Ce jour, plutôt redouté qu'attendu, vint enfin. Je promis tout, et je ne mentis pas. Mon cœur confirmait mes engagements sans en désirer le prix. Je l'obtins pourtant. Je me vis pour la première fois dans les bras d'une femme, et d'une femme que j'adorais. Fus-je heureux ? Non, je goûtai le plaisir. Je ne sais quelle invincible tristesse en empoisonnait le charme. J'étais comme si j'avais commis un inceste. Deux ou trois fois en la pressant avec transport dans mes bras j'inondai son sein de mes larmes. Pour elle, elle n'était ni triste ni vive ; elle était caressante et tranquille. Comme elle était peu sensuelle et n'avait point recherché la volupté, elle n'en eut pas les délices, et n'en a jamais eu les remords.

Je le répète : toutes ses fautes lui vinrent de ses

erreurs, jamais de ses passions. Elle était bien née, son cœur était pur, elle aimait les choses honnêtes, ses penchants étaient droits et vertueux, son goût était délicat, elle était faite pour une élégance de mœurs qu'elle a toujours aimée et qu'elle n'a jamais suivie ; parce qu'au lieu d'écouter son cœur qui la menait bien, elle écouta sa raison qui la menait mal. Quand des principes faux l'ont égarée, ses vrais sentiments les ont toujours démentis : mais malheureusement elle se piquait de philosophie, et la morale qu'elle s'était faite gâta celle que son cœur lui dictait.

M. de Tavel son premier amant fut son maître de philosophie, et les principes qu'il lui donna furent ceux dont il avait besoin pour la séduire. La trouvant attachée à son mari, à ses devoirs, toujours froide, raisonnante, et inattaquable par les sens, il l'attaqua par des sophismes, et parvint à lui montrer ses devoirs auxquels elle était si attachée comme un bavardage de catéchisme fait uniquement pour amuser les enfants, l'union des sexes comme l'acte le plus indifférent en soi, la fidélité conjugale comme une apparence obligatoire dont toute la moralité regardait l'opinion, le repos des maris comme la seule règle du devoir des femmes, en sorte que des infidélités ignorées, nulles pour celui qu'elles offensaient, l'étaient aussi pour la conscience ; enfin il lui persuada que la chose en elle-même n'était rien, qu'elle ne prenait d'existence que par le scandale, et que toute femme qui paraissait sage, par cela seul l'était en effet. C'est ainsi que le malheureux parvint à son but en corrompant la raison d'un enfant dont il n'avait pu corrompre le cœur. Il en fut puni par la plus dévorante jalousie, persuadé qu'elle le traitait lui-même comme il lui avait appris à traiter son mari. Je ne sais s'il se trompait sur ce point. Le ministre Perret passa pour son successeur. Ce que je sais, c'est que le tempérament froid de cette jeune femme qui l'aurait dû garantir de ce système fut ce qui l'empêcha dans la suite d'y renoncer. Elle ne pouvait concevoir qu'on donnât tant d'importance à ce qui n'en avait point pour elle. Elle n'honora jamais du nom de vertu une abstinence qui lui coûtait si peu.

Elle n'eût donc guère abusé de ce faux principe pour elle-même ; mais elle en abusa pour autrui, et cela par une autre maxime presque aussi fausse, mais plus d'accord avec la bonté de son cœur. Elle a toujours cru que rien n'attachait tant un homme à une femme que la possession, et quoiqu'elle n'aimât ses amis que d'amitié, c'était d'une amitié si tendre qu'elle employait tous les moyens qui dépendaient d'elle pour se les attacher plus fortement. Ce qu'il y a d'extraordinaire est qu'elle a presque toujours réussi. Elle était si réellement aimable que, plus l'intimité dans laquelle on vivait avec elle était grande, plus on y trouvait de nouveaux sujets de l'aimer. Une autre chose digne de remarque est qu'après sa première faiblesse elle n'a guère favorisé que des malheureux ; les gens brillants ont tous perdu leur peine auprès d'elle : mais il fallait qu'un homme qu'elle commençait par plaindre fût bien peu aimable si elle ne finissait par l'aimer. Quand elle se fit des choix peu dignes d'elle, bien loin que ce fût par des inclinations basses qui n'approchèrent jamais de son noble cœur, ce fut uniquement par son caractère trop généreux, trop humain, trop compatissant, trop sensible, qu'elle ne gouverna pas toujours avec assez de discernement.

Si quelques principes faux l'ont égarée, combien n'en avait-elle pas d'admirables dont elle ne se départait jamais ? Par combien de vertus ne rachetait-elle pas ses faiblesses, si l'on peut appeler de ce nom des erreurs où les sens avaient si peu de part. Ce même homme qui la trompa sur un point l'instruisit excellemment sur mille autres ; et ses passions qui n'étaient pas fougueuses lui permettant de suivre toujours ses lumières, elle allait bien quand ses sophismes ne l'égaraient pas. Ses motifs étaient louables jusque dans ses fautes ; en s'abusant elle pouvait mal faire, mais elle ne pouvait vouloir rien qui fût mal. Elle abhorrait la duplicité, le mensonge ; elle était juste, équitable, humaine, désintéressée, fidèle à sa parole, à ses amis, à ses devoirs qu'elle reconnaissait pour tels, incapable de vengeance et de haine, et ne concevant pas même qu'il y eût le moindre mérite à pardonner. Enfin pour revenir à ce qu'elle avait de moins excusable, sans estimer ses faveurs ce qu'elles valaient, elle n'en fit jamais un vil commerce ; elle les prodiguait mais elle ne les vendait pas, quoiqu'elle fût sans cesse aux expédients pour vivre, et j'ose dire que si Socrate put estimer Aspasie[1], il eût respecté M^me^ de Warens.

Je sais d'avance qu'en lui donnant un caractère sensible et un tempérament froid je serai accusé de contradiction comme à l'ordinaire et avec autant de raison. Il se peut que la nature ait eu tort, et que cette combinaison n'ait pas dû être ; je sais seulement qu'elle a été. Tous ceux qui ont connu M^me^ de Warens et dont un si grand nombre existe encore ont pu savoir qu'elle était ainsi. J'ose même ajouter qu'elle n'a connu qu'un seul vrai plaisir au monde ; c'était d'en faire à ceux qu'elle aimait. Toutefois permis à chacun d'argumenter là-dessus tout à son aise et de prouver doctement que cela n'est pas vrai. Ma fonction est de dire la vérité, mais non pas de la faire croire.

J'appris peu à peu tout ce que je viens de dire dans les entretiens qui suivirent notre union, et qui seuls la rendirent délicieuse. Elle avait eu raison d'espérer que sa complaisance me serait utile ; j'en tirai pour mon instruction de grands avantages. Elle m'avait jusqu'alors parlé de moi seul comme à un enfant. Elle commença de me traiter en homme et me parla d'elle. Tout ce

---

**1.** Courtisane athénienne, maîtresse de Périclès, connue par sa beauté autant que par son esprit.

qu'elle me disait m'était si intéressant, je m'en sentais si touché que, me repliant sur moi-même, j'appliquais à mon profit ses confidences plus que je n'avais fait ses leçons. Quand on sent vraiment que le cœur parle, le nôtre s'ouvre pour recevoir ses épanchements, et jamais toute la morale d'un pédagogue ne vaudra le bavardage affectueux et tendre d'une femme sensée pour qui l'on a de l'attachement.

L'intimité dans laquelle je vivais avec elle l'ayant mise à portée de m'apprécier plus avantageusement qu'elle n'avait fait, elle jugea que malgré mon air gauche je valais la peine d'être cultivé pour le monde, et que si je m'y montrais un jour sur un certain pied, je serais en état d'y faire mon chemin. Sur cette idée elle s'attachait, non seulement à former mon jugement, mais mon extérieur, mes manières, à me rendre aimable autant qu'estimable, et s'il est vrai qu'on puisse allier les succès dans le monde avec la vertu, ce que pour moi je ne crois pas, je suis sûr au moins qu'il n'y a pour cela d'autre route que celle qu'elle avait prise et qu'elle voulait m'enseigner. Car M^me^ de Warens connaissait les hommes et savait supérieurement l'art de traiter avec eux sans mensonge et sans imprudence, sans les tromper et sans les fâcher. Mais cet art était dans son caractère bien plus que dans ses leçons, elle savait mieux le mettre en pratique que l'enseigner, et j'étais l'homme du monde le moins propre à l'apprendre. Aussi tout ce qu'elle fit à cet égard fut-il, peu s'en faut, peine perdue, de même que le soin qu'elle prit de me donner des maîtres pour la danse et pour les armes. Quoique leste et bien pris dans ma taille, je ne pus apprendre à danser un menuet. J'avais tellement pris à cause de mes cors l'habitude de marcher du talon que Roche ne put me la faire perdre, et jamais avec l'air assez ingambe je n'ai pu sauter un médiocre fossé. Ce fut encore pis à la salle d'armes.

Après trois mois de leçon je tirais encore à la muraille[1], hors d'état de faire assaut, et jamais je n'eus le poignet assez souple ou le bras assez ferme pour retenir mon fleuret quand il plaisait au maître de me le faire sauter. Ajoutez que j'avais un dégoût mortel pour cet exercice et pour le maître qui tâchait de me l'enseigner. Je n'aurais jamais cru qu'on pût être si fier de l'art de tuer un homme. Pour mettre son vaste génie à ma portée il ne s'exprimait que par des comparaisons tirées de la musique qu'il ne savait point. Il trouvait des analogies frappantes entre les bottes de tierce et de quarte[2] et les intervalles musicaux du même nom. Quand il voulait faire une feinte, il me disait de prendre garde à ce dièse, parce qu'anciennement les dièses s'appelaient *des feintes* : quand il m'avait fait sauter de la main mon fleuret, il disait en ricanant que c'était *une pause*. Enfin je ne vis de ma vie un pédant plus insupportable que ce pauvre homme, avec son plumet et son plastron.

Je fis donc peu de progrès dans mes exercices que je quittai bientôt par pur dégoût ; mais j'en fis davantage dans un art plus utile, celui d'être content de mon sort et de n'en pas désirer un plus brillant, pour lequel je commençais à sentir que je n'étais pas né. Livré tout entier au désir de rendre à Maman la vie heureuse, je me plaisais toujours plus auprès d'elle, et quand il fallait m'en éloigner pour courir en ville, malgré ma passion pour la musique, je commençais à sentir la gêne de mes leçons.

J'ignore si Claude Anet s'aperçut de l'intimité de notre commerce. J'ai lieu de croire qu'il ne lui fut pas caché. C'était un garçon très clairvoyant mais très discret qui ne parlait jamais contre sa pensée, mais qui ne la disait pas toujours. Sans me faire le moindre semblant

1. Exercice de base consistant à apprendre à parer les coups de l'adversaire. 2. En fonction de la position de la main.

qu'il fût instruit, par sa conduite il paraissait l'être, et cette conduite ne venait sûrement pas de bassesse d'âme, mais de ce qu'étant entré dans les principes de sa maîtresse, il ne pouvait désapprouver qu'elle agît conséquemment. Quoique aussi jeune qu'elle, il était si mûr et si grave, qu'il nous regardait presque comme deux enfants dignes d'indulgence, et nous le regardions l'un et l'autre comme un homme respectable dont nous avions l'estime à ménager. Ce ne fut qu'après qu'elle lui fut infidèle que je connus bien tout l'attachement qu'elle avait pour lui. Comme elle savait que je ne pensais, ne sentais, ne respirais que par elle, elle me montrait combien elle l'aimait afin que je l'aimasse de même, et elle appuyait encore moins sur son amitié pour lui que sur son estime, parce que c'était le sentiment que je pouvais partager le plus pleinement. Combien de fois elle attendrit nos cœurs et nous fit embrasser avec larmes, en nous disant que nous étions nécessaires tous deux au bonheur de sa vie ; et que les femmes qui liront ceci ne sourient pas malignement. Avec le tempérament qu'elle avait ce besoin n'était pas équivoque : c'était uniquement celui de son cœur.

Ainsi s'établit entre nous trois une société sans autre exemple peut-être sur la terre. Tous nos vœux, nos soins, nos cœurs étaient en commun. Rien n'en passait au-delà de ce petit cercle. L'habitude de vivre ensemble et d'y vivre exclusivement devint si grande que si dans nos repas un des trois manquait ou qu'il vînt un quatrième tout était dérangé, et malgré nos liaisons particulières les tête-à-tête nous étaient moins doux que la réunion. Ce qui prévenait entre nous la gêne était une extrême confiance réciproque, et ce qui prévenait l'ennui était que nous étions tous fort occupés. Maman, toujours projetante[1] et toujours agissante

1. « Qui forme des projets » (Littré), avec ce seul exemple de Rousseau.

ne nous laissait guère oisifs ni l'un ni l'autre, et nous avions encore chacun pour notre compte de quoi bien remplir notre temps. Selon moi, le désœuvrement n'est pas moins le fléau de la société que celui de la solitude. Rien ne rétrécit plus l'esprit, rien n'engendre plus de riens, de rapports, de paquets[1], de tracasseries, de mensonges, que d'être éternellement renfermés vis-à-vis les uns des autres dans une chambre, réduits pour tout ouvrage à la nécessité de babiller continuellement. Quand tout le monde est occupé, l'on ne parle que quand on a quelque chose à dire ; mais quand on ne fait rien il faut absolument parler toujours ; et voilà de toutes les gênes la plus incommode et la plus dangereuse. J'ose même aller plus loin, et je soutiens que pour rendre un cercle vraiment agréable il faut non seulement que chacun y fasse quelque chose, mais quelque chose qui demande un peu d'attention. Faire des nœuds[2] c'est ne rien faire, et il faut tout autant de soin pour amuser une femme qui fait des nœuds que celle qui tient les bras croisés. Mais quand elle brode, c'est autre chose ; elle s'occupe assez pour remplir les intervalles du silence. Ce qu'il y a de choquant, de ridicule est de voir pendant ce temps une douzaine de flandrins se lever, s'asseoir, aller, venir, pirouetter sur leurs talons, retourner deux cents fois les magots de la cheminée[3], et fatiguer leur minerve[4] à maintenir un intarissable flux de paroles : la belle occupation ! Ces gens-là, quoi qu'ils fassent seront toujours à charge aux autres et à eux-mêmes. Quand j'étais à Môtiers j'allais faire des lacets chez mes

---

1. « Se dit d'une réplique, ou d'une raillerie ingénieuse qu'on fait à quelqu'un » (Furetière). 2. Occupation de dentellière consistant à « former au moyen d'une navette, sur un cordon de fil ou de soie, des nœuds serrés les uns contre les autres » (Littré). 3. Les statuettes, bibelots, vases de la cheminée, vaine occupation digne d'un (grand) flandrin. 4. Se creuser les méninges.

voisines[1] ; si je retournais dans le monde, j'aurais toujours dans ma poche un bilboquet, et j'en jouerais toute la journée pour me dispenser de parler quand je n'aurais rien à dire. Si chacun en faisait autant les hommes deviendraient moins méchants, leur commerce deviendrait plus sûr et, je pense, plus agréable. Enfin, que les plaisants rient s'ils veulent, mais je soutiens que la seule morale à la portée du présent siècle est la morale du bilboquet[2].

Au reste on ne nous laissait guère le soin d'éviter l'ennui par nous-mêmes, et les importuns nous en donnaient trop par leur affluence, pour nous en laisser quand nous restions seuls. L'impatience qu'ils m'avaient donnée autrefois n'était pas diminuée, et toute la différence était que j'avais moins de temps pour m'y livrer. La pauvre Maman n'avait point perdu son ancienne fantaisie d'entreprises et de systèmes. Au contraire, plus ses besoins domestiques devenaient pressants, plus pour y pourvoir elle se livrait à ses visions. Moins elle avait de ressources présentes, plus elle s'en forgeait dans l'avenir. Le progrès des ans ne faisait qu'augmenter en elle cette manie, et à mesure qu'elle perdait le goût des plaisirs du monde et de la jeunesse, elle le remplaçait par celui des secrets et des projets. La maison ne désemplissait pas de charlatans, de fabricants, de souffleurs[3], d'entrepreneurs de toute espèce, qui, distribuant par millions la fortune, finissaient par avoir besoin d'un écu. Aucun ne sortait de chez elle à vide, et l'un de mes étonnements est qu'elle ait pu suffire aussi longtemps à

---

1. Comme on le verra au livre XII, p. 448. 2. Page provocatrice au siècle de la conversation, de la mondanité intelligente, de l'échange galant ou philosophique, mais en même temps dans la logique du Citoyen, du persécuté et du créateur du « bon sauvage ». 3. « Nom donné aux alchimistes qui, en soufflant dans leurs fourneaux, espéraient trouver la pierre philosophale » (Littré).

tant de profusions sans en épuiser la source, et sans lasser ses créanciers.

Le projet dont elle était le plus occupée au temps dont je parle et qui n'était pas le plus déraisonnable qu'elle eût formé était de faire établir à Chambéry un Jardin royal de plantes avec un démonstrateur appointé, et l'on comprend d'avance à qui cette place était destinée. La position de cette ville au milieu des Alpes était très favorable à la botanique, et Maman qui facilitait toujours un projet par un autre, y joignit celui d'un collège de pharmacie, qui véritablement paraissait très utile dans un pays aussi pauvre, où les apothicaires sont presque les seuls médecins. La retraite du protomédecin[1] Grossi à Chambéry, après la mort du roi Victor lui parut favoriser beaucoup cette idée, et la lui suggéra peut-être. Quoi qu'il en soit, elle se mit à cajoler Grossi, qui pourtant n'était pas trop cajolable ; car c'était bien le plus caustique et le plus brutal monsieur que j'aie jamais connu. On en jugera par deux ou trois traits que je vais citer pour échantillon.

Un jour il était en consultation avec d'autres médecins, un entre autres qu'on avait fait venir d'Annecy et qui était le médecin ordinaire du malade. Ce jeune homme encore mal appris pour un médecin osa n'être pas de l'avis de monsieur le proto. Celui-ci pour toute réponse lui demanda quand il s'en retournait, par où il passait et quelle voiture il prenait ? L'autre après l'avoir satisfait lui demande à son tour s'il y a quelque chose pour son service. Rien, rien, dit Grossi, sinon que je veux m'aller mettre à une fenêtre sur votre passage, pour avoir le plaisir de voir passer un âne à cheval. Il était aussi avare que riche et dur. Un de ses amis lui voulut un jour emprunter de l'argent avec de bonnes sûretés.

1. « Premier médecin d'un roi, d'un prince, d'une ville » (Littré).

Mon ami, lui dit-il en lui serrant le bras et grinçant les dents ; quand saint Pierre descendrait du ciel pour m'emprunter dix pistoles et qu'il me donnerait la Trinité pour caution, je ne les lui prêterais pas. Un jour invité à dîner chez M. le Comte Picon, gouverneur de Savoie et très dévot, il arrive avant l'heure, et Son Excellence alors occupée à dire le rosaire lui en propose l'amusement. Ne sachant trop que répondre il fait une grimace affreuse et se met à genoux. Mais à peine avait-il récité deux *Ave* que n'y pouvant plus tenir, il se lève brusquement, prend sa canne et s'en va sans mot dire. Le comte Picon court après lui, et lui crie : M. Grossi, M. Grossi, restez donc ; vous avez là-bas à la broche une excellente bartavelle[1]. M. le Comte ! lui répond l'autre en se retournant ; vous me donneriez un ange rôti que je ne resterais pas. Voilà quel était M. le protomédecin Grossi, que Maman entreprit et vint à bout d'apprivoiser. Quoique extrêmement occupé il s'accoutuma à venir très souvent chez elle, prit Anet en amitié, marqua faire cas de ses connaissances, en parlait avec estime, et, ce qu'on n'aurait pas attendu d'un pareil ours, affectait de le traiter avec considération pour effacer les impressions du passé. Car quoique Anet ne fût plus sur le pied d'un domestique, on savait qu'il l'avait été, et il ne fallait pas moins que l'exemple et l'autorité de monsieur le protomédecin pour donner à son égard le ton qu'on n'aurait pas pris de tout autre. Claude Anet avec un habit noir, une perruque bien peignée, un maintien grave et décent, une conduite sage et circonspecte, des connaissances assez étendues en matière médicale et en botanique, et la faveur d'un chef de la faculté pouvait raisonnablement espérer de remplir avec applaudissement la place de démonstrateur royal des plantes si l'établissement projeté

1. Une perdrix rouge.

avait lieu, et réellement Grossi en avait goûté le plan, l'avait adopté, et n'attendait pour le proposer à la cour que le moment où la paix permettrait de songer aux choses utiles, et laisserait disposer de quelque argent pour y pourvoir.

Mais ce projet dont l'exécution m'eût probablement jeté dans la botanique pour laquelle il me semble que j'étais né, manqua par un de ces coups inattendus qui renversent les desseins les mieux concertés. J'étais destiné à devenir par degrés un exemple des misères humaines. On dirait que la Providence qui m'appelait à ces grandes épreuves écartait de sa main tout ce qui m'eût empêché d'y arriver. Dans une course qu'Anet avait fait au haut des montagnes pour aller chercher du *Génépi*[1], plante rare qui ne croît que sur les Alpes, et dont M. Grossi avait besoin, ce pauvre garçon s'échauffa tellement qu'il gagna une pleurésie dont le génépi ne put le sauver, quoiqu'il y soit, dit-on, spécifique, et malgré tout l'art de Grossi, qui certainement était un très habile homme, malgré les soins infinis que nous prîmes de lui sa bonne maîtresse et moi, il mourut le cinquième jour entre nos mains après la plus cruelle agonie, durant laquelle il n'eut d'autres exhortations que les miennes, et je les lui prodiguai avec des élans de douleur et de zèle qui, s'il était en état de m'entendre, devaient être de quelque consolation pour lui. Voilà comment je perdis le plus solide ami que j'eus en toute ma vie, homme estimable et rare en qui la nature tint lieu d'éducation, qui nourrit dans la servitude toutes les vertus des grands hommes, et à qui peut-être il ne manqua pour se montrer tel à tout le monde, que de vivre et d'être placé[2].

Le lendemain j'en parlais avec Maman dans l'affliction la plus vive et la plus sincère, et tout d'un coup au

1. Plante aromatique et médicinale. 2. Claude Anet meurt le 13 mars 1734.

milieu de l'entretien j'eus la vile et indigne pensée que j'héritais de ses nippes[1] et surtout d'un bel habit noir qui m'avait donné dans la vue. Je le pensai, par conséquent, je le dis ; car près d'elle c'était pour moi la même chose. Rien ne lui fit mieux sentir la perte qu'elle avait faite que ce lâche et odieux mot, le désintéressement et la noblesse d'âme étant des qualités que le défunt avait éminemment possédées. La pauvre femme sans rien répondre se tourna de l'autre côté et se mit à pleurer. Chères et précieuses larmes ! Elles furent entendues, et coulèrent toutes dans mon cœur ; elles y lavèrent jusqu'aux dernières traces d'un sentiment bas et malhonnête ; il n'y en est jamais entré depuis ce temps-là.

Cette perte causa à Maman autant de préjudice que de douleur. Depuis ce moment ses affaires ne cessèrent d'aller en décadence. Anet était un garçon exact et rangé qui maintenait l'ordre dans la maison de sa maîtresse. On craignait sa vigilance, et le gaspillage était moindre. Elle-même craignait sa censure et se contenait davantage dans ses dissipations. Ce n'était pas assez pour elle de son attachement, elle voulait conserver son estime, et elle redoutait le juste reproche qu'il osait quelquefois lui faire qu'elle prodiguait le bien d'autrui autant que le sien. Je pensais comme lui, je le disais même ; mais je n'avais pas le même ascendant sur elle, et mes discours n'en imposaient pas comme les siens. Quand il ne fut plus, je fus bien forcé de prendre sa place, pour laquelle j'avais aussi peu d'aptitude que de goût. Je la remplis mal. J'étais peu soigneux, j'étais fort timide, tout en grondant à part moi, je laissais tout aller comme il allait. D'ailleurs j'avais bien obtenu la même confiance, mais non pas la même autorité. Je voyais le désordre, j'en gémissais, je m'en plaignais, et je n'étais pas écouté. J'étais trop jeune et trop vif pour avoir le droit d'être

1. De ses vêtements (sans nuance péjorative).

raisonnable, et quand je voulais me mêler de faire le censeur, Maman me donnait de petits soufflets de caresses, m'appelait son petit Mentor[1], et me forçait à reprendre le rôle qui me convenait.

Le sentiment profond de la détresse où ses dépenses peu mesurées devaient nécessairement la jeter tôt ou tard me fit une impression d'autant plus forte qu'étant devenu l'inspecteur de sa maison je jugeais par moi-même de l'inégalité de la balance entre le *doit* et l'*avoir*. Je date de cette époque le penchant à l'avarice que je me suis toujours senti depuis ce temps-là. Je n'ai jamais été follement prodigue que par bourrasques, mais jusqu'alors je ne m'étais jamais beaucoup inquiété si j'avais peu ou beaucoup d'argent. Je commençai à faire cette attention, et à prendre du souci de ma bourse. Je devenais vilain[2] par un motif très noble ; car en vérité je ne songeais qu'à ménager à Maman quelque ressource dans la catastrophe que je prévoyais. Je craignais que ses créanciers ne fissent saisir sa pension, qu'elle ne fût tout à fait supprimée, et je m'imaginais, selon mes vues étroites, que mon petit magot lui serait alors d'un grand secours. Mais pour le faire et surtout pour le conserver il fallait me cacher d'elle ; car il n'eût pas convenu, tandis qu'elle était aux expédients, qu'elle eût su que j'avais de l'argent mignon[3]. J'allais donc cherchant par-ci par-là de petites caches où je fourrais quelques louis en dépôt, comptant augmenter ce dépôt sans cesse jusqu'au moment de le mettre à ses pieds. Mais j'étais si maladroit dans le choix de mes cachettes qu'elle les éventait toujours ; puis pour m'apprendre qu'elle les avait trouvées, elle ôtait l'or que j'y avais mis, et en mettait

---

1. Dans le *Télémaque* de Fénelon (1699), *Odyssée* morale et pédagogique, Minerve, sous les traits de Mentor, accompagne et instruit le héros, à la recherche de son père Ulysse. 2. Avare, antithétique ici de la libéralité du « noble ». 3. « Somme d'argent comptant dont on peut disposer à son gré, pour ses fantaisies » (Littré).

davantage en autres espèces. Je venais tout honteux rapporter à la bourse commune mon petit trésor et jamais elle ne manquait de l'employer en nippes ou meubles à mon profit, comme épée d'argent, montre ou autre chose pareille.

Bien convaincu qu'accumuler ne me réussirait jamais et serait pour elle une mince ressource, je sentis enfin que je n'en avais point d'autre contre le malheur que je craignais que de me mettre en état de pourvoir par moi-même à sa subsistance, quand, cessant de pourvoir à la mienne, elle verrait le pain prêt à lui manquer. Malheureusement jetant mes projets du côté de mes goûts, je m'obstinais à chercher follement ma fortune dans la musique, et sentant naître des idées et des chants dans ma tête, je crus qu'aussitôt que je serais en état d'en tirer parti j'allais devenir un homme célèbre, un Orphée moderne dont les sons devaient attirer tout l'argent du Pérou[1]. Ce dont il s'agissait pour moi, commençant à lire passablement la musique, était d'apprendre la composition. La difficulté était de trouver quelqu'un pour me l'enseigner ; car, avec mon Rameau seul je n'espérais pas y parvenir par moi-même, et depuis le départ de M. Le Maître, il n'y avait personne en Savoie qui entendît rien à l'harmonie.

Ici l'on va voir encore une de ces inconséquences dont ma vie est remplie, et qui m'ont fait si souvent aller contre mon but, lors même que j'y pensais tendre directement. Venture m'avait beaucoup parlé de l'abbé Blanchard son maître de composition, homme de mérite et d'un grand talent, qui pour lors était maître de musique de la cathédrale de Besançon, et qui l'est maintenant de la chapelle de Versailles[2]. Je me mis en tête d'aller

---

1. On sait qu'Orphée charmait de sa lyre les bêtes sauvages. Quant au Pérou, en Amérique du Sud, il évoque le mythique Eldorado et ses richesses. 2. Il fut nommé maître de chapelle du roi en 1737.

à Besançon prendre leçon de l'abbé Blanchard, et cette idée me parut si raisonnable que je parvins à la faire trouver telle à Maman. La voilà travaillant à mon petit équipage, et cela avec la profusion qu'elle mettait à toute chose. Ainsi toujours avec le projet de prévenir une banqueroute et de réparer dans l'avenir l'ouvrage de sa dissipation, je commençai dans le moment même par lui causer une dépense de huit cents francs : j'accélérais sa ruine pour me mettre en état d'y remédier. Quelque folle que fût cette conduite, l'illusion était entière de ma part, et même de la sienne. Nous étions persuadés l'un et l'autre, moi que je travaillais utilement pour elle, elle que je travaillais utilement pour moi.

J'avais compté trouver Venture encore à Annecy et lui demander une lettre pour l'abbé Blanchard. Il n'y était plus. Il fallut pour tout renseignement me contenter d'une messe à quatre parties de sa composition et de sa main qu'il m'avait laissée. Avec cette recommandation je vais à Besançon[1] passant par Genève où je fus voir mes parents, et par Nyon où je fus voir mon père, qui me reçut comme à son ordinaire et se chargea de me faire parvenir ma malle qui ne venait qu'après moi, parce que j'étais à cheval. J'arrive à Besançon. L'abbé Blanchard me reçoit bien, me promet ses instructions et m'offre ses services. Nous étions prêts à commencer quand j'apprends par une lettre de mon père que ma malle a été saisie et confisquée aux Rousses, bureau de France sur les frontières de Suisse. Effrayé de cette nouvelle j'emploie les connaissances que je m'étais faites à Besançon pour savoir le motif de cette confiscation ; car bien sûr de n'avoir point de contrebande, je ne pouvais concevoir sur quel prétexte on l'avait pu fonder. Je l'apprends enfin : il faut le dire, car c'est un fait curieux.

1. En 1732, très probablement, mais l'année est incertaine.

Je voyais à Chambéry un vieux Lyonnais, fort bon homme, appelé M. Duvivier, qui avait travaillé au *visa*[1] sous la Régence, et qui faute d'emploi était venu travailler au cadastre. Il avait vécu dans le monde ; il avait des talents, quelque savoir, de la douceur, de la politesse, il savait la musique, et comme j'étais de chambrée avec lui, nous nous étions liés de préférence au milieu des ours mal léchés qui nous entouraient. Il avait à Paris des correspondances qui lui fournissaient ces petits riens, ces nouveautés éphémères qui courent on ne sait pourquoi, qui meurent on ne sait comment, sans que jamais personne y repense quand on a cessé d'en parler. Comme je le menais quelquefois dîner chez Maman, il me faisait sa cour en quelque sorte, et pour se rendre agréable il tâchait de me faire aimer ces fadaises, pour lesquelles j'eus toujours un tel dégoût qu'il ne m'est arrivé de la vie d'en lire une à moi seul. Pour lui complaire je prenais ces précieux torche-culs, je les mettais dans ma poche, et je n'y songeais plus que pour le seul usage auquel ils étaient bons. Malheureusement un de ces maudits papiers resta dans la poche de veste d'un habit neuf que j'avais porté deux ou trois fois pour être en règle avec les commis[2]. Ce papier était une parodie janséniste assez plate de la belle scène du *Mithridate* de Racine. Je n'en avais pas lu dix vers et l'avais laissé par oubli dans ma poche. Voilà ce qui fit confisquer mon équipage. Les commis firent à la tête de l'inventaire de cette malle un magnifique procès-verbal, où, supposant que cet écrit venait de Genève pour être imprimé

1. « Opération faite pour vérifier et réduire les papiers émis par Law » (Littré), financier dont le système de monnaie fiduciaire connut, en 1720, une banqueroute retentissante. 2. Avec les douaniers. Les vêtements neufs étaient taxés.

et distribué en France[1], ils s'étendaient en saintes invectives contre les ennemis de Dieu et de l'Église, et en éloges de leur pieuse vigilance qui avait arrêté l'exécution de ce projet infernal. Ils trouvèrent sans doute que mes chemises sentaient aussi l'hérésie ; car en vertu de ce terrible papier tout fut confisqué, sans que jamais comme que j'aie pu m'y prendre j'aie eu ni raison ni nouvelle de ma pauvre pacotille. Les gens des fermes[2] à qui l'on s'adressa demandaient tant d'instructions, de renseignements, de certificats, de mémoires, que me perdant mille fois dans ce labyrinthe, je fus contraint de tout abandonner. J'ai un vrai regret de n'avoir pas conservé le procès-verbal du bureau des Rousses. C'était une pièce à figurer avec distinction parmi celles dont le recueil doit accompagner cet écrit.

Cette perte me fit revenir à Chambéry tout de suite sans avoir rien fait avec l'abbé Blanchard, et tout bien pesé, voyant le malheur me suivre dans toutes mes entreprises, je résolus de m'attacher uniquement à Maman, de courir sa fortune, et de ne plus m'inquiéter inutilement d'un avenir auquel je ne pouvais rien. Elle me reçut comme si j'avais rapporté des trésors, remonta peu à peu ma petite garde-robe, et mon malheur, assez grand pour l'un et pour l'autre, fut presque aussitôt oublié qu'arrivé.

Quoique ce malheur m'eût refroidi sur mes projets de musique, je ne laissais pas d'étudier toujours mon Rameau, et à force d'efforts je parvins enfin à l'entendre, et à faire quelques petits essais de composition dont le succès m'encouragea. Le comte de Bellegarde fils du marquis d'Entremont était revenu de Dresde après la mort du roi Auguste[3]. Il avait vécu longtemps à Paris,

---

1. Où malgré les persécutions, la destruction de Port-Royal en 1709 et la bulle *Unigenitus* de 1713, le jansénisme était encore bien vif.
2. L'administration des douanes. 3. Frédéric-Auguste de Saxe, roi de Pologne sous le nom d'Auguste II, mort le 1er février 1733.

il aimait extrêmement la musique et avait pris en passion celle de Rameau. Son frère le comte de Nangis jouait du violon, M^me^ la Comtesse de la Tour leur sœur chantait un peu. Tout cela mit à Chambéry la musique à la mode, et l'on établit une manière de concert public dont on voulut d'abord me donner la direction ; mais on s'aperçut bientôt qu'elle passait mes forces, et l'on s'arrangea autrement. Je ne laissais pas d'y donner quelques petits morceaux de ma façon, et entre autres une cantate qui plut beaucoup. Ce n'était pas une pièce bien faite, mais elle était pleine de chants nouveaux et de choses d'effet, que l'on n'attendait pas de moi. Ces messieurs ne purent croire que lisant si mal la musique, je fusse en état d'en composer de passable, et ils ne doutèrent pas que je ne me fusse fait honneur du travail d'autrui[1]. Pour vérifier la chose un matin M. de Nangis vint me trouver avec une cantate de Clérambault qu'il avait transposée, disait-il, pour la commodité de la voix, et à laquelle il fallait faire une autre basse, la transposition rendant celle de Clérambault impraticable sur l'instrument. Je répondis que c'était un travail considérable et qui ne pouvait être fait sur-le-champ. Il crut que je cherchais une défaite[2] et me pressa de lui faire au moins la basse d'un récitatif. Je la fis donc, mal sans doute, parce qu'en toute chose il me faut pour bien faire, mes aises et ma liberté ; mais je la fis du moins dans les règles, et comme il était présent, il ne put douter que je ne susse les éléments de la composition. Ainsi je ne perdis pas mes écolières, mais je me refroidis un peu sur la musique, voyant que l'on faisait un concert et que l'on s'y passait de moi.

Ce fut à peu près dans ce temps-là que, la paix étant

1. Même doute au tome II, livre VII, p. 89, et livre IX, p. 265.
2. « Excuse, échappatoire, prétexte » (Littré).

faite, l'armée française repassa les monts[1]. Plusieurs officiers vinrent voir Maman ; entre autres M. le Comte de Lautrec colonel du régiment d'Orléans, depuis plénipotentiaire à Genève, et enfin maréchal de France, auquel elle me présenta. Sur ce qu'elle lui dit, il parut s'intéresser beaucoup à moi, et me promit beaucoup de choses dont il ne s'est souvenu que la dernière année de sa vie, lorsque je n'avais plus besoin de lui. Le jeune marquis de Sennecterre, dont le père était alors ambassadeur à Turin passa dans le même temps à Chambéry. Il dîna chez M^me^ de Menthon ; j'y dînais aussi ce jour-là. Après le dîner il fut question de musique ; il la savait très bien. L'opéra de *Jephté*[2] était alors dans sa nouveauté ; il en parla, on le fit apporter. Il me fit frémir en me proposant d'exécuter à nous deux cet opéra, et tout en ouvrant le livre il tomba sur ce morceau célèbre à deux chœurs :

*La terre, l'enfer, le ciel même,*
*Tout tremble devant le Seigneur.*

Il me dit : combien voulez-vous faire de parties ? Je ferai pour ma part ces six-là. Je n'étais pas encore accoutumé à cette pétulance française, et quoique j'eusse quelquefois ânonné des partitions, je ne comprenais pas comment le même homme pouvait faire en même temps six parties ni même deux. Rien ne m'a plus coûté dans l'exercice de la musique que de sauter ainsi légèrement d'une partie à l'autre, et d'avoir l'œil à la fois sur toute une partition. À la manière dont je me tirai de cette entreprise M. de Sennecterre dut être tenté de croire que je ne savais pas la musique. Ce fut peut-être pour vérifier ce doute qu'il me proposa de noter une chanson qu'il

1. « À peu près », car la guerre ne s'arrêta pas en un jour : le traité de Vienne n'y mit fin qu'en 1738. 2. *Jephté*, opéra biblique de Montéclair, sur un livret de l'abbé Pellegrin (1732).

voulait donner à M$^{lle}$ de Menthon. Je ne pouvais m'en défendre. Il chanta la chanson ; je l'écrivis, même sans le faire beaucoup répéter. Il la lut ensuite, et trouva, comme il était vrai, qu'elle était très correctement notée. Il avait vu mon embarras, il prit plaisir à faire valoir ce petit succès. C'était pourtant une chose très simple. Au fond je savais fort bien la musique, je ne manquais que de cette vivacité du premier coup d'œil que je n'eus jamais sur rien, et qui ne s'acquiert en musique que par une pratique consommée. Quoi qu'il en soit je fus sensible à l'honnête soin qu'il prit d'effacer dans l'esprit des autres et dans le mien la petite honte que j'avais eue ; et douze ou quinze ans après me rencontrant avec lui dans diverses maisons de Paris, je fus tenté plusieurs fois de lui rappeler cette anecdote, et de lui montrer que j'en gardais le souvenir. Mais il avait perdu les yeux depuis ce temps-là. Je craignis de renouveler ses regrets en lui rappelant l'usage qu'il en avait su faire, et je me tus.

Je touche au moment qui commence à lier mon existence passée avec la présente. Quelques amitiés de ce temps-là prolongées jusqu'à celui-ci me sont devenues bien précieuses. Elles m'ont souvent fait regretter cette heureuse obscurité où ceux qui se disaient mes amis l'étaient et m'aimaient pour moi, par pure bienveillance, non par la vanité d'avoir des liaisons avec un homme connu, ou par le désir secret de trouver ainsi plus d'occasions de lui nuire. C'est d'ici que je date ma première connaissance avec mon vieux ami Gauffecourt qui m'est toujours resté, malgré les efforts qu'on a faits pour me l'ôter. Toujours resté ! non. Hélas ! je viens de le perdre[1]. Mais il n'a cessé de m'aimer qu'en cessant de vivre, et notre amitié n'a fini qu'avec lui. M. de

1. En 1766.

Gauffecourt était un des hommes les plus aimables qui aient existé. Il était impossible de le voir sans l'aimer, et de vivre avec lui sans s'y attacher tout à fait. Je n'ai vu de ma vie une physionomie plus ouverte, plus caressante, qui eût plus de sérénité, qui marquât plus de sentiment et d'esprit, qui inspirât plus de confiance. Quelque réservé qu'on pût être on ne pouvait dès la première vue se défendre d'être aussi familier avec lui que si on l'eût connu depuis vingt ans, et moi qui avais tant de peine d'être à mon aise avec les nouveaux visages, j'y fus avec lui du premier moment. Son ton, son accent, son propos accompagnaient parfaitement sa physionomie. Le son de sa voix était net, plein, bien timbré ; une belle voix de basse étoffée et mordante qui remplissait l'oreille et sonnait au cœur. Il est impossible d'avoir une gaieté plus égale et plus douce, des grâces plus vraies et plus simples, des talents plus naturels et cultivés avec plus de goût. Joignez à cela un cœur aimant, mais aimant un peu trop tout le monde, un caractère officieux avec peu de choix, servant ses amis avec zèle, ou plutôt se faisant l'ami des gens qu'il pouvait servir, et sachant faire très adroitement ses propres affaires en faisant très chaudement celles d'autrui. Gauffecourt était fils d'un simple horloger et avait été horloger lui-même. Mais sa figure et son mérite l'appelaient dans une autre sphère où il ne tarda pas d'entrer. Il fit connaissance avec M. de la Closure résident de France à Genève qui le prit en amitié. Il lui procura à Paris d'autres connaissances qui lui furent utiles, et par lesquelles il parvint à avoir la fourniture des sels du Valais, qui lui valait vingt mille livres de rente. Sa fortune, assez belle, se borna là du côté des hommes, mais du côté des femmes la presse y était ; il eut à choisir, et fit ce qu'il voulut. Ce qu'il y eut de plus rare et de plus honorable pour lui fut qu'ayant des liaisons dans tous les états, il fut partout chéri, recherché de tout le monde sans jamais être envié ni haï de personne, et je crois qu'il est mort sans avoir eu de sa vie un seul ennemi. Heureux homme ! Il venait tous les ans aux bains d'Aix[1] où se rassemble la bonne compagnie des pays voisins. Lié avec toute la noblesse de Savoie, il venait d'Aix à Chambéry voir le comte de Bellegarde et son père le marquis d'Entremont, chez qui Maman fit et me fit faire connaissance avec lui. Cette connaissance qui semblait devoir n'aboutir à rien et fut nombre d'années interrompue se renouvela dans l'occasion que je dirai et devint un véritable attachement. C'est assez pour m'autoriser à parler d'un ami avec qui j'ai été si étroitement lié : mais quand je ne prendrais aucun intérêt personnel à sa mémoire, c'était un homme si aimable et si heureusement né que pour l'honneur de l'espèce humaine je la croirais toujours bonne à conserver. Cet homme si charmant avait pourtant ses défauts, ainsi que les autres, comme on pourra voir ci-après[2] ; mais s'il ne les eût pas eus, peut-être eût-il été moins aimable. Pour le rendre intéressant autant qu'il pouvait l'être, il fallait qu'on eût quelque chose à lui pardonner.

Une autre liaison du même temps n'est pas éteinte, et me leurre encore de cet espoir du bonheur temporel qui meurt si difficilement dans le cœur de l'homme. M. de Conzié gentilhomme savoyard, alors jeune et aimable eut la fantaisie d'apprendre la musique, ou plutôt de faire connaissance avec celui qui l'enseignait. Avec de l'esprit, et du goût pour les belles connaissances M. de Conzié avait une douceur de caractère qui le rendait très liant, et je l'étais beaucoup moi-même pour les gens en qui je la trouvais. La liaison fut bientôt faite. Le germe de littérature et de philosophie qui commençait

---

**1.** Aujourd'hui Aix-les-Bains. **2.** On verra au livre VIII (tome II), p. 167, comment l'ami Gauffecourt tenta de séduire Thérèse, compagne de Rousseau, par « des manœuvres plus dignes d'un satyre et d'un bouc que d'un honnête homme ».

à fermenter dans ma tête et qui n'attendait qu'un peu de culture et d'émulation pour se développer tout à fait, les trouvait en lui. M. de Conzié avait peu de disposition pour la musique ; ce fut un bien pour moi : les heures des leçons se passaient à tout autre chose qu'à solfier. Nous déjeunions, nous causions, nous lisions quelques nouveautés, et pas un mot de musique. La correspondance de Voltaire avec le prince royal de Prusse faisait du bruit alors ; nous nous entretenions souvent de ces deux hommes célèbres, dont l'un depuis peu sur le trône[1] s'annonçait déjà tel qu'il devait dans peu se montrer, et dont l'autre, aussi décrié qu'il est admiré maintenant, nous faisait plaindre sincèrement le malheur qui semblait le poursuivre, et qu'on voit si souvent être l'apanage des grands talents. Le prince de Prusse avait été peu heureux dans sa jeunesse, et Voltaire semblait fait pour ne l'être jamais. L'intérêt que nous prenions à l'un et à l'autre s'étendait à tout ce qui s'y rapportait. Rien de tout ce qu'écrivait Voltaire ne nous échappait. Le goût que je pris à ces lectures m'inspira le désir d'apprendre à écrire avec élégance, et de tâcher d'imiter le beau coloris de cet auteur dont j'étais enchanté. Quelque temps après parurent ses *Lettres philosophiques*[2] ; quoiqu'elles ne soient pas assurément son meilleur ouvrage, ce fut celui qui m'attira le plus vers l'étude, et ce goût naissant ne s'éteignit plus depuis ce temps-là.

Mais le moment n'était pas venu de m'y livrer tout de bon. Il me restait encore une humeur un peu volage, un désir d'aller et venir qui s'était plutôt borné qu'éteint, et que nourrissait le train de la maison de M$^{me}$ de Warens, trop bruyant pour mon humeur solitaire. Ce tas d'inconnus qui lui affluaient journellement de toutes

1. Erreur de Rousseau. Le prince devient Frédéric II de Prusse en 1740. 2. Autre imprécision : elles parurent en 1734 et furent immédiatement condamnées.

parts et la persuasion où j'étais que ces gens-là ne cherchaient qu'à la duper chacun à sa manière, me faisaient un vrai tourment de mon habitation. Depuis qu'ayant succédé à Claude Anet dans la confidence de sa maîtresse je suivais de plus près l'état de ses affaires, j'y voyais un progrès en mal dont j'étais effrayé. J'avais cent fois remontré, prié, pressé, conjuré, et toujours inutilement. Je m'étais jeté à ses pieds, je lui avais fortement représenté la catastrophe qui la menaçait, je l'avais vivement exhortée à réformer sa dépense[1] à commencer par moi, à souffrir plutôt un peu tandis qu'elle était encore jeune, que, multipliant toujours ses dettes et ses créanciers, de s'exposer sur ses vieux jours à leurs vexations et à la misère. Sensible à la sincérité de mon zèle elle s'attendrissait avec moi et me promettait les plus belles choses du monde. Un croquant[2] arrivait-il ? À l'instant tout était oublié. Après mille épreuves de l'inutilité de mes remontrances, que me restait-il à faire que de détourner les yeux du mal que je ne pouvais prévenir ? Je m'éloignais de la maison dont je ne pouvais garder la porte ; je faisais de petits voyages à Nyon, à Genève, à Lyon, qui m'étourdissant sur ma peine secrète, en augmentaient en même temps le sujet par ma dépense. Je puis jurer que j'en aurais souffert tous les retranchements avec joie si Maman eût vraiment profité de cette épargne ; mais certain que ce que je me refusais passait à des fripons, j'abusais de sa facilité pour partager avec eux, et comme le chien qui revenait de la boucherie[3], j'emportais mon lopin du morceau que je n'avais pu sauver.

Les prétextes ne me manquaient pas pour tous ces voyages, et Maman seule m'en eût fourni de reste, tant

---

**1.** C'est-à-dire à ne plus dépenser à tort et à travers. **2.** « Un homme de rien, sans consistance, sans valeur » (Littré). **3.** Voir La Fontaine, « Le Chien qui portait à son cou le dîner de son maître » (*Fables*, VIII, 7).

elle avait partout de liaisons, de négociations, d'affaires, de commissions à donner à quelqu'un de sûr. Elle ne demandait qu'à m'envoyer, je ne demandais qu'à aller ; cela ne pouvait manquer de faire une vie assez ambulante. Ces voyages me mirent à portée de faire quelques bonnes connaissances qui m'ont été dans la suite agréables ou utiles : entre autres à Lyon celle de M. Perrichon, que je me reproche de n'avoir pas assez cultivée, vu les bontés qu'il a eues pour moi ; celle du bon Parisot, dont je parlerai dans son temps : à Grenoble celle de Mme Deybens et de Mme la présidente de Bardonanche, femme de beaucoup d'esprit, et qui m'eût pris en amitié si j'avais été à portée de la voir plus souvent : à Genève, celle de M. de la Closure résident de France, qui me parlait souvent de ma mère dont malgré la mort et le temps son cœur n'avait pu se déprendre[1] ; celle des deux Barillot, dont le père, qui m'appelait son petit-fils, était d'une société très aimable et l'un des plus dignes hommes que j'aie jamais connus. Durant les troubles de la République[2] ces deux citoyens se jetèrent dans les deux partis contraires ; le fils dans celui de la bourgeoisie, le père dans celui des magistrats[3], et lorsqu'on prit les armes en 1737, je vis, étant à Genève le père et le fils sortir armés de la même maison, l'un pour monter à l'hôtel de ville, l'autre pour se rendre à son quartier, sûrs de se trouver deux heures après l'un vis-à-vis de l'autre, exposés à s'entr'égorger. Ce spectacle affreux me fit une impression si vive que je jurai de ne tremper

---

1. « Il fallait que sa passion fût vive ; puisque au bout de trente ans je l'ai vu s'attendrir en me parlant d'elle » (livre I, p. 50). 2. Ils mirent aux prises les « représentants », ainsi appelés parce qu'ils faisaient des « représentations » au Petit Conseil, où siégeait une caste de quelques grandes familles, et les « négatifs », magistrats de cette caste qui leur répondaient par la négative. Les premiers ayant pris les armes, en août 1737, une émeute causa une dizaine de morts. 3. Le fils parmi les « représentants », le père parmi les « négatifs ».

jamais dans aucune guerre civile, et de ne soutenir jamais au-dedans la liberté par les armes ni de ma personne ni de mon aveu si jamais je rentrais dans mes droits de citoyen. Je me rends le témoignage d'avoir tenu ce serment dans une occasion délicate, et l'on trouvera, du moins je le pense, que cette modération fut de quelque prix[1].

Mais je n'en étais pas encore à cette première fermentation de patriotisme que Genève en armes excita dans mon cœur. On jugera combien j'en étais loin par un fait très grave à ma charge que j'ai oublié de mettre à sa place et qui ne doit pas être omis.

Mon oncle Bernard était depuis quelques années passé dans la Caroline pour y faire bâtir la ville de Charlestown dont il avait donné le plan[2]. Il y mourut peu après ; mon pauvre cousin était aussi mort au service du roi de Prusse, et ma tante perdit ainsi son fils et son mari presque en même temps. Ces pertes réchauffèrent un peu son amitié pour le plus proche parent qui lui restât et qui était moi. Quand j'allais à Genève je logeais chez elle, et je m'amusais à fureter et feuilleter les livres et papiers que mon oncle avait laissés. J'y trouvai beaucoup de pièces curieuses et des lettres dont assurément on ne se douterait pas. Ma tante qui faisait peu de cas de ces paperasses m'eût laissé tout emporter si j'avais voulu. Je me contentai de deux ou trois livres commentés de la main de mon grand-père Bernard le ministre, et entre autres les *Œuvres posthumes* de Rohault[3] in-quarto, dont les marges étaient pleines d'excellentes scolies[4] qui me firent aimer les

1. Lors des troubles de 1763, Rousseau, dans la deuxième des *Lettres écrites de la montagne*, reviendra sur cet affrontement du père et du fils en refusant toute violence. 2. Vision mythique de l'oncle Bernard, qui se contenta de travailler aux fortifications de Charleston, et d'y mourir en 1737. 3. Philosophe et physicien français mort en 1627, connu pour ses *Œuvres mathématiques*, publiées en 1682. 4. « Terme de géométrie. Remarque sur plusieurs propositions, faite en vue d'en montrer la liaison, la restriction ou l'extension » (Littré).

mathématiques. Ce livre est resté parmi ceux de Mme de Warens ; j'ai toujours été fâché de ne l'avoir pas gardé. À ces livres je joignis cinq ou six mémoires manuscrits, et un seul imprimé, qui était du fameux Micheli Ducret, homme d'un grand talent, savant, éclairé, mais trop remuant, traité bien cruellement par les magistrats de Genève, et mort dernièrement dans la forteresse d'Arberg où il était enfermé depuis longues années[1], pour avoir, disait-on, trempé dans la conspiration de Berne[2].

Ce mémoire était une critique assez judicieuse de ce grand et ridicule plan de fortification qu'on a exécuté en partie à Genève, à la grande risée des gens du métier qui ne savent pas le but secret qu'avait le conseil dans l'exécution de cette magnifique entreprise. M. Micheli ayant été exclu de la chambre des fortifications pour avoir blâmé ce plan, avait cru, comme membre des Deux Cents, et même comme citoyen pouvoir en dire son avis plus au long, et c'était ce qu'il avait fait par ce mémoire qu'il eut l'imprudence de faire imprimer, mais non pas publier ; car il n'en fit tirer que le nombre d'exemplaires qu'il envoyait aux Deux Cents, et qui furent tous interceptés à la poste par ordre du Petit Conseil. Je trouvai ce mémoire parmi les papiers de mon oncle, avec la réponse qu'il avait été chargé d'y faire, et j'emportai l'un et l'autre. J'avais fait ce voyage peu après ma sortie

---

1. L'ingénieur et physicien Jacques-Barthélemy Micheli du Crest s'était opposé au Conseil des Deux-Cents à propos des fortifications de Genève. Il fut censuré et dut s'exiler à Paris, avant d'être condamné à mort en 1735 ; en 1749, les autorités de Berne le condamnèrent à la prison à vie, peine qu'il purgea dans la forteresse d'Aarbourg, dont il ne sortit que pour mourir, en 1766. Rousseau l'évoquera à nouveau au livre XII (tome II), p. 507. Le Conseil des Deux-Cents est élu par les citoyens de Genève ; il élit à vie les vingt-cinq magistrats du Petit Conseil, dit aussi Magnifique Conseil. 2. Tentative d'insurrection des bourgeois de Berne, en 1749, dite « conspiration de Henzi », du nom d'un des insurgés, auteur de libelles, qui fut promptement décapité.

du cadastre, et j'étais demeuré en quelque liaison avec l'avocat Coccelli qui en était le chef. Quelque temps après le directeur de la douane s'avisa de me prier de lui tenir un enfant, et me donna M^me^ Coccelli pour commère[1]. Les honneurs me tournaient la tête, et fier d'appartenir de si près à M. l'avocat, je tâchais de faire l'important pour me montrer digne de cette gloire.

Dans cette idée je crus ne pouvoir rien faire de mieux que de lui faire voir mon mémoire imprimé de M. Micheli, qui réellement était une pièce rare, pour lui prouver que j'appartenais à des notables de Genève qui savaient les secrets de l'État. Cependant par une demi-réserve dont j'aurais peine à rendre raison, je ne lui montrai point la réponse de mon oncle à ce mémoire, peut-être parce qu'elle était manuscrite, et qu'il ne fallait à monsieur l'avocat que du moulé[2]. Il sentit pourtant si bien le prix de l'écrit que j'eus la bêtise de lui confier que je ne pus jamais le ravoir ni le revoir, et que bien convaincu de l'inutilité de mes efforts je me fis un mérite de la chose et transformai ce vol en présent. Je ne doute pas un moment qu'il n'ait bien fait valoir à la cour de Turin cette pièce, plus curieuse cependant qu'utile, et qu'il n'ait eu grand soin de se faire rembourser de manière ou d'autre de l'argent qu'il lui en avait dû coûter pour l'acquérir. Heureusement de tous les futurs contingents[3] un des moins probables est qu'un jour le roi de Sardaigne assiégera Genève. Mais comme il n'y a pas d'impossibilité à la chose, j'aurai toujours à reprocher à ma sotte vanité d'avoir montré les plus grands défauts de cette place à son plus ancien ennemi.

---

1. « Celle qui a tenu un enfant sur les fonts baptismaux, avec un compère ; ce qui crée entre eux une parenté spirituelle » (Littré).
2. Du texte imprimé. 3. Les futurs possibles, virtuels.

Je passai deux ou trois ans de cette façon entre la musique, les magistères[1], les projets, les voyages, flottant incessamment d'une chose à l'autre, cherchant à me fixer sans savoir à quoi, mais entraîné pourtant par degrés vers l'étude, voyant des gens de lettres, entendant parler de littérature, me mêlant quelquefois d'en parler moi-même, et prenant plutôt le jargon des livres que la connaissance de leur contenu. Dans mes voyages de Genève j'allais de temps en temps voir en passant mon ancien bon ami M. Simon[2] qui fomentait beaucoup mon émulation naissante par des nouvelles toutes fraîches de la république des lettres tirées de Baillet ou de Colomiés[3]. Je voyais beaucoup aussi à Chambéry un jacobin professeur de physique, bonhomme de moine dont j'ai oublié le nom, et qui faisait souvent de petites expériences qui m'amusaient extrêmement. Je voulus à son exemple faire de l'encre de sympathie. Pour cet effet après avoir rempli une bouteille plus qu'à demi de chaux vive, d'orpiment[4] et d'eau je la bouchai bien. L'effervescence commença presque à l'instant très violemment. Je courus à la bouteille pour la déboucher mais je n'y fus pas à temps ; elle me sauta au visage comme une bombe. J'avalai de l'orpiment, de la chaux, j'en faillis

1. Voir livre II, p. 109 et note 1 : M<sup>me</sup> de Warens « faisait des élixirs, des teintures, des baumes, des magistères », c'est-à-dire des préparations pharmaceutiques. 2. Voir son portrait livre IV, p. 229-232. 3. Adrien Baillet, mort en 1706, connu pour ses *Jugements des savants sur les principaux auteurs*, et sa *Vie de Monsieur Descartes* ; Paul Colomiés, mort en 1692, théologien protestant, dont les œuvres avaient été publiées à Hambourg en 1709. Les « nouvelles » tirées de ces auteurs ne devaient plus être « toutes fraîches ». Pierre Bayle avait fondé en 1684 un périodique intitulé *Nouvelles de la république des lettres*. 4. « Sulfure jaune d'arsenic, naturel ou artificiel, employé en peinture » (Littré). L'« encre de sympathie » est notre encre sympathique, qui n'apparaît que sous l'effet de la chaleur.

mourir. Je restai aveugle plus de six semaines, et j'appris ainsi à ne pas me mêler de physique expérimentale sans en savoir les éléments[1].

Cette aventure m'arriva mal à propos pour ma santé, qui depuis quelque temps s'altérait sensiblement. Je ne sais d'où venait qu'étant bien conformé par le coffre[2] et ne faisant d'excès d'aucune espèce, je déclinais à vue d'œil. J'ai une assez bonne carrure, la poitrine large, mes poumons doivent y jouer à l'aise ; cependant j'avais la courte haleine ; je me sentais oppressé : je soupirais involontairement, j'avais des palpitations, je crachais du sang ; la fièvre lente survint et je n'en ai jamais été bien quitte. Comment peut-on tomber dans cet état à la fleur de l'âge, sans avoir aucun viscère vicié, sans avoir rien fait pour détruire sa santé ?

L'épée use le fourreau, dit-on quelquefois. Voilà mon histoire. Mes passions m'ont fait vivre, et mes passions m'ont tué. Quelles passions ? dira-t-on. Des riens : les choses du monde les plus puériles ; mais qui m'affectaient comme s'il se fût agi de la possession d'Hélène[3] ou du trône de l'univers. D'abord les femmes. Quand j'en eus une, mes sens furent tranquilles, mais mon cœur ne le fut jamais. Les besoins de l'amour me dévoraient au sein de la jouissance. J'avais une tendre mère, une amie chérie mais il me fallait une maîtresse. Je me la figurais à sa place ; je me la créais de mille façons pour me donner le change à moi-même. Si j'avais cru tenir Maman dans mes bras quand je l'y tenais, mes étreintes n'auraient pas été moins vives, mais tous mes désirs se

1. Fort mal en point après cet accident du 27 juin 1737, la veille de ses vingt-cinq ans, Jean-Jacques dicta son testament. 2. « Avoir le coffre bon, être bien constitué quant aux fonctions de la respiration et de la digestion » (Littré). 3. Hélène de Troie, objet de la guerre du même nom.

seraient éteints ; j'aurais sangloté de tendresse, mais je n'aurais pas joui. Jouir ? Ce sort est-il fait pour l'homme ? Ah si jamais une seule fois en ma vie j'avais goûté dans leur plénitude toutes les délices de l'amour, je n'imagine pas que ma frêle existence y eût pu suffire ; je serais mort sur le fait.

J'étais donc brûlant d'amour sans objet, et c'est peut-être ainsi qu'il épuise le plus. J'étais inquiet, tourmenté du mauvais état des affaires de ma pauvre Maman et de son imprudente conduite, qui ne pouvait manquer d'opérer sa ruine totale en peu de temps. Ma cruelle imagination qui va toujours au-devant des malheurs, me montrait celui-là sans cesse dans tout son excès et dans toutes ses suites. Je me voyais d'avance forcément séparé par la misère de celle à qui j'avais consacré ma vie et sans qui je n'en pouvais jouir. Voilà comment j'avais toujours l'âme agitée. Les désirs et les craintes me dévoraient alternativement.

La musique était pour moi une autre passion moins fougueuse mais non moins consumante par l'ardeur avec laquelle je m'y livrais, par l'étude opiniâtre des obscurs livres de Rameau, par mon invincible obstination à vouloir en charger ma mémoire qui s'y refusait toujours, par mes courses continuelles, par les compilations immenses que j'entassais, passant très souvent à copier les nuits entières. Et pourquoi m'arrêter aux choses permanentes, tandis que toutes les folies qui passaient dans mon inconstante tête, les goûts fugitifs d'un seul jour, un voyage, un concert, un souper, une promenade à faire, un roman à lire, une comédie à voir, tout ce qui était le moins du monde prémédité dans mes plaisirs ou dans mes affaires devenait pour moi tout autant de passions violentes, qui dans leur impétuosité ridicule me donnaient le plus vrai tourment. La lecture des malheurs imaginaires de Cleveland[1], faite avec fureur et souvent interrompue, m'a fait faire je crois plus de mauvais sang que les miens.

Il y avait un Genevois nommé M. Bagueret, lequel avait été employé sous Pierre le Grand à la cour de Russie ; un des plus vilains hommes et des plus grands fous que j'aie jamais vus, toujours plein de projets aussi fous que lui, qui faisait tomber les millions comme la pluie et à qui les zéros ne coûtaient rien. Cet homme étant venu à Chambéry pour quelque procès au sénat, s'empara de Maman comme de raison et pour ses trésors de zéros qu'il lui prodiguait généreusement, tirait ses pauvres écus pièce à pièce. Je ne l'aimais point, il le voyait ; avec moi cela n'est pas difficile : il n'y avait sorte de bassesse qu'il n'employât pour me cajoler. Il s'avisa de me proposer d'apprendre les échecs qu'il jouait un peu. J'essayai, presque malgré moi, et après avoir tant bien que mal appris la marche, mon progrès fut si rapide qu'avant la fin de la première séance je lui donnai la tour qu'il m'avait donnée en commençant[2]. Il ne m'en fallut pas davantage : me voilà forcené des échecs. J'achète un échiquier ; j'achète le Calabrais[3] ; je m'enferme dans ma chambre, j'y passe les jours et les nuits à vouloir apprendre par cœur toutes les parties, à les fourrer dans ma tête bon gré mal gré, à jouer seul sans relâche et sans fin. Après deux ou trois mois de ce beau travail et d'efforts inimaginables je vais au café,

---

1. *Le Philosophe anglais ou Histoire de monsieur Cleveland, fils naturel de Cromwell, écrite par lui-même et traduite de l'anglais par l'auteur des Mémoires d'un homme de qualité*, en un mot *Cleveland* (1732-1739), roman aux multiples rebondissements et, avec *Manon Lescaut*, chef-d'œuvre de l'abbé Prévost. 2. « Donner sa tour », c'est commencer une partie sans l'une de ses deux tours, pièce essentielle à l'attaque et à la défense ; c'est donc partir avec un handicap, tant l'on s'estime plus fort que l'adversaire. 3. Gioachino Greco, dit le Calabrais, auteur, en 1619, du *Jeu des échecs*.

maigre, jaune, et presque hébété. Je m'essaye, je rejoue avec M. Bagueret : il me bat une fois, deux fois, vingt fois ; tant de combinaisons s'étaient brouillées dans ma tête, et mon imagination s'était si bien amortie que je ne voyais plus qu'un nuage devant moi. Toutes les fois qu'avec le livre de Philidor ou celui de Stamma[1] j'ai voulu m'exercer à étudier des parties la même chose m'est arrivée, et après m'être épuisé de fatigue je me suis trouvé plus faible qu'auparavant. Du reste, que j'aie abandonné les échecs, ou qu'en jouant je me sois remis en haleine, je n'ai jamais avancé d'un cran depuis cette première séance, et je me suis toujours retrouvé au même point où j'étais en la finissant[2]. Je m'exercerais des milliers de siècles que je finirais par pouvoir donner la tour à Bagueret, et rien de plus. Voilà du temps bien employé, direz-vous ! et je n'y en ai pas employé peu. Je ne finis ce premier essai que quand je n'eus plus la force de continuer. Quand j'allai me montrer sortant de ma chambre j'avais l'air d'un déterré, et suivant le même train je n'aurais pas resté déterré longtemps. On conviendra qu'il est difficile, et surtout dans l'ardeur de la jeunesse, qu'une pareille tête laisse toujours le corps en santé.

L'altération de la mienne agit sur mon humeur et tempéra l'ardeur de mes fantaisies. Me sentant affaiblir je devins plus tranquille et perdis un peu la fureur des voyages. Plus sédentaire je fus pris, non de l'ennui, mais de la mélancolie ; les vapeurs succédèrent aux passions ;

---

**1.** Deux maîtres encore célèbres aujourd'hui, le premier auteur d'une *Analyse des échecs* (1749) qui a encore beaucoup à apprendre aux joueurs actuels, comme l'*Essai sur le jeu des échecs* (1737) du second. 2. Contrairement à ses dires, Rousseau deviendra un joueur expérimenté, qui fréquentera le café de la Régence à la fin de sa vie, et dont beaucoup d'anthologies reproduisent une mémorable partie contre le prince de Conti (1760), qu'il gagna, bien que son adversaire fût prince.

ma langueur devint tristesse[1] ; je pleurais et soupirais à propos de rien, je sentais la vie m'échapper sans l'avoir goûtée ; je gémissais sur l'état où je laissais ma pauvre Maman, sur celui où je la voyais prête à tomber ; je puis dire que la quitter et la laisser à plaindre était mon unique regret. Enfin je tombai tout à fait malade. Elle me soigna comme jamais mère n'a soigné son enfant, et cela lui fit du bien à elle-même, en faisant diversion aux projets et tenant écartés les projeteurs. Quelle douce mort, si alors elle fût venue ! Si j'avais peu goûté les biens de la vie, j'en avais peu senti les malheurs. Mon âme paisible pouvait partir sans le sentiment cruel de l'injustice des hommes qui empoisonne la vie et la mort. J'avais la consolation de me survivre dans la meilleure moitié de moi-même ; c'était à peine mourir. Sans les inquiétudes que j'avais sur son sort je serais mort comme j'aurais pu m'endormir, et ces inquiétudes mêmes avaient un objet affectueux et tendre qui en tempérait l'amertume. Je lui disais : vous voilà dépositaire de tout mon être ; faites en sorte qu'il soit heureux. Deux ou trois fois quand j'étais le plus mal, il m'arriva de me lever dans la nuit et de me traîner à sa chambre, pour lui donner sur sa conduite des conseils j'ose dire pleins de justesse et de sens, mais où l'intérêt que je prenais à son sort se marquait mieux que toute autre chose. Comme si les pleurs étaient ma nourriture et mon remède, je me fortifiais de ceux que je versais auprès d'elle, avec elle, assis sur son lit, et tenant ses mains

1. On parlerait volontiers aujourd'hui de dépression, avec tout ce que le mot peut avoir de médical, mais sans oublier le flou sémantique et psychologique des « vapeurs », « nom représentant toutes sortes d'affections nerveuses, hypocondrie, hystérie, névropathie, etc., ainsi dites parce que les Anciens les attribuaient à des vapeurs qu'ils supposaient partir de la matrice, de la rate, des hypocondres, et s'élever jusqu'au cerveau » (Littré).

dans les miennes. Les heures coulaient dans ces entretiens nocturnes, et je m'en retournais en meilleur état que je n'étais venu ; content et calme dans les promesses qu'elle m'avait faites, dans les espérances qu'elle m'avait données, je m'endormais là-dessus avec la paix du cœur et la résignation à la Providence. Plaise à Dieu qu'après tant de sujets de haïr la vie, après tant d'orages qui ont agité la mienne et qui ne m'en font plus qu'un fardeau, la mort qui doit la terminer me soit aussi peu cruelle qu'elle me l'eût été dans ce moment-là.

À force de soins, de vigilance et d'incroyables peines elle me sauva, et il est certain qu'elle seule pouvait me sauver. J'ai peu de foi à la médecine des médecins, mais j'en ai beaucoup à celle des vrais amis : les choses dont notre bonheur dépend se font toujours beaucoup mieux que toutes les autres. S'il y a dans la vie un sentiment délicieux, c'est celui que nous éprouvâmes d'être rendus l'un à l'autre. Notre attachement mutuel n'en augmenta pas, cela n'était pas possible ; mais il prit je ne sais quoi de plus intime, de plus touchant dans sa grande simplicité. Je devenais tout à fait son œuvre, tout à fait son enfant et plus que si elle eût été ma vraie mère. Nous commençâmes, sans y songer, à ne plus nous séparer l'un de l'autre, à mettre en quelque sorte toute notre existence en commun, et sentant que réciproquement nous nous étions non seulement nécessaires mais suffisants, nous nous accoutumâmes à ne plus penser à rien d'étranger à nous, à borner absolument notre bonheur et tous nos désirs à cette possession mutuelle et peut-être unique parmi les humains, qui n'était point, comme je l'ai dit, celle de l'amour ; mais une possession plus essentielle qui, sans tenir aux sens, au sexe, à l'âge, à la figure tenait à tout ce par quoi l'on est soi, et qu'on ne peut perdre qu'en cessant d'être.

À quoi tint-il que cette précieuse crise n'amenât le bonheur du reste de ses jours et des miens ? Ce ne fut pas à moi, je m'en rends le consolant témoignage. Ce ne fut pas non plus à elle, du moins à sa volonté. Il était écrit que bientôt l'invincible naturel reprendrait son empire. Mais ce fatal retour ne se fit pas tout d'un coup. Il y eut, grâce au Ciel, un intervalle ; court et précieux intervalle ! qui n'a pas fini par ma faute, et dont je ne me reprocherai pas d'avoir mal profité.

Quoique guéri de ma grande maladie, je n'avais pas repris ma vigueur. Ma poitrine n'était pas rétablie ; un reste de fièvre durait toujours, et me tenait en langueur. Je n'avais plus de goût à rien qu'à finir mes jours près de celle qui m'était chère, à la maintenir dans ses bonnes résolutions, à lui faire sentir en quoi consistait le vrai charme d'une vie heureuse, à rendre la sienne telle autant qu'il dépendait de moi. Mais je voyais, je sentais même que dans une maison sombre et triste la continuelle solitude du tête-à-tête deviendrait à la fin triste aussi. Le remède à cela se présenta comme de lui-même. Maman m'avait ordonné le lait et voulait que j'allasse le prendre à la campagne. J'y consentis, pourvu qu'elle y vînt avec moi. Il n'en fallut pas davantage pour la déterminer ; il ne s'agit plus que du choix du lieu. Le jardin du faubourg n'était pas proprement à la campagne ; entouré de maisons et d'autres jardins, il n'avait point les attraits d'une retraite champêtre. D'ailleurs après la mort d'Anet nous avions quitté ce jardin pour raison d'économie, n'ayant plus à cœur d'y tenir des plantes, et d'autres vues nous faisant peu regretter ce réduit.

Profitant maintenant du dégoût que je lui trouvai pour la ville, je lui proposai de l'abandonner tout à fait, et de nous établir dans une solitude agréable, dans quelque petite maison assez éloignée pour dérouter les importuns. Elle l'eût fait, et ce parti que son bon ange et le mien me suggéraient nous eût vraisemblablement assuré des jours heureux et tranquilles, jusqu'au moment où la mort devait nous séparer. Mais cet état n'était pas celui où nous étions appelés. Maman devait éprouver toutes les peines de l'indigence et du mal-être après avoir passé sa vie dans l'abondance, pour la lui faire quitter avec moins de regret ; et moi, par un assemblage de maux de toute espèce, je devais être un jour en exemple à quiconque inspiré du seul amour du bien public et de la justice, ose, fort de sa seule innocence, dire ouvertement la vérité aux hommes sans s'étayer par des cabales, sans s'être fait des partis pour le protéger.

Une malheureuse crainte la retint. Elle n'osa quitter sa vilaine maison, de peur de fâcher le propriétaire. Ton projet de retraite est charmant, me dit-elle, et fort de mon goût ; mais dans cette retraite il faut vivre. En quittant ma prison je risque de perdre mon pain, et quand nous n'en aurons plus dans les bois il en faudra bien retourner chercher à la ville. Pour avoir moins besoin d'y venir ne la quittons pas tout à fait. Payons cette petite pension au comte de Saint-Laurent pour qu'il me laisse la mienne. Cherchons quelque réduit assez loin de la ville pour vivre en paix, et assez près pour y revenir toutes les fois qu'il sera nécessaire. Ainsi fut fait. Après avoir un peu cherché, nous nous fixâmes aux Charmettes, une terre de M. de Conzié à la porte de Chambéry, mais retirée et solitaire comme si l'on était à cent lieues. Entre deux coteaux assez élevés est un petit vallon nord et sud au fond duquel coule une rigole entre des cailloux et des arbres. Le long de ce vallon à mi-côte sont quelques maisons éparses fort agréables pour quiconque aime un asile un peu sauvage et retiré. Après avoir essayé deux ou trois fois de ces maisons, nous choisîmes enfin la plus jolie, appartenant à un gentilhomme qui était au service, appelé M. Noiret[1]. La maison était très logeable. Au-devant un jardin en terrasse, une vigne

1. Claude-François de Noëray, capitaine de grenadiers.

au-dessus, un verger au-dessous, vis-à-vis un petit bois de châtaigniers, une fontaine à portée, plus haut dans la montagne des prés pour l'entretien du bétail ; enfin tout ce qu'il fallait pour le petit ménage champêtre que nous y voulions établir. Autant que je puis me rappeler les temps et les dates, nous en prîmes possession vers la fin de l'été de 1736. J'étais transporté le premier jour que nous y couchâmes[1]. Ô Maman ! dis-je à cette chère amie en l'embrassant et l'inondant de larmes d'attendrissement et de joie : ce séjour est celui du bonheur et de l'innocence. Si nous ne les trouvons pas ici l'un avec l'autre, il ne les faut chercher nulle part.

---

**1.** Rousseau réunit ici plusieurs séjours aux Charmettes, au profit d'une scène qui concentre l'émotion et lui permet une chute digne de *La Nouvelle Héloïse*.

## Livre VI

*Hoc erat in votis : modus agri non ita magnus,*
*Hortus ubi, et tecto vicinus aquæ fons ;*
*Et paululum sylva super his foret.*

Je ne puis pas ajouter : *Auctius atque Di melius fecere*[1] : mais n'importe ; il ne m'en fallait pas davantage ; il ne m'en fallait pas même la propriété : c'était assez pour moi de la jouissance ; et il y a longtemps que j'ai dit et senti que le propriétaire et le possesseur sont souvent deux personnes très différentes ; même en laissant à part les maris et les amants.

Ici commence le court bonheur de ma vie ; ici viennent les paisibles mais rapides moments qui m'ont donné le droit de dire que j'ai vécu. Moments précieux et si regrettés, ah recommencez pour moi votre aimable cours ; coulez plus lentement dans mon souvenir s'il est possible, que vous ne fîtes réellement dans votre fugitive succession. Comment ferai-je pour prolonger à mon gré

1. Le texte d'Horace, *Satires*, II, 6, v. 1-4, est un peu différent : *Hoc erat in votis : modus agri non ita magnus, / Hortus ubi et tecto vicinus jugis aquæ fons / Et paululum sylva super his foret. Auctius atque / Di melius fecere.* Ce qui signifie : « Tous mes vœux… je vais les dire : un domaine assez grand pour me nourrir, un jardin, et, non loin de mon humble logis, une source d'eau vive… ajoutons un bouquet de beaux arbres, et je n'ai plus rien à demander… Soient bénis les dieux ! ils m'ont accordé beaucoup plus, et beaucoup mieux » (trad. Jules Janin).

ce récit si touchant et si simple ; pour redire toujours les mêmes choses, et n'ennuyer pas plus mes lecteurs en les répétant que je ne m'ennuyais moi-même en les recommençant sans cesse ? Encore si tout cela consistait en faits, en actions, en paroles, je pourrais le décrire et le rendre en quelque façon : mais comment dire ce qui n'était ni dit, ni fait, ni pensé même, mais goûté, mais senti, sans que je puisse énoncer d'autre objet de mon bonheur que ce sentiment même. Je me levais avec le soleil et j'étais heureux ; je me promenais et j'étais heureux, je voyais Maman et j'étais heureux, je la quittais et j'étais heureux, je parcourais les bois, les coteaux, j'errais dans les vallons, je lisais, j'étais oisif, je travaillais au jardin, je cueillais les fruits, j'aidais au ménage, et le bonheur me suivait partout ; il n'était dans aucune chose assignable[1], il était tout en moi-même, il ne pouvait me quitter un seul instant.

Rien de tout ce qui m'est arrivé durant cette époque chérie, rien de ce que j'ai fait, dit et pensé tout le temps qu'elle a duré n'est échappé de ma mémoire. Les temps qui précèdent et qui suivent me reviennent par intervalles. Je me les rappelle inégalement et confusément ; mais je me rappelle celui-là tout entier comme s'il durait encore. Mon imagination, qui dans ma jeunesse allait toujours en avant, et maintenant rétrograde, compense par ces doux souvenirs l'espoir que j'ai pour jamais perdu. Je ne vois plus rien dans l'avenir qui me tente ; les seuls retours du passé peuvent me flatter, et ces retours si vifs et si vrais dans l'époque dont je parle me font souvent vivre heureux malgré mes malheurs.

Je donnerai de ces souvenirs un seul exemple qui pourra faire juger de leur force et de leur vérité. Le premier jour que nous allâmes coucher aux Charmettes,

1. Dans aucune chose précise.

Maman était en chaise à porteurs, et je la suivais à pied. Le chemin monte, elle était assez pesante, et craignant de trop fatiguer ses porteurs, elle voulut descendre à peu près à moitié chemin pour faire le reste à pied. En marchant elle vit quelque chose de bleu dans la haie et me dit : voilà de la pervenche encore en fleur. Je n'avais jamais vu de la pervenche, je ne me baissai pas pour l'examiner, et j'ai la vue trop courte pour distinguer à terre les plantes de ma hauteur. Je jetai seulement en passant un coup d'œil sur celle-là, et près de trente ans se sont passés sans que j'aie revu de la pervenche, ou que j'y aie fait attention. En 1764 étant à Cressier avec mon ami M. Du Peyrou[1], nous montions une petite montagne au sommet de laquelle il a un joli salon[2] qu'il appelle avec raison Belle-Vue. Je commençais alors d'herboriser un peu. En montant et regardant parmi les buissons je pousse un cri de joie : *Ah voilà de la pervenche* ; et c'en était en effet. Du Peyrou s'aperçut du transport, mais il en ignorait la cause ; il l'apprendra, je l'espère lorsqu'un jour il lira ceci. Le lecteur peut juger par l'impression d'un si petit objet de celle que m'ont faite tous ceux qui se rapportent à la même époque.

Cependant l'air de la campagne ne me rendit point ma première santé. J'étais languissant ; je le devins davantage. Je ne pus supporter le lait, il fallut le quitter. C'était alors la mode de l'eau pour tout remède ; je me mis à l'eau, et si peu discrètement qu'elle faillit me guérir non de mes maux, mais de la vie. Tous les matins en me levant j'allais à la fontaine avec un grand gobelet, et j'en buvais successivement en me promenant la valeur de deux bouteilles. Je quittai tout à fait le vin à mes

1. Ami fidèle de Rousseau et l'un des légataires de ses écrits. Rousseau brossera son portrait au livre XII (tome II), p. 449. 2. Ici salon de verdure, où l'on peut s'asseoir au frais dans un parc ou dans une forêt.

repas. L'eau que je buvais était un peu crue[1] et difficile à passer, comme sont la plupart des eaux des montagnes. Bref je fis si bien qu'en moins de deux mois je me détruisis totalement l'estomac que j'avais eu très bon jusqu'alors. Ne digérant plus, je compris qu'il ne fallait plus espérer de guérir. Dans ce même temps il m'arriva un accident aussi singulier par lui-même que par ses suites, qui ne finiront qu'avec moi.

Un matin que je n'étais pas plus mal qu'à l'ordinaire, en dressant une petite table sur son pied je sentis dans tout mon corps une révolution subite et presque inconcevable. Je ne saurais mieux la comparer qu'à une espèce de tempête qui s'éleva dans mon sang et gagna dans l'instant tous mes membres. Mes artères se mirent à battre d'une si grande force que non seulement je sentais leur battement, mais que je l'entendais même et surtout celui des carotides. Un grand bruit d'oreilles se joignit à cela, et ce bruit était triple ou plutôt quadruple, savoir : un bourdonnement grave et sourd, un murmure plus clair comme d'une eau courante, un sifflement très aigu, et le battement que je viens de dire et dont je pouvais aisément compter les coups sans me tâter le pouls ni toucher mon corps de mes mains. Ce bruit interne était si grand qu'il m'ôta la finesse d'ouïe que j'avais auparavant, et me rendit, non tout à fait sourd, mais dur d'oreille, comme je le suis depuis ce temps-là.

On peut juger de ma surprise et de mon effroi. Je me crus mort ; je me mis au lit ; le médecin fut appelé ; je lui contai mon cas en frémissant et le jugeant sans remède. Je crois qu'il en pensa de même, mais il fit son métier. Il m'enfila de longs raisonnements où je ne compris rien du tout ; puis en conséquence de sa sublime théorie il commença *in anima vili*[2] la cure expérimentale

---

1. « Eau chargée de sels et qui ne peut dissoudre le savon ni cuire les légumes » (Littré). 2. Sur un être de peu de prix.

qu'il lui plut de tenter. Elle était si pénible, si dégoûtante et opérait si peu que je m'en lassai bientôt, et au bout de quelques semaines voyant que je n'étais ni mieux ni pis, je quittai le lit et repris ma vie ordinaire avec mon battement d'artères et mes bourdonnements qui depuis ce temps-là, c'est-à-dire depuis trente ans, ne m'ont pas quitté une minute.

J'avais été jusqu'alors grand dormeur. La totale privation du sommeil qui se joignit à tous ces symptômes, et qui les a constamment accompagnés jusqu'ici acheva de me persuader qu'il me restait peu de temps à vivre. Cette persuasion me tranquillisa pour un temps sur le soin de guérir. Ne pouvant prolonger ma vie, je résolus de tirer du peu qu'il m'en restait tout le parti qu'il m'était possible, et cela se pouvait par une singulière faveur de la nature, qui dans un état si funeste m'exemptait des douleurs qu'il semblait devoir m'attirer. J'étais importuné de ce bruit, mais je n'en souffrais pas : il n'était accompagné d'aucune autre incommodité habituelle que de l'insomnie durant les nuits, et en tout temps d'une courte haleine qui n'allait pas jusqu'à l'asthme, et ne se faisait sentir que quand je voulais courir ou agir un peu fortement.

Cet accident qui devait tuer mon corps ne tua que mes passions, et j'en bénis le Ciel chaque jour, par l'heureux effet qu'il produisit sur mon âme. Je puis bien dire que je ne commençai de vivre que quand je me regardai comme un homme mort. Donnant leur véritable prix aux choses que j'allais quitter je commençai de m'occuper de soins plus nobles, comme par anticipation sur ceux que j'aurais bientôt à remplir et que j'avais fort négligés jusqu'alors. J'avais souvent travesti la religion à ma mode mais je n'avais jamais été tout à fait sans religion. Il m'en coûta moins de revenir à ce sujet, si triste pour tant de gens, mais si doux pour qui s'en fait un objet de consolation et d'espoir. Maman me fut en cette occasion beaucoup plus utile que tous les théologiens ne me l'auraient été.

Elle qui mettait toute chose en système n'avait pas manqué d'y mettre aussi la religion, et ce système était composé d'idées très disparates, les unes très saines, les autres très folles, de sentiments relatifs à son caractère, et de préjugés venus de son éducation[1]. En général les croyants font Dieu comme ils sont eux-mêmes, les bons le font bon, les méchants le font méchant ; les dévots haineux et bilieux ne voient que l'enfer parce qu'ils voudraient damner tout le monde : les âmes aimantes et douces n'y croient guère, et l'un des étonnements dont je ne reviens point est de voir le bon Fénelon en parler dans son *Télémaque,* comme s'il y croyait tout de bon[2] : mais j'espère qu'il mentait alors ; car enfin quelque véridique qu'on soit, il faut bien mentir quelquefois quand on est évêque. Maman ne mentait pas avec moi, et cette âme sans fiel qui ne pouvait imaginer un Dieu vindicatif et toujours courroucé ne voyait que clémence et miséricorde où les dévots ne voient que justice et punition. Elle disait souvent qu'il n'y aurait point de justice en Dieu d'être juste envers nous, parce que ne nous ayant pas donné ce qu'il faut pour l'être ce serait redemander plus qu'il n'a donné. Ce qu'il y avait de bizarre était que sans croire à l'enfer elle ne laissait pas de croire au purgatoire. Cela venait de ce qu'elle ne savait que faire des âmes des méchants, ne pouvant ni les damner ni les mettre avec les bons jusqu'à ce qu'ils le fussent devenus ; et il faut avouer qu'en effet et dans ce monde et dans l'autre les méchants sont toujours bien embarrassants[3].

---

**1.** Rousseau a évoqué au livre II, p. 108, sa conversion au catholicisme et son éducation « fort mêlée ». **2.** Nouvelle allusion à Fénelon, un des auteurs de prédilection de Rousseau. Au début du livre XIV du *Télémaque*, le fils d'Ulysse descend aux Enfers, où l'attendent d'édifiantes visions d'épouvante. **3.** Au livre IV de l'*Émile*, le Vicaire savoyard demandera : « Qu'est-il besoin d'aller chercher l'enfer dans l'autre vie ? Il est dès celle-ci dans le cœur des méchants. »

Autre bizarrerie. On voit que toute la doctrine du péché originel et de la rédemption est détruite par ce système, que la base du christianisme vulgaire en est ébranlée, et que le catholicisme au moins ne peut subsister. Maman cependant était bonne catholique ou prétendait l'être, et il est sûr qu'elle le prétendait de très bonne foi. Il lui semblait qu'on expliquait trop littéralement et trop durement l'Écriture. Tout ce qu'on y lit des tourments éternels lui paraissait comminatoire[1] ou figuré. La mort de Jésus-Christ lui paraissait un exemple de charité vraiment divine pour apprendre aux hommes à aimer Dieu et à s'aimer entre eux de même. En un mot, fidèle à la religion qu'elle avait embrassée, elle admettait sincèrement toute la profession de foi ; mais quand on venait à la discussion de chaque article, il se trouvait qu'elle croyait tout autrement que l'Église, toujours en s'y soumettant. Elle avait là-dessus une simplicité de cœur, une franchise plus éloquente que des ergoteries, et qui souvent embarrassait jusqu'à son confesseur ; car elle ne lui déguisait rien. Je suis bonne catholique, lui disait-elle. Je veux toujours l'être ; j'adopte de toutes les puissances de mon âme les décisions de sainte mère Église. Je ne suis pas maîtresse de ma foi, mais je le suis de ma volonté. Je la soumets sans réserve, et je veux tout croire. Que me demandez-vous de plus ?

Quand il n'y aurait point eu de morale chrétienne je crois qu'elle l'aurait suivie, tant elle s'adaptait bien à son caractère. Elle faisait tout ce qui était ordonné, mais elle l'eût fait de même quand il n'aurait pas été ordonné. Dans les choses indifférentes elle aimait à obéir, et s'il ne lui eût pas été permis, prescrit même, de faire gras, elle aurait fait maigre[2] entre Dieu et elle, sans que la

1. « Qui menace d'une condamnation » (Littré). 2. Les jours « maigres », le catholique ne mange que du poisson, la viande lui étant interdite.

prudence eût eu besoin d'y entrer pour rien. Mais toute cette morale était subordonnée aux principes de M. de Tavel[1], ou plutôt elle prétendait n'y rien voir de contraire. Elle eût couché tous les jours avec vingt hommes en repos de conscience, et sans même en avoir plus de scrupule que de désir. Je sais que force dévotes ne sont pas sur ce point plus scrupuleuses, mais la différence est qu'elles sont séduites par leurs passions, et qu'elle ne l'était que par ses sophismes. Dans les conversations les plus touchantes et j'ose dire les plus édifiantes elle fût tombée sur ce point sans changer ni d'air ni de ton, sans se croire en contradiction avec elle-même. Elle l'eût même interrompue au besoin pour le fait, et puis l'eût reprise avec la même sérénité qu'auparavant : tant elle était intimement persuadée que tout cela n'était qu'une maxime de police sociale, dont toute personne sensée pouvait faire l'interprétation, l'application, l'exception selon l'esprit de la chose, sans le moindre risque d'offenser Dieu. Quoique sur ce point je ne fusse assurément pas de son avis j'avoue que je n'osais le combattre, honteux du rôle peu galant qu'il m'eût fallu faire pour cela. J'aurais bien cherché d'établir la règle pour les autres en tâchant de m'en excepter ; mais outre que son tempérament prévenait assez l'abus de ses principes, je sais qu'elle n'était pas femme à prendre le change et que réclamer l'exception pour moi c'était la lui laisser pour tous ceux qu'il lui plairait. Au reste, je compte ici par occasion cette inconséquence avec les autres, quoiqu'elle ait eu toujours peu d'effet dans sa conduite et qu'alors elle n'en eût point du tout ; mais j'ai promis d'exposer fidèlement ses principes, et je veux tenir cet engagement : je reviens à moi.

---

**1.** Voir livre V, p. 308 : « M. de Tavel son premier amant fut son maître de philosophie, et les principes qu'il lui donna furent ceux dont il avait besoin pour la séduire. »

Trouvant en elle toutes les maximes dont j'avais besoin pour garantir mon âme des terreurs de la mort et de ses suites, je puisais avec sécurité dans cette source de confiance. Je m'attachais à elle plus que je n'avais jamais fait ; j'aurais voulu transporter tout en elle ma vie que je sentais prête à m'abandonner. De ce redoublement d'attachement pour elle, de la persuasion qu'il me restait peu de temps à vivre, de ma profonde sécurité sur mon sort à venir, résultait un état habituel très calme, et sensuel même, en ce qu'amortissant toutes les passions qui portent au loin nos craintes et nos espérances il me laissait jouir sans inquiétude et sans trouble du peu de jours qui m'étaient laissés. Une chose contribuait à les rendre plus agréables ; c'était le soin de nourrir son goût pour la campagne par tous les amusements que j'y pouvais rassembler. En lui faisant aimer son jardin, sa basse-cour, ses pigeons, ses vaches, je m'affectionnais moi-même à tout cela, et ces petites occupations qui remplissaient ma journée sans troubler ma tranquillité me valurent mieux que le lait et tous les remèdes pour conserver ma pauvre machine, et la rétablir même, autant que cela se pouvait.

Les vendanges, la récolte des fruits nous amusèrent le reste de cette année, et nous attachèrent de plus en plus à la vie rustique au milieu des bonnes gens dont nous étions entourés. Nous vîmes arriver l'hiver avec grand regret et nous retournâmes à la ville comme nous serions allés en exil. Moi surtout qui doutant de revoir le printemps croyais dire adieu pour toujours aux Charmettes. Je ne les quittai pas sans baiser la terre et les arbres, et sans me retourner plusieurs fois en m'en éloignant. Ayant quitté depuis longtemps mes écolières, ayant perdu le goût des amusements et des sociétés de la ville, je ne sortais plus, je ne voyais plus personne, excepté Maman, et M. Salomon devenu depuis peu son médecin et le mien, honnête homme, homme d'esprit, grand cartésien, qui parlait assez bien du système du monde, et dont les entretiens agréables et instructifs me valurent mieux que toutes ses ordonnances. Je n'ai jamais pu supporter ce sot et niais remplissage des conversations ordinaires ; mais des conversations utiles et solides m'ont toujours fait grand plaisir et je ne m'y suis jamais refusé. Je pris beaucoup de goût à celles de M. Salomon ; il me semblait que j'anticipais avec lui sur ces hautes connaissances que mon âme allait acquérir quand elle aurait perdu ses entraves. Ce goût que j'avais pour lui s'étendit aux sujets qu'il traitait, et je commençai de rechercher les livres qui pouvaient m'aider à le mieux entendre. Ceux qui mêlaient la dévotion aux sciences m'étaient les plus convenables ; tels étaient particulièrement ceux de l'Oratoire et de Port-Royal[1]. Je me mis à les lire ou plutôt à les dévorer. Il m'en tomba dans les mains un du P. Lamy[2] intitulé, *Entretiens sur les sciences*. C'était une espèce d'introduction à la connaissance des livres qui en traitent. Je le lus et relus cent fois ; je résolus d'en faire mon guide. Enfin je me sentis entraîné peu à peu malgré mon état, ou plutôt par mon état vers l'étude avec une force irrésistible, et tout en regardant chaque jour comme le dernier de mes jours j'étudiais avec autant d'ardeur que si j'avais dû toujours vivre. On disait que cela me faisait du mal ; je crois, moi, que cela me fit du bien, et non seulement à mon âme, mais à mon corps ; car cette application pour laquelle je me passionnais me devint si délicieuse, que, ne pensant plus à mes maux j'en étais beaucoup moins affecté. Il est pourtant vrai que rien ne me procurait un soulagement réel ; mais n'ayant pas de douleurs vives, je m'accoutumais à languir, à ne pas dormir, à penser au lieu d'agir, et enfin à regarder le dépérissement

1. L'ordre de l'Oratoire, fondé en 1611 par le cardinal de Bérulle, avait pour but premier l'enseignement ; quant à Port-Royal, haut lieu du jansénisme, il abritait au milieu du XVII^e siècle les « Petites Écoles », où les esprits les plus brillants vinrent enseigner ou se former.
2. Oratorien et janséniste ; ses *Entretiens sur les sciences* datent de 1683.

successif et lent de ma machine comme un progrès inévitable que la mort seule pouvait arrêter.

Non seulement cette opinion me détacha de tous les vains soins de la vie, mais elle me délivra de l'importunité des remèdes, auxquels on m'avait jusqu'alors soumis malgré moi. Salomon convaincu que ses drogues ne pouvaient me sauver m'en épargna le déboire[1], et se contenta d'amuser la douleur de ma pauvre Maman avec quelques-unes de ces ordonnances indifférentes qui leurrent l'espoir du malade et maintiennent le crédit du médecin. Je quittai l'étroit régime, je repris l'usage du vin, et tout le train de vie d'un homme en santé selon la mesure de mes forces, sobre sur toute chose mais ne m'abstenant de rien. Je sortis même et recommençai d'aller voir mes connaissances, surtout M. de Conzié dont le commerce me plaisait fort. Enfin, soit qu'il me parût beau d'apprendre jusqu'à ma dernière heure, soit qu'un reste d'espoir de vivre se cachât au fond de mon cœur, l'attente de la mort loin de ralentir mon goût pour l'étude semblait l'animer, et je me pressais d'amasser un peu d'acquis pour l'autre monde, comme si j'avais cru n'y avoir que celui que j'aurais emporté. Je pris en affection la boutique d'un libraire appelé Bouchard où se rendaient quelques gens de lettres, et le printemps que j'avais cru ne pas revoir étant proche, je m'assortis de quelques livres[2] pour les Charmettes, en cas que j'eusse le bonheur d'y retourner.

J'eus ce bonheur et j'en profitai de mon mieux. La joie avec laquelle je vis les premiers bourgeons est inexprimable. Revoir le printemps était pour moi ressusciter en paradis. À peine les neiges commençaient à fondre que nous quittâmes notre cachot, et nous fûmes assez tôt aux Charmettes pour y avoir les prémices du rossignol.

---

1. « Goût désagréable qu'une boisson laisse dans la bouche » (Littré). 2. Je fis provision de quelques livres.

Dès lors je ne crus plus mourir ; et réellement il est singulier que je n'aie jamais fait de grandes maladies à la campagne. J'y ai beaucoup souffert, mais je n'y ai jamais été alité. Souvent j'ai dit, me sentant plus mal qu'à l'ordinaire : quand vous me verrez prêt à mourir, portez-moi à l'ombre d'un chêne ; je vous promets que j'en reviendrai.

Quoique faible je repris mes fonctions champêtres, mais d'une manière proportionnée à mes forces. J'eus un vrai chagrin de ne pouvoir faire le jardin tout seul ; mais quand j'avais donné six coups de bêche, j'étais hors d'haleine, la sueur me ruisselait, je n'en pouvais plus. Quand j'étais baissé, mes battements redoublaient et le sang me montait à la tête avec tant de force qu'il fallait bien vite me redresser. Contraint de me borner à des soins moins fatigants, je pris entre autres celui du colombier, et je m'y affectionnai si fort que j'y passais souvent plusieurs heures de suite sans m'y ennuyer un moment. Le pigeon est fort timide et difficile à apprivoiser. Cependant je vins à bout d'inspirer aux miens tant de confiance qu'ils me suivaient partout et se laissaient prendre quand je voulais. Je ne pouvais paraître au jardin ni dans la cour sans en avoir à l'instant deux ou trois sur les bras, sur la tête, et enfin malgré tout le plaisir que j'y prenais, ce cortège me devint si incommode que je fus obligé de leur ôter cette familiarité. J'ai toujours pris un singulier plaisir à apprivoiser les animaux, surtout ceux qui sont craintifs et sauvages. Il me paraissait charmant de leur inspirer une confiance que je n'ai jamais trompée. Je voulais qu'ils m'aimassent en liberté[1].

J'ai dit que j'avais apporté des livres. J'en fis usage ; mais d'une manière moins propre à m'instruire qu'à

1. Rousseau a toujours aimé chats et chiens, et ne manque pas de les évoquer dans sa correspondance. Pour l'hypersensible Jean-Jacques, le compagnon félin ou canin n'est jamais hypocrite, et ne trahit pas.

m'accabler. La fausse idée que j'avais des choses me persuadait que pour lire un livre avec fruit il fallait avoir toutes les connaissances qu'il supposait, bien éloigné de penser que souvent l'auteur ne les avait pas lui-même et qu'il les puisait dans d'autres livres à mesure qu'il en avait besoin. Avec cette folle idée j'étais arrêté à chaque instant, forcé de courir incessamment d'un livre à l'autre et quelquefois avant d'être à la dixième page de celui que je voulais étudier il m'eût fallu épuiser des bibliothèques. Cependant je m'obstinai si bien à cette extravagante méthode, que j'y perdis un temps infini, et faillis à me brouiller la tête au point de ne pouvoir plus ni rien voir ni rien savoir. Heureusement je m'aperçus que j'enfilais une fausse route qui m'égarait dans un labyrinthe immense, et j'en sortis avant d'y être tout à fait perdu.

Pour peu qu'on ait un vrai goût pour les sciences, la première chose qu'on sent en s'y livrant c'est leur liaison qui fait qu'elles s'attirent, s'aident, s'éclairent mutuellement, et que l'une ne peut se passer de l'autre. Quoique l'esprit humain ne puisse suffire à toutes, et qu'il en faille toujours préférer une comme la principale, si l'on n'a quelque notion des autres, dans la sienne même on se trouve souvent dans l'obscurité. Je sentis que ce que j'avais entrepris était bon et utile en lui-même, qu'il n'y avait que la méthode à changer. Prenant d'abord l'encyclopédie[1] j'allais la divisant dans ses branches ; je vis qu'il fallait faire tout le contraire ; les prendre chacune séparément, et les poursuivre chacune à part jusqu'au point où elles se réunissent. Ainsi je revins à la synthèse ordinaire ; mais j'y revins en homme qui sait ce qu'il fait. La méditation me tenait en cela lieu de connaissance, et une réflexion très naturelle aidait à me bien guider. Soit

1. Non l'*Encyclopédie*, dont le premier tome paraît en 1751, mais, au sens premier, la « science universelle », le « recueil ou enchaînement de toutes les sciences ensemble » (Furetière).

que je vécusse ou que je mourusse, je n'avais point de temps à perdre. Ne rien savoir à près de vingt-cinq ans et vouloir tout apprendre, c'est s'engager à bien mettre le temps à profit. Ne sachant à quel point le sort ou la mort pouvaient arrêter mon zèle, je voulais, à tout événement[1], acquérir des idées de toutes choses, tant pour sonder mes dispositions naturelles que pour juger par moi-même de ce qui méritait le mieux d'être cultivé.

Je trouvai dans l'exécution de ce plan un autre avantage auquel je n'avais pas pensé ; celui de mettre beaucoup de temps à profit. Il faut que je ne sois pas né pour l'étude ; car une longue application me fatigue à tel point qu'il m'est impossible de m'occuper une demi-heure de suite avec force du même sujet, surtout en suivant les idées d'autrui : car il m'est arrivé quelquefois de me livrer plus longtemps aux miennes et même avec assez de succès. Quand j'ai suivi durant quelques pages un auteur qu'il faut lire avec application, mon esprit l'abandonne et se perd dans les nuages. Si je m'obstine je m'épuise inutilement ; les éblouissements me prennent, je ne vois plus rien. Mais que des sujets différents se succèdent, même sans interruption, l'un me délasse de l'autre, et sans avoir besoin de relâche je les suis plus aisément. Je mis à profit cette observation dans mon plan d'études, et je les entremêlai tellement que je m'occupais tout le jour et ne me fatiguais jamais. Il est vrai que les soins champêtres et domestiques faisaient des diversions utiles ; mais dans ma ferveur croissante je trouvai bientôt le moyen d'en ménager encore le temps pour l'étude, et de m'occuper à la fois de deux choses, sans songer que chacune en allait moins bien.

Dans tant de menus détails qui me charment et dont j'excède souvent mon lecteur je mets pourtant une

1. Quoi qu'il arrivât.

discrétion dont il ne se douterait guère si je n'avais soin de l'en avertir. Ici par exemple je me rappelle avec délices tous les différents essais que je fis pour distribuer mon temps de façon que j'y trouvasse à la fois autant d'agrément et d'utilité qu'il était possible, et je puis dire que ce temps où je vivais dans la retraite et toujours malade fut celui de ma vie où je fus le moins oisif et le moins ennuyé. Deux ou trois mois se passèrent ainsi à tâter la pente de mon esprit et à jouir dans la belle saison de l'année et dans un lieu qu'elle rendait enchanté, du charme de la vie dont je sentais si bien le prix, de celui d'une société aussi libre que douce, si l'on peut donner le nom de société à une aussi parfaite union, et de celui des belles connaissances que je me proposais d'acquérir ; car c'était pour moi comme si je les avais déjà possédées ; ou plutôt c'était mieux encore, puisque le plaisir d'apprendre entrait pour beaucoup dans mon bonheur.

Il faut passer sur ces essais qui tous étaient pour moi des jouissances, mais trop simples pour pouvoir être expliquées. Encore un coup le vrai bonheur ne se décrit pas, il se sent, et se sent d'autant mieux qu'il peut le moins se décrire, parce qu'il ne résulte pas d'un recueil de faits[1], mais qu'il est un état permanent. Je me répète souvent, mais je me répéterais bien davantage, si je disais la même chose autant de fois qu'elle me vient dans l'esprit. Quand enfin mon train de vie souvent changé eut pris un cours uniforme, voici à peu près quelle en fut la distribution.

Je me levais tous les matins avant le soleil. Je montais par un verger voisin dans un très joli chemin qui était au-dessus de la vigne et suivait la côte jusqu'à Chambéry. Là tout en me promenant je faisais ma prière, qui

1. D'un concours de circonstances.

ne consistait pas en un vain balbutiement de lèvres, mais dans une sincère élévation de cœur à l'auteur de cette aimable nature dont les beautés étaient sous mes yeux. Je n'ai jamais aimé à prier dans la chambre : il me semble que les murs et tous ces petits ouvrages des hommes s'interposent entre Dieu et moi. J'aime à le contempler dans ses œuvres tandis que mon cœur s'élève à lui[1]. Mes prières étaient pures, je puis le dire, et dignes par là d'être exaucées. Je ne demandais pour moi et pour celle dont mes vœux ne me séparaient jamais qu'une vie innocente et tranquille, exempte du vice, de la douleur, des pénibles besoins, la mort des justes et leur sort dans l'avenir. Du reste cet acte se passait plus en admiration, et en contemplation qu'en demandes, et je savais qu'auprès du dispensateur des vrais biens le meilleur moyen d'obtenir ceux qui nous sont nécessaires est moins de les demander que de les mériter. Je revenais en me promenant, par un assez grand tour, occupé à considérer avec intérêt et volupté les objets champêtres dont j'étais environné, les seuls dont l'œil et le cœur ne se lassent jamais. Je regardais de loin s'il était jour chez Maman ; quand je voyais son contrevent ouvert, je tressaillais de joie et j'accourais. S'il était fermé j'entrais au jardin en attendant qu'elle fût éveillée, m'amusant à repasser ce que j'avais appris la veille ou à jardiner. Le contrevent

**1.** Dans l'*Émile*, Rousseau mettra ainsi en scène la « profession de foi » de son Vicaire savoyard : « On était en été, nous nous levâmes à la pointe du jour. Il me mena hors de la ville, sur une haute colline au-dessous de laquelle passait le Pô dont on voyait le cours à travers les fertiles rives qu'il baigne ; dans l'éloignement, l'immense chaîne des Alpes couronnait le paysage ; les rayons du soleil levant rasaient déjà les plaines, et projetant sur les champs par longues ombres les arbres, les coteaux, les maisons, enrichissaient de mille accidents de lumière le plus beau tableau dont l'œil humain puisse être frappé. On eût dit que la nature étalait à nos yeux toute sa magnificence pour en offrir le texte à nos entretiens. »

s'ouvrait ; j'allais l'embrasser dans son lit souvent encore à moitié endormie, et cet embrassement aussi pur que tendre tirait de son innocence même un charme qui n'est jamais joint à la volupté des sens.

Nous déjeunions ordinairement avec du café au lait. C'était le temps de la journée où nous étions le plus tranquilles, où nous causions le plus à notre aise. Ces séances, pour l'ordinaire assez longues, m'ont laissé un goût vif pour les déjeuners, et je préfère infiniment l'usage d'Angleterre et de Suisse où le déjeuner est un vrai repas qui rassemble tout le monde, à celui de France où chacun déjeune seul dans sa chambre, ou le plus souvent, ne déjeune point du tout. Après une heure ou deux de causerie, j'allais à mes livres jusqu'au dîner. Je commençais par quelque livre de philosophie, comme la *Logique* de Port-Royal[1], l'*Essai*[2] de Locke, Malebranche, Leibniz, Descartes[3], etc. Je m'aperçus bientôt que tous ces auteurs étaient entre eux en contradiction presque perpétuelle, et je formai le chimérique projet de les accorder, qui me fatigua beaucoup et me fit perdre bien du temps. Je me brouillais la tête, et je n'avançais point. Enfin renonçant encore à cette méthode j'en pris une infiniment meilleure, et à laquelle j'attribue tout le progrès que je puis avoir fait, malgré mon défaut de capacité ; car il est certain que j'en eus toujours fort peu pour l'étude. En lisant chaque auteur, je me fis une loi d'adopter et suivre toutes ses idées sans y mêler les miennes ni celles d'un autre, et sans jamais disputer avec

---

**1.** *La Logique ou l'Art de penser*, d'Antoine Arnauld et Pierre Nicole (1662). **2.** L'*Essai sur l'entendement humain*, du philosophe anglais John Locke (1690). **3.** Le P. Malebranche (1638-1715), de l'Oratoire, auteur de la *Recherche de la vérité* (1674) ; Leibniz (1646-1716), philosophe, métaphysicien et mathématicien allemand. De cette liste de haute volée, on retiendra le « etc. », bien digne de l'appréhension systématique, voire obsessionnelle du monde par Jean-Jacques, comme on l'a vu à propos de la musique ou des échecs.

lui. Je me dis, commençons par me faire un magasin d'idées, vraies ou fausses, mais nettes, en attendant que ma tête en soit assez fournie pour pouvoir les comparer et choisir. Cette méthode n'est pas sans inconvénient, je le sais, mais elle m'a réussi dans l'objet de m'instruire. Au bout de quelques années passées à ne penser exactement que d'après autrui, sans réfléchir, pour ainsi dire, et presque sans raisonner, je me suis trouvé un assez grand fonds d'acquis pour me suffire à moi-même et penser sans le secours d'autrui. Alors quand les voyages et les affaires m'ont ôté les moyens de consulter les livres, je me suis amusé à repasser et comparer ce que j'avais lu, à peser chaque chose à la balance de la raison, et à juger quelquefois mes maîtres. Pour avoir commencé tard à mettre en exercice ma faculté judiciaire[1] je n'ai pas trouvé qu'elle eût perdu sa vigueur, et quand j'ai publié mes propres idées, on ne m'a pas accusé d'être un disciple servile, et de jurer *in verba magistri*[2].

Je passais de là à la géométrie élémentaire ; car je n'ai jamais été plus loin, m'obstinant à vouloir vaincre mon peu de mémoire à force de revenir cent et cent fois sur mes pas et de recommencer incessamment la même marche. Je ne goûtai pas celle d'Euclide qui cherche plutôt la chaîne des démonstrations que la liaison des idées ; je préférai la *Géométrie* du P. Lamy[3] qui dès lors devint un de mes auteurs favoris, et dont je relis encore avec plaisir les ouvrages. L'algèbre suivait et ce fut toujours le P. Lamy que je pris pour guide[4] ; quand je fus plus avancé, je pris *La Science du calcul* du

1. Ma capacité de jugement. 2. En reprenant les paroles du maître. 3. Déjà cité au livre VI, p. 356. Le P. Lamy est l'auteur des *Éléments de géométrie* (1685), que suivront de *Nouveaux éléments de géométrie* (1692). 4. Le P. Lamy avait publié en 1680 des *Éléments des mathématiques ou Traité de la grandeur en général*.

P. Reyneau, puis son *Analyse démontrée*[1] que je n'ai fait qu'effleurer. Je n'ai jamais été assez loin pour bien sentir l'application de l'algèbre à la géométrie. Je n'aimais point cette manière d'opérer sans voir ce qu'on fait, et il me semblait que résoudre un problème de géométrie par les équations, c'était jouer un air en tournant une manivelle. La première fois que je trouvai par le calcul que le carré d'un binôme était composé du carré de chacune de ses parties et du double produit de l'une par l'autre, malgré la justesse de ma multiplication, je n'en voulus rien croire jusqu'à ce que j'eusse fait la figure. Ce n'était pas que je n'eusse un grand goût pour l'algèbre en n'y considérant que la quantité abstraite, mais appliquée à l'étendue je voulais voir l'opération sur les lignes, autrement je n'y comprenais plus rien.

Après cela venait le latin. C'était mon étude la plus pénible, et dans laquelle je n'ai jamais fait de grands progrès[2]. Je me mis d'abord à la méthode latine de Port-Royal, mais sans fruit. Ces vers ostrogoths[3] me faisaient mal au cœur et ne pouvaient entrer dans mon oreille. Je me perdais dans ces foules de règles, et en apprenant la dernière, j'oubliais tout ce qui avait précédé. Une étude de mots n'est pas ce qu'il faut à un homme sans mémoire, et c'était précisément pour forcer ma mémoire à prendre de la capacité que je m'obstinais à cette étude. Il fallut l'abandonner à la fin. J'entendais assez la construction pour pouvoir lire un auteur facile, à l'aide d'un dictionnaire. Je suivis cette route et je m'en trouvai bien. Je m'appliquai à la traduction, non par écrit, mais mentale et je m'en tins là. À force de temps et d'exercice je suis parvenu à lire assez couramment les auteurs

1. Deux ouvrages du P. Reyneau parus respectivement en 1714 (première édition) et 1708. 2. « J'étais destiné, comme on verra dans la suite, à rapprendre souvent le latin, et à ne le savoir jamais », a déclaré Rousseau au livre III, p. 172. 3. Barbares, malsonnants

latins, mais jamais à pouvoir ni parler ni écrire dans cette langue ; ce qui m'a souvent mis dans l'embarras quand je me suis trouvé, je ne sais comment, enrôlé parmi les gens de lettres. Un autre inconvénient conséquent à cette manière d'apprendre est que jamais je n'ai su la prosodie, encore moins les règles de la versification. Désirant pourtant de sentir l'harmonie de la langue en vers et en prose, j'ai fait bien des efforts pour y parvenir ; mais je suis convaincu que sans maître cela est presque impossible. Ayant appris la composition du plus facile de tous les vers, qui est l'hexamètre, j'eus la patience de scander presque tout Virgile et d'y marquer les pieds et la quantité ; puis quand j'étais en doute si une syllabe était longue ou brève, c'était mon Virgile que j'allais consulter. On sent que cela me faisait faire bien des fautes, à cause des altérations permises par les règles de la versification. Mais s'il y a de l'avantage à étudier seul, il y a aussi de grands inconvénients, et surtout une peine incroyable. Je sais cela mieux que qui que ce soit.

Avant midi je quittais mes livres, et si le dîner n'était pas prêt, j'allais faire visite à mes amis les pigeons ou travailler au jardin en attendant l'heure. Quand je m'entendais appeler, j'accourais fort content, et muni d'un grand appétit ; car c'est encore une chose à noter que quelque malade que je puisse être l'appétit ne me manque jamais. Nous dînions très agréablement, en causant de nos affaires en attendant que Maman pût manger[1]. Deux ou trois fois la semaine, quand il faisait beau, nous allions derrière la maison prendre le café dans un cabinet frais et touffu que j'avais garni de houblon, et qui nous faisait grand plaisir durant la chaleur ; nous passions là une petite heure à visiter nos légumes, nos fleurs, à des

1. Voir livre III, p. 183.

entretiens relatifs à notre manière de vivre et qui nous en faisaient mieux goûter la douceur. J'avais une autre petite famille au bout du jardin : c'étaient des abeilles. Je ne manquais guère, et souvent Maman avec moi d'aller leur rendre visite ; je m'intéressais beaucoup à leur ouvrage, je m'amusais infiniment à les voir revenir de la picorée[1], leurs petites cuisses quelquefois si chargées qu'elles avaient peine à marcher. Les premiers jours la curiosité me rendit indiscret, et elles me piquèrent deux ou trois fois ; mais ensuite nous fîmes si bien connaissance que quelque près que je vinsse elles me laissaient faire, et quelque pleines que fussent les ruches, prêtes à jeter leur essaim, j'en étais quelquefois entouré, j'en avais sur les mains, sur le visage, sans qu'aucune me piquât jamais. Tous les animaux se défient de l'homme et n'ont pas tort ; mais sont-ils sûrs une fois qu'il ne leur veut pas nuire, leur confiance devient si grande qu'il faut être plus que barbare pour en abuser.

Je retournais à mes livres : mais mes occupations de l'après-midi devaient moins porter le nom de travail et d'étude que de récréations et d'amusement. Je n'ai jamais pu supporter l'application du cabinet après mon dîner, et en général toute peine me coûte durant la chaleur du jour. Je m'occupais pourtant, mais sans gêne et presque sans règle à lire sans étudier. La chose que je suivais le plus exactement était l'histoire et la géographie, et comme cela ne demandait point de contention d'esprit j'y fis autant de progrès que le permettait mon peu de mémoire. Je voulus étudier le P. Pétau[2], et je m'enfonçai dans les ténèbres de la chronologie ; mais je me dégoûtai de la partie critique qui n'a ni fond ni rive, et je m'affectionnai par préférence à l'exacte mesure des temps et à la marche des corps célestes. J'aurais même

1. Après avoir butiné. 2. Auteur des *Tabulæ chronologicæ* (1628), tableaux des dates importantes de l'histoire du monde.

pris du goût pour l'astronomie si j'avais eu des instruments ; mais il fallut me contenter de quelques éléments pris dans des livres, et de quelques observations grossières faites avec une lunette d'approche, seulement pour connaître la situation générale du ciel : car ma vue courte ne me permet pas de distinguer à yeux nus assez nettement les astres. Je me rappelle à ce sujet une aventure dont le souvenir m'a souvent fait rire. J'avais acheté un planisphère céleste pour étudier les constellations. J'avais attaché ce planisphère sur un châssis, et les nuits où le ciel était serein j'allais dans le jardin poser mon châssis sur quatre piquets de ma hauteur, le planisphère tourné en dessous, et pour l'éclairer sans que le vent soufflât ma chandelle, je la mis dans un seau à terre entre les quatre piquets ; puis regardant alternativement le planisphère avec mes yeux, et les astres avec ma lunette je m'exerçais à connaître les étoiles et à discerner les constellations. Je crois avoir dit que le jardin de M. Noiret était en terrasse ; on voyait du chemin tout ce qui s'y faisait. Un soir des paysans passant assez tard me virent dans un grotesque équipage occupé à mon opération. La lueur qui donnait sur mon planisphère et dont ils ne voyaient pas la cause, parce que la lumière était cachée à leurs yeux par les bords du seau, ces quatre piquets, ce grand papier barbouillé de figures, ce cadre et le jeu de ma lunette qu'ils voyaient aller et venir donnaient à cet objet un air de grimoire[1] qui les effraya. Ma parure n'était pas propre à les rassurer : un chapeau clabaud[2] par-dessus mon bonnet, et un pet-en-l'air[3] ouaté de Maman qu'elle m'avait obligé de mettre offraient à leurs yeux l'image d'un vrai sorcier, et comme il était

---

1. « Livre des sorciers pour évoquer les démons » (Littré).
2. Aux bords rabattus sur les oreilles. 3. « Robe de chambre qui ne descend que jusqu'au bas des reins, et qui est en étoffe légère » (Littré).

près de minuit ils ne doutèrent point que ce ne fût le commencement du sabbat. Peu curieux d'en voir davantage ils se sauvèrent très alarmés, éveillèrent leurs voisins pour leur conter leur vision, et l'histoire courut si bien que dès le lendemain chacun sut dans le voisinage que le sabbat se tenait chez M. Noiret. Je ne sais ce qu'eût produit enfin cette rumeur, si l'un des paysans témoin de mes conjurations n'en eût le même jour porté sa plainte à deux jésuites qui venaient nous voir, et qui sans savoir de quoi il s'agissait les désabusèrent par provision. Ils nous contèrent l'histoire, je leur en dis la cause, et nous rîmes beaucoup. Cependant il fut résolu, crainte de récidive, que j'observerais désormais sans lumière et que j'irais consulter le planisphère dans la maison. Ceux qui ont lu dans les *Lettres de la montagne*[1] ma magie de Venise trouveront je m'assure, que j'avais de longue main une grande vocation pour être sorcier.

Tel était mon train de vie aux Charmettes quand je n'étais occupé d'aucuns soins champêtres ; car ils avaient toujours la préférence, et dans ce qui n'excédait pas mes forces, je travaillais comme un paysan ; mais il est vrai que mon extrême faiblesse ne me laissait guère alors sur cet article que le mérite de la bonne volonté. D'ailleurs je voulais faire à la fois deux ouvrages, et par cette raison je n'en faisais bien aucun. Je m'étais mis dans la tête de me donner par force de la mémoire ; je m'obstinais à vouloir beaucoup apprendre par cœur. Pour cela je portais toujours avec moi quelque livre

---

**1.** Écrites en 1763-1764 après la condamnation, à Genève, de l'*Émile* et du *Contrat social*. Rousseau s'y défend et s'y justifie vigoureusement. Dans une note de la lettre III, il conte un tour de magie assez innocent qu'il s'amusait à mettre en scène à Venise quand il était secrétaire de l'ambassadeur de France en 1743-1744, comme on le verra au livre VII.

qu'avec une peine incroyable j'étudiais et repassais tout en travaillant. Je ne sais pas comment l'opiniâtreté de ces vains et continuels efforts ne m'a pas enfin rendu stupide. Il faut que j'aie appris et rappris bien vingt fois les églogues de Virgile[1], dont je ne sais pas un seul mot. J'ai perdu ou dépareillé des multitudes de livres, par l'habitude que j'avais d'en porter partout avec moi, au colombier, au jardin, au verger, à la vigne. Occupé d'autre chose je posais mon livre au pied d'un arbre ou sur la haie ; partout j'oubliais de le reprendre, et souvent au bout de quinze jours je le retrouvais pourri ou rongé des fourmis et des limaçons. Cette ardeur d'apprendre devint une manie qui me rendait comme hébété, tout occupé que j'étais sans cesse à marmotter quelque chose entre mes dents.

Les écrits de Port-Royal et de l'Oratoire étant ceux que je lisais le plus fréquemment m'avaient rendu demi-janséniste, et malgré toute ma confiance leur dure théologie m'épouvantait quelquefois. La terreur de l'enfer, que jusque-là j'avais très peu craint troublait peu à peu ma sécurité, et si Maman ne m'eût tranquillisé l'âme, cette effrayante doctrine m'eût tout à fait bouleversé. Mon confesseur, qui était aussi le sien contribuait pour sa part à me maintenir dans une bonne assiette. C'était le P. Hemet jésuite, bon et sage vieillard dont la mémoire me sera toujours en vénération. Quoique jésuite, il avait la simplicité d'un enfant, et sa morale moins relâchée que douce, était précisément ce qu'il me fallait pour balancer les tristes impressions du jansénisme. Ce bonhomme et son compagnon le P. Coppier venaient souvent nous voir aux Charmettes, quoique le chemin fût fort rude, et assez long pour des gens de leur âge. Leurs visites me faisaient grand bien : que Dieu veuille le

1. *Les Bucoliques*, poèmes pastoraux.

rendre à leurs âmes, car ils étaient trop vieux alors pour que je les présume en vie encore aujourd'hui[1]. J'allais aussi les voir à Chambéry, je me familiarisais peu à peu avec leur maison ; leur bibliothèque était à mon service ; le souvenir de cet heureux temps se lie avec celui des jésuites, au point de me faire aimer l'un par l'autre, et quoique leur doctrine m'ait toujours paru dangereuse je n'ai jamais pu trouver en moi le pouvoir de les haïr sincèrement.

Je voudrais savoir s'il passe quelquefois dans les cœurs des autres hommes des puérilités pareilles à celles qui passent quelquefois dans le mien. Au milieu de mes études et d'une vie innocente autant qu'on la puisse mener, et malgré tout ce qu'on m'avait pu dire la peur de l'enfer m'agitait encore souvent. Je me demandais : en quel état suis-je ? Si je mourais à l'instant même, serais-je damné ? Selon mes jansénistes la chose était indubitable ; mais selon ma conscience il me paraissait que non. Toujours craintif, en flottant dans cette cruelle incertitude j'avais recours pour en sortir aux expédients les plus risibles, et pour lesquels je ferais volontiers enfermer un homme si je lui en voyais faire autant. Un jour rêvant à ce triste sujet je m'exerçais machinalement à lancer des pierres contre les troncs des arbres, et cela avec mon adresse ordinaire, c'est-à-dire sans presque en toucher aucun. Tout au milieu de ce bel exercice, je m'avisai de m'en faire une espèce de pronostic pour calmer mon inquiétude. Je me dis, je m'en vais jeter cette pierre contre l'arbre qui est vis-à-vis de moi. Si je le touche, signe de salut ; si je le manque, signe de damnation. Tout en disant ainsi je jette ma pierre d'une main tremblante et avec un horrible battement de cœur, mais si heureusement qu'elle va frapper au beau milieu

1. Le P. Hemet est mort en 1738, le P. Coppier en 1768.

de l'arbre ; ce qui véritablement n'était pas difficile ; car j'avais eu soin de le choisir fort gros et fort près. Depuis lors je n'ai plus douté de mon salut. Je ne sais en me rappelant ce trait si je dois rire ou gémir sur moi-même. Vous autres grands hommes qui riez sûrement, félicitez-vous, mais n'insultez pas à ma misère ; car je vous jure que je la sens bien.

Au reste ces troubles, ces alarmes, inséparables peut-être de la dévotion n'étaient pas un état permanent. Communément j'étais assez tranquille, et l'impression que l'idée d'une mort prochaine faisait sur mon âme était moins de la tristesse qu'une langueur paisible et qui même avait ses douceurs. Je viens de retrouver parmi de vieux papiers une espèce d'exhortation que je me faisais à moi-même et où je me félicitais de mourir à l'âge où l'on trouve assez de courage en soi pour envisager la mort, et sans avoir éprouvé de grands maux ni de corps ni d'esprit durant ma vie. Que j'avais bien raison ! un pressentiment me faisait craindre de vivre pour souffrir. Il semblait que je prévoyais le sort qui m'attendait sur mes vieux jours. Je n'ai jamais été si près de la sagesse que durant cette heureuse époque. Sans grands remords sur le passé ; délivré des soucis de l'avenir, le sentiment qui dominait constamment dans mon âme était de jouir du présent. Les dévots ont pour l'ordinaire une petite sensualité très vive qui leur fait savourer avec délices les plaisirs innocents qui leur sont permis. Les mondains leur en font un crime je ne sais pourquoi, ou plutôt je le sais bien. C'est qu'ils envient aux autres la jouissance des plaisirs simples dont eux-mêmes ont perdu le goût. Je l'avais ce goût, et je trouvais charmant de le satisfaire en sûreté de conscience. Mon cœur neuf encore se livrait à tout avec un plaisir d'enfant ou plutôt si j'ose le dire, avec une volupté d'ange : car en vérité ces tranquilles jouissances ont la sérénité de celles du paradis. Des dîners faits sur l'herbe à Montagnole[1], des soupers sous le berceau[2], la récolte des fruits, les vendanges, les veillées à teiller[3] avec nos gens, tout cela faisait pour nous autant de fêtes auxquelles Maman prenait le même plaisir que moi. Des promenades plus solitaires avaient un charme plus grand encore, parce que le cœur s'épanchait plus en liberté. Nous en fîmes une entre autres qui fait époque dans ma mémoire, un jour de Saint-Louis dont Maman portait le nom[4]. Nous partîmes ensemble et seuls de bon matin après la messe qu'un carme était venu nous dire à la pointe du jour dans une chapelle attenante à la maison. J'avais proposé d'aller parcourir la côte opposée à celle où nous étions, et que nous n'avions point visitée encore. Nous avions envoyé nos provisions d'avance, car la course devait durer tout le jour. Maman, quoiqu'un peu ronde et grasse ne marchait pas mal ; nous allions de colline en colline et de bois en bois, quelquefois au soleil et souvent à l'ombre ; nous reposant de temps en temps, et nous oubliant des heures entières ; causant de nous, de notre union, de la douceur de notre sort, et faisant pour sa durée des vœux qui ne furent pas exaucés. Tout semblait conspirer au bonheur de cette journée. Il avait plu depuis peu ; point de poussière, et des ruisseaux bien courants. Un petit vent frais agitait les feuilles, l'air était pur, l'horizon sans nuages ; la sérénité régnait au ciel comme dans nos cœurs. Notre dîner fut fait chez un paysan et partagé avec sa famille qui nous bénissait de bon cœur. Ces pauvres Savoyards sont si bonnes gens ! Après le dîner nous gagnâmes l'ombre sous les grands

---

**1.** Village à quelques kilomètres de Chambéry. **2.** « Treillage en voûte garni de verdure » (Littré). **3.** « Détacher avec la main le filament du chanvre, en brisant la chènevotte » (Littré), c'est-à-dire la partie ligneuse du chanvre. **4.** Le 25 août. M^me^ de Warens se prénommait Françoise-Louise. Elle ajouta le prénom d'Éléonore en 1726, quand elle se convertit au catholicisme et se fit baptiser.

arbres où tandis que j'amassais des brins de bois sec pour faire notre café, Maman s'amusait à herboriser parmi les broussailles, et avec les fleurs du bouquet que chemin faisant je lui avais ramassé elle me fit remarquer dans leur structure mille choses curieuses qui m'amusèrent beaucoup et qui devaient me donner du goût pour la botanique, mais le moment n'était pas venu ; j'étais distrait par trop d'autres études. Une idée qui vint me frapper fit diversion aux fleurs et aux plantes. La situation d'âme où je me trouvais, tout ce que nous avions dit et fait ce jour-là, tous les objets qui m'avaient frappé me rappelèrent l'espèce de rêve que tout éveillé j'avais fait à Annecy sept ou huit ans auparavant et dont j'ai rendu compte en son lieu[1]. Les rapports en étaient si frappants qu'en y pensant j'en fus ému jusqu'aux larmes. Dans un transport d'attendrissement j'embrassai cette chère amie. Maman, Maman, lui dis-je avec passion, ce jour m'a été promis depuis longtemps, et je ne vois rien au-delà. Mon bonheur grâce à vous est à son comble, puisse-t-il ne pas décliner désormais ! puisse-t-il durer aussi longtemps que j'en conserverai le goût ! il ne finira qu'avec moi.

Ainsi coulèrent mes jours heureux, et d'autant plus heureux que n'apercevant rien qui les dût troubler, je n'envisageais en effet leur fin qu'avec la mienne. Ce n'était pas que la source de mes soucis fût absolument tarie ; mais je lui voyais prendre un autre cours que je dirigeais de mon mieux sur des objets utiles, afin qu'elle portât son remède avec elle. Maman aimait naturellement la campagne et ce goût ne s'attiédissait pas avec moi. Peu à peu elle prit celui des soins champêtres ; elle aimait à faire valoir les terres et elle avait sur cela des connaissances dont elle faisait usage avec plaisir. Non

1. Voir livre III, p. 185-186.

contente de ce qui dépendait de la maison qu'elle avait prise, elle louait tantôt un champ tantôt un pré. Enfin portant son humeur entreprenante sur des objets d'agriculture, au lieu de rester oisive dans sa maison, elle prenait le train de devenir bientôt une grosse fermière. Je n'aimais pas trop à la voir ainsi s'étendre et je m'y opposais tant que je pouvais ; bien sûr qu'elle serait toujours trompée, et que son humeur libérale et prodigue porterait toujours la dépense au-delà du produit. Toutefois je me consolais en pensant que ce produit du moins ne serait pas nul et lui aiderait[1] à vivre. De toutes les entreprises qu'elle pouvait former celle-là me paraissait la moins ruineuse, et sans y envisager comme elle un objet de profit, j'y envisageais une occupation continuelle qui la garantirait des mauvaises affaires et des escrocs. Dans cette idée je désirais ardemment de recouvrer autant de force et de santé qu'il m'en fallait pour veiller à ses affaires, pour être piqueur de ses ouvriers[2] ou son premier ouvrier, et naturellement l'exercice que cela me faisait faire m'arrachant souvent à mes livres, et me distrayant[3] sur mon état devait le rendre meilleur.

L'hiver suivant Barillot revenant d'Italie m'apporta quelques livres, entre autres le Bontempi[4] et la *Cartella per musica* du père Banchieri[5] qui me donnèrent du goût pour l'histoire de la musique et pour les recherches théoriques de ce bel art. Barillot resta quelque temps avec nous et comme j'étais majeur depuis plusieurs mois[6], il fut convenu que j'irais le printemps suivant à Genève

1. Emploi alors non fautif du pronom, comme on l'a déjà vu. 2. Pour surveiller et diriger ses ouvriers. 3. Rousseau écrit *distraisant*. 4. C'est-à-dire son *Historia musicæ* (1695). 5. Traité de composition et biographie de musiciens (1610). 6. Rousseau a eu 25 ans le 28 juin 1737. On a vu au livre V, p. 336, que, la veille, une bouteille pleine d'une dangereuse préparation chimique lui avait explosé à la figure.

redemander le bien de ma mère ou du moins la part qui m'en revenait, en attendant qu'on sût ce que mon frère était devenu[1]. Cela s'exécuta comme il avait été résolu. J'allai à Genève, mon père y vint de son côté. Depuis longtemps il y revenait sans qu'on lui cherchât querelle, quoiqu'il n'eût jamais purgé son décret[2] : mais comme on avait de l'estime pour son courage et du respect pour sa probité, on feignait d'avoir oublié son affaire, et les magistrats occupés du grand projet qui éclata peu après[3] ne voulaient pas effaroucher avant le temps la bourgeoisie, en lui rappelant mal à propos leur ancienne partialité.

Je craignais qu'on ne me fît des difficultés sur mon changement de religion ; l'on n'en fit aucune. Les lois de Genève sont à cet égard moins dures que celles de Berne, où quiconque change de religion perd non seulement son état mais son bien. Le mien ne me fut donc pas disputé, mais se trouva je ne sais comment, réduit à fort peu de chose. Quoiqu'on fût à peu près sûr que mon frère était mort on n'en avait point de preuve juridique. Je manquais de titres suffisants pour réclamer sa part, et je la laissai sans regret pour aider à vivre à mon père qui en a joui tant qu'il a vécu[4]. Sitôt que les formalités de justice furent faites et que j'eus reçu mon argent, j'en mis quelque partie en livres, et je volai porter le reste aux pieds de Maman. Le cœur me battait de joie durant la route, et le moment où je déposai cet argent dans ses mains me fut mille fois plus doux que celui où il entra dans les miennes. Elle le reçut avec cette simplicité des belles âmes qui faisant ces choses-là sans effort les voient sans admiration. Cet argent fut employé

---

**1.** Personne ne le sut jamais. Voir livre I, p. 54. **2.** Voir livre I, p. 58. **3.** Les troubles évoqués plus haut (livre V, p. 332). **4.** Il mourut le 9 mai 1747. Un mémoire de Rousseau, en 1739, pour réclamer la part de son frère, montre qu'il eut quand même quelques regrets ; quant aux relations financières avec Isaac Rousseau, elles ne furent pas si idylliques que le texte le laisse entendre.

presque tout entier à mon usage, et cela avec une égale simplicité. L'emploi en eût exactement été le même, s'il lui fût venu d'autre part.

Cependant ma santé ne se rétablissait point. Je dépérissais au contraire à vue d'œil. J'étais pâle comme un mort et maigre comme un squelette. Mes battements d'artères étaient terribles, mes palpitations plus fréquentes, j'étais continuellement oppressé, et ma faiblesse enfin devint telle que j'avais peine à me mouvoir ; je ne pouvais presser le pas sans étouffer, je ne pouvais me baisser sans avoir des vertiges, je ne pouvais soulever le plus léger fardeau ; j'étais réduit à l'inaction la plus tourmentante pour un homme aussi remuant que moi. Il est certain qu'il se mêlait à tout cela beaucoup de vapeurs. Les vapeurs sont les maladies des gens heureux ; c'était la mienne : les pleurs que je versais souvent sans raison de pleurer, les frayeurs vives au bruit d'une feuille ou d'un oiseau ; l'inégalité d'humeur dans le calme de la plus douce vie, tout cela marquait cet ennui du bien-être qui fait pour ainsi dire extravaguer la sensibilité. Nous sommes si peu faits pour être heureux ici-bas qu'il faut nécessairement que l'âme ou le corps souffre quand ils ne souffrent pas tous les deux, et que le bon état de l'un fait presque toujours tort à l'autre. Quand j'aurais pu jouir délicieusement de la vie ma machine en décadence m'en empêchait, sans qu'on pût dire où la cause du mal avait son vrai siège. Dans la suite malgré le déclin des ans et des maux très réels et très graves mon corps semble avoir repris des forces pour mieux sentir mes malheurs, et maintenant que j'écris ceci, infirme et presque sexagénaire ; accablé de douleurs de toute espèce, je me sens pour souffrir plus de vigueur et de vie, que je n'en eus pour jouir à la fleur de mon âge et dans le sein du plus vrai bonheur.

Pour m'achever, ayant fait entrer un peu de physiologie dans mes lectures je m'étais mis à étudier l'anatomie, et passant en revue la multitude et le jeu des pièces qui composaient ma machine, je m'attendais à sentir détraquer tout cela vingt fois le jour ; loin d'être étonné de me trouver mourant je l'étais que je pusse encore vivre, et je ne lisais pas la description d'une maladie que je ne crusse être la mienne. Je suis sûr que si je n'avais pas été malade je le serais devenu par cette fatale étude. Trouvant dans chaque maladie des symptômes de la mienne je croyais les avoir toutes, et j'en gagnai par-dessus une plus cruelle encore dont je m'étais cru délivré : la fantaisie de guérir ; c'en est une difficile à éviter quand on se met à lire des livres de médecine. À force de chercher, de réfléchir, de comparer, j'allai m'imaginer que la base de mon mal était un polype au cœur, et Salomon lui-même parut frappé de cette idée. Raisonnablement je devais partir de cette opinion pour me confirmer dans ma résolution précédente. Je ne fis point ainsi. Je tendis tous les ressorts de mon esprit pour chercher comment on pouvait guérir d'un polype au cœur, résolu d'entreprendre cette merveilleuse cure. Dans un voyage qu'Anet avait fait à Montpellier pour aller voir le jardin des plantes et le démonstrateur M. Sauvages, on lui avait dit que M. Fizes avait guéri un pareil polype. Maman s'en souvint et m'en parla. Il n'en fallut pas davantage pour m'inspirer le désir d'aller consulter M. Fizes. L'espoir de guérir me fait retrouver du courage et des forces pour entreprendre ce voyage. L'argent venu de Genève en fournit le moyen. Maman loin de m'en détourner m'y exhorte ; et me voilà parti pour Montpellier[1].

Je n'eus pas besoin d'aller si loin pour trouver le médecin qu'il me fallait. Le cheval me fatiguant trop, j'avais pris une chaise à Grenoble. À Moirans cinq ou

1. Le 11 septembre 1737.

six autres chaises arrivèrent à la file après la mienne. Pour le coup c'était vraiment l'aventure des brancards[1]. La plupart de ces chaises étaient le cortège d'une nouvelle mariée appelée M^me^ du Colombier. Avec elle était une autre femme appelée M^me^ de Larnage, moins jeune[2] et moins belle que M^me^ du Colombier mais non moins aimable, et qui de Romans où s'arrêtait celle-ci devait poursuivre sa route jusqu'au Bourg-Saint-Andéol près le Pont-Saint-Esprit. Avec la timidité qu'on me connaît on s'attend que la connaissance ne fut pas sitôt faite avec des femmes brillantes et la suite qui les entourait : mais enfin suivant la même route, logeant dans les mêmes auberges, et sous peine de passer pour un loup-garou forcé de me présenter à la même table, il fallait bien que cette connaissance se fît ; elle se fit donc, et même plus tôt que je n'aurais voulu ; car tout ce fracas ne convenait guère à un malade et surtout à un malade de mon humeur. Mais la curiosité rend ces coquines de femmes si insinuantes que pour parvenir à connaître un homme elles commencent par lui faire tourner la tête. Ainsi arriva de moi. M^me^ du Colombier trop entourée de ses jeunes roquets[3] n'avait guère le temps de m'agacer[4], et d'ailleurs ce n'en était pas la peine, puisque nous allions nous quitter ; mais M^me^ de Larnage, moins obsédée[5], avait des provisions à faire pour sa route : voilà M^me^ de Larnage qui m'entreprend, et adieu le pauvre Jean-Jacques, ou plutôt adieu la fièvre, les vapeurs, le polype, tout part auprès d'elle, hors certaines palpitations qui me restèrent et dont elle ne voulait pas me guérir. Le mauvais état de ma santé fut le premier texte de notre connaissance. On voyait que j'étais malade, on savait que j'allais à Montpellier, et il faut que mon air et mes

---

1. Voir livre IV, p. 229, note 2. 2. Elle était alors âgée de quarante-quatre ans et avait eu dix enfants. 3. Sa cour de jeunes admirateurs. 4. De me faire des avances. 5. Moins entourée.

manières n'annonçassent pas un débauché, car il fut clair dans la suite qu'on ne m'avait pas soupçonné d'aller y faire un tour de casserole[1]. Quoique l'état de maladie ne soit pas pour un homme une grande recommandation près des dames, il me rendit toutefois intéressant pour celles-ci. Le matin elles envoyaient savoir de mes nouvelles et m'inviter à prendre le chocolat avec elles ; elles s'informaient comment j'avais passé la nuit. Une fois, selon ma louable coutume de parler sans penser je répondis que je ne savais pas. Cette réponse leur fit croire que j'étais fou ; elles m'examinèrent davantage, et cet examen ne me nuisit pas. J'entendis une fois M^me^ du Colombier dire à son amie : Il manque de monde[2], mais il est aimable. Ce mot me rassura beaucoup, et fit que je le devins en effet.

En se familiarisant il fallait parler de soi, dire d'où l'on venait, qui l'on était. Cela m'embarrassait ; car je sentais très bien que parmi la bonne compagnie et avec des femmes galantes[3] ce mot de nouveau converti m'allait tuer[4]. Je ne sais par quelle bizarrerie je m'avisai de passer pour Anglais. Je me donnai pour jacobite[5], on me prit pour tel ; je m'appelai Dudding, et l'on m'appela M. Dudding. Un maudit marquis de Torignan qui était là, malade ainsi que moi, vieux au par-dessus[6], et d'assez mauvaise humeur, s'avisa de lier conversation avec M. Dudding. Il me parla du roi Jacques, du prétendant, de l'ancienne cour de Saint-Germain. J'étais sur les

1. D'aller y soigner la vérole : on allait « suer sa vérole » dans une sorte de sauna. 2. Il n'a pas les manières d'un homme du monde. 3. Au sens, ici, de polies, aimables, spirituelles. 4. La conversion d'un jeune protestant au catholicisme n'étant pas un sujet d'amusement propice aux jeux de séduction. 5. Partisan du roi Jacques II Stuart, en exil après la révolution de 1688. Il avait été accueilli par Louis XIV au château de Saint-Germain, où il mourut en 1701. Son fils, le « Prétendant », aidé par la France, fera plusieurs vaines tentatives pour reconquérir son trône. 6. Du reste, en outre.

épines. Je ne savais de tout cela que le peu que j'en avais lu dans le comte Hamilton[1] et dans les gazettes ; cependant je fis de ce peu si bon usage que je me tirai d'affaire : heureux qu'on ne se fût pas avisé de me questionner sur la langue anglaise dont je ne savais pas un seul mot.

Toute la compagnie se convenait et voyait à regret le moment de se quitter. Nous faisions des journées de limaçon. Nous nous trouvâmes un dimanche à Saint-Marcellin ; M^me^ de Larnage voulut aller à la messe, j'y fus avec elle ; cela faillit à gâter mes affaires. Je me comportai comme j'ai toujours fait. Sur ma contenance modeste et recueillie, elle me crut dévot et prit de moi la plus mauvaise opinion du monde, comme elle me l'avoua deux jours après. Il me fallut ensuite beaucoup de galanterie pour effacer cette mauvaise impression, ou plutôt M^me^ de Larnage en femme d'expérience et qui ne se rebutait pas aisément, voulut bien courir les risques de ses avances pour voir comment je m'en tirerais. Elle m'en fit beaucoup, et de telles, que bien éloigné de présumer de ma figure, je crus qu'elle se moquait de moi. Sur cette folie il n'y eut sorte de bêtise que je ne fisse ; c'était pis que le marquis du *Legs*[2]. M^me^ de Larnage tint bon, me fit tant d'agaceries et me dit des choses si tendres, qu'un homme beaucoup moins sot eût eu bien de la peine à prendre tout cela sérieusement. Plus elle en faisait plus elle me confirmait dans mon idée, et ce qui me tourmentait davantage était qu'à bon compte je me prenais d'amour tout de bon. Je me disais et je lui

---

1. Antoine Hamilton, *Mémoires de la vie du comte de Grammont* (1713), qui mettent en scène la cour d'Angleterre, ses intrigues et ses amours. Le comte authentique étant le beau-frère d'Antoine Hamilton, la frontière entre fiction et mémoires est assez floue. 2. Comédie de Marivaux (1736), qui met en scène un marquis trop timide pour déclarer sa flamme.

disais en soupirant : ah ! que tout cela n'est-il vrai ! je serais le plus heureux des hommes. Je crois que ma simplicité de novice ne fit qu'irriter sa fantaisie ; elle n'en voulut pas avoir le démenti.

Nous avions laissé à Romans M^me^ du Colombier et sa suite. Nous continuions notre route le plus lentement et le plus agréablement du monde, M^me^ de Larnage, le marquis de Torignan et moi. M. de Torignan quoique malade et grondeur était un assez bon homme, mais qui n'aimait pas trop à manger son pain à la fumée du rôti[1]. M^me^ de Larnage cachait si peu le goût qu'elle avait pour moi, qu'il s'en aperçut plus tôt que moi-même, et ses sarcasmes malins auraient dû me donner au moins la confiance que je n'osais prendre aux bontés de la dame, si par un travers d'esprit dont moi seul étais capable, je ne m'étais imaginé qu'ils s'entendaient pour me persifler. Cette sotte idée acheva de me renverser la tête et me fit faire le plus plat personnage dans une situation où, mon cœur étant réellement pris m'en pouvait dicter un assez brillant. Je ne conçois pas comment M^me^ de Larnage ne se rebuta pas de ma maussaderie, et ne me congédia pas avec le dernier mépris. Mais c'était une femme d'esprit qui savait discerner son monde, et qui voyait bien qu'il y avait plus de bêtise que de tiédeur dans mes procédés.

Elle parvint enfin à se faire entendre, et ce ne fut pas sans peine. À Valence nous étions arrivés pour dîner, et selon notre louable coutume nous y passâmes le reste du jour. Nous étions logés hors de la ville à Saint-Jacques ; je me souviendrai toujours de cette auberge

1. Comme le miséreux qui, dans le *Tiers Livre* de Rabelais, « mangeait son pain à la fumée du rôt, et le trouvait, ainsi parfumé, grandement savoureux ». Des amabilités et autres agaceries de M^me^ de Larnage, le marquis ne goûte rien de consistant, le rôti se réservant pour Jean-Jacques, qui n'a pas encore compris qu'il était pour lui.

ainsi que de la chambre que M$^{me}$ de Larnage y occupait. Après le dîner elle voulut se promener ; elle savait que le marquis n'était pas allant[1] : c'était le moyen de se ménager un tête-à-tête dont elle avait bien résolu de tirer parti : car il n'y avait plus de temps à perdre pour en avoir à mettre à profit. Nous nous promenions autour de la ville le long des fossés. Là je repris la longue histoire de mes complaintes, auxquelles elle répondait d'un ton si tendre, me pressant quelquefois contre son cœur le bras qu'elle tenait qu'il fallait une stupidité pareille à la mienne pour m'empêcher de vérifier si elle parlait sérieusement. Ce qu'il y avait d'impayable était que j'étais moi-même excessivement ému. J'ai dit qu'elle était aimable ; l'amour la rendait charmante ; il lui rendait tout l'éclat de la première jeunesse, et elle ménageait ses agaceries avec tant d'art qu'elle aurait séduit un homme à l'épreuve. J'étais donc fort mal à mon aise et toujours sur le point de m'émanciper[2]. Mais la crainte d'offenser ou de déplaire ; la frayeur plus grande encore d'être hué, sifflé, berné, de fournir une histoire à table et d'être complimenté sur mes entreprises par l'impitoyable Torignan, me retinrent au point d'être indigné moi-même de ma sotte honte, et de ne la pouvoir vaincre en me la reprochant. J'étais au supplice ; j'avais déjà quitté mes propos de Céladon[3] dont je sentais tout le ridicule en si beau chemin ; ne sachant plus quelle contenance tenir ni que dire, je me taisais ; j'avais l'air boudeur ; enfin je faisais tout ce qu'il fallait pour m'attirer le traitement que j'avais redouté. Heureusement M$^{me}$ de Larnage prit un parti plus humain. Elle interrompit brusquement ce silence en passant un bras autour de mon

---

**1.** « Qui aime à aller, à courir » (Littré). **2.** De me libérer de cette contrainte. **3.** Berger de *L'Astrée*, d'Honoré d'Urfé, roman déjà évoqué au livre IV, p. 263. Céladon est le type même de l'amoureux transi.

cou, et dans l'instant sa bouche parla trop clairement sur la mienne pour me laisser mon erreur. La crise ne pouvait se faire plus à propos. Je devins aimable. Il en était temps. Elle m'avait donné cette confiance dont le défaut m'a presque toujours empêché d'être moi. Je le fus alors. Jamais mes yeux, mes sens, mon cœur et ma bouche n'ont si bien parlé ; jamais je n'ai si pleinement réparé mes torts, et si cette petite conquête avait coûté des soins à M^me^ de Larnage, j'eus lieu de croire qu'elle n'y avait pas de regret.

Quand je vivrais cent ans je ne me rappellerais jamais sans plaisir le souvenir de cette charmante femme. Je dis charmante, quoiqu'elle ne fût ni belle ni jeune ; mais n'étant non plus ni laide ni vieille, elle n'avait rien dans sa figure qui empêchât son esprit et ses grâces de faire tout leur effet. Tout au contraire des autres femmes ce qu'elle avait de moins frais était le visage, et je crois que le rouge le lui avait gâté. Elle avait ses raisons pour être facile : c'était le moyen de valoir tout son prix. On pouvait la voir sans l'aimer, mais non pas la posséder sans l'adorer, et cela prouve, ce me semble, qu'elle n'était pas toujours aussi prodigue de ses bontés qu'elle le fut avec moi. Elle s'était prise d'un goût trop prompt et trop vif pour être excusable, mais où le cœur entrait du moins autant que les sens, et durant le temps court et délicieux que je passai auprès d'elle j'eus lieu de croire aux ménagements forcés qu'elle m'imposait, que quoique sensuelle et voluptueuse elle aimait encore mieux ma santé que ses plaisirs.

Notre intelligence n'échappa pas au marquis de Torignan. Il n'en tirait pas moins sur moi[1] ; au contraire il me traitait plus que jamais en pauvre amoureux transi, martyr des rigueurs de sa dame. Il ne lui échappa jamais

---

1. Il ne m'en épargnait pas moins ses plaisanteries.

un mot, un sourire, un regard qui pût me faire soupçonner qu'il nous eût devinés, et je l'aurais cru notre dupe, si M$^{me}$ de Larnage qui voyait mieux que moi ne m'eût dit qu'il ne l'était pas, mais qu'il était galant homme ; et en effet on ne saurait avoir des attentions plus honnêtes, ni se comporter plus poliment qu'il fit toujours, même envers moi, sauf ses plaisanteries, surtout depuis mon succès : il m'en attribuait l'honneur peut-être, et me supposait moins sot que je ne l'avais paru ; il se trompait, comme on a vu, mais n'importe ; je profitais de son erreur, et il est vrai qu'alors les rieurs étant pour moi je prêtais le flanc de bon cœur et d'assez bonne grâce à ses épigrammes, et j'y ripostais quelquefois même assez heureusement, tout fier de me faire honneur auprès de M$^{me}$ de Larnage de l'esprit qu'elle m'avait donné. Je n'étais plus le même homme.

Nous étions dans un pays et dans une saison de bonne chère. Nous la faisions partout excellente, grâce aux bons soins de M. de Torignan. Je me serais pourtant passé qu'il les étendît jusqu'à nos chambres ; mais il envoyait devant son laquais pour les retenir, et le coquin, soit de son chef, soit par l'ordre de son maître, le logeait toujours à côté de M$^{me}$ de Larnage, et me fourrait à l'autre bout de la maison ; mais cela ne m'embarrassait guère et nos rendez-vous n'en étaient que plus piquants. Cette vie délicieuse dura quatre ou cinq jours pendant lesquels je me gorgeai, je m'enivrai des plus douces voluptés. Je les goûtai pures, vives, sans aucun mélange de peines, ce sont les premières et les seules que j'aie ainsi goûtées, et je puis dire que je dois à M$^{me}$ de Larnage de ne pas mourir sans avoir connu le plaisir.

Si ce que je sentais pour elle n'était pas précisément de l'amour, c'était du moins un retour si tendre pour celui qu'elle me témoignait, c'était une sensualité si brûlante dans le plaisir et une intimité si douce dans les entretiens, qu'elle avait tout le charme de la passion sans en avoir le délire qui tourne la tête et fait qu'on ne sait pas jouir. Je n'ai jamais senti l'amour vrai qu'une seule fois en ma vie, et ce ne fut pas auprès d'elle[1]. Je ne l'aimais pas non plus comme j'avais aimé et comme j'aimais M^me^ de Warens ; mais c'était pour cela même que je la possédais cent fois mieux. Près de Maman, mon plaisir était toujours troublé par un sentiment de tristesse, par un secret serrement de cœur que je ne surmontais pas sans peine ; au lieu de me féliciter de la posséder, je me reprochais de l'avilir. Près de M^me^ de Larnage au contraire, fier d'être homme et d'être heureux je me livrais à mes sens avec joie, avec confiance, je partageais l'impression que je faisais sur les siens ; j'étais assez à moi pour contempler avec autant de vanité que de volupté mon triomphe, et pour tirer de là de quoi le redoubler.

Je ne me souviens pas de l'endroit où nous quitta le marquis de Torignan qui était du pays, mais nous nous trouvâmes seuls avant d'arriver à Montélimar, et dès lors M^me^ de Larnage établit sa femme de chambre dans ma chaise, et je passai dans la sienne avec elle. Je puis assurer que la route ne nous ennuyait pas de cette manière, et j'aurais eu bien de la peine à dire comment le pays que nous parcourions était fait. À Montélimar elle eut des affaires qui l'y retinrent trois jours durant lesquels elle ne me quitta pourtant qu'un quart d'heure pour une visite qui lui attira des importunités désolantes et des invitations qu'elle n'eut garde d'accepter. Elle prétexta des incommodités qui ne nous empêchèrent pourtant pas d'aller nous promener tous les jours tête à tête dans le plus beau pays et sous le plus beau ciel du monde. Oh, ces trois jours ! J'ai dû les regretter quelquefois ; il n'en est plus revenu de semblables.

1. Mais auprès de M^me^ d'Houdetot, comme on le verra au livre IX (tome II), p. 232.

Des amours de voyage ne sont pas faits pour durer. Il fallut nous séparer, et j'avoue qu'il en était temps ; non que je fusse rassasié ni prêt à l'être ; je m'attachais chaque jour davantage ; mais malgré toute la discrétion de la dame, il ne me restait guère que la bonne volonté, et avant de nous séparer je voulus jouer de ce reste[1], ce qu'elle endura par précaution contre les filles de Montpellier. Nous donnâmes le change à nos regrets par des projets pour notre réunion. Il fut décidé que puisque ce régime me faisait du bien j'en userais, et que j'irais passer l'hiver au Bourg-Saint-Andéol sous la direction de M^me^ de Larnage. Je devais seulement rester à Montpellier cinq ou six semaines, pour lui laisser le temps de préparer les choses de manière à prévenir les caquets. Elle me donna d'amples instructions sur ce que je devais savoir, sur ce que je devais dire, sur la manière dont je devais me comporter. En attendant nous devions nous écrire. Elle me parla beaucoup et sérieusement du soin de ma santé ; m'exhorta de consulter d'habiles gens, d'être très attentif à tout ce qu'ils me prescriraient, et se chargea, quelque sévère que pût être leur ordonnance de me la faire exécuter tandis que je serais auprès d'elle. Je crois qu'elle parlait sincèrement, car elle m'aimait : elle m'en donna mille preuves plus sûres que des faveurs. Elle jugea par mon équipage que je ne nageais pas dans l'opulence ; quoiqu'elle ne fût pas riche elle-même, elle voulut à notre séparation me forcer de partager sa bourse qu'elle apportait de Grenoble assez bien garnie, et j'eus beaucoup de peine à m'en défendre. Enfin je la quittai le cœur tout plein d'elle, et lui laissant, ce me semble, un véritable attachement pour moi.

J'achevai ma route en la recommençant dans mes souvenirs, et pour le coup très content d'être dans une

1. C'est-à-dire épuiser ses dernières forces amoureuses.

bonne chaise pour y rêver plus à mon aise aux plaisirs que j'avais goûtés, et à ceux qui m'étaient promis. Je ne pensais qu'au Bourg-Saint-Andéol et à la charmante vie qui m'y attendait. Je ne voyais que M^me^ de Larnage et ses entours. Tout le reste de l'univers n'était rien pour moi, Maman même était oubliée. Je m'occupais à combiner dans ma tête tous les détails dans lesquels M^me^ de Larnage était entrée pour me faire d'avance une idée de sa demeure, de son voisinage, de ses sociétés, de toute sa manière de vivre. Elle avait une fille dont elle m'avait parlé très souvent en mère idolâtre. Cette fille avait quinze ans passés ; elle était vive, charmante, et d'un caractère aimable. On m'avait promis que j'en serais caressé, je n'avais pas oublié cette promesse et j'étais fort curieux d'imaginer comment M^lle^ de Larnage traiterait le bon ami de sa maman. Tels furent les sujets de mes rêveries depuis le Pont-Saint-Esprit jusqu'à Remoulin. On m'avait dit d'aller voir le pont du Gard ; je n'y manquai pas. Après un déjeuner d'excellentes figues, je pris un guide et j'allai voir le pont du Gard. C'était le premier ouvrage des Romains que j'eusse vu. Je m'attendais à voir un monument digne des mains qui l'avaient construit. Pour le coup l'objet passa mon attente, et ce fut la seule fois en ma vie. Il n'appartenait qu'aux Romains de produire cet effet. L'aspect de ce simple et noble ouvrage me frappa d'autant plus qu'il est au milieu d'un désert où le silence et la solitude rendent l'objet plus frappant et l'admiration plus vive ; car ce prétendu pont n'était qu'un aqueduc. On se demande quelle force a transporté ces pierres énormes si loin de toute carrière, et a réuni les bras de tant de milliers d'hommes dans un lieu où il n'en habite aucun. Je parcourus les trois étages de ce superbe édifice que le respect m'empêchait presque d'oser fouler sous mes pieds. Le retentissement de mes pas sous ces immenses voûtes me faisait croire entendre la forte voix de ceux qui les avaient bâties. Je me perdais comme un insecte dans cette immensité. Je sentais tout en me faisant petit, je ne sais quoi qui m'élevait l'âme, et je me disais en soupirant : que ne suis-je né Romain[1] ! Je restai là plusieurs heures dans une contemplation ravissante. Je m'en revins distrait et rêveur, et cette rêverie ne fut pas favorable à M^me^ de Larnage. Elle avait bien songé à me prémunir contre les filles de Montpellier, mais non pas contre le pont du Gard. On ne s'avise jamais de tout.

À Nîmes j'allai voir les arènes. C'est un ouvrage beaucoup plus magnifique que le pont du Gard, et qui me fit beaucoup moins d'impression, soit que mon admiration se fût épuisée sur le premier objet, soit que la situation de l'autre au milieu d'une ville fût moins propre à l'exciter. Ce vaste et superbe cirque est entouré de vilaines petites maisons, et d'autres maisons plus petites et plus vilaines encore en remplissent l'arène ; de sorte que le tout ne produit qu'un effet disparate et confus, où le regret et l'indignation étouffent le plaisir et la surprise. J'ai vu depuis le cirque de Vérone[2] infiniment plus petit et moins beau que celui de Nîmes, mais entretenu et conservé avec toute la décence et la propreté possibles, et qui par cela même me fit une impression plus forte et plus agréable. Les Français n'ont soin de rien et ne respectent aucun monument. Ils sont tout feu pour entreprendre et ne savent rien finir ni rien conserver.

J'étais changé à tel point et ma sensualité mise en exercice s'était si bien éveillée que je m'arrêtai un jour au *Pont de Lunel* pour y faire bonne chère avec de la compagnie qui s'y trouva. Ce cabaret, le plus estimé de l'Europe, méritait alors de l'être. Ceux qui le tenaient

---

**1.** « Je me croyais Grec ou Romain », a écrit Jean-Jacques dès la page 53 du livre I. **2.** En allant à Venise ; voir livre VII (tome II), p. 41.

avaient su tirer parti de son heureuse situation pour le tenir abondamment approvisionné et avec choix. C'était réellement une chose curieuse de trouver dans une maison seule et isolée au milieu de la campagne une table fournie en poisson de mer et d'eau douce, en gibier excellent, en vins fins, servie avec ces attentions et ces soins qu'on ne trouve que chez les grands et les riches, et tout cela pour vos trente-cinq sous. Mais le *Pont de Lunel* ne resta pas longtemps sur ce pied, et à force d'user sa réputation, la perdit enfin tout à fait.

J'avais oublié durant ma route que j'étais malade ; je m'en souvins en arrivant à Montpellier. Mes vapeurs étaient bien guéries, mais tous mes autres maux me restaient, et quoique l'habitude m'y rendît moins sensible, c'en serait assez pour se croire mort à qui s'en trouverait attaqué tout d'un coup. En effet ils étaient moins douloureux qu'effrayants, et faisaient plus souffrir l'esprit que le corps dont ils semblaient annoncer la destruction. Cela faisait que distrait par des passions vives je ne songeais plus à mon état ; mais comme il n'était pas imaginaire, je le sentais sitôt que j'étais de sang-froid. Je songeai donc sérieusement aux conseils de M$^{me}$ de Larnage et au but de mon voyage. J'allai consulter les praticiens les plus illustres, surtout M. Fizes, et pour surabondance de précaution je me mis en pension chez un médecin. C'était un Irlandais appelé Fitzmoris qui tenait une table assez nombreuse d'étudiants en médecine, et il y avait cela de commode pour un malade à s'y mettre, que M. Fitzmoris se contentait d'une pension honnête pour la nourriture et ne prenait rien de ses pensionnaires pour ses soins comme médecin. Il se chargea de l'exécution des ordonnances de M. Fizes et de veiller sur ma santé. Il s'acquitta fort bien de cet emploi quant au régime ; on ne gagnait pas d'indigestions à cette pension-là, et quoique je ne sois pas fort sensible aux privations de cette espèce, les objets de comparaison étaient si proches que je ne pouvais m'empêcher de trouver quelquefois en moi-même que M. de Torignan était un meilleur pourvoyeur que M. Fitzmoris. Cependant comme on ne mourait pas de faim, non plus, et que toute cette jeunesse était fort gaie ; cette manière de vivre me fit du bien réellement et m'empêcha de retomber dans mes langueurs. Je passais la matinée à prendre des drogues, surtout je ne sais quelles eaux, je crois les eaux de Vals, et à écrire à Mme de Larnage, car la correspondance allait son train, et Rousseau se chargeait de retirer les lettres de son ami Dudding. À midi j'allais faire un tour à la Canourgue[1] avec quelqu'un de nos jeunes commensaux qui tous étaient de très bons enfants ; on se rassemblait, on allait dîner. Après dîner, une importante affaire occupait la plupart d'entre nous jusqu'au soir : c'était d'aller hors de la ville jouer le goûter en deux ou trois parties de mail[2]. Je ne jouais pas ; je n'en avais ni la force ni l'adresse, mais je pariais, et suivant avec l'intérêt du pari nos joueurs et leurs boules à travers des chemins raboteux et pleins de pierres, je faisais un exercice agréable et salutaire qui me convenait tout à fait. On goûtait dans un cabaret hors la ville. Je n'ai pas besoin de dire que ces goûters étaient gais, mais j'ajouterai qu'ils étaient assez décents, quoique les filles du cabaret fussent jolies. M. Fitzmoris grand joueur de mail était notre président, et je puis dire malgré la mauvaise réputation des étudiants, que je trouvai plus de mœurs et d'honnêteté parmi toute cette jeunesse, qu'il ne serait aisé d'en trouver dans le même nombre d'hommes faits. Ils étaient plus bruyants que crapuleux[3], et plus gais que libertins, et je me monte si aisément à un train de vie quand il est volontaire que je n'aurais pas mieux demandé que de voir durer celui-là toujours. Il y avait parmi ces

---

1. La place centrale de Montpellier. 2. Une sorte de croquet.
3. Ici au sens de noceurs, fêtards, sans aller jusqu'à la débauche.

étudiants plusieurs Irlandais avec lesquels je tâchais d'apprendre quelques mots d'anglais par précaution pour le Bourg-Saint-Andéol ; car le temps approchait de m'y rendre. M^me^ de Larnage m'en pressait chaque ordinaire[1], et je me préparais à lui obéir. Il était clair que mes médecins, qui n'avaient rien compris à mon mal, me regardaient comme un malade imaginaire et me traitaient sur ce pied avec leur squine[2], leurs eaux et leur petit-lait. Tout au contraire des théologiens, les médecins et les philosophes n'admettent pour vrai que ce qu'ils peuvent expliquer, et font de leur intelligence la mesure des possibles. Ces messieurs ne connaissaient rien à mon mal ; donc je n'étais pas malade : car comment supposer que des docteurs ne sussent pas tout ? Je vis qu'ils ne cherchaient qu'à m'amuser et me faire manger mon argent, et jugeant que leur substitut du Bourg-Saint-Andéol ferait cela tout aussi bien qu'eux mais plus agréablement, je résolus de lui donner la préférence et je quittai Montpellier dans cette sage intention.

Je partis vers la fin de novembre après six semaines ou deux mois de séjour dans cette ville[3], où je laissai une douzaine de louis sans aucun profit pour ma santé ni pour mon instruction, si ce n'est un cours d'anatomie commencé sous M. Fitzmoris et que je fus obligé d'abandonner par l'horrible puanteur des cadavres qu'on disséquait, et qu'il me fut impossible de supporter.

Mal à mon aise au-dedans de moi sur la résolution que j'avais prise, j'y réfléchissais en m'avançant toujours vers le Pont-Saint-Esprit qui était également la route du Bourg-Saint-Andéol et de Chambéry. Les souvenirs de Maman et ses lettres, quoique moins fréquentes que celles de M^me^ de Larnage réveillaient dans mon cœur

---

1. À chaque courrier. 2. Plante médicinale purificatrice.
3. Rousseau arrive à Montpellier fin septembre 1737 ; il sera de retour à Chambéry vers février 1738.

des remords que j'avais étouffés durant ma première route. Ils devinrent si vifs au retour que, balançant l'amour du plaisir, ils me mirent en état d'écouter la raison seule. D'abord dans le rôle d'aventurier que j'allais recommencer je pouvais être moins heureux que la première fois ; il ne fallait, dans tout le Bourg-Saint-Andéol qu'une seule personne qui eût été en Angleterre, qui connût les Anglais, ou qui sût leur langue, pour me démasquer. La famille de M^me^ de Larnage pouvait se prendre de mauvaise humeur contre moi, et me traiter peu honnêtement. Sa fille à laquelle malgré moi je pensais plus qu'il n'eût fallu m'inquiétait encore. Je tremblais d'en devenir amoureux et cette peur faisait déjà la moitié de l'ouvrage. Allais-je donc pour prix des bontés de la mère chercher à corrompre sa fille, à lier le plus détestable commerce, à mettre la dissension, le déshonneur, le scandale et l'enfer dans sa maison ? Cette idée me fit horreur ; je pris bien la ferme résolution de me combattre et de me vaincre si ce malheureux penchant venait à se déclarer. Mais pourquoi m'exposer à ce combat ? Quel misérable état de vivre avec la mère dont je serais rassasié, et de brûler pour la fille sans oser lui montrer mon cœur ? Quelle nécessité d'aller chercher cet état, et m'exposer aux malheurs, aux affronts, aux remords pour des plaisirs dont j'avais d'avance épuisé le plus grand charme : car il est certain que ma fantaisie avait perdu sa première vivacité. Le goût du plaisir y était encore, mais la passion n'y était plus. À cela se mêlaient des réflexions relatives à ma situation, à mes devoirs, à cette Maman si bonne, si généreuse, qui déjà chargée de dettes l'était encore de mes folles dépenses, qui s'épuisait pour moi et que je trompais si indignement. Ce reproche devint si vif qu'il l'emporta à la fin. En approchant du Saint-Esprit, je pris la résolution de brûler l'étape du Bourg-Saint-Andéol, et de passer tout droit. Je l'exécutai courageusement, avec quelques soupirs, je l'avoue ; mais aussi avec cette satisfaction intérieure que je goûtais pour la première fois de ma vie de me dire : je mérite ma propre estime, je sais préférer mon devoir à mon plaisir. Voilà la première obligation véritable que j'aie à l'étude. C'était elle qui m'avait appris à réfléchir, à comparer. Après les principes si purs que j'avais adoptés il y avait peu de temps ; après les règles de sagesse et de vertu que je m'étais faites et que je m'étais senti si fier de suivre ; la honte d'être si peu conséquent à moi-même, de démentir si tôt et si haut mes propres maximes l'emporta sur la volupté : l'orgueil eut peut-être autant de part à ma résolution que la vertu ; mais si cet orgueil n'est pas la vertu même il a des effets si semblables qu'il est pardonnable de s'y tromper.

L'un des avantages des bonnes actions est d'élever l'âme et de la disposer à en faire de meilleures : car telle est la faiblesse humaine qu'on doit mettre au nombre des bonnes actions l'abstinence du mal qu'on est tenté de commettre. Sitôt que j'eus pris ma résolution je devins un autre homme, ou plutôt je redevins ce que j'étais auparavant et que ce moment d'ivresse avait fait disparaître. Plein de bons sentiments et de bonnes dispositions je continuai ma route dans la bonne intention d'expier ma faute ; ne pensant qu'à régler désormais ma conduite sur les lois de la vertu, à me consacrer sans réserve au service de la meilleure des mères, à lui vouer autant de fidélité que j'avais d'attachement pour elle, et à n'écouter plus d'autre amour que celui de mes devoirs. Hélas ! la sincérité de mon retour au bien semblait me promettre une autre destinée ; mais la mienne était écrite et déjà commencée, et quand mon cœur plein d'amour pour les choses bonnes et honnêtes ne voyait plus qu'innocence et bonheur dans la vie, je touchais au moment funeste qui devait traîner à sa suite la longue chaîne de mes malheurs.

L'empressement d'arriver me fit faire plus de diligence que je n'avais compté. Je lui avais annoncé de

Valence le jour et l'heure de mon arrivée. Ayant gagné une demi-journée sur mon calcul, je restai autant de temps à Chaparillan[1], afin d'arriver juste au moment que j'avais marqué. Je voulais goûter dans tout son charme le plaisir de la revoir. J'aimais mieux le différer un peu pour y joindre celui d'être attendu. Cette précaution m'avait toujours réussi. J'avais vu toujours marquer mon arrivée par une espèce de petite fête : je n'en attendais pas moins cette fois, et ces empressements qui m'étaient si sensibles valaient bien la peine d'être ménagés.

J'arrivai donc exactement à l'heure. De tout loin je regardais si je ne la verrais pas sur le chemin ; le cœur me battait de plus en plus à mesure que j'approchais. J'arrive essoufflé, car j'avais quitté ma voiture en ville : je ne vois personne dans la cour, sur la porte, à la fenêtre ; je commence à me troubler ; je redoute quelque accident. J'entre ; tout est tranquille ; des ouvriers goûtaient dans la cuisine ; du reste aucun apprêt. La servante parut surprise de me voir, elle ignorait que je dusse arriver. Je monte, je la vois enfin, cette chère Maman si tendrement, si vivement, si purement aimée ; j'accours, je m'élance à ses pieds. Ah ! te voilà, petit ! me dit-elle en m'embrassant : as-tu fait bon voyage ? comment te portes-tu ? Cet accueil m'interdit un peu. Je lui demandai si elle n'avait pas reçu ma lettre. Elle me dit que oui. J'aurais cru que non, lui dis-je ; et l'éclaircissement finit là. Un jeune homme était avec elle. Je le connaissais pour l'avoir vu déjà dans la maison avant mon départ : mais cette fois il y paraissait établi, il l'était. Bref je trouvai ma place prise.

Ce jeune homme était du pays de Vaud. Son père, appelé Wintzenried, était concierge ou soi-disant capitaine du château de Chillon. Le fils de M. le capitaine

1. À une bonne quinzainc de kilomètres de Chambéry.

était garçon perruquier et courait le monde en cette qualité quand il vint se présenter à M^me^ de Warens, qui le reçut bien, comme elle faisait tous les passants et surtout ceux de son pays[1]. C'était un grand fade blondin assez bien fait, le visage plat, l'esprit de même, parlant comme le beau Léandre[2], mêlant tous les tons, tous les goûts de son état avec la longue histoire de ses bonnes fortunes ; ne nommant que la moitié des marquises avec lesquelles il avait couché, et prétendant n'avoir point coiffé de jolies femmes dont il n'eût aussi coiffé les maris[3]. Vain, sot, ignorant, insolent ; au demeurant le meilleur fils du monde[4]. Tel fut le substitut qui me fut donné pendant mon absence, et l'associé qui me fut offert après mon retour.

Ô si les âmes dégagées de leurs terrestres entraves voient encore du sein de l'éternelle lumière ce qui se passe chez les mortels, pardonnez ombre chère et respectable, si je ne fais pas plus de grâce à vos fautes qu'aux miennes, si je dévoile également les unes et les autres aux yeux des lecteurs. Je dois, je veux être vrai pour vous comme pour moi-même ; vous y perdrez toujours beaucoup moins que moi. Eh ! combien votre aimable et doux caractère, votre inépuisable bonté de cœur, votre franchise et toutes vos excellentes vertus ne rachètent-elles pas de faiblesses, si l'on peut appeler ainsi les torts de votre seule raison. Vous eûtes des erreurs et non pas des vices ; votre conduite fut répréhensible, mais votre cœur fut toujours pur. Qu'on mette

---

1. Jean-Samuel Wintzenried était né en 1716. Il était le fils du châtelain de Courtilles, dans le pays de Vaud, et non du concierge, et ne resta pas longtemps « garçon perruquier », s'il le fut jamais, avant de devenir l'homme à tout faire de M^me^ de Warens. 2. Personnage de comédie, incarnation du jeune premier fringant et amoureux. 3. Coiffé de cornes. 4. Expression que l'on trouve chez Rabelais (*Pantagruel*, chap. XVI) à propos de Panurge, bientôt passée en clausule : l'antiphrase en dit long sur les sentiments qui durent alors agiter Jean-Jacques.

le bien et le mal dans la balance et qu'on soit équitable. Quelle autre femme, si sa vie secrète était manifestée ainsi que la vôtre s'oserait jamais comparer à vous ?

Le nouveau venu s'était montré zélé, diligent, exact pour toutes ses petites commissions qui étaient toujours en grand nombre ; il s'était fait le piqueur[1] de ses ouvriers. Aussi bruyant que je l'étais peu il se faisait voir et surtout entendre à la fois à la charrue, aux foins, aux bois, à l'écurie, à la basse-cour. Il n'y avait que le jardin qu'il négligeait parce que c'était un travail trop paisible et qui ne faisait point de bruit. Son grand plaisir était de charger et charrier, de scier ou fendre du bois, on le voyait toujours la hache ou la pioche à la main ; on l'entendait courir, cogner, crier à pleine tête. Je ne sais de combien d'hommes il faisait le travail, mais il faisait toujours le bruit de dix à douze[2]. Tout ce tintamarre en imposa à ma pauvre Maman ; elle crut ce jeune homme un trésor pour ses affaires. Voulant se l'attacher elle employa pour cela tous les moyens qu'elle y crut propres, et n'oublia pas celui sur lequel elle comptait le plus.

On a dû connaître mon cœur, ses sentiments les plus constants, les plus vrais, ceux surtout qui me ramenaient en ce moment auprès d'elle. Quel prompt et plein bouleversement dans tout mon être ! Qu'on se mette à ma place pour en juger. En un moment je vis évanouir pour jamais tout l'avenir de félicité que je m'étais peint. Toutes les douces idées que je caressais si affectueusement disparurent ; et moi qui depuis mon enfance ne savais voir mon existence qu'avec la sienne, je me vis seul pour la première fois. Ce moment fut affreux : ceux qui

---

**1.** Voir dans ce livre VI, p. 375, note 2. **2.** Rappelons que Rousseau a écrit, dans ce même livre, p. 358 : « Quand j'avais donné six coups de bêche, j'étais hors d'haleine, la sueur me ruisselait, je n'en pouvais plus. »

le suivirent furent toujours sombres. J'étais jeune encore : mais ce doux sentiment de jouissance et d'espérance qui vivifie la jeunesse me quitta pour jamais. Dès lors l'être sensible fut mort à demi. Je ne vis plus devant moi que les tristes restes d'une vie insipide, et si quelquefois encore une image de bonheur effleura mes désirs, ce bonheur n'était plus celui qui m'était propre, je sentais qu'en l'obtenant je ne serais pas vraiment heureux.

J'étais si bête et ma confiance était si pleine que malgré le ton familier du nouveau venu que je regardais comme un effet de cette facilité de l'humeur de Maman qui rapprochait tout le monde d'elle, je ne me serais pas avisé d'en soupçonner la véritable cause, si elle ne me l'eût dite elle-même ; mais elle se pressa de me faire cet aveu avec une franchise capable d'ajouter à ma rage, si mon cœur eût pu se tourner de ce côté-là ; trouvant quant à elle la chose toute simple, me reprochant ma négligence dans la maison, et m'alléguant mes fréquentes absences, comme si elle eût été d'un tempérament fort pressé d'en remplir les vides. Ah, Maman, lui dis-je le cœur serré de douleur, qu'osez-vous m'apprendre ? Quel prix d'un attachement pareil au mien ? Ne m'avez-vous tant de fois conservé la vie que pour m'ôter tout ce qui me la rendait chère ? J'en mourrai, mais vous me regretterez. Elle me répondit d'un ton tranquille à me rendre fou que j'étais un enfant, qu'on ne mourait point de ces choses-là ; que je ne perdrais rien, que nous n'en serions pas moins bons amis, pas moins intimes dans tous les sens, que son tendre attachement pour moi ne pouvait ni diminuer ni finir qu'avec elle. Elle me fit entendre, en un mot, que tous mes droits demeuraient les mêmes, et qu'en les partageant avec un autre je n'en étais pas privé pour cela.

Jamais la pureté, la vérité, la force de mes sentiments pour elle, jamais la sincérité, l'honnêteté de mon âme ne se firent mieux sentir à moi que dans ce moment. Je me précipitai à ses pieds, j'embrassai ses genoux en versant des torrents de larmes. Non, Maman, lui dis-je avec transport ; je vous aime trop pour vous avilir ; votre possession m'est trop chère pour la partager : les regrets qui l'accompagnèrent quand je l'acquis se sont accrus avec mon amour ; non, je ne la puis conserver au même prix. Vous aurez toujours mes adorations ; soyez-en toujours digne : il m'est plus nécessaire encore de vous honorer que de vous posséder. C'est à vous, ô Maman, que je vous cède ; c'est à l'union de nos cœurs que je sacrifie tous mes plaisirs. Puissé-je périr mille fois, avant d'en goûter qui dégradent ce que j'aime.

Je tins cette résolution avec une constance digne, j'ose le dire, du sentiment qui me l'avait fait former. Dès ce moment je ne vis plus cette Maman si chérie que des yeux d'un véritable fils ; et il est à noter que, bien que ma résolution n'eût point son approbation secrète, comme je m'en suis trop aperçu, elle n'employa jamais pour m'y faire renoncer ni propos insinuants, ni caresses, ni aucune de ces adroites agaceries dont les femmes savent user sans se commettre, et qui manquent rarement de leur réussir. Réduit à me chercher un sort indépendant d'elle, et n'en pouvant même imaginer, je passai bientôt à l'autre extrémité et le cherchai tout en elle. Je l'y cherchai si parfaitement que je parvins presque à m'oublier moi-même. L'ardent désir de la voir heureuse à quelque prix que ce fût absorbait toutes mes affections : elle avait beau séparer son bonheur du mien, je le voyais mien, en dépit d'elle.

Ainsi commencèrent à germer avec mes malheurs les vertus dont la semence était au fond de mon âme, que l'étude avait cultivées, et qui n'attendaient pour éclore que le ferment de l'adversité. Le premier fruit de cette disposition si désintéressée fut d'écarter de mon cœur tout sentiment de haine et d'envie contre celui qui m'avait supplanté. Je voulus au contraire, et je voulus sincèrement, m'attacher à ce jeune homme, le former, travailler à son éducation, lui faire sentir son bonheur, l'en rendre digne s'il était possible, et faire, en un mot, pour lui tout ce qu'Anet avait fait pour moi dans une occasion pareille. Mais la parité manquait entre les personnes. Avec plus de douceur et de lumières je n'avais pas le sang-froid et la fermeté d'Anet, ni cette force de caractère qui en imposait, et dont j'aurais eu besoin pour réussir. Je trouvai encore moins dans le jeune homme les qualités qu'Anet avait trouvées en moi ; la docilité, l'attachement, la reconnaissance ; surtout le sentiment du besoin que j'avais de ses soins et l'ardent désir de les rendre utiles. Tout cela manquait ici. Celui que je voulais former ne voyait en moi qu'un pédant importun qui n'avait que du babil. Au contraire, il s'admirait lui-même comme un homme important dans la maison, et mesurant les services qu'il y croyait rendre sur le bruit qu'il y faisait, il regardait ses haches et ses pioches comme infiniment plus utiles que tous mes bouquins. À quelque égard il n'avait pas tort ; mais il partait de là pour se donner des airs à faire mourir de rire. Il tranchait avec les paysans du gentilhomme campagnard, bientôt il en fit autant avec moi, et enfin avec Maman elle-même. Son nom de Wintzenried ne lui paraissant pas assez noble il le quitta pour celui de M. de Courtilles, et c'est sous ce dernier nom qu'il a été connu depuis à Chambéry, et en Maurienne où il s'est marié.

Enfin tant fit l'illustre personnage qu'il fut tout dans la maison et moi rien. Comme lorsque j'avais le malheur de lui déplaire c'était Maman et non pas moi qu'il grondait, la crainte de l'exposer à ses brutalités me rendait docile à tout ce qu'il désirait, et chaque fois qu'il fendait du bois, emploi qu'il remplissait avec une fierté sans égale, il fallait que je fusse là spectateur oisif et tranquille admirateur de sa prouesse. Ce garçon n'était pourtant pas absolument d'un mauvais naturel ; il aimait Maman parce qu'il était impossible de ne la pas aimer ; il n'avait même pas pour moi de l'aversion, et quand les intervalles de ses fougues permettaient de lui parler, il nous écoutait quelquefois assez docilement convenant franchement qu'il n'était qu'un sot, après quoi il n'en faisait pas moins de nouvelles sottises. Il avait d'ailleurs une intelligence si bornée et des goûts si bas qu'il était difficile de lui parler raison et presque impossible de se plaire avec lui. À la possession d'une femme pleine de charmes, il ajouta le ragoût[1] d'une femme de chambre vieille, rousse, édentée, dont Maman avait la patience d'endurer le dégoûtant service, quoiqu'elle lui fît mal au cœur. Je m'aperçus de ce nouveau manège et j'en fus outré d'indignation : mais je m'aperçus d'une autre chose qui m'affecta bien plus vivement encore, et qui me jeta dans un plus profond découragement que tout ce qui s'était passé jusqu'alors. Ce fut le refroidissement de Maman envers moi.

La privation que je m'étais imposée, et qu'elle avait fait semblant d'approuver est une de ces choses que les femmes ne pardonnent point, quelque mine qu'elles fassent, moins par la privation qui en résulte pour elles-mêmes que par l'indifférence qu'elles y voient pour leur possession. Prenez la femme la plus sensée, la plus philosophe, la moins attachée à ses sens, le crime le plus irrémissible que l'homme dont au reste elle se soucie le moins puisse commettre envers elle, est d'en pouvoir jouir et de n'en rien faire. Il faut bien que ceci soit sans exception, puisqu'une sympathie si naturelle et si forte fut altérée en elle par une abstinence qui n'avait que des motifs de vertu, d'attachement et d'estime. Dès lors je cessai de trouver en elle cette intimité des cœurs qui fut

1. « Mets qui plaît et qui excite l'appétit » (Littré).

toujours la plus douce jouissance du mien. Elle ne s'épanchait plus avec moi que quand elle avait à se plaindre du nouveau venu ; quand ils étaient bien ensemble j'entrais peu dans ses confidences. Enfin elle prenait peu à peu une manière d'être dont je ne faisais plus partie. Ma présence lui faisait plaisir encore, mais elle ne lui faisait plus besoin, et j'aurais passé des jours entiers sans la voir, qu'elle ne s'en serait pas aperçue.

Insensiblement je me sentis isolé et seul dans cette même maison dont auparavant j'étais l'âme et où je vivais pour ainsi dire à double[1]. Je m'accoutumai peu à peu à me séparer de tout ce qui s'y faisait, de ceux même qui l'habitaient, et pour m'épargner de continuels déchirements je m'enfermais avec mes livres, ou bien j'allais soupirer et pleurer à mon aise au milieu des bois. Cette vie me devint bientôt tout à fait insupportable. Je sentis que la présence personnelle et l'éloignement de cœur d'une femme qui m'était si chère irritaient ma douleur, et qu'en cessant de la voir je m'en sentirais moins cruellement séparé. Je formai le projet de quitter sa maison ; je le lui dis, et loin de s'y opposer elle le favorisa. Elle avait à Grenoble une amie appelée M^me^ Deybens, dont le mari était ami de M. de Mably, grand prévôt à Lyon[2]. M. Deybens me proposa l'éducation des enfants de M. de Mably : j'acceptai, et je partis pour Lyon sans laisser ni presque sentir le moindre regret d'une séparation dont auparavant la seule idée nous eût donné les angoisses de la mort.

J'avais à peu près les connaissances nécessaires pour un précepteur et j'en croyais avoir le talent. Durant un

---

1. Où je vivais doublement ma vie : une vie d'études et une vie d'amour avec Maman. 2. Une charge importante dans la maréchaussée. Il avait deux frères appelés à devenir célèbres parmi les philosophes : l'abbé de Mably et l'abbé de Condillac, comme on le verra au livre VII.

an[1] que je passai chez M. de Mably j'eus le temps de me désabuser. La douceur de mon naturel m'eût rendu très propre à ce métier si l'emportement n'y eût mêlé ses orages. Tant que tout allait bien et que je voyais réussir mes soins et mes peines qu'alors je n'épargnais point, j'étais un ange. J'étais un diable quand les choses allaient de travers. Quand mes élèves ne m'entendaient pas j'extravaguais, et quand ils marquaient de la méchanceté je les aurais tués : ce n'était pas le moyen de les rendre savants et sages. J'en avais deux ; ils étaient d'humeurs très différentes. L'un de huit à neuf ans appelé Sainte-Marie était d'une jolie figure, l'esprit assez ouvert, assez vif, étourdi, badin, malin, mais d'une malignité gaie[2]. Le cadet appelé Condillac paraissait presque stupide, musard[3], têtu comme une mule, et ne pouvait rien apprendre. On peut juger qu'entre ces deux sujets je n'avais pas besogne faite. Avec de la patience et du sang-froid peut-être aurais-je pu réussir ; mais faute de l'une et de l'autre je ne fis rien qui vaille et mes élèves tournaient très mal. Je ne manquais pas d'assiduité, mais je manquais d'égalité, surtout de prudence. Je ne savais employer auprès d'eux que trois instruments toujours inutiles et souvent pernicieux auprès des enfants, le sentiment, le raisonnement, la colère. Tantôt je m'attendrissais avec Sainte-Marie jusqu'à pleurer ; je voulais l'attendrir lui-même comme si l'enfance était susceptible d'une véritable émotion de cœur : tantôt je m'épuisais à lui parler raison comme s'il avait pu m'entendre, et comme il me faisait quelquefois des arguments très subtils, je le prenais tout de bon pour raisonnable, parce qu'il était raisonneur. Le petit Condillac était encore plus embarrassant ; parce que n'entendant rien,

1. D'avril 1740 à mai 1741. 2. Rousseau composera un *Projet pour l'éducation de Monsieur de Sainte-Marie*, né en 1734 ; son frère était né en 1735. 3. Qui aime perdre son temps, s'amuser d'un rien.

ne répondant rien, ne s'émouvant de rien, et d'une opiniâtreté à toute épreuve il ne triomphait jamais mieux de moi que quand il m'avait mis en fureur ; alors c'était lui qui était le sage et c'était moi qui étais l'enfant. Je voyais toutes mes fautes, je les sentais ; j'étudiais l'esprit de mes élèves, je les pénétrais très bien, et je ne crois pas que jamais une seule fois j'aie été la dupe de leurs ruses : mais que me servait de voir le mal sans savoir appliquer le remède ? En pénétrant tout je n'empêchais rien, je ne réussissais à rien, et tout ce que je faisais était précisément ce qu'il ne fallait pas faire.

Je ne réussissais guère mieux pour moi que pour mes élèves. J'avais été recommandé par Mme Deybens à Mme de Mably. Elle l'avait priée de former mes manières et de me donner le ton du monde ; elle y prit quelque soin et voulut que j'apprisse à faire les honneurs de sa maison ; mais je m'y pris si gauchement, j'étais si honteux, si sot qu'elle se rebuta et me planta là. Cela ne m'empêcha pas de devenir selon ma coutume amoureux d'elle. J'en fis assez pour qu'elle s'en aperçût, mais je n'osai jamais me déclarer ; elle ne se trouva pas d'humeur à faire les avances, et j'en fus pour mes lorgneries et mes soupirs, dont même je m'ennuyai bientôt voyant qu'ils n'aboutissaient à rien.

J'avais tout à fait perdu chez Maman le goût des petites friponneries[1], parce que tout étant à moi, je n'avais rien à voler. D'ailleurs les principes élevés que je m'étais faits devaient me rendre désormais bien supérieur à de telles bassesses, et il est certain que depuis lors je l'ai d'ordinaire été : mais c'est moins pour avoir appris à vaincre mes tentations que pour en avoir coupé la racine, et j'aurais grand peur de voler comme dans mon enfance si j'étais sujet aux mêmes désirs. J'eus la

---

**1.** On se souvient, au livre I, d'asperges et de pommes (p. 85-86) et, au livre II, d'un ruban volé (p. 154).

preuve de cela chez M. de Mably. Environné de petites choses volables que je ne regardais même pas je m'avisai de convoiter un certain petit vin blanc d'Arbois très joli, dont quelques verres que par-ci, par-là je buvais à table m'avaient fort affriandé. Il était un peu louche[1] ; je croyais savoir bien coller le vin[2], je m'en vantai ; on me confia celui-là ; je le collai et le gâtai, mais aux yeux seulement. Il resta toujours agréable à boire, et l'occasion fit que je m'en accommodai de temps en temps de quelques bouteilles[3] pour boire à mon aise en mon petit particulier. Malheureusement je n'ai jamais pu boire sans manger. Comment faire pour avoir du pain ? Il m'était impossible d'en mettre en réserve. En faire acheter par les laquais c'était me déceler et presque insulter le maître de la maison. En acheter moi-même je n'osai jamais. Un beau monsieur l'épée au côté aller chez un boulanger acheter un morceau de pain, cela se pouvait-il ? Enfin je me rappelai le pis-aller d'une grande princesse à qui l'on disait que les paysans n'avaient pas de pain, et qui répondit : Qu'ils mangent de la brioche[4]. J'achetai de la brioche. Encore, que de façons pour en venir là ! Sorti seul à ce dessein je parcourais quelquefois toute la ville et passais devant trente pâtissiers avant d'entrer chez aucun. Il fallait qu'il n'y eût qu'une seule personne dans la boutique, et que sa physionomie m'attirât beaucoup pour que j'osasse franchir le pas. Mais aussi quand j'avais une fois ma chère petite brioche et que bien enfermé dans ma chambre j'allais trouver ma bouteille au fond d'une armoire, quelles bonnes petites buvettes je faisais là tout seul[5] en lisant quelques pages de roman.

---

**1.** Un peu trouble. **2.** « Coller du vin, y battre de la colle de poisson ou même du blanc d'œuf pour le clarifier » (Littré). **3.** Je me mettais de côté quelques bouteilles en douce. **4.** Mot qu'on attribuera plus tard à la malheureuse Marie-Antoinette. **5.** Quels bons petits coups je buvais tout seul.

Car lire en mangeant fut toujours ma fantaisie au défaut d'un tête-à-tête. C'est le supplément de la société qui me manque. Je dévore alternativement une page et un morceau : c'est comme si mon livre dînait avec moi.

Je n'ai jamais été dissolu ni crapuleux, et ne me suis enivré de ma vie. Ainsi mes petits vols n'étaient pas fort indiscrets : cependant ils se découvrirent ; les bouteilles me décelèrent. On ne m'en fit pas semblant[1] ; mais je n'eus plus la direction de la cave. En tout cela M. de Mably se conduisit honnêtement et prudemment. C'était un très galant homme qui sous un air aussi dur que son emploi avait une véritable douceur de caractère et une rare bonté du cœur. Il était judicieux, équitable, et, ce qu'on n'attendrait pas d'un officier de maréchaussée, même très humain. En sentant son indulgence je lui en devins plus attaché, et cela me fit prolonger mon séjour dans sa maison plus que je n'aurais fait sans cela. Mais enfin dégoûté d'un métier auquel je n'étais pas propre et d'une situation très gênante qui n'avait rien d'agréable pour moi, après un an d'essai durant lequel je n'épargnai point mes soins, je me déterminai à quitter mes disciples, bien convaincu que je ne parviendrais jamais à les bien élever. M. de Mably lui-même voyait cela tout aussi bien que moi. Cependant je crois qu'il n'eût jamais pris sur lui de me renvoyer si je ne lui en eusse épargné la peine, et cet excès de condescendance en pareil cas n'est assurément pas ce que j'approuve.

Ce qui me rendait mon état plus insupportable était la comparaison continuelle que j'en faisais avec celui que j'avais quitté ; c'était le souvenir de mes chères Charmettes, de mon jardin, de mes arbres, de ma fontaine, de mon verger, et surtout de celle pour qui j'étais né qui donnait de l'âme à tout cela. En repensant à elle,

1. On fit comme si de rien n'était.

à nos plaisirs, à notre innocente vie, il me prenait des serrements de cœur, des étouffements qui m'ôtaient le courage de rien faire. Cent fois j'ai été violemment tenté de partir à l'instant et à pied pour retourner auprès d'elle ; pourvu que je la revisse encore une fois j'aurais été content de mourir à l'instant même. Enfin je ne pus résister à ces souvenirs si tendres qui me rappelaient auprès d'elle à quelque prix que ce fût. Je me disais que je n'avais pas été assez patient, assez complaisant, assez caressant, que je pouvais encore vivre heureux dans une amitié très douce en y mettant du mien plus que je n'avais fait. Je forme les plus beaux projets du monde, je brûle de les exécuter. Je quitte tout, je renonce à tout ; je pars ; je vole, j'arrive dans tous les mêmes transports de ma première jeunesse, et je me retrouve à ses pieds. Ah j'y serais mort de joie si j'avais retrouvé dans son accueil, dans ses caresses, dans son cœur enfin, le quart de ce que j'y retrouvais autrefois, et que j'y reportais encore.

Affreuse illusion des choses humaines ! Elle me reçut toujours avec son excellent cœur qui ne pouvait mourir qu'avec elle : mais je venais rechercher le passé qui n'était plus et qui ne pouvait renaître. À peine eus-je resté une demi-heure avec elle que je sentis mon ancien bonheur mort pour toujours. Je me retrouvai dans la même situation désolante que j'avais été forcé de fuir, et cela, sans que je pusse dire qu'il y eût de la faute de personne ; car au fond Courtilles n'était pas mauvais, et parut me revoir avec plus de plaisir que de chagrin. Mais comment me souffrir surnuméraire près de celle pour qui j'avais été tout, et qui ne pouvait cesser d'être tout pour moi ? Comment vivre étranger dans la maison dont j'étais l'enfant ? L'aspect des objets témoins de mon bonheur passé me rendait la comparaison plus cruelle. J'aurais moins souffert dans une autre habitation. Mais me voir rappeler incessamment tant de doux souvenirs c'était irriter le sentiment de mes pertes. Consumé de vains regrets, livré à la plus noire mélancolie, je repris le train de rester seul hors les heures des repas. Enfermé avec mes livres j'y cherchais des distractions utiles, et sentant le péril imminent que j'avais tant craint autrefois je me tourmentais derechef à chercher en moi-même les moyens d'y pourvoir quand Maman n'aurait plus de ressources. J'avais mis les choses dans sa maison sur le pied d'aller sans empirer ; mais depuis moi tout était changé. Son économe était un dissipateur. Il voulait briller : bon cheval, bon équipage, il aimait à s'étaler noblement aux yeux des voisins ; il faisait des entreprises continuelles en choses où il n'entendait rien. La pension se mangeait d'avance, les quartiers en étaient engagés[1], les loyers étaient arriérés et les dettes allaient leur train. Je prévoyais que cette pension ne tarderait pas d'être saisie et peut-être supprimée. Enfin je n'envisageais que ruine et désastres, et le moment m'en semblait si proche que j'en sentais d'avance toutes les horreurs.

Mon cher cabinet était ma seule distraction. À force d'y chercher des remèdes contre le trouble de mon âme je m'avisai d'y en chercher contre les maux que je prévoyais, et revenant à mes anciennes idées, me voilà bâtissant de nouveaux châteaux en Espagne pour tirer cette pauvre Maman des extrémités cruelles où je la voyais prête à tomber. Je ne me sentais pas assez savant et ne me croyais pas assez d'esprit pour briller dans la république des lettres et faire une fortune par cette voie. Une nouvelle idée qui se présenta m'inspira la confiance que la médiocrité de mes talents ne pouvait me donner. Je n'avais pas abandonné la musique en cessant de l'enseigner. Au contraire j'en avais assez étudié la théorie pour pouvoir me regarder au moins comme savant dans

1. Un quart de la pension était versé chaque trimestre.

cette partie. En réfléchissant à la peine que j'avais eue d'apprendre à déchiffrer la note, et à celle que j'avais encore de chanter à livre ouvert, je vins à penser que cette difficulté pouvait bien venir de la chose autant que de moi, sachant surtout qu'en général apprendre la musique n'était pour personne une chose aisée. En examinant la constitution des signes je les trouvais souvent fort mal inventés. Il y avait longtemps que j'avais pensé à noter l'échelle par chiffres pour éviter d'avoir toujours à tracer des lignes et portées, lorsqu'il fallait noter le moindre petit air. J'avais été arrêté par les difficultés des octaves, et par celles de la mesure et des valeurs. Cette ancienne idée me revint dans l'esprit, et je vis en y repensant que ces difficultés n'étaient pas insurmontables. J'y rêvai avec succès, et je parvins à noter quelque musique que ce fût par mes chiffres avec la plus grande exactitude, et je puis dire avec la plus grande simplicité. Dès ce moment je crus ma fortune faite, et dans l'ardeur de la partager avec celle à qui je devais tout, je ne songeai qu'à partir pour Paris, ne doutant pas qu'en présentant mon projet à l'Académie[1] je ne fisse une révolution. J'avais rapporté de Lyon quelque argent ; je vendis mes livres. En quinze jours ma résolution fut prise et exécutée. Enfin plein des idées magnifiques qui me l'avaient inspirée, et toujours le même dans tous les temps, je partis de Savoie avec mon système de musique, comme autrefois j'étais parti de Turin avec ma fontaine de Héron[2].

Telles ont été les erreurs et les fautes de ma jeunesse[3]. J'en ai narré l'histoire avec une fidélité dont mon cœur est content. Si dans la suite j'honorai mon âge mûr de

---

**1.** À l'Académie des sciences. **2.** Voir livre III, p. 176.
**3.** Rousseau finit ce livre VI pendant l'automne de 1767. Il n'entamera la rédaction du livre VII que deux ans plus tard, pour terminer le livre XII au cours de l'été 1770.

quelques vertus, je les aurais dites avec la même franchise, et c'était mon dessein. Mais il faut m'arrêter ici. Le temps peut lever bien des voiles. Si ma mémoire parvient à la postérité, peut-être un jour elle apprendra ce que j'avais à dire. Alors on saura pourquoi je me tais.

# Table

Composition réalisée par PCA

Achevé d'imprimer en février 2012, en France sur Presse Offset par
Maury-Imprimeur – 45330 Malesherbes
N° d'imprimeur : 171008
Dépôt légal 1re publication : mars 2012
LIBRAIRIE GÉNÉRALE FRANÇAISE – 31, rue de Fleurus – 75278 Paris Cedex 06

30/8883/8